排球教学文件的制订与范例

孙　平　主编

北京体育大学出版社

责任编辑　孙宇辉
审稿编辑　鲁　牧
责任校对　世　立　士　玉
责任印制　陈　莎

图书在版编目(CIP)数据

排球教学文件的制订与范例/孙平主编 . －北京:北京体育
大学出版社,2011. 1
ISBN 978－7－5644－0259－4

Ⅰ. ①排…　Ⅱ. ①孙…　Ⅲ. ①排球运动－教学研究－高
等学校　Ⅳ. ①G842. 2

中国版本图书馆 CIP 数据核字(2009)第 226361 号

排球教学文件的制订与范例　　　孙平　主编

出　　版　北京体育大学出版社
地　　址　北京海淀区信息路 48 号
邮　　编　100084
邮 购 部　北京体育大学出版社读者服务部010－62989432
发 行 部　010－62989320
网　　址　www. bsup. cn
印　　刷　北京市昌平阳坊精工印刷厂
开　　本　850×1168 毫米　1/16
印　　张　24. 5

2011 年 1 月第 1 版第 1 次印刷
定　价　49. 00 元
(本书因装订质量不合格本社发行部负责调换)

编著者的话

《排球教学文件的制订与范例》以大量的教学文件实例为主，弥补了排球教材建设方面的不足，是一本很好的教辅教材。调查发现，学生非常需要教学文件制订这类实用教材，尤其需要教案编写类的教材。模仿是很好的学习方法之一，本教材有利于学生尽快地掌握编写教学文件的技巧。

本教材针对各类排球教学文件，介绍制订教学文件的原理，详细分析各类排球教学文件制订的依据、原则及注意事项。同时，根据目前高校普遍开设的排球课程，列举几类教学文件，便于学生模仿学习，帮助学生尽快进入排球教学之门。本教材还针对列举的各类教学文件，分析其如何贯彻教学文件制订的依据，具体制订时所考虑的细节等，帮助学生进一步深入理解各种教学文件制订的原理，达到举一反三的作用。帮助学生在学习范例后，根据自己所面对的课程或教学对象，顺利完成各类教学文件的制订。

本教材既适合于在校学生自学自练，培养教学能力；又能帮助新上任教学岗位的年轻教师，进行规范教学文件的制订。

教材中例举的教学文件，包括体育院系排球必修课程系列、排球专项训练课程系列、沙滩排球选修课系列、软式排球选修课系列、普通高校排球选项课程系列和高校沙滩排球选项课教学文件等。

本书由孙平主编，参加编写的成员包括（按姓氏笔画排序）：孙平（第一篇，体育院系排球必修课教学文件系列，软式排球选修课教学文件系列）；宋志刚（沙滩排球选修课教学文件系列）；赵青（普通高校沙滩排球选项课教案）；孟光云（普通高校排球选项课教学文件系列）；袁芳（体育院系专项训练课教学文件系列）。全书最后由孙平串编定稿。

由于编写者水平有限，虽然大家已经尽力，但书中定有疏漏和不足之处，敬请专家、学者和读者批评指正。

目　　录

第一篇　理　论　篇

第二篇　范　例　篇

第 一 篇

• •

理 论 篇

学习导言：

  本书的第一篇包含四个章节：第一章绪论，介绍了排球教学文件的种类，不同种类教学文件之间的关系，以及制订教学文件的意义；第二章介绍制订教学大纲的依据，教学大纲包含的主要内容以及制订教学大纲应该注意的问题；第三章介绍制订教学进度的主要依据，教学进度主要形式以及制订教学进度应注意的问题；第四章介绍教案撰写的依据，教案格式，以及撰写教案时需要思考的问题。

  通过这一部分的学习，可以从理论上了解完成排球课程的教学需要哪些教学文件，如何制订这些教学文件。

第一章 绪 论

一、制订教学文件的目的意义

科学、规范的教学文件对于保证排球课程的教学质量至关重要，制订教学文件是教学过程的重要环节。制订切实可行的排球教学文件，可使教学工作有明确的目标，有助于教师全面地考虑和安排教学工作，充分发挥教师的主导作用，确保教学目标的实现。

二、排球课程教学文件的种类

排球课程教学文件主要包括教学大纲，教学进度和教案三种。但是，不同类型的排球课程可能有不同的教学文件。例如，排球普修课程主要包括教学大纲、教学进度、教案等；排球专项训练课程主要包括教学大纲、多年训练计划、学期训练计划、周训练计划、课训练计划等；排球理论课程主要包括教学大纲、讲稿、教案、教学课件等。

三、各类教学文件之间的关系

我们首先是明确教学目的，制订合理的教学目标；然后从教学目的和不同教学目标实现的需要出发，进行教学设计和计划，合理处理教学内容，包括选择主要教学内容、次要教学内容、不同方面的教学内容，以及不同教学内容安排的学时比例等；最后对教学结果进行评价，并提出如何在教学过程中根据体育教学的规律和原则对教学过程进行有效控制的措施。这些是教学大纲要完成的任务。

将总的教学目标、教学内容以及教学评价分解到每次课中，合理安排教学内容的顺序，正确处理不同教学内容、教学形式与课次之间的关系，这些是教学进度要完成的任务。

如何达到课程总的教学目标、阶段教学目标，如何使学生掌握所规定的教学内容，并达到良好的教学效果，这些是教案要完成的任务。

教案以教学进度和教学大纲为依据，教学进度以教学大纲为依据和指导。而教学大纲目标的实现，必须依靠教学进度和教案的具体实施，尤其是通过教案来落实和完成。

第二章 排球课程教学大纲

教学大纲是多年教学经验的总结，是科研成果运用于实践的结晶。由学校或教育部门根据社会对人才的需要统一制订，或者由学校按照国家颁布的培养方案，结合学校的实际情况、针对学生的特点制订。教学大纲相对稳定，并具有一定的权威性。经过一个教学周期后，根据实施情况可能或需要进行调整或修订。教学大纲是教师组织教学的依据，是检查教学工作和评价教学质量的重要依据，也是制订其他教学文件的依据。

第一节 制订教学大纲的依据

一、人才培养方案

国家对不同专业人才的培养提出不同的方案，培养方案根据当下社会对各类人才的需求，提出了具体的人才培养规格。培养方案中提出了人才培养的基本要求，主干学科与主要课程设置，并提出各门课程的要求。例如，体育教育专业培养方案中提出的培养目标是：本专业培养面向现代化、面向世界、面向未来，德、智、体、美和谐发展，专业基础宽厚，具有现代教育观念，良好的科学素养和职业道德，具有创新精神、实践能力和发展潜力，能从事学校体育教学、训练、竞赛工作，并能从事体育科学研究、体育管理及社会体育指导等工作的一专多能的复合型体育人才。排球课程是体育教育专业的专业基础课程。

二、教学目的

课程教学目的就是人们设立学科或实施体育教学的行为意图与初衷，是对排球教学提出的概括性和总体性要求，他把握着排球教学的进展方向。

教学目标是人们为达到教学的某个目的在行动过程中设立的各个阶段预期成果以及最后预期成果。教学目标是由多个层次的目标组成，其中有总目标，学年教学目标、学期教学目标、单元教学目标、课时教学目标等等。

不同层次的排球课程，其教学目的是不同的，如排球必修课的目的是使学生能够胜任中级及以上排球课程的教学和基层体育工作。因此它的教学目标是通过理论讲授与实践操作，使学生基本掌握排球主要技战术的基本理论，初步掌握主要技术动作和主要战术打法。使学生初步具有进行排球技战术教学的能力，基本掌握排球竞赛与裁判法，具有组织排球比赛的工作能力。使学生初步了解排球运动发展的现状与态势，了解沙滩排球、软式排球的比赛方法。而排球选修课的目的是帮助学生掌握最基础最主要的排球运动技能，通过参加排球运动锻炼身体机能和素质，并使学生了解和喜爱排球运动。因此它的教学目标是通过本课程的学习，培养并提高学生对排球运动的兴趣。使学生了解排球运动的基本知识，初步掌握排球运动的主要技术，初步了解排球的基本战术形式，了解排球比赛的主要规则。学会简单比赛方法并能在比赛中运用主要的基本技术。通过排球课程的学习，掌握一定的健身方法，培养健身习惯。

三、排球运动知识体系

排球运动知识体系包含许多方面的内容，如基本理论、基本技术、基本战术、竞赛规则、竞赛的组织方法、专项体能及其训练、专项心理特征及其养成、技术战术教学训练理论与方法、排球运动科学研究等等。

根据不同的人才培养规格，不同层次的教学目的，选择不同的排球运动知识体系。

第二节 教学大纲的主要内容

排球教学大纲主要包括以下内容。

一、课程性质

说明课程开设的对象，是公共必修课，或是专业必修课，或是限制性选修课，或是选修课。课程的学时和学分等。

二、课程目标

提出教学目的任务，包括知识学习、能力培养、素质教育等各方面的目的任务。

三、教学内容

包括理论部分、实践部分、能力培养部分的内容。应根据排球运动特点、排球运动发展趋势及教学对象以及培养目标和教学时数选择教学内容。为了适应不同水平的教学对象，突出教学重点，教学内容可以分为主要内容、次要内容、介绍内容或自学内容等。

四、学时分配

为了达到教学目标，落实教学任务，必须在时间上给以恰当的分配和严格的保证。根据教学任务要求，确定理论、实践各部分的课时分配，形成恰当合理的比例关系。

五、考核方式

根据教学目标，全面设计考核方式。应包括理论知识，技战术及运用能力，组织竞赛能力，教学和裁判能力等方面的考核。规定考核的内容、方法、评定标准等。

六、教学措施

完成大纲的组织和物质条件，如教师、场地、设备等。学生能力培养的具体落实，教学方式方法上的具体措施和补充意见，实施大纲的注意事项等。

七、参考书目

包括选用的教材，以及与大纲规定的教学内容相关的参考书，用以扩大学生知识面，补充教材内容和教学方法。

第三节　制订教学大纲的注意事项

一、充分体现专业培养方案规定的培养目标和要求，准确提出排球课程总的教学目标和任务。

二、根据课程教学目标，精选教材内容，把主要的、基础的、先进的知识内容列入教学大纲，并注意教材内容的科学性、实用性、完整性、系统性、可操作性。根据对象及教学目标选择最实用的技战术内容，所选内容还应该涉及认知、技能、情感和发展身体素质等多个领域。教学内容要有低层次有高层次、有简单有复杂，跨年度的教学大纲，要考虑不同年级教学内容的衔接以及螺旋上升。安排的教学内容应该全面、具体、明确、主次分明，使其具有可操作性，便于落实。

三、合理地分配教学时数，根据教学内容的重要性及其难易程度分配学时，注意理论与实践、知识与技能的适当比例，确保教学任务的完成。

四、重视考核内容、方法及评定标准的设计。使考核结果能够有效地衡量学生的学习水平，同时成为指导学生学习排球运动的有效指挥棒。考核应全面反映学生的学习效果。

第三章　排球课程教学进度

教学进度是把教学大纲规定的教学内容和学时分配，具体落实到每一节课的教学文件。它是根据教学大纲规定的排球知识、技术、技能等内容，以及认知学习的基本规律而设计的逻辑序列，是教师撰写教案的重要依据。

第一节　制订教学进度的依据

一、排球教学大纲

教学大纲是制订教学进度的指导性文件，根据教学大纲规定的教学内容、学时分配、考核内容等编写教学进度。

二、排球技战术教学顺序

排球技术、战术的教学顺序依据排球比赛的规律，技术与技术、技术与战术之间的关系，技战术学习的难易程度，以及学习的迁移理论等进行设计。

例如，排球的传球技术包括正面双手传球、背传球、侧面传球、跳起传球等等。从教学的难易程度和技术动作的迁移考虑，一般先学习正面双手传球技术。

排球技术和战术的教学不能割裂开进行，而是相互穿插，也应遵循一定的规律，即技术是战术的基础，要学习什么战术就必须掌握相应的技术。

三、排球比赛的规律

排球比赛从发球开始，对手从接发球开始，因此发球和接发球是首先要学习的两项技术。由于排球比赛的攻防转换非常迅速，接发球后紧接着就是运用传球技术组织进攻。这种比赛中技术战术出现的先后顺序也是我们安排教学进度时需要考虑的，保证学生在学习技术后能够很快进入比赛。

第二节　教学进度的主要格式

一、循序渐进式教学进度

排 球 课 教 学 进 度

类别	周次 教学内容　　课次	一		二		三		四		五	
		1	2	3	4	5	6	7	8	9	10
理论部分	排球运动概述	△									
	排球基本技术及教学										△
	排球基本战术及教学										
	排球比赛规则	△									
	排球竞赛组织成绩计算										
技术部分	准备姿势、移动		△	○	○						
	下手发球		△	○							
	上手大力发球				△	○	○				
	勾飘发球				△	○					
	上飘发球										
	正面垫球		△	○	○						
	移动垫球			△							
	侧面垫球					△	○				
	背垫球										△
	变方向垫球					△	○				
	接发球垫球						△	○			
	接扣球垫球										△
	正面传球　……			△	○	○					
基本战术	5人接发球阵形										
	"中一二"接发球进攻										
	单人拦网防守　……										

注：△为新授教材；○为复习教材

二、名称式教学进度

排球课教学进度

课次	教学内容	课程形式
1		
2		
3		

两种进度形式各有特点，循序渐进式进度将所有教学内容合理地分解到每一次课中，使每一次课的内容明确具体，非常规范。而名称式教学进度只规定每次课的主要教学内容，其他内容可以由教师根据学生的实际情况和教学条件选择安排，更加灵活可行。

第三节　制订教学进度的注意事项

一、制订教学进度既要考虑各项技术、战术自身的教学顺序，又要考虑技术之间，技术和战术之间的关系，还要考虑教学的重点和难点。

二、技术内容安排由多到少，主要教材要早出现，让学生有充分的时间练习和提高，并为战术学习奠定基础。战术内容安排由少到多，主要战术也应早出现。战术意识的培养要贯穿在课程的始终。

三、进度的安排既要主次分明，互相搭配，又要将新授教材与复习教材密切结合，攻、防技术结合，技术、战术结合，技战术学习与技战术运用结合，提高技术与培养技能结合，理论与相关技战术实践结合。

四、进度的安排要突出重点教材，其授课时数要多，以确保学生真正掌握。次要教材适当安排，介绍性教材根据教学对象的实际水平由教师选择安排，或在实践课中安排，或在理论课中观看录像。计算出各项教学内容在该学期出现的次数，按主要教材内容出现的课次，系统地安排到每次课中去。将其他教学内容，按课次系统地搭配到每次课中去。

五、每次课一般安排一个新教材，一个复习教材为宜，最多不超过三个教材。安排一个重点教材，一个次要教材或介绍性教材，一二个复习教材。内容明确，便于备课。

六、每次课教材内容的安排要考虑学生的学习负担和身体承受能力。要注意不同难易程度教学内容、以及不同运动负荷教学内容的互相搭配。

七、要正确确定各项教学内容的排列方式。根据教材内容的特点，季节气候，场地设备以及学生基础和全面教育的需要而定。

第四章　排球课程教案

　　教案是每次课的具体计划，根据进度规定的内容、上次课任务完成的情况以及学生的具体情况而编写，是落实课程目标的最基本、最重要的教学文件之一。它包括课的任务和具体要求，各部分教学内容的安排，各项教学内容的顺序，教学步骤，练习方法，练习的次数、组数，课时分配，组织教法等。

　　排球课一般分为准备部分、基本部分和结束部分，教案也根据这三个部分撰写。撰写教案的过程实际上就是教师备课的过程，教师在备课时的各种设计和考虑在教案中体现出来。

第一节　制订教案的依据

一、教学进度

　　每次课教案的教学内容，就是教学进度中对当次课规定的主要新授内容和（或）复习内容。只有认真落实教学进度中规定的每次课的教学内容，才能完成总的教学任务。

二、教学条件

　　教学场地的大小、多少，室内或是室外场地，有无挡网和墙等条件，球的多少，球网的高低等等，这些都是选择练习方法，安排组织教法必须考虑的因素。

三、教学对象

　　教学对象的技术、技能水平，人数，性别等是撰写教案时必须考虑的因素。根据不同的教学对象，确定选择什么学习或练习方法、次要教材的学习和练习程度、是否安排介绍性内容、如何组织教学等等。

四、上次课任务完成情况

　　教案的撰写必须是前后连贯、衔接，才能保证课程教学目标的实现。尤其是主要教材内容，若前一次课的主要教学内容完成情况不理想，本次课必须安排必要的时间继续完成，否则就有可能影响后续教学内容的学习和掌握。

第二节　教案基本格式

无论是理论课，教学课，比赛课，还是考核课，都由三个部分构成，所以教案的基本格式也包括准备部分、基本部分和结束部分。

一、准备部分

准备部分的目的是明确该课的任务和要求；组织学生把注意力集中到排球课上；使身心均进入适当的兴奋状态，为基本部分做好准备。要让学生清楚本次课与上次课的关系，以及在整个课程中的作用，以便学生有明确的学习目标。

准备部分的内容，应注意全面性、针对性和多样化：全面性是指所采用的练习既能做好身体和心理的准备，又能有效的促进学生身体的全面发展；针对性是指根据课的主要教材来选择专门性练习以有利于学生更快的掌握所学动作；多样化是指根据课的任务和学生的特点，合理地变换内容与方法，以提高学生学习的兴趣和积极性。

准备活动的时间，在45分钟的课中，一般安排8～10分钟，在90分钟的课中，一般安排15～20分钟。根据气候条件适当调整。

二、基本部分

基本部分的目的是建立正确的动作概念，掌握动作要领，提高技战术应用能力，掌握排球运动的基本理论。要把排球文化的传播、排球战术意识的培养、基本技能和综合能力的培养、以及人格培养工作贯穿在其中。达到增进健康、发展素质、增强体质，培养道德意志品质的目的。

基本部分的时间安排，在45分钟的课中，大约占30分钟，在90分钟的课中，大约安排65～70分钟。不同类型的课程有所区别。

三、结束部分

结束部分的目的是通过有组织的教学活动，使学生的身体机能恢复到相对安静状态，应根据基本部分最后一个教学内容的性质，选择一些逐步降低运动负荷的练习。同时分析和评价学习、练习质量，课任务完成的情况，下次课应该改进的地方，并适当布置课后作业或预习内容。课的结束部分容易被忽略，一定要认真对待。

结束部分的时间大约在5分钟左右。

第三节 撰写教案的注意事项

一、分析教材的重点和难点

根据教学进度中当次课的主要教学内容，认真分析教材的重点和难点，以便确定课的任务，合理分配课时、选择练习方法。

二、明确课的任务

教案中首先要确定课的任务。衡量课上得好坏，就是要检查课任务完成得如何。在确定课的任务时，既要有技术方面的，还要有教育和技能方面的；要考虑学生的实际情况，还要考虑上次课的任务完成情况。确定的任务应该是大多学生经过努力能够完成的，而且要明确、具体，便于检查。

课的任务的描述要简明扼要，具有针对性。如技术、战术教材一般用"学习"、"初步掌握"、"改进"、"熟练"、"提高"等；技能和素质方面的内容一般用"培养"、"加强"、"促进"、"发展"、"增强"等。

三、合理选择练习方法

选择练习方法时要考虑各项技术、战术的教法步骤，选择实用性强、符合学生实际水平的练习方法。选择练习方法时还要考虑以下方面：能够很好地完成课的任务；有利于增加触球次数；提高课的练习密度；注重练习效果，一次课中不宜安排过多的练习方法；选择练习方法要与学生分组、运动负荷安排、场地器材使用等结合起来考虑；要时刻考虑安全因素。

特别提示，充分利用准备活动时间，选择合适的练习方法，不仅可以达到热身的目的，还可以增强球感，提高控制球能力，培养集体主义精神和竞赛意识，发展柔韧性、小肌肉力量、灵敏性和协调性等身体素质。

四、明确各部分时间分配、练习分量及要求

各部分或每个练习的时间安排，需要考虑以下因素：课内容的重点；课内容的难易程度；练习方法的难易程度和学生对练习方法的熟练程度；练习的次数和组数与练习时间呈正比；还要把对练习进行的示范、组织和评价时间考虑进去。

对每个练习都应该提出要求，数量的或质量的。提要求时注意与课的任务吻合，学生能够完成，并注意区别对待。

五、确定学生的分组

学生练习分组形式可以有以下几种。

（一）依据队列自然分组

一般队列队形呈2排或4排，也可能是3排，身高由高到低。可以同列、同排、或列与排的结合进行分组。这种分组简单，省时，身高均等。

（二）依据性别分组

同性别分组有利于根据性别选择不同的练习方法，提出不同的练习要求。混合性别分组有利于调动学生练习的积极性，发挥不同性别之间的优势，相互促进，相互弥补。在对身高和体能要求较高的练习中应该使用同性别分组。如扣球、扣防对抗、较高水平的比赛练习时。

（三）依据学生水平分组

相同水平分组，有利于根据不同水平提出不同的练习要求。给有困难的学生组给予特别的指导帮助。为水平较高的学生组增加练习难度，调动积极性，促进其更高发展。"以好带差"分组可以促进学生间相互交流与帮助，既发挥学生榜样的作用，又提高学生的能力，同时提高整体的技术战术水平，还可以增加水平稍差学生的自信心，让这些学生在同伴的带领下完成串联和比赛，享受排球运动乐趣。这种分组适合在课程学习的中后期使用。

（四）依据专位分组

主要可以分为二传组、主攻组与副攻组，这种分组有利于学生专门技能的提高，也符合排球比赛中职能分工的实际需要，特别要重视对二传学生进行专门的训练。在排球普修课中，一般分成二传组和攻手组即可，实际运用时还可以变换学生的专位，促进学生相互间的理解，促进技术全面发展。这种分组适合在课程的后期使用。

（五）学生自愿组合分组

这种分组有利于学生间的相互交流，克服一些心理障碍。这种分组形式适合在课程初期使用，或在期末考试时有些项目允许学生自由组合。

需要注意的是：分组形式的选择要根据一堂课的教学内容和课任务的需要；要考虑提高学生的练习积极性，不伤害学生的自尊心；一堂课中学生练习的分组尽量一致，或便于改变分组人数，防止由于过多的变换分组，浪费时间，影响课的练习密度。分组人数安排时要考虑在场地和球等条件允许的情况下，尽可能地增加学生的练习次数和触球次数，有利于提高技术的熟练程度。

六、考虑课内容及练习之间的衔接

备课时要科学地安排教学内容，把新授课教材安排在精力最旺盛，注意力比较集中的时候。可以先复习旧教材，再学习新教材。也可以穿插进行，或先学习新教材。要考虑排球运动的特点、教材之间的关系、技能掌握的规律和上课的时间等因素。练习之间衔接紧凑，可以减少浪费时间，提高练习密度。

七、合理安排场地器材

既要充分利用场地，又要保证必要的练习空间，防止出现伤害事故。备课时考虑学生人数，球的数量，场地大小，是否有诸如挡网、墙、篮板等可利用。

八、合理安排练习密度及运动负荷

合理安排课的运动量，使运动负荷高峰出现在基本部分。运动负荷的控制要由小到大，逐步上升。也要安排不同强度、性质的练习互相交替。使学生得到适量的休息和调整。

在认真思考练习方法的选择、练习的分组、教学内容及练习之间的衔接、场地器材条件等问题后，练习密度就有了基本的保证。

本篇思考题：

1. 假定你的教学团队请你制订一份教学进度，你应该至少获得哪些信息才能完成？

2. 教案从哪些方面反映教学大纲提出的要求？

3. 请你自己设定一个命题，撰写一份教案，使得田径专业的教师能够根据此份教案完成一堂排球课的教学任务。

第 二 篇

● ●

范 例 篇

学习导言：

本书第二篇以各种教学文件的范例为主，第一、二、三章分别选择北京体育大学排球必修课、普通高校排球选项课、北京体育大学软式排球和沙滩排球选修课为主线，分章列举了它们的教学大纲、教学进度和教案，并对这些教学文件的制定过程的思考进行了研讨。第四章教学文件集锦中，列举了北京体育大学排球专项训练课的教学文件，普通高校排球课的教案，以及普通高校沙滩排球课的教案，供读者参考。

这些列举的教学文件中，教案是教师个人设计的教学文件，反映了不同教师对教学的不同理解，对教材重点和难点的不同把握，在教案格式上也有细小差别，学习时要知其所以然，尽可能弄清楚作者的思考，方能举一反三，灵活运用。

第一章　排球课程教学大纲范例及研讨

第一节　排球必修课教学大纲及研讨

一、体育院系排球必修课教学大纲

（一）教学大纲范例

排球课程教学大纲

一、课程性质

本课程是为体育教育专业学生开设的专业必修课，64 学时，2.5 学分。

二、课程目标

通过本课程的学习，使学生基本了解排球运动的基本理论知识；初步掌握排球运动的主要技术和战术，并在比赛中能初步运用；了解排球主要技战术的教学方法，初步具备排球技战术的教学能力，做到能示范、会讲解、能组织教学；初步掌握排球竞赛的组织方法，做到能组织基层比赛和承担裁判工作；初步了解沙滩排球、软式排球的比赛方法。

三、教学内容

（一）理论部分

章节名称	教学内容	基本要求
第一讲 排球运动简介及发展		通过本讲教学使学生对排球运动有一概括了解，重点讲授排球运动的现状、发展趋势和中国对世界排球运动的贡献。
1. 排球运动简介		
1.1 排球比赛方法及特点	群众性、技巧性、集体性、休闲性、对健身的作用等。	
1.2 排球运动起源及传播	排球运动的起源，传入美洲、亚洲及欧洲的情况。	
2. 排球运动发展概况		
2.1 世界排球运动的发展	世界排球运动发展、特点、趋势，世界大赛简介。	
2.2 我国排球运动的发展	中国排球运动发展概况，我国对世界排球运动的贡献。	
2.3 软式排球及沙滩排球	软式排球和沙滩排球比赛方法，与室内硬排球区别。	
第二讲 排球竞赛工作		通过本讲学习使学生初步掌握排球比赛的组织工作，重点讲解单循环制的编排、赛程安排和成绩计算。
1. 竞赛的组织工作	赛前准备工作，竞赛期间的工作，竞赛结束工作。	
2. 竞赛制度、编排和成绩计算方法	循环制，淘汰制，混合制及各赛制的编排、赛程安排、成绩计算方法。	
第三讲 基本技术及教学		通过本讲学习，使学生了解各项技术的分类，动作方法，动作要领，教学顺序，教学步骤，常犯错误及纠正。重点为常用技术。
1. 准备姿势与移动	准备姿势，主要移动步法。	
2. 发球	正面上手飘球，勾手飘球，正面上手发球，下手发球。	
3. 垫球	正面双手垫球，体侧垫球，背垫球，垫球技术的运用：接发球垫球，接扣球垫球。	
4. 传球	正面双手传球，背传球，传球技术的运用：一般二传，调整二传。	
5. 扣球	正面扣球，扣球技术的运用：4号位扣球，2号位扣球，扣调整球，扣半快球。	
6. 拦网	单人拦网，双人拦网。	
第四讲 基本战术及教学		通过本讲学习，使学生初步了解排球运动的主要战术，重点讲解与学生水平相当的战术，初步了解主要战术的教学步骤。
1. 排球战术基本理论	排球战术概念，战术分类	
2. 阵容配备	"四二"配备，"五一"配备，位置交换。	
3. 进攻战术	"中一二"进攻阵形及其变化，"边一二"进攻阵形及其变化。	
4. 防守战术	接发球及其阵形，接扣球防守阵形及其变化。	

（二）实践部分

通过本讲学习，使学生了解各项技术的分类、动作方法、动作要领、教学顺序、教学步骤、常犯错误及纠正。重点为常用技术。

教学内容	主要内容	一般内容	介绍和自学内容	基本要求
1. 技术部分				
1.1 准备姿势及移动	半蹲准备姿势，并步滑步、交叉步移动。	低蹲准备姿势，跨步、跑步。	后退步、综合步法。	动作放松，起动快，制动好。
1.2 发球	正面上手发飘球（男），勾手发飘球（女）。	正面上手发球，下手发球。	软排发球。	抛球稳，击球准，手法正确，用力适当。
1.3 垫球	正面双手垫球，接发球垫球。	背垫球，接扣球垫球。侧垫球，软排垫球。	触球部位正确，全身协调用力。	
1.4 传球	正面双手传球，一般网前正面二传。	背传，调整二传。	传半高球，软排传球。	手形正确，击球点合适，全身协调用力。
1.5 扣球	正面扣球，4号位扣球。	2号位扣球，3号位扣半快球。	扣调整球，软排扣球。	步法熟练，手法正确，时机合适
1.6 拦网	单人拦网。	双人拦网。	三人拦网，软排拦网。	手法正确，起跳时机合适。
2. 战术部分				
2.1 阵容配备	"四二配备"。	位置交换。	"五一配备"，	明确分工职责。
2.2 防守战术	5人"W"接发球阵形，单人拦网防守阵形。	双人拦网"心跟进"防守阵形。	四人接发球阵形。	取位正确，接应弥补意识。
2.3 进攻战术	"中一二"进攻。	"边换中"接发球进攻，"边一二"进攻。	"插上"接发球进攻。	二传分球合适，换位及时，攻手随时准备进攻。

四、学时分配

	教学内容	教学时数	教学形式	百分比
理论部分	排球运动简介、规则竞赛	1	课堂讲授、观看录象等。	9.4%
	排球基本技术及战术分析	2		
	排球技术及战术教学	2		
	软式排球及沙滩排球	1		
实践部分	主要技术及教学技能	24	教学实践课。	84.4%
	一般技术	10		
	主要战术及教学技能	8		
	一般战术	4		
	教学比赛及裁判、竞赛能力	8		
考试	技术考试、理论考核	4		6.2%
合计		64		100%

五、考核方式

（一）考核的依据

根据教育目标，本课程主要考核学生技术、战术的掌握程度，主要技战术教法掌握情况，比赛能力等。兼顾考查学生基本理论知识的了解程度，以及裁判能力。

（二）考核内容、方式与要求

1. 考核内容及比例

（1）理论知识：占 20%。

（2）平时成绩：占 10%。

（3）技术水平：占 40%。

（4）基本能力：占 30%。

2. 考核方法及要求

（1）理论知识考核：

采用开卷考试方法，占总成绩的 20%。内容包括排球运动发展史；重点技战术分析与基本教法；常见错误及纠正方法；竞赛的组织编排等。开卷考试按百分制出题并评分。

（2）平时成绩考核

根据学生的出勤情况评定成绩，为每旷课一次，扣 1 分。

（3）技术水平考核

考发球、垫球、传球、扣球四项技术，每项技术 10 分，其中技评 5 分，达标 5 分。

考核方法

发球：学生任选正面上手飘球或勾手飘球，在发球区内将球发入对方场区，每人发 5 个球。

垫球：两人连续对垫，相距 2~3 米。

传球：两人连续对传，相距 2~3 米。

扣球：学生在 4 号位，3 人一组轮流扣教师抛起的一般高球，每人扣 5 次。

评分标准

发球 技评：抛球占 1 分，挥臂动作占 2 分，击球手法占 2 分。

达标：每个球 1 分，根据速度和弧度给分。失误为 0 分。

垫球　技评：击球点占 1 分，手臂触球部位占 2 分，全身协调发力占 2 分。

达标：

30 次	26 次以上	21 次以上	20 次以下	15 次以下
5 分	4 分	3 分	2 分	1 分

传球　技评：传球手型占 2 分，全身协调用力占 2 分，击球点占 1 分。

达标：

30 次	26 次以上	21 次以上	20 次以下	15 次以下
5 分	4 分	3 分	2 分	1 分

扣球　技评：助跑起跳占 1 分，挥臂动作占 2 分，击球手法占 1 分，起跳点和时机占 1 分。

达标：每个球 1 分，根据扣球力量给分。擦网减速得 0.5 分，失误为 0 分。

（4）基本能力考核

其中比赛实战能力占 10%，示范、讲解能力占 10%，裁判能力占 10%。

比赛实战能力的考核根据学生在平时教学比赛中技术、战术的实际运用能力给出成绩。示范、讲解能力的考核根据每次都针对的复习内容提问学生，依据学生的表现给予评定。裁判能力根据学生在平时教学比赛中所承担的实践裁判给予评定。

比赛实战能力评分标准

优良	一般	合格	不合格
10～9 分	7～8 分	6 分	5 分及以下

示范、讲解能力评分标准

优良	一般	合格	不合格
10～9 分	7～8 分	6 分	5 分及以下

裁判能力评分标准

优良	一般	合格	不合格
10～9 分	7～8 分	6 分	5 分及以下

六、执行大纲的措施

（一）认真研究教学内容，合理制定教学进度，经常交流教学经验。

（二）启发学生学习和练习的主动性和积极性。根据不同年级学生的实际水平，可适当增减主要技战术的教学内容。

（三）在条件许可的情况下，教学比赛尽可能采用班级之间进行的形式，既可以调动学生的积极性，又可以培养学生的竞争意识，促进学习和技术交流。

（四）在技战术教学中，教师注意每教一项技术或战术，都要进行教法的总结，以及常见错误和纠正方法。

（五）要求学生参加三级裁判员的学习与考核。

七、参考书目

教材：

全国体育院校教材．排球运动．人民体育出版社，1999 年

参考书：

[1] 孙平等．现代排球技战术教学法．北京：北京体育大学出版社，2008 年

[2] 施达生等．排球教学训练指导．北京：人民体育出版社，1995 年

[3] 孙平．软式排球．北京：中国财政经济出版社，2002 年

[4] 苏丽敏等．沙滩排球．北京：北京体育大学出版社，2003 年

[5] 排球竞赛规则 2005 - 2008．北京：人民体育出版社，2006 年 4 月

（二）教学大纲研讨

1. 主要教学内容的选择

根据该课程的教学目标，理论部分的教学内容，选择让学生比较全面地了解排球运动知识体系，以便学生今后的进一步学习。但要求比较低，基本都是初步了解和掌握。

实践部分的教学内容，把比赛中需要用到的最主要的技术和战术作为主要内容，比赛中经常会用到、难度不高的技术、战术作为一般内容，还选择了一些在该层次的比赛中可能用到的技术战术，以及可以起到辅助作用的内容作为介绍或自学内容，供教师选择或布置学生课后学习和练习。

2. 教学时数分配

该课程的教学目标是"基本了解排球运动的基本理论知识"，所以安排了 6 个学时的理论讲授，占到总学时的 9.4%。而对技术、战术和技能的要求比较高，是"初步掌握排球运动的主要技术和战术，并在比赛中能初步运用；了解排球主要技战术的教学方法，初步具备技战术的教学能力，做到能示范、会讲解、能组织教学"，这些都需要通过实践课来完成，所以实践部分安排了 54 学时，占 84.4%。其中技术及主要技术教学技能又占到最多的比例，因为技术是战术和比赛的基础。根据课程目标要求还安排了一定比例的教学比赛和裁判实践。

3. 考核方法及标准的确定

根据课程教学目标，在进行基本技术考核的同时，对基本理论、基本技能都进行的考核，并在总成绩中占有一定的比例，这样可以督促教师重视对学生基本技能的培养。考虑到师资培养的要求，在技术考试中技术评定占到 50% 的比例，督促学生掌握规范的技术动作，保证今后能够正确示范。同时又要求有一定的熟练程度，选择连续传球、垫球的次数，发球、扣球的成功数作为达标的指标。

4. 完成大纲措施的制订

在执行大纲的措施中强调了教材内容的选择及进度的安排、调动学生主体的积极性、能力培养的具体措施等，以保证课程目标的实现。

5. 参考教材的确定

除了教材以外，选择了两本教学方面的参考书，还有软式排球、沙滩排球方面的参考书，以及竞赛规则，保证学生有足够的参考书籍，以便课后充实知识和能力，更好地达到课程所提出的要求。

二、普通高校排球选项课教学大纲

（一）教学大纲范例

普通高校排球课教学大纲

一、课程内容简介

排球选项课是以排球活动为载体、达到健康为目的，在课程学习过程中，以排球基本技术为内容，同时辅以各种技术练习、游戏为训练手段，使学生即享受到运动带来的快乐，更使身体各方面素质得到全面发展提高，在掌握了一定的排球基本技术之后，排球选项课将以赛练结合，提高学生的实战能力。

排球选项课分设基础班、提高班、高级班进行分级分班教学。

课程学时：36 学时，共 18 周。每学时 45 分钟，每次课 2 学时（90 分钟）。

二、目的与任务

通过排球课教学，使学生了解排球运动的基本知识、规则及裁判法，具有一定评价排球比赛及观赏比赛的能力；使学生基本掌握排球运动的基本技术、战术和组织方法，并具有一定的实战能力。通过学习与锻炼，增强体质，增进健康，发展身体素质，提高基本活动能力，并养成终身体育锻炼的良好习惯。

三、主要教学内容

（一）基础班教学内容

1. 基本理论：健康教育，排球运动概况，比赛方法。

2. 基本技战术：准备姿势和移动，发球，垫球，传球，扣球，比赛方法；介绍单人防守（拦网、地面防守）及单人拦网下的防守阵型、5 人接发球阵型

3. 身体素质：体能练习（耐力、力量），通过规定素质项目。

（二）提高班教学内容

1. 基本理论：体育与健康，排球练习方法，排球技术分析，竞赛规则、裁判法与组织。

2. 技战术：二、三、四号位扣球，拦网，基本技术串连，各种形式的教学比赛，在实战中提高基本技术。

3. 身体素质：体能练习（耐力、力量），通过规定素质考试项目。

（三）高级班教学内容

1. 基本理论：体育锻炼评价，排球技战术分析，排球俱乐部的研讨和发展。

2. 技战术：比赛为主线，提高整体技战术水平。

3. 身体素质：专项体能，通过规定素质考试项目。

四、教学基本要求

（一）基础班：以学习掌握发球、传球、垫球、扣球等基本技术，获取参与排球活动的基本能力，提高身体素质为重点教学任务。要求教师熟练讲解技术动作的重点和难点，并进行娴熟的技术动作示范，学生通过初级班学习，提高对排球运动的认识和了解，并培养对排球运动的兴趣和爱好，提高身心健康水平。

排球基础班选课对象及要求：一、二年级本科学生；按时间在教务处公布的体育课选课窗口进

行选课，并仔细阅读相关注意事项。

（二）提高班：以复习、纠正和提高个人基本技术为主，基本技术串练教学，学习攻防阵型为重点教学内容，同时，发展身体素质，提高身心健康水平。通过排球提高班的学习，小集团化教学，使学生具备排球实战能力，获得快乐体验。

排球提高班选课对象及要求：经过排球基础班课程学习并成绩及格的一二年级本科学生、有一定排球基础的三四年级本科生和研究生；按时间在教务处公布的体育课选课窗口进行选课，并仔细阅读相关注意事项。

说明：有一定排球基础是指基本掌握传球、垫球和发球技术，具备参加群众性排球比赛能力或中小学阶段参加过排球课学习（含软式排球）。通过第 1 次课教学，教师对不具备上述条件和能力的学生进行调换课动员，并说明调换课须知。

（三）高级班：以基本战术为主线进行教学，其中以赛代练、配合战术和强化个人能力为重点教学内容。培养学生团队意识与组织能力，进一步提高实战水平，通过排球提高班的学习，使学生成为排球运动的爱好者。

排球高级班选课对象及要求：经过排球提高班课程学习并成绩及格的学生、学校学生排球协会/俱乐部的会员学生、掌握一定排球技术的本科生和研究生；按时间在教务处公布的体育课选课窗口进行选课，并仔细阅读相关注意事项。

说明：掌握一定排球技术是指基本掌握接发球、扣球、拦网技术，了解基本竞赛规则和比赛方法，具有一定的比赛能力、经验或中学阶段为学校学生代表队队员。通过第 1 次课教学，教师对不具备上述条件和能力的学生进行调换课动员，并说明调换课须知。

五、学时分配

（一）基础班

1. 基本理论：理论课 2 学时，实践课中 2 学时，共 4 学时。

2. 基本技战术：实践课中 27 学时。

3. 身体素质：实践课中 5 学时。

（二）提高班

1. 基本理论：理论课 4 学时，实践课中 4 学时，共 8 学时。

2. 基本技战术：实践课中 23.5 学时。

3. 身体素质：实践课中 4.5 学时。

（三）高级班

1. 基本理论：理论课 4 学时，实践课中 4 学时，共 8 学时。

2. 基本技战术：实践课中 24 学时。

3. 身体素质：实践课中 4 学时。

六、考核方法与标准

每学期考核一次，考核分考试、学习态度两项。考试内容包括专项技术、身体素质、理论；学习态度为考勤评估。考核评价实行百分制评定。

（一）基础班考核方法：

1. 技术考试：技术考试学生均有两次考试机会，择优记录成绩。

（1）发球考试：发球为上手或下手发球，累计成功球次数，对照标准计算成绩。

（2）传球考试：2 人 1 组自由组合，相距 5~6 米，连续传球达到 10 次往返为数量得分，占传球得分 60%；教师根据学生传球技术情况进行技评，技评得分占传球得分 40%。

技评参考内容与比例：手型10%、击球点5%、移动5%、用力10%、出球效果10%。

（3）垫球考试：2人1组自由组合，相距5~6米，连续垫球达到10次往返为数量得分，占传球得分60%；教师根据学生垫球技术情况进行技评，技评得分占传球得分40%。

40%技评参考内容与比例：手型10%、击球点5%、移动5%、用力10%、出球效果10%。

2. 身体素质考试：

（1）立定跳远或俯卧撑：学生任选一项进行考核。立定跳远考试每人跳3次，择优记录成绩；俯卧撑考试不限时间（不站起来），1次标准为：下曲时肘关节达到90度、上伸时完全伸直。

（2）长跑：按长跑考试标准计算得分。

3. 理论考试：为开卷考试，课下答题。

4. 学习态度：以考勤记录为参考，其中：旷课扣10分/次，请病假、迟到或早退扣1分/次，请事假扣4分/次。病假需提供校医院证明，事假需提供学院事假批准证明，无证明则按旷课记录。

5. 关于补考方法：考试方法不变，成绩标准依次递减：第一次补考按得分90%记录，第二次补考按80%记录，以此类推。

（二）提高班考核方法：考核中的素质考试、理论考试和补考方法及学习态度评价与基础班考核一样。

1. 技术考试：技术考试学生均有两次考试机会，择优记录成绩。

（1）传垫球考试：不分开传球、垫球技术，根据来球正确运用传球和垫球，2人1组自由组合，相距5~6米，连续传垫球（不失误）15次往返为数量得分，占传球得分60%；教师根据学生传垫球技术情况进行技评，技评得分占传球得分40%。

40%技评参考内容与比例：合理运用15%、基本动作10%、移动5%、出球效果10%。

（2）扣球考试：教师做二传球，学生扣球10次，扣中4次（界内）为数量得分，占扣球得分60%；教师根据学生扣球技术情况进行技评，技评得分占传球得分40%。

40%技评参考内容与比例：助跑起跳时机10%、手法15%、出球效果15%

（3）发球考试：学生发球10个，累计发入指定有效区域的球数，对照标准计算成绩。上手或下手发球标准相同。

提高班发球考试有效区域见下图：

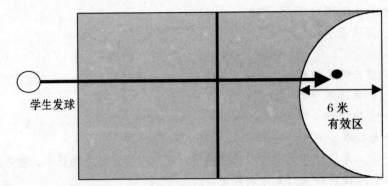

2. 身体素质考试

（1）立定跳远或俯卧撑：同基础班，学生任选一项进行考核。

（2）长跑：同基础班，按长跑考试标准计算得分。

3. 理论考试：考试形式同基础班。

4. 学习态度：考核方法及标准同基础班。

5. 关于补考方法：同基础班。

（三）高级班考核方法：考核中的素质考试、理论考试、补考方法及学习态度评价与基础班考核一样。

1. 技术考试：技术考试学生均有两次考试机会，择优记录成绩。

（1）接发球：教师发球（一般性能飘球），学生接发球，接10个球，累计每次起球到位区域得分，得分达到10分为限。不同得分区域界定为二传手接应可能性来区分。

高级班接发球得分与区域划分，见下图：

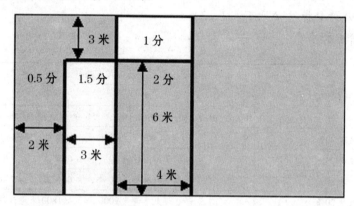

（2）打防：2人1组自由组合，相距5~6米进行打防，考试为技术评价。

10分技评参考内容与比例：手法3分、防守3分、连续性与效果4分。

（3）扣球或二传：除二传学生外，其他学生进行扣球考试；二传手可选择扣球考试或二传考试（只进行二传技术和能力技评）。

扣球：考试学生选择扣球位置（2、3或4号位），二传学生传球，考试学生扣球10个，扣中6次（界内）为数量得分，占扣球得分60%；教师根据学生扣球技术情况进行技评，技评得分占传球得分40%；40%技评参考内容与比例：助跑起跳时机10%、手法15%、出球效果15%。

二传：安排扣球考试时同时进行技评，10分评价参考内容与比例：移动2分、技术运用4分、二传球效果4分。

（4）比赛能力：安排于教学比赛中，教师对学生比赛能力的进行评价。10分评价参考内容与比例：技术运用能力4分、职责完成情况3分、循环比赛名次3分（第1名3分，第2名2分、第3~4名1分）

（5）发球：学生发球10个，固定发球位置，两条线各连续发球5个，累计发入有效区数量，对照标准计算成绩。指定有效区见下图：

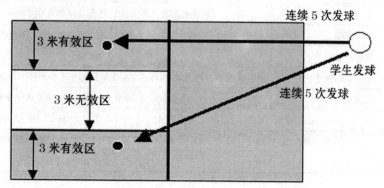

高级班发球考试有效区域：

2. 身体素质考试

（1）立定跳远或俯卧撑：同基础班，学生任选一项进行考核。

（2）长跑：同基础班，按长跑考试标准计算得分。

3. 理论考试：考试形式同基础班。

4. 学习态度：考核方法及标准同基础班。

5. 关于补考方法：同基础班。

（四）考试项目及评分标准（见下表1、2）

1. 考试项目及评分标准表

班级	考试项目			评分标准与办法（立定跳远单位：米）											
				男　生						女　生					
				100分	90分	80分	70分	60分	50分	100分	90分	80分	70分	60分	50分
基础班	专项技术	发球20%		9个	8个	7个	6个	5个	4个	9个	8个	7个	6个	5个	4个
		传球20%		数量标准往返10个，占60%分，余下40%为技评											
		垫球20%		数量标准往返10个，占60%分，余下40%为技评											
	身体素质	长跑20%		详见参考男2000米、女1800米考试评分标准											
		力量10%（二选一）	立定跳远10%	2.67	2.57	2.49	2.41	2.33	2.25	2.06	1.98	1.90	1.82	1.74	1.66
			俯卧撑10%	50个	45个	40个	35个	30个	25个	20个	18个	16个	14个	12个	10个
	理论	理论10%		为开卷考试											
提高班	专项技术	发球20%		9个	8个	7个	6个	5个	4个	9个	8个	7个	6个	5个	4个
				累计发入有效区数量，详见提高班发球考试有效区域图											
		传垫球20%		数量标准往返15个，占60%分，余下40%为技评											
		扣球20%		数量标准扣中4个，占60%分，余下40%为技评											
	身体素质	长跑20%		详见参考男2000米、女1800米考试评分标准											
		力量10%（二选一）	立定跳远10%	2.67	2.57	2.49	2.41	2.33	2.25	2.06	1.98	1.90	1.82	1.74	1.66
			俯卧撑10%	50个	45个	40个	35个	30个	25个	20个	18个	16个	14个	12个	10个
	理论	理论10%		为开卷考试											
高级班	专项技术	接发球10%		累计接起球的到位区域得分，详见高级班发球得分与区域划分图											
		打防20%		技评											
		发球10%		8个	7个	6个	5个	4个	3个	8个	7个	6个	5个	4个	3个
				累计发入有效区数量，详见高级班发球考试有效区域图											
		扣球10%		数量标准扣中6个，占60%分，余下40%为技评											
		比赛能力10%		技评											
		二传10%（仅二传学生）		对二传技术与能力进行技评（二传学生也可选择扣球，方法与标准同其他学生）											
	身体素质	长跑20%		详见参考男2000米、女1800米考试评分标准											
		力量10%（二选一）	立定跳远10%	2.67	2.57	2.49	2.41	2.33	2.25	2.06	1.98	1.90	1.82	1.74	1.66
			俯卧撑10%	50个	45个	40个	35个	30个	25个	22个	20个	18个	16个	14个	12个
	理论	理论10%		为开卷考试											

2. 长跑考核参考标准表

男 生		女 生	
分值	2000 米记时（分钞）	分值	1800 米记时（分钞）
20 分	7′50″	20 分	8′00″
19 分	8′00″	19 分	8′20″
18 分	8′30″	18 分	8′40″
17 分	9′00″	17 分	9′00″
16 分	9′30″	16 分	9′30″
15 分	10′00″	15 分	10′00″
14 分	10′30″	14 分	10′30″
13 分	11′00″	13 分	11′10″
12 分	11′20″	12 分	11′40″
11 分	11′40″	11 分	11′50″
10 分	12′00″	10 分	12′00″
9 分	12′10″	9 分	12′10″
8 分	12′20″	8 分	12′20″
7 分	12′30″	7 分	12′30″
6 分	12′40″	6 分	12′40″
5 分	12′50″	5 分	12′50″
4 分	13′00″	4 分	13′00″
3 分	13′10″	3 分	13′10″
2 分	13′20″	2 分	13′20″
1 分	13′30″	1 分	13′30″

（二）教学大纲研讨

1. 教学内容的选择

除了排球技术、战术、基本理论和比赛等，还考虑到普通高校公共体育课的要求，增加了身体素质锻炼的内容。并且不同层次的主要内容不同，难度递进，技术逐步减少，战术和比赛逐步增加。在技战术部分，基础班以技术为主，提高班以串联为主，高级班以比赛为主。理论部分围绕排球基本理论、健康教育、体育与健康、体育锻炼评价、排球俱乐部研讨与发展等内容，由浅入深，环环紧扣。身体素质在基础班和提高班以一般身体素质为主，在高级班以专项身体素质为主。各层次的主要教学内容既独立又相互衔接。不同层次的学生能够取得不同的学习成果，若连续选课，能够学到完整的排球运动技术、战术和理论知识，并应该能够达到比较高的比赛水平。

2. 教学时数的分配

三个级别的排球课总学时相同，都以实践课为主，占总学时的 88.9%，技战术教学又是重点，分别占总课时的 65.3% ~ 75%，突出了体育课的特点，并把部分理论知识安排在实践课中完成，理论联系实际，便于学生理解和掌握，也便于学生将所学的理论知识即时运用到实践中。

3. 考核方法与评价标准的确定

大纲中对不同级别排球课程的考核做了明确的规定，考核方法具体，评价标准详细，非常有利于规范执行。考核内容既包括排球基本理论知识、基本技术、身体素质，还包括学习态度。甚至对补考都进行了明确的规定。

第二节　排球选修课教学大纲范例及研讨

一、软式排球选修课教学大纲

（一）教学大纲范例

软式排球入门教学大纲

一、课程性质
本课程是为全校学生开设的任选课，24 学时，1 学分。

二、课程目标
通过本课程的学习，使学生了解排球运动及其基本规律，享受到排球运动的乐趣。初步掌握软式排球的基本技术和战术，了解软式排球的主要规则，能够参加软式排球比赛。

三、教学内容及基本要求

（一）实践部分

教学内容	主要教材	次要教材	基本要求
1 技术部分			基本技术部分要求学生基本
1.1 发球	下手发球	上手发球	掌握主要技术，初步掌握软
1.2 垫球	正面双手垫球	侧面垫球，背垫球	式排特色技术，并能在比赛
1.3 传球	正面双手传球	背传球	中运用
1.4 扣球	助跑起跳与扣球挥臂动作，4 号位扣球	扣 3 号位半高球 4 人、9 人制等其他比赛形式	
1.5 拦网	单人拦网		
2 战术部分			要求学生初步掌握主要进攻
2.1 进攻战术	"中一二"进攻		及防守阵形
2.2 防守战术	单人拦网防守阵形		
3 教学比赛	6 人制比赛		通过教学比赛巩固所学技战术，在比赛中介绍规则

（二）理论部分

章节名称	教学内容	基本要求
1 软式排球的起源及发展	在日本的起源及发展 在中国的引进及发展	
2 软式排球主要规则	日本软式排规则简介 中国软式排球主要规则简介	了解软式排球的起源，以及制定规则的原则和主要规则
3 软式排球的技术特点	球的特性，各项技术的特点	

四、学时分配

部分	教学内容	教学形式	教学时数	百分比
理论部分	软式排球的起源与发展 软式排球主要规则 软式排球技术的特点	技术、战术教学实践中穿插讲解	2	8.33%
实践部分	主要技术	教学实践课	10	83.34%
	次要技术		2	
	主要战术		4	
	教学比赛		4	
考试	技术考核		2	8.33%
合计			24	100%

五、考核方式

（一）考核的依据

根据教育目标，本课程重点考核学生主要基本技术的动作规格和运用能力，以及比赛能力。

（二）考核内容、方式与要求

1. 考核内容及比例

技术考核：占60%

比赛实战能力：占20%

平时成绩：占20%

2. 考核方法及要求

（1）技术水平考核

技术考核3项内容，即发球，垫球，传球。每项技术20分。

考核方法

发球：学生任选一种发球方式，每人发5次球。

垫球：自垫球，要求30次。

传球：自传球，要求30次。

各项技术根据学生的动作规格、熟练程度、控制球能力及效果综合评定。

评分标准

优秀	良好	一般	及格	不及格
19～20分	17～18分	14～16分	12～13分	11分以下

（2）比赛实战能力考核

根据平时教学比赛中的表现评定。

评分标准

优秀	良好	一般	及格	不及格
19～20分	17～18分	14～16分	12～13分	11分以下

（3）平时成绩考核

根据平时课堂回答问题的水平、学习的积极性和出勤情况进行评定。

评分标准

优秀	良好	一般	及格	不及格
19～20分	17～18分	14～16分	12～13分	11分以下

六、必要说明

（一）根据学生的不同水平，合理制度教学进度，并按进度要求认真备课。

（二）在教学中重视基本技术和战术运用能力的培养。多安排串联练习。

（三）注意技术教学、战术教学和教学比赛的合理搭配，使学生能及时把所练的技术和战术运用到比赛中去，在比赛中巩固所学的技战术。

（四）在教学实践的各有关部分及时讲解软式排球的特点、起源、发展及规则等理论知识。

七、主要参考书目

[1] 孙平. 软式排球. 北京：中国财政经济出版社，2002

［2］排管中心，体卫艺教司审定．软式排球竞赛规则（2002）．人民体育出版社，2002

软式排球教学大纲（高级）

一、课程性质

本课程是为全校已上过排球必修课的学生开设的任选课，24 学时，1 学分。

二、课程目标

通过本课程的学习，使学生了解软式排球的特性，掌握软式排球基本技术和战术并能在软式排球比赛中的运用，掌握各种比赛方法和主要规则。

三、教学内容及基本要求

章节名称	教学内容	基本要求
1. 基本理论		
1.1 软式排球起源及发展	日本的起源，中国的引进及发展	了解软式排球的起因，以及制定规则的
1.2 软式排球主要规则	日本软排规则，我国软排主要规则	原则
1.3 软式排球技术特点	球的特性，各技术与硬排球的区别	
2. 基本技术		基本技术部分要求学生熟练运用主要技
1.1 发球	下手发球，勾手发球（不同手法），上手发球（不同手法）	术，初步掌握软排特色技术，体会软式排球与硬排球的技术区别
1.2 垫球	正面垫球，侧面垫球，背垫球，单手垫球，挡球	
1.3 传球	正面双手传球，背传球，单手传球，	
1.4 扣球	4 号位扣球，2 号位扣球，3 号位扣半高球，3 号位扣快球，	介绍一些战术扣球
1.5 拦网	单人拦网，双人拦网	
1.6 脚击球	正脚背击球，内脚弓击球	
3. 基本战术	"中一二"进攻，"边一二"进攻，"插上"进攻，单人拦网防守阵形，双人拦网防守阵形	基本战术部分要求学生初步掌握主要进攻及防守阵形，并能在比赛中运用
4. 教学比赛	6 人制比赛，9 人制比赛，4 人制比赛，3 人制比赛，其他比赛形式	通过教学比赛介绍各种比赛方法，在比赛中介绍规则

四、学时分配

教学内容	教学形式	教学时数	比例%
基本理论	在技术、战术教学实践中穿插讲解	2	8.3
基本技术	教学实践课	10	41.7
基本战术	教学实践课	4	16.7
教学比赛	教学实践课	6	25.0
技术考核		2	8.3
合计		24	100

五、考核安排

（一）考核的依据：根据教育目标，本课程重点考核学生基本技术的动作规格和运用能力，以及比赛能力。

（二）考核内容、方法及要求

1. 考核内容及比例

技术考核，60%。

比赛实战能力，20%。

理论知识，20%。

2. 考核方法及要求

（1）技术考核内容及方法：共考发球，垫球，传球，扣球四项技术，每项技术15分。具体考核方法如下。

发球：学生任选一种发球方式，每人发5次球。

垫球：两人对垫，学生自愿组合。

传球：两人隔网对传，学生自愿组合。

扣球：扣4号位调整球。学生自选二传在3米线处传球，3人一组轮流扣球。每人扣5次球。

技术考核评分标准：

各项技术根据学生的动作规格、熟练程度、控制球能力及效果综合评定。

评分标准

优秀	良好	一般	及格	不及格
15分	13~14分	11~12分	9~10分	8分以下

（2）比赛实战能力考核

根据平时比赛中的表现评定。

评分标准

优秀	良好	一般	及格	不及格
19~20分	16~18分	14~15分	12~13分	11分以下

（3）理论知识考核

根据平时课堂上回答问题的水平进行考核。

评分标准

优秀	良好	一般	及格	不及格
19~20分	16~18分	14~15分	12~13分	11分以下

六、执行大纲的措施

（一）根据学生的不同水平，合理制度教学进度，并按进度要求认真备课。

（二）在教学中重视基本技术和战术运用能力的培养。多安排串联练习。

（三）注意技术教学、战术教学和教学比赛的合理搭配，使学生能及时把所练的技术和战术运用到比赛中去，在比赛中巩固所学的技战术。

（四）在教学实践的各有关部分及时讲解软式排球的特点、起源、发展及规则等理论知识。

七、主要参考书目

[1] 孙平．软式排球．中国财政经济出版社，2002

[2] 排管中心，体卫艺教司审定．软式排球竞赛规则（2002）．人民体育出版社，2002

（二）教学大纲研讨

1. 主要内容的选择

软式排球入门课选择的内容以基本技术为主，而且由于课时短，选择了最基础的技术和战术作为主要教材，其他技术战术都作为次要教材，供教师根据学生水平选择教学。

软式排球高级课是为上过排球普修课的学生开设的，因此选择了比较多的战术内容，以及主要的技术，甚至包括脚击球技术，目的是使学生在比赛中能够有更多的击球方法去处理各种情况，提高比赛质量。

2. 教学时数分配

软式排球入门课的技术部分占到 50%，战术占到 16.7%，比赛占到 16.7%，两者相加达到 33.3%，是以技术的教学为主，技术是战术和比赛的基础，只有掌握足够的技术才能完成战术学习和尝试参加比赛。

而软式排球高级课却是技术、战术和比赛并行，战术和比赛占到总学时的 41.7%，突出了课程的重点，保证了课程目标的完成。必要的技术教学是为了让学生熟悉软式排球的特性，掌握软式排球的击球方法。

3. 考核与评价标准

软式排球入门课程的考核以技术掌握程度为主，本着寓教于乐的原则，让更多的学生喜爱软式排球，技术考核的难度不高，采用自传、自垫和发球三项技术考核，不增加学生的学习负担，使学生可以比较轻松地享受软式排球运动。理论知识的考核采用随堂提问的方式，目的是丰富学生的相关知识，培养学生对软式排球运动的兴趣。

作为选修课，而且学生已修过排球课程，软式排球高级课考核的重点是技术运用能力和比赛能力。技术考核除动作规格外，还包括熟练程度、控制球能力及效果等反映运用能力的指标。理论知识的考核也是采用了随堂提问的方式，注重学生对知识的理解和运用。

4. 大纲执行措施

在两个不同层次的教学大纲中，大纲执行的措施都突出了技术战术运用能力和比赛能力的培养，同时对理论知识的传授提出了具体落实措施。虽然具体措施基本一致，但是学生的水平不同，达到的目标是不同的。

5. 教材及参考书目的选择

目前软式排球的书籍不十分丰富，而且作为选修课程没有规定的教材，选择一本参考书和软式排球规则供学生参考。该参考书既包括基本技战术，又有各项技术与硬排球的区别，还包括许多用球的练习方法及游戏，有利于学生自学，对提高比赛和教学能力有积极的作用，是一本比较好的教学参考书。

二、沙滩排球选修课教学大纲

（一）教学大纲范例

沙滩排球教学大纲

一、课程性质

本课程是为全校学生开设的任选课，32 学时，1.5 学分。

二、课程目标

通过本课程的学习，使学生了解沙滩排球运动的特性，掌握沙滩排球基本技术和战术并学会在比赛中运用本课程已学过的技、战术，初步掌握比赛方法和主要竞赛规则。

三、教学内容及基本要求

（一）理论部分

章节名称	教学内容	基本要求
1. 沙滩排球的起源、发展	在美国的起源、发展，在世界、中国的传播与发展。	了解沙滩排球的起因与当前发展情况
2. 沙滩排球运动的特点和技术战术分析	沙滩排球比赛特性，各项技术与室内排球的区别。	在技术教学中让学生掌握沙滩排球与室内排球的区别及沙滩排球比赛特点
3. 沙滩排球主要规则		初步掌握主要比赛规则

（二）实践部分

教学内容	主要技、战术	次要技、战术	基本要求
1. 基本技术			
1.1 发球	正面上手发飘球 正面上手发球	跳发大力球	基本掌握运用主要技术，初步掌握次要技术。
1.2 垫球	正面垫球，背垫球，接发球垫球	单手垫球，挡球，接扣球垫球	初步掌握主要进攻及防守战术并能在比赛中运用。
1.3 传球	正面传球，调整传球	背传球	
1.4 扣球	近网扣球，远网扣球	吊球	
1.5 拦网	单人拦网	四人制比赛，男女混合制比赛	初步掌握二人制比赛，学会四人制和男女混合制比赛。
2. 基本战术			
2.1 接发球进攻	二人接发球进攻		
2.2 接扣球进攻	单人拦网下防守进攻 无人拦网下防守进攻		
3. 教学比赛	二人制比赛		

四、学时分配

教学内容	教学形式	教学时数/%	
理论教学			
1. 沙滩排球概述、技战术分析	在教学实践课中依据教学内容穿插安	1	3.125%
2. 沙滩排球主要规则	排相应理论教学内容	1	3.125%
实践教学			
1. 主要技术	教学实践课	14	43.75%
2. 次要技术	教学实践课	5	15.625%
3. 基本战术	教学实践课	5	15.625%
教学比赛	教学实践课	4	12.5%
考核		2	6.25%
合计		32	100%

五、考核安排

（一）考试的依据：根据教育目标，本课程重点考核学生基本技术的动作规格和运用能力，以及比赛能力。

（二）考核内容、方法及要求

1. 考核内容及比例

（1）技术考核 60%

（2）比赛实战能力 10%

（3）平时考核 10%

（4）理论知识 20%

2. 考核方法及要求

（1）技术

技术考核内容及方法：见下表。每项 15 分，其中技评 5 分，达标 10 分。

考试内容及方法

项目	方　　法
发球	学生任选一种发球方式，每人发 5 次球。
垫球	学生自垫球 30 次，每次垫球的高度高于自己头部 1 米。
传球	两名学生隔网对传 30 次。
扣球	扣远网球。二传手站在距离网前 3 米处传球，3 人一组轮流扣球，每人扣 5 次球。

技术评分标准：

各项技术根据学生的动作规格、熟练程度、控制球的能力及效果综合评定。

项目	达标	技评
发球	每个球2分，其中弧度1分，速度1分，失误0分。	抛球1分，挥臂动作击球手法2分，击球准确性2分。
垫球	垫球19次以下，每少2次，减1分。	基本动作1分，手臂触球部位、击球点2分，全身协调用力2分。
传球	传球19次以下，每少2次，减1分。	手型2分，全身协调用力3分。
扣球	每人扣5次球，每球2分，失误0分。	助跑起跳动作1分，挥臂动作2分，击球手法1分，起跳点和起跳时机1分。

传球、垫球达标标准

30次	29~27次	26~24次	23~20次	19次
10分	9分	8分	7分	6分

（2）比赛实战能力

评分标准：根据学生在平时教学比赛中的技术、战术的水平及运用能力评定成绩。

优秀	良好	及格	不及格
10分	9~8分	7~6分	6分以下

（3）平时考核

考核评分标准：根据学生的学习态度、出勤情况评定成绩。

优秀	良好	及格	不及格
10分	9~8分	7~6分	6分以下

（4）理论知识

考试标准：根据每堂课的课堂提问回答问题的情况和踊跃程度评定成绩。

优秀	良好	及格	不及格
20分	19~16分	15~12分	11分以上

六、执行大纲的措施

（一）根据学生的具体水平，制定合理教学进度，并按进度要求认真备课。

（二）在教学中重视培养学生基本技术规格和对战术的理解能力，做到精讲多练。

（三）合理安排技术、战术和教学比赛的教学时数比例，使学生能及时把所学到的技术和战术运用到比赛中去，在比赛中巩固所学技能。

（四）在教学实践的各部分应与理论知识的讲授有机结合。

七、主要参考书目

［1］排球运动管理中心．沙滩排球竞赛规则．北京：人民体育出版社，2003

［2］全国体育院校教材．排球运动．北京：人民体育出版社，1999 年

［3］排球运动管理中心．沙滩排球裁判工作指南

（二）教学大纲研讨

1. 主要教学内容的选择

32 学时的沙滩排球课程，其教学内容的选择是以传授沙滩排球运动基本知识、基本理论、基本技术和基本战术为中心，同时注意培养学生对沙滩排球运动的兴趣和团结协作、勇于拼搏的团队精神；培养学生沙滩排球运动的实践能力、竞赛的参与能力和自我教育能力等相应教学伴随效应教学内容的选择。但因学时有限，仅选择了最主要的理论、技术、战术及比赛方法。

2. 教学时数分配

这是一门选修课，课程目标是了解沙滩排球运动的特性，掌握沙滩排球基本技术和战术，初步掌握比赛方法，在遵守竞赛规则的前提下参加比赛并运用所学技术战术。因此在学时分配上以技术、战术为主，占 75%，并安排了 12.5% 的教学比赛，理论知识的学习安排了 6.3% 的比例。

3. 考核方法及标准的确定

在教学大纲的指导下，本着寓教于乐的原则，让更多的学生喜爱沙滩，考核分为技术考核和理论考核。技术考核突出学生对基本技术的掌握和运用，为参与沙滩排球运动奠定基础。理论考核主要是丰富学生相关知识，培养兴趣，所以采用每堂课的随堂提问形式，根据学生回答问题的情况和踊跃程度评定成绩。

4. 完成大纲措施的确定

制定完成大纲的措施是为了保证大纲目标的顺利完成，为教师提出一些建议。制定的措施应遵循学校体育教学和沙滩排球运动的特点。以及学生主体原则、兴趣先导原则，实践强化原则和为终身体育打基础原则等。

5. 教材及参考书目的选择

目前在国内的关于沙滩排球的教学应用类书目还不是很多，但是为了满足教学的需要认真选择了具有权威性的三本参考书进行理论上的补充与指导。本着深入浅出，取其精华的思路摘取了必要的、科学的内容来丰富学生的理论知识水平。

第二章 排球课程教学进度范例及研讨

第一节 排球必修课教学进度范例及研讨

一、体育院系排球必修课教学进度

（一）教学进度范例

排球必修课教学进度（64 学时）

课次	主要教学内容	教学形式
1	准备姿势*，移动步法*，正面上手传球*，下手发球	
2	移动步法，正面传球，正面双手垫球*，下手发球	
3	移动传球，移动垫球，正面双手垫球，扣球挥臂动作*	
4	变方向传球，变方向垫球，扣球挥臂动作	实
5	变方向传、垫球，传垫串联，勾手发球*（女）上手发球（男）	践
6	助跑起跳*，接发球垫球*，勾手发球（女）上手发球（男）	
7	助跑起跳，接发球垫球，传垫比赛	教
8	网前正面二传*，完整扣球*，5 人"W"接发球阵形*	
9	网前二传，一传、二传串联，完整扣球	学
10	4 号位扣球，侧面垫球，一、二传串联，传垫比赛	理论教学
11	调整传球，4 号位扣球*，侧面垫球，传扣串联	
12	调整传球，背垫球，传扣串联	实
13	接扣球垫球，背垫球，教学比赛	践
14	排球基本技术及教学	教
15	接扣球垫球，上手发飘球*，扣调整球	学
16	背传球，2 号位扣球，"中一二"接发球进攻*，上手发飘球	
17	单人拦网*，2 号位扣球，"中一二"进攻，教学比赛	理论教学
18	单人拦网，单人拦网防守阵形*，攻防对抗	实
19	两人扣垫传串联，单人拦网防守阵形，"边换中"接发球进攻	践
20	"边换中"接发球进攻，3 号位扣半高球，垫传扣串联	教
21	排球基本战术及教学	学
22	3 号位扣球，双人拦网，教学比赛	

课次	主要教学内容	教学形式
23	双人拦网，"边一二"接发球进攻	
24	"边一二"进攻，双人拦网心跟进防守阵形	
25	防调扣串联，双人拦网心跟进防守阵形	理论教学
26	排球运动发展、规则、竞赛的组织与编排	实
27	上手发球（女）勾飘发球（男），教学比赛，裁判实践	践
28	教学比赛，裁判实践	教
29	教学比赛，裁判实践	学
30	介绍软式排球或沙滩排球（根据气候条件选择）	
31	复习考试技术，教学比赛	考试课
32	技术考试	

注：1. "﹡"为主要教材内容。

2. 同样内容第二次出现时为复习教材。

3. 根据学生的基础水平，可稍调整进度。根据场地情况，理论课时间可适当调整。

（二）教学进度研讨

该教学进度制定的依据。

1. 技术、战术教学顺序

准备姿势教学顺序：半蹲准备姿势→稍蹲准备姿势→低蹲准备姿势等。

移动的教学顺序：并步移动→滑步移动→跨步移动→交叉步移动→跑步移动等。在移动的方向上，应先学习向前、向左和向右的移动，然后是向后移动和转身跑动。

发球技术教学顺序：正面或侧面下手发球→上手发球（男）或勾手发球（女）→正面上手飘球等。

垫球技术教学顺序：正面双手垫球→移动垫球→变方向垫球→体侧垫球→接发球垫球→背垫球→接扣球垫球→单手垫球→单、双手挡球等。

传球技术教学顺序：正面双手传球→变方向传球→网前二传→背传球→跳起传球等。

扣球技术教学顺序：助跑起跳和挥臂动作分解教学→完整扣球→4 号位扣一般高球→2 号位扣一般球→3 号位扣半高球等。

拦网技术教学顺序：单人拦网→双人拦网等。

进攻战术教学顺序："中一二"接发球进攻→换位"中一二"接发球进攻→"边一二"接发球进攻等。

防守战术教学顺序：5 人接发球防守战术→单人拦网接扣球防守战术→双人拦网心跟进接扣球防守战术等。

2. 技术、战术在比赛中运用的顺序及比例

从能够参加排球比赛的角度分析，首先需要的技术是发球和垫球（接发球垫球）技术。垫球技术比传球技术的防守范围更大，因此初学时可以先学习下手发球和正面垫球技术，然后学习传球技术、扣球技术和拦网技术。传球技术也可以与垫球技术同步进行教学。

再从参加排球比赛的角度、攻防对抗关系、以及战术学习的难易程度分析，首先学习接发球防守战术。接发球防守防起发球后即转入进攻，最简单的进攻战术就是"中一二"接发球进攻战术。

发球方在发球后即进入防守对方的扣球阶段，最简单的防守扣球战术是单人拦网的防守战术。

学习"中一二"接发球进攻战术之前，需要初步掌握网前二传技术和2、4号位的扣球技术。学习单人拦网接扣球防守战术，需要初步掌握拦网技术，并能初步形成接发球进攻。这就是技术与战术之间需要考虑的教学顺序。

比赛中运用较多的垫球、传球技术和发球技术在进度中被分成不同内容出现的次数比较多，扣球技术出现的次数也比较多。

3. 技术、战术教学难度

例如扣球技术的教学难度较大，被分解成扣球挥臂、助跑起跳、完整扣球、4号位扣球等在教学进度中多次出现，保证学生能够较好地掌握正面扣球技术。

二、普通高校排球选项课教学进度

（一）教学进度范例

普通高校排球选项课教学进度
基础班教学进度

课次	技战术教学内容	身体素质内容
1	①分班，介绍教材、要求；②了解学生基本情况	5分钟长跑
2	①学习准备姿势、移动、起动；②学习正面传球；③学习下手发球	多级蛙远
3	①复习移动和下手发球；②改进正面传球：手形和击球点；③学习正面垫球；④学习原地扣球手法和挥臂	1600米长跑
4	①改进正面传球：移动及用力；②改进正面垫球：手型和用力；③学习上手发球；④学习助跑起跳扣球	10分钟长跑
5	①学习移动传球和垫球；②纠正上手发球、下手发球错误动作；③改进助跑起跳扣球：助跑线路、起跳时机；④传、垫球对抗比赛	短跑
6	①学习传球、垫球串联，纠正传球、垫球错误动作；②复习发球；③传、垫球对抗比赛	2400米跑
7	①提高传垫球串联意识和运用能力；②复习助跑起跳扣球；③教学比赛	10分钟跑和俯卧撑
8	理论课：排球发展、规则及技术分析	
9	①复习移动传垫球、发球；②学习接发球技术；③教学比赛	多级蛙跳和俯卧撑
10	①复习传球、垫球和扣球；②学习五人接发球站位阵形：4-2配备，二传不插上；③教学比赛	20分钟长跑
11	①复习传球、垫球和发球；②改进五人接发球站位阵形：职责区域与配合，提高接发球一攻能力；③教学比赛	三米往返移动
12	①学习单人防守技术（判断、移动和技术运用）；②学习单人拦网技术；③结合单人拦网，复习助跑起跳扣球	15分钟长跑
13	①巩固移动传垫球、发球；②学习单人拦网下防守阵形；③教学比赛	多级蛙跳和俯卧撑

续表

课次	技 战 术 教 学 内 容	身体素质内容
14	①比赛前热身技术练习方法；②学习比赛基本组织、方法与比赛实践	2400 米长跑
15	①技术考试项目练习；②教学比赛	素质考试：立定跳远或俯卧撑
16	①技术考试：传球、垫球；②复习考试技术：发球	素质考试：男 2000 米、女 1800 米跑
17	①技术考试：发球；②教学比赛；③理论考试布置	
18	①补考；②收理论考试卷；③总结本学期教学情况	

提高班教学进度

课次	技 战 术 教 学 内 容	身体素质内容
1	①了解情况、介绍教材、要求、分小组（或队）；②复习并纠正传球、垫球技术	5 分钟长跑
2	理论课：①录像：基本技战术分析；②比赛欣赏与自我评价；③基本规则概念与裁判员手势	
3	①基本技术复习，纠正发球、扣球技术；②结合扣球练习，纠正单人拦网技术	多级蛙远
4	①学习 4-2 配备（二传插上）接发球进攻；②教学比赛	短跑
5	①复习、改进单人拦网下的防守阵型（进攻为高球或半高球）；②教学比赛	10 分钟长跑
6	①学习双人拦网；②学习双人拦网下的防守阵形	15 分钟长跑
7	①通过串联练习（2~4 人：打、防、调），提高基本技术水平；②教学比赛与讲解规则	多级蛙跳和俯卧撑
8	①提高技术串联能力（扣、拦、防、攻）；②教学比赛	10 分钟长跑
9	①提高接球与 4-2 配备接发球进攻能力；②教学比赛	多级蛙跳和俯卧撑
10	①结合 4-2 配备接发球进攻，提高单人或双人拦网下的防守和反攻串联能力；②教学比赛	15 分钟长跑
11	①复习打、防、调、扣球、接发球等技术；②教学比赛	15 分钟长跑
12	理论课：排球比赛裁判法及组织	
13	比赛组织、方法与实践	30 米短跑
14	①考试技术复习；②教学比赛	素质考试：立定跳远或俯卧撑
15	①技术考试：传垫球；②复习考试技术：扣高球、发球	2800 米跑
16	①技术考试：扣高球（2 或 4 号位）；②复习考试技术：发球	素质考试：男 2000 米、女 1800 米跑
17	①技术考试：发球；②发放理论考试；③教学比赛	
18	①补考；②教学比赛；③收理论考试卷；④总结本学期教学情况	

高级班教学进度

课次	技战术教学内容	身体素质内容
1	①了解情况、介绍教材、要求、分小组（或队）；②通过教学比赛，了解学生掌握技战术情况	5分钟长跑
2	①复习及纠正基本技术（传、垫、扣、发）；②教学比赛	多级蛙跳
3	理论课：进攻与防守战术、球队场上位置职责及分工	
4	①提高二传手专项能力（不同球的传球）；②学习3号位扣快球技术；③改进2、4号位扣高球技术、双人拦网技术；④教学比赛	10分钟长跑
5	①学习进攻战术：交叉（2－3和3－4号位）；②提高单人防守/二传手专项能力；③教学比赛	3米往返移动
6	①提高双人拦网配合能力；②学习进攻战术：梯次（3－4号位）、夹塞；③教学比赛	多级蛙跳
7	①改进接发球、扣球（不同位置扣球）、二传；②学习5－1配备接发球进攻、防守反攻阵型及配合	短跑和俯卧撑
8	①复习基本技术；②提高攻防能力：4打4（其中一名二传）远网攻防教学比赛	10分钟长跑
9	①巩固和提高扣球、接发球和发球技术；②复习和改进进攻与防守阵型（双人拦网）	15分钟长跑
10	①精彩比赛集锦，讲解比赛，俱乐部研讨；②国内外高水平比赛观摩（课外联系与安排）	
11	①结合进攻战术（交叉、夹塞、梯次）复习，提高双人拦网配合能力；②教学比赛	多级蛙跳和俯卧撑
12	①通过接发球与防反串联练习，提高一攻与防反转换能力；②教学比赛	3米往返移动
13	循环比赛（含裁判）：第一轮	长跑考试：男2000米、女1800米跑
14	①比赛前热身：考试技术复习；②循环比赛（含裁判）：第二轮	素质考试：立定跳远或俯卧撑
15	①比赛前热身：考试技术复习；②循环比赛（含裁判）：第三轮	
16	①技术考试：扣球（2或4号位高球、3号位快球或半高球）/二传、打防；②复习考试技术：发球、接发球	
17	①技术考试：发球、接发球；②发理论考试卷；③教学比赛	
18	①补考；②教学比赛；③收理论考试卷；④总结本学期教学情况	

（二）教学进度研讨

根据教学大纲对不同层次教学对象的不同要求，以及教学内容和考核方法、标准的不同，把技术、战术、理论、身体素质内容分解到每次课中，各次课的教学内容具体、明确，具有很强的可操作性，有利于教师备课。同时内容安排逻辑性强，前后连贯。不同层次的排球选项课既独立，又相互衔接，呈现螺旋上升的趋势。

第二节　排球选修课教学进度范例及研讨

一、软式排球教学进度

（一）教学进度范例

软式排球入门教学进度

课次	主要教学内容
1	准备姿势，移动步法，正面双手传球、正面双手垫球，软式排球比赛方法
2	移动传、垫球，学习下手发球和传、垫球技术的运用
3	学习变方向传、垫球，下手发球，扣球挥臂动作，传、垫球比赛
4	学习接发球垫球，扣球挥臂动作，5 人接发球阵形
5	网前正面二传，上手发球，助跑起跳，传、垫球比赛
6	一传、二传串联，完整扣球动作，4 号位扣球，教学比赛
7	介绍背垫球和勾手发球，4 号位扣球，教学比赛
8	改进传、垫、扣等技术动作，提高运用能力，教学比赛
9	介绍 2 号位扣球，"中一二"进攻及背传球
10	介绍单人拦网技术，提高基本技术的控制球能力，教学比赛
11	介绍单人拦网防守阵形，复习考试技术，教学比赛
12	技术考试

软式排球教学进度（高级）

课次	主要教学内容
1	正面双手传球，正面双手垫球，4 号位扣球，下手发球
2	网前正面二传，背传，2 号位扣球，教学比赛
3	接发球垫球，侧垫球，背垫球，调整传球，勾手发球
4	单手垫球，挡球，单人拦网，"中一二"接发球进攻
5	接扣球垫球，扣调整球，垫传扣串联，教学比赛
6	脚击球，上手发球，单人拦网防守阵形
7	双人拦网，3 号位扣球，"边一二"进攻，教学比赛
8	两人扣防，介绍战术扣球，攻防对抗
9	防调扣串联，单手传球，教学比赛，裁判实践
10	双人拦网防守阵形，教学比赛，裁判实践
11	复习考试技术，教学比赛，裁判实践
12	技术考试

（二）教学进度研讨

由于软式排球比赛形式与硬式排球基本一致，技术、战术的教学顺序也基本一致，因此在设计软式排球教学进度时考虑的因素与硬式排球也基本一致，软式排球入门课程的进度安排更是如此。由于软式排球速度慢，容易学，因此入门的第一次课中就安排了比赛方法的学习。且在第3次课就安排了传垫球比赛，有利于增加学生的学习兴趣。

软式排球高级课由于授课对象是已经学习过硬式排球的学生，加之课时比较少，因此在一节课中安排了比较多的内容。在备课时教师可以选择主要内容进行重点教学，其他内容则复习熟练即可。教学进度中第二次课就出现了教学比赛。在有集体进攻或防守教学内容的课中，教师一般会安排教学比赛或对抗练习，除此以外几乎所有的课中都安排了教学比赛。与课程目标要求一致，相信学生会喜欢这样的课程安排。

二、沙滩排球教学进度

（一）教学进度范例

沙滩排球教学进度

课次	主 要 教 学 内 容
1	准备姿势，移动步法，正面双手传球，正面双手垫球
2	正面双手传球，正面双手垫球，背垫球，单手垫球
3	网前传球，正面上手发球，助跑起跳与扣球挥臂动作
4	传调整球，助跑起跳与扣球挥臂动作，近网扣球
5	助跑起跳与扣球挥臂动作，扣近网球，正面上手发飘球
6	传调整球，远网扣球，挡球，
7	接发球垫球，调整传球，跳发大力球
8	二人接发球进攻，教学比赛
9	接扣球垫球，单人拦网，垫传扣串联，背传球
10	扣近网球，扣远网球，吊球，单人拦网
11	单人拦网下防守进攻，教学比赛
12	无人拦网下防守进攻，教学比赛
13	教学比赛
14	教学比赛
15	复习考试技术，教学比赛，裁判实践
16	技术考核

（二）教学进度研讨

1. 技战术教学顺序

螺旋式和循序渐进式是普遍的教学顺序格式。移动、传球、垫球、扣球、发球、拦网是沙滩排球运动的六大基本技术。在32学时的教学中，学生掌握简单的技术和战术打法，能够满足比赛的需要即可。从第一次技术课到最后一次课结束，六大基本技术穿插在每节课中使学生从学习到巩固再到基本掌握。战术的练习从了解到逐步熟悉，最终到实际的比赛中运用，避免了操之过急，因为战术运用得当可以使比赛更加有趣。

2. 技战术在比赛中运用的顺序及比例

技战术在比赛中的顺序根据实际比赛不分先后，例如发球在比赛时既是技术的单个运用又是战术运用的开始。如果按照比赛顺序，技术的依次顺序是发球、垫球、传球、扣球、拦网，移动穿插其中。根据比赛规则传球在比赛中有着严格规定，但是只要运用得当会使比赛更加精彩。

3. 技战术教学的难易程度

沙滩排球是一项技术性很强的运动。值得注意的是六大技术中男生学习传球、扣球先于女生，而女同学学习垫球效果优于男同学。由于沙滩排球运动是由两个人进行的比赛，所以战术相对简单，但掌握起来需要的条件很高，在教学中可不作为重点。

第三章　排球课程教案范例及研讨

第一节　排球必修课教案范例及研讨

一、体育院系排球必修课教案

（一）教案范例

排球必修课教案：

授课周次 _____ 周 __1__ 次　　授课对象 _____　　日　期 _____

课的任务　1. 了解学生情况，明确课程任务，进行安全教育；2. 培养学生对排球运动的兴趣，学习比赛基本规则；3. 初步建立正面双手传球和下手发球动作概念，基本掌握主要移动步法。

部分	时间	教学内容	分量	组织教法
准备部分	30分	1. 整队集合，检查出勤 2. 提出本课程的要求 3. 宣布本课任务，安排见习生 4. 准备活动： （1）双人球操 　　胸前推球　　四八呼，以下同 　　振臂运动 　　转体传递球 　　体侧传递球 　　腹背头上胯下传递球 　　踢腿绕球 　　蹲起运动 　　弓箭步压腿	8分	 同列两人1球，体操队形。 要求：加强配合，动作到位，跟上节奏。

续表

部分	时间	教学内容	分量	组织教法
准备部分		（2）抛接球比赛	20分	分组：学生分为4组，两组间对抗。 场地：4.5×5米。网高：2.10~2.20米。 方法：场上1人，其他人在端线外。场上学生将球抛入对方后即出场，场下的一名学生上场准备接对方抛球。尽量不使球在本方场内落地，同时想办法将球抛入对方空当，使其落地。不得碰网、过中线，不可持球跑动，允许一步起跳跳起将球抛向对方。11分一局，淘汰赛决出名次。 比赛过程中针对出现的各种情况讲解排球比赛的主要规则。 一局比赛后，帮助学生小结排球比赛的主要规则及游戏时的移动步法，并要求在下一局比赛中继续观察主要的移动步法。
基本部分	55分	1. 学习准备姿势及主要的移动步法 （1）示范讲解准备姿势及主要移动步法 讲解准备姿势，滑步，交叉步，跨步等主要移动步法的特点、运用时机、动作方法及动作要领。 （2）跟随教师试做 （3）分组移动练习 　　30秒1组， 　　每种步法做1组。 2. 学习正面双手传球 （1）示范讲解 　　传球技术运用时机，准备姿势，手型，手指触球部位，击球点，全身协调发力，传球相关规则等。 （2）徒手模仿练习 　　一八呼×4组 　　2组集体练习 　　2组分组练习	15分 25分	在总结抛接球比赛中准备姿势和移动步法的基础上，对主要的准备姿势和移动步法分别进行示范和讲解。 4排队列队形。 4排体操队形，先分解练习，后完整练习。每讲解一种步法，练习一种。 要求：动作放松，保持稍蹲准备姿势。 按抛接球比赛的4组分别进行练习。在后场，面对网看教师手势做滑步练习，看教师抛出的球做交叉步和跨步练习。 要求：注意判断球，制动好，变向快。 4列队形，教师在队列中间示范。 4列体操队形，先模仿手形，教师持球轮流放学生手中帮助体会手形、手指触球部位，并纠正手型。然后模仿全身动作，注意手臂手腕伴送动作。

部分	时间	教学内容	分量	组织教法
基本部分				先集体练习，后分组练习。分组练习时1、3排向后转，相互观摩纠正。
		(3) 传固定球 　　8次×2组	8×2	同列2人1组，1人持球，1人练习。 　　　　教师示范持球方法及练习，强调手指触球部位和全身协调动作。 要求：注意身体姿势，相互纠正动作。
		(4) 自抛传球 　　每人30次 　　10次近距离（3米）×2 　　10次中远距离（5米）	30次	同上分组，相距3~5米。 教师示范抛球方法和发力动作。反复强调协调发力。 要求：手形和击球点正确；注意全身协调发力；保持距离，控制力量和弧度。
		(5) 传抛球 　　10次×2组	20次	同上分组，相距3米左右。1人抛球，1人练习。教师对抛球进行示范。 要求：认真抛球到位；注意传球动作，移动找球；保持练习距离，控制弧度。
		3. 学习侧面下手发球 (1) 示范讲解 　　发球的作用，准备姿势，抛球，引臂与挥击，击球手法，发球的相关规则等。	15分	在发球区，学生呈队列队形站边线内。教师在端线附近发球。
		(2) 徒手练习 　　　　一八呼练习	8次	体操队形，听教师口令练习。 要求：注意动作顺序，按口令节奏练习；
		(3) 对挡网发球 　　3次不抛球发 　　5次抛球发	8次	4组学生听哨声轮流练习，面对挡网4~5米处。先左手持球发固定球，然后将球抛起发球。强调抛、击动作的配合。 要求：注意动作顺序和节奏；认真抛球。
		(4) 隔网发球 　　每人发8~10次	8~10次	6组学生，在网两侧中场，听教师哨声轮流练习。一侧3组发完后，另一侧发球。根据动作掌握情况逐步加长距离。 要求：注意动作顺序，控制发球力量；注意对方来球，避免被球打。
结束部分	5分	1. 收球、放松 2. 小结传球和下手发球动作要领，小结排球比赛的主要规则。		体操队形，以放松上肢为主。 提问动作要领。解答学生提问。
课后小结				

教案研讨：

这是第一次课，把培养学生对排球运动的兴趣和了解排球比赛主要规则作为课的主要任务之一，打破了以往排球课以基本技术学习为入门的教学模式。会受到学生的欢迎。

准备活动中安排两人一组的球操，既培养学生对球的感觉，又培养配合意识。排球项目技巧性较强，对球的感觉和控制非常重要。从第一节课开始就重视球感和配合意识的培养。

准备部分的抛接球比赛，让我们尝试在学生还不具备排球基本技术的情况下，同样可以进行排球比赛，培养排球意识，学习排球比赛规则。排球比赛的最核心规则是不让球在本方落地，而想方设法让其落在对方场地。学生从比赛开始接触排球，容易对排球运动产生兴趣。

移动步法教学时，让学生从游戏比赛中归纳移动方法，启发了学生的积极思维，有利于学生的主动学习和技能间的积极迁移。把枯燥的移动步法练习与实战结合起来，使学生明白移动的目的，练习就会更加积极。在移动步法练习中选择结合场地的方法，有利于培养场地感觉和排球意识。

传球技术教学抓住技术的难点，在练习方法的选择上，注重手型和手指手腕的发力环节。发球技术教学要考虑安全因素，采用鸣哨分组练习的方法，既可以避免学生被球砸，又可以养成听哨后发球的习惯。

教案中的每一练习都提出要求，有利于完成课的任务，保证学生学习的效果。

授课周次 _____ 周 __2__ 次 授课对象 _____ 日 期_____

课的任务 1. 培养对球速和距离的判断，以及对球的控制意识；2. 初步掌握正确的传球和下手发球动作并能在简单比赛中初步运用；3. 初步掌握正面垫球动作方法。

部分	时间	教 学 内 容	分量	组 织 教 法
准 备 部 分	20分	1. 整队集合，检查出勤 2. 了解学生对第一次课的感想 3. 宣布本课任务，提出要求，安排见习生 4. 准备活动 （1）球 操 双手头上抛球 单手肩上抛球（右手、左手） 向前抛球后用传球手型和点接反弹球 向左右抛球后移动在腹前接反弹球 后抛转身接球 后抛，后退跑，传球点接球 后抛，后退跑，垫球点接球	10分	 每人1球，体操队形，从边线出发，在两边线间做各种抛接球练习。 抛球后迅速跑动接住球，或接落地反弹球。各练习做一个来回。在接住球的前提下，比移动距离。 要求：按规定的方法抛球，规定的接球点接球；接球后尽量制动；控制抛球距离，在接住球的前提下，增加跑动距离。

部分	时间	教学内容	分量	组织教法
准备部分		（2）游戏"三球不归一"	8分	学生分为3~4人一组，两组在场上比赛，其他学生在场外观摩、加油。 一方2球，一方1球，教师吹哨开始比赛。将球抛入对方场地，当3球同时到一方时，则对方胜出。球若被抛出场外，教师给抛球方补一球。下一局时换一方2球。每两队间采用5局3胜制， 提示学生注意判断来球，积极移动接球；加强防区配合与观察。
基本部分	65分	1. 传球练习 （1）提问并进一步示范讲解动作要领 （2）徒手练习 （3）自抛传球 　　排头计数，每人8次。 　　8次后2、4号位换方向传球 重点：手指手腕发力，全身协调发力 难点：控制球的方向 （4）传抛球 　　每人抛8次球交换 重点：迎球，协调发力 难点：找击球点 （5）两人对传球	30分 8次 8×2 8×2	学生自愿回答问题并示范，其他学生补充或纠正，教师最后归纳并示范。 4列体操队形，同列两两一组，一人练习，另一人讲评，纠正。 要求：主动控制动作并讲评同伴的动作。 4组学生，球网两侧，轮流从3号位自抛传向4、2号位。教师不断强调全身协调发力，尤其是女生的腿部用力。 要求：参照球网，控制传球的高度及方向；注意手型、击球点和协调发力。 同上组织形式，一人在4号位或2号位抛球，其他人在3号位轮流传球。教师示范抛球并提出要求，然后轮组抛球并讲评传球动作及效果。 要求：积极移动，保持正确击球点和手型；参照球网注意传球质量；认真抛球。 学生自愿组合，相距3~4米。不计连续次数。教师反复强调要领纠正动作。 要求：移动找球；坚持用正确动作击球。

部分	时间	教学内容	分量	组织教法
基本部分		（6）传球比赛		4组学生。采用第一次课抛接球比赛的形式，运用传球技术进行比赛。可以接住球，再自抛传入对方，也可直接传入对方。15分一局。要求：合理用传球技术，积极移动找球。
		2. 学习正面双手垫球 （1）示范讲解 垫球运用时机，准备姿势，手型，击球点，手臂触球部位，全身发力，垫球相关规则	20分	4列横队，教师在中间示范与讲解，请学生协助从后场垫球到网前。侧面示范为主。正面示范手形和手臂触球部位。
		（2）徒手模仿练习 一八呼×2组	8×2	4列体操队形，先模仿手形，教师持球触及每个学生手臂的垫球部位使其体会。然后体会全身动作。要求：动作到位；相互观摩，相互纠正。
		（3）垫固定球 8次交换持球 每人2组	8×2 ×2	同列2人1组，1人持球，1人垫球。教师示范持球方法、位置和练习方法。要求：持球高度合适；垫球后两手松开，后撤一步再上步垫球；体会手臂触球部位和全身协调动作。
		（4）垫抛球 每人抛10次球交换	10×3 ×4	接上一练习，每一横排为一组，两边场地1、5号区练习，每组1人在网前抛球，其他人在中场轮流垫球。教师示范抛球并提出要求，若有掌握困难的学生，单独成组教师带领练习。要求：垫球落在网前并高于网；注意基本动作；认真抛球并评价同伴垫球效果。
		3. 下手发球练习 （1）提问动作要领并示范 （2）两人对发球 每人发10次 （3）隔网发球	10分 10次	学生回答并示范，教师归纳并示范。同列两人一组，分别站在两边线附近对发球，体操队形散开练习。要求：认真抛球；控制挥臂方向，发球到位；判断移动，接住同伴发来的球。女生先在场内练习，先听哨分组发球，培养听哨发球习惯。然后到端线自主练习，教师个别指导纠正。要求：认真抛球，控制力量，减少失误。
结束部分	5分	1. 收球、放松 2. 小结对球的判断及传球、下手发球技术的运用。归纳垫球技术动作要领。		同列2人一组相互放松。教师提问垫球技术环节，请学生回答。
课后小结				

教案研讨:

课任务提出培养球感,并明确为对球的速度和距离的判断,教学初期要有意识地培养排球比赛必备的战术意识和战术行为。准备部分练习方法的选择都围绕这一任务,还考虑到培养学生的移动能力,不仅有向前的移动,还有向两侧的移动,甚至还有转身移动和后退移动,这些移动在练习和比赛中经常需要用到。并把寻找传球和垫球的击球点穿插在练习中。

在两人对发球的练习中提出了"接住同伴发来的球"的要求,也是为了完成提高学生对球速和距离判断能力的任务。战术意识和战术行为的培养需要在技术练习的要求中完成。

技术学习的目的在于能够比赛。比赛既可以提高学生练习的积极性,同时可以培养战术意识和战术行为,使学生理解技术在比赛中的作用,提高学生运用所学技术的能力。将技术学习和比赛有机地结合在一起,让学生一开始就在比赛状态下学习并运用技术。

在练习中经常运用相互观摩、评价、纠正的方法,促进学生思维,有利于学生形成正确的技术概念。及时的反馈也是技术学习必须的。同学间的帮助和纠正可以弥补教师不能及时发现每个学生的错误或问题。对有些学生来说,同伴的指正可能比教师的指导更有效。

传、垫球技术的练习结合球网和场地,可以帮助学生增加场地概念,加深理解技术的作用,以及何谓"击球到位",为下一步的技术串联进行准备。使每堂课成为整个教学链上的有机部分,而不是孤立的课堂教学。

授课周次 ＿＿＿＿周 ＿3＿次　授课对象 ＿＿＿＿＿＿＿＿　日　期＿＿＿＿＿＿＿
课的任务 1. 继续改进正面传、垫球技术,逐步提高其熟练程度;2. 培养移动中运用传垫球技术的意识和能力;3. 提高下手发球的稳定性;4. 培养合作精神。

部分	时间	教学内容	分量	组织教法
准备部分	15分	1. 集合、检查出勤、安排见习 2. 宣布本课任务,提出要求。 3. 准备活动 　转体抛接球　　　8～10次,下同 　胯下抛转身接球 　体前、后抛接球 　钻反弹球 　抛球后手摸地再站起接球 　手拍球踢腿 　跳跃过反弹球	12分	 　每人一球,体操队形。全场散开,教师统一安排练习并换项。
基本部分	70分	1. 自传、自垫 　重点:传球手形、垫球手臂触球部位 　　各累计30次×3组	10分	接准备活动球操练习的队形,每人一球。传球离手30-50厘米,垫球离手50厘米左右,传、垫球交替练习,先完成的学生休息。第3组计连续次数。 　教师反复强调传球手形和垫球部位。组间讲评技术并请学生示范。 要求:注意腿部移动、发力。

部分	时间	教学内容	分量	组织教法
基本部分		2. 2人组移动传、垫抛球 　重点：移动步法、找球能力、 　　　基本动作 　难点：抛球质量、移动能力 　每人10次一组， 　传、垫球各完成2组	20分 10×4	自愿2人组合，与网垂直站位练习。练习距离4米左右。移动距离2米左右。向前移动传、垫球；向左右移动传、垫球。教师示范抛球、移动传垫球。练习中纠正动作并指导移动制动。 　要求：认真抛球到位；保持练习的间距；相互纠正传、垫球技术。
		3. 2人连续传、垫球 　重点：技术运用能力 　难点：控制球能力	10分	同上分组，与网垂直站位练习。传垫技术混合运用练习。 　教师先讲解传、垫球技术选择的一般原则，如何进行配合，然后再练习。 　要求：尽量用正确的动作击球；大胆果断地做动作；相互弥补，交流。
		4. 隔网传、垫球比赛 　重点：技术运用，学习兴趣 　难点：比赛意识	20分	将学生分成2组，上场人数相等，教师抛球进入比赛。每边抛一次球，并记分。15分球一局。累计15分前后排交换位置。一局比赛后，教师场外下手发球进入比赛，学习位置的轮转，多人大轮转上场比赛。 　要求：大胆用技术，果断不犹豫。
		5. 下手发球	5分	两边端线外发球，教师纠正动作。 　先学生自主练习，后要求连续3次好球。
结束部分	5分	1. 收球、放松 2. 小结传垫球技术的运用。		队列队形同列两人一组，放松手臂。 　评讲比赛中技术运用情况，指出不足和需要改进的主要问题。
课后小结				

教案研讨：

准备活动用球练习可以增加对球的感觉，提高学习兴趣，球操结束后，基本部分第一个练习即采用自传自垫方法，每人一球，减少组织调队的时间。

低高度的传垫球练习，可以帮助学生形成正确的手型和击球部位，交替练习可以避免身体和心理的疲劳。

初期比赛的目的主要是尝试运用技术，提高学习兴趣，可以多种形式，不拘泥于6人正式比赛。在学生人数超过6人时，可以都上场，也可以采用大轮转的方法，让学生减少等待的时间，又有机会观摩其他学生的比赛，有时间思考。

授课周次 ＿＿＿＿周 ＿4＿次　　授课对象 ＿＿＿＿＿＿＿＿＿　　日 期＿＿＿＿＿＿

课的任务　1. 初步学习扣球挥臂技术，形成鞭打动作概念；2. 在提高传垫技术熟练程度的基础上初步学习变方向传垫球，逐步提高传垫技术运用水平；3. 培养团队精神。

部分	时间	教学内容	分量	组织教法
准备部分	15分	1. 集合、检查出勤、安排见习。 2. 宣布本课任务，提出要求。 3. 准备活动 （1）双人徒手体操 　　双臂对抗互推 　　压高下振 　　拉手转腰 　　背对背拉手体侧屈 　　背靠背挎肘互背 　　拉手蹲起 （2）砸球出区比赛		 　　体操队形，同列2人一组，统一练习，适当增加协调性练习。 　　要求：两人加强配合。 　　2列横队变成4列横队，1、2排在半场对抗，3、4排在另半场对抗。 　　用网袋装2个球，系好放场地中间，教师鸣哨游戏开始，肩上持球砸球，比哪组把球打出对方边线。
基本部分	70分	1. 传、垫球练习 　　重点：改进技术动作， 　　　　　提高熟练程度 　　　　传、垫球各累计50次	10分	两人相距4米左右，平行球网排列练习。教师重点指导纠正动作，并帮助学生完成连续传垫球。传垫球分别进行练习，先完成的组可以混合传垫球。 　　要求：主动控制球的落点；注意传、垫球弧度；相互提醒，相互帮助。

部分	时间	教学内容	分量	组织教法
基本部分		2. 学习扣球的挥臂动作 （1）示范讲解	25分	教师对挡网扣球进行示范。提醒学生观察动作而非出手的球。
		（2）徒手挥臂 　　重点：体会连贯的鞭打动作	8×2	体操队形，先集体练习，跟随教师模仿动作，然后分组练习，学生相互观摩纠正动作。
		（3）击打固定球 　　重点：体会全手掌包满球	8×2 ×2	同列2人一组，一人持球，一人扣球。听口令练习，每一次练习都从抬臂开始。教师反复强调鞭打、包满球等动作要领并及时纠正动作。 　　要求：举球高度合适；相互纠正动作；注意体会全手掌包球。
		（4）扣撤手球 　　重点：巩固完整的挥臂击球动作	10次 ×2×2	学生4人一组，对挡网练习。教师示范举球和撤手方法，并轮组举球指导练习。每组1人举球，教师统一换人。 　　要求：认真做好动作，用中等力量击球；相互观摩学习。
		（5）自抛对挡网扣球 　　重点：找准击球时机	15次 左右	教师先示范抛球方法和要求，强调抛球的重要性。距挡网4米左右练习。及时纠正动作，提醒学生控制用力。 　　要求：重视并认真抛好球；中等力量击球，观察扣球落点。
		3. 学习变方向传、垫球 （1）示范讲解	30分	重点讲解脚下调整身体方向。变方向传球需要正对击球方向，变方向垫球需要用体侧垫球技术。
		（2）徒手练习		传、垫动作分别看教师手势练习，重点体会脚步动作，调整身体方向。
		（3）"V"字形传、垫抛球 　　抛球10次后换2人抛球	10×3 ×2	学生4~5人一组，每半场2组练习。每组2人抛球，其他人轮流传球和垫球。传、垫球分别练习。 　　要求：认真抛球，协助练习；保持好练习距离。
		（4）连续传、垫球 　　重点：尝试运用技术，提高练习兴趣		按上一练习的分组，各组围成圈，用1球连续传、垫球。顺时针、逆时针方向，学生自主练习。最后选出2组学生练习，观摩评价。 　　要求：移动尽可能面对击球方向；注意击球高度；移动接应同伴；加强配合。
结束部分	5分	1. 收球 2. 小结挥臂技术掌握情况。 3. 小结变方向传垫球的掌握情况。		进一步强调要领。 　　结合前面的讲评，讲解练习技巧。
课后小结				

教案研讨：

准备活动选择的游戏考虑了本课的主要内容——学习扣球挥臂动作，既可以进一步活动肩关节，同时，游戏的砸球动作接近鞭打动作，可以运用学生已掌握技能的迁移。

授课周次 ＿＿＿＿周 ＿5＿次 授课对象 ＿＿＿＿＿＿＿ 日 期＿＿＿＿＿＿

课的任务 1. 提高传、垫基技术的熟练程度及运用能力，逐步提高控制球意识和能力；2. 培养合作精神、串联意识，逐步提高串联能力；3. 巩固鞭打动作，提高挥臂速度。

部分	时间	教学内容	分量	组织教法
准 备 部 分	20分	1. 整队集合，检查出勤 2. 宣布本课任务，提出要求，安排见习 3. 准备活动 （1）双人球操 胸前推球　　　四八呼，以下同 肩绕环 转体 腹背 腰绕环 踢腿绕球 下蹲起 跳起头顶球 （2）各种击球练习 单手拳心击球、手背击球、 前臂击球；前额顶球；膝顶球； 脚背踢球；脚内、外侧踢球； 全手掌击打球； 对地面击打球 每个练习30秒－1分	8分 10分	值日生整队并报告出勤。 体操队形，同列2人1组，每人1球。 要求：两人配合用球，感知球，控制球。 每人1球，全场散开练习。统一换项目。 每一个练习教师先进行示范，讲解要领。 　全手掌击打球练习用左手持球，右手击打球，小臂和手腕放松，比谁击打的声音脆。 　对地面击打球，在腹前击打落地反弹球。教师强调前臂、手腕放松，全掌包球。可比谁击打的球反弹更高。 要求：主动体会不同部位击球的感觉；大胆击球，左右手均练习击球；尽可能控制球，多连续击球。
基 本 部 分	65分	1. 扣球挥臂练习 （1）徒手挥臂 　　　10次交换 （2）打固定球 　　6次交换×2组 （3）原地扣传球	15分 6×2 5×5 ×2	4排体操队形，两两相对，分组练习，相互观摩纠正。 　同上队形，1、2排同列两人1组，3、4排同列两人1组，1人持球，1人扣球。 　教师反复强调和纠正鞭打动作及手法。 要求：持球高度合适；每次扣球都从抬臂做起且全掌包满球；相互评价动作。 　学生分成4组，两组在网前练习，网高2～2.10米。两组对挡网（墙）练习。

部分	时间	教学内容	分量	组织教法
基本部分		5次传球×4~5人×2组		每组1人自抛传球，其他人轮流扣球。扣球后拣球并返回队尾。 每人自抛传5次球换人，然后网前练习组与对挡网练习组交换场地。 在巩固鞭打动作的同时，重点解决挥臂速度，找准下手时机。 要求：认真传球，控制高度和落点；动作放松，加速挥臂；用滑步微调找好球。
		2. 2人传、垫球 累计100次	10分	学生自愿组合。教师适当调整，掌握较好的带有一定困难的学生练习。相距4米左右。教师示范选择传垫技术的基本原则。 要求：果断选择技术，大胆用技术；控制击球高度和落点，保持间距；积极移动。
		3. 4人传、垫球 累计100次	10分	上一练习的2组合为1组，教师根据学生的技术水平合并组，保证练习能够完成。 请学生协助示范并讲解练习要求和技巧，强调果断选择技术、接应、呼应、明确击球目标等。最后2分钟进行比赛，比哪组连续击球的次数多。 要求：击球有目标；果断选技术；积极接应同伴；加强呼应，形成配合。
		4. 传、垫串联练习 垫、传每人各5次左右 垫球组排头计数，5次传垫交换	10分	学生分成4组，每半场2组，1组在中场垫球，1组在网前传球。传球后到4号位接球并抛给垫球组垫球。教师重点指导垫球到位和传球移动接应。使学生懂得分工与职责。 要求：垫球高度合适、到位；传球移动找球并面对击球方向；下一位同学给练习者让出移动空间。
		5. 2对2传垫球比赛	20分	同上4组，两两对抗。 场地：4.5×5米。网高：2.10~2.20米。 方法：场上2人，其他人在小场地端线外。1人在网前传球，1人在后场垫球，垫球后将传来的球传入对方，然后换位去传球。传球人下场。端线外一名学生进场。

续表

部分	时间	教学内容	分量	组织教法
基本部分				第1、2次击球中允许有一次接住球。第3次必须直接击球过网,允许原地扣球。教师不断提醒学生如何串联成3次击球,位置的交换,以及随时准备对方第1次或第2次击过来的球。 11分一局,淘汰赛决出1~4名。 要求:自信,大胆用技术;力争3次击球过网;多观察和比较同伴及对手的击球,以提高自己的击球能力。
结束部分	5分	1. 收球、放松 2. 小结传、垫球技术的运用及串联意识和水平。		体操队形,集体放松。 先由学生谈比赛体会,提问,然后教师解答,归纳小结。
课后小结				

教案研讨:

准备部分的球操练习,既能活动相应的关节韧带和肌肉,还可以提高学生上课的兴趣,培养配合意识。

"各种击球练习",可以学习各种击球方法,排球运动允许全身触球。在随意、轻松、游戏的环境下教学生一些实用技术,可能在学生的头脑中留下记忆的痕迹,在今后的比赛中被提取运用。这种多次数的触球练习又可以提高学生对球的感觉。这种感觉是控制球的前提。对普通学生来说,球感的提高是一个比较困难的过程,需要有意识地安排增加球感的练习。这些练习还把本次课的复习内容穿插其中,对课的基本部分起到引导作用。

扣球挥臂练习采用低网原地扣同伴的自传球,比扣同伴抛球,增加了练习传球的机会,同时培养学生配合意识,理解传球的作用。通过扣同伴的传球,可以比较并调整自己的传球质量。也为下面的传垫球串联练习做准备,使教学内容更加衔接。

2人传、垫球技术混合练习,帮助学生学习选择技术,培养决策意识和能力。4人围圈传、垫球练习,既复习了变方向的传、垫球,通过提出练习要求,又着重培养学生的串联意识。传、垫串联练习,使学生更加明确技术的作用,击球到位的意义,接应同伴和串联等意识,为后面的比赛做进一步准备。练习和比赛相互衔接,一气呵成。练习方法不同,但练习的目标一致,在这些反复的练习中使学生提高传、垫球技术的熟练程度,在接近实战的情况下练习,能更好地培养学生的串联意识,比赛意识,以及技术运用能力和配合能力。

以好带差的分组形式,既可以培养团结互助的精神,同时可以使较好的学生体会到帮助别人的愉悦,提高他们的教学指导能力,还可以使有困难的学生在同伴的帮助下,提高练习质量,获得成功的体验。

授课周次 ＿＿＿＿周 6 次　　授课对象 ＿＿＿＿＿＿＿＿＿　　日　期＿＿＿＿＿＿＿

课的任务 1. 初步学习双脚助跑起跳；2. 在改进垫球技术的基础上学习接发球垫球；3. 巩固上旋球手法，学习上手发球技术；4. 进一步培养球感和排球的串联意识。

部分	时间	教学内容	分量	组织教法
准备部分	15分	1. 集合，检查出勤，安排见习 2. 宣布课任务及要求 3. 准备活动 （1）球　操 　　体前臂屈伸 　　振臂；转体 　　体侧；踢腿 　　分腿腹背；腹背下蹲起 　　腰绕环；协调跳跃 （2）游戏"抢断球"		 体操队型，每人1球。 要求：动作到位。 　　同上分组，全场散开，运球的同时，打掉同伴所运的球，3局2胜。 要求：积极；动脑；坚持。
基本部分	70分	1. 围圈传、垫球 　重点：变方向垫球 　　　　累计100次 2. 学习接发球垫球 （1）示范讲解 （2）分组发接练习 　重点：调整手臂角度 　难点：对速度的判断 　　　　发球的准确性 　　　　每人发球6次交换	10分 30分 6次 ×4人 ×2组	4~5人一组，围成圈进行传、垫练习。要求学生以垫球练习为主。练习一段时间后，比哪组连续次数多。 要求：合理用传垫技术；击球目标明确，加强呼应、接应，尽量连续。 　　请学生发球协助示范，对比一般垫球进行讲解。强调判断、移动和如何根据来球的落点调节手臂角度。 　　将学生分为4组，各组1人在网前下手发球，其他人在端线附近轮流接发球。教师轮组带领练习并评价学生的每次击球效果和击球动作。 要求：接发球时提前准备；积极移动找球；注意垫球高度合适。

部分	时间	教学内容	分量	组织教法
基本部分		(3) 6人半场接发球 　难点是前后排之间的配合		两边场地各上6人，站成前后两排，准备接发球。其他人在端线准备发球。教师鸣哨两边各发一球。发10次球后，换6人接发球。下手发球。 要求：充分准备接发球；学习配合。发球减少失误。
		3. 学习助跑起跳 (1) 示范讲解 (2) 原地双脚起跳 (3) 踏跳步练习 (4) 2步助跑起跳 (5) 网前助跑起跳 (6) 助跑起跳接球	20分 5次 8次 6次 3×2	结合球网进行示范，学生在右侧。 体操队形，集体练习，强调摆臂。 分组练习，从边线到边线做一个来回。进行个别纠正。 分组练习，边线至边线一个来回。 网两侧，各4人1组，听哨轮流练习，强调制动、保持适当的网距。 要求：所有练习都严格按动作方法完成，并逐步达到熟练的程度，不可随意完成。 根据学生掌握情况选择此练习。
		4. 学习上手发球 (1) 示范讲解 (2) 抛球练习 (3) 中场隔网发球 (4) 端线发球	10分 6次	与鞭打技术动作对比进行示范和讲解，强调抛球的位置。 2排轮流练习，相互检查抛球质量。 5人1组，在中场听哨声发球过网。 两边场地对发，教师个别纠正。 要求：认真抛球；注意正确的鞭打动作；相互学习，纠正。
结束部分	5分	1. 收球 2. 小结新学技术掌握情况		提问接发球要点和助跑起跳要领。
课后小结				

教案研讨：

围成圈练习传垫球，是为了复习变方向的垫球，目的是为后面的接发球学习做准备。

先进行接发球学习和练习，并采用下手发球，最后进行上手发球教学，其目的是为了保证接发球学习和练习的效果，若允许学生上手发球，可能由于控制球问题，失误较多而无球可接。

学习助跑起跳初期，采用接抛球的方法，目的是让学生进一步理解助跑起跳的目的。若学生步法没有掌握，或没有达到一定的熟练程度，则不宜采用这一方法。

上手发球技术学习时，比较扣球鞭打动作进行讲解，有利于学生理解和掌握。

授课周次 _____周 _7_ 次 授课对象 _____ 日 期_____

课的任务 1. 进一步强调助跑起跳动作要领，逐步提高其找球能力；2. 培养接发球判断意识及控制球意识；3. 巩固上手发球技术；4. 培养基本技术运用能力及敬业精神。

部分	时间	教 学 内 容	分量	组 织 教 法
准备部分	15分	1. 集合，检查出勤，安排见习 2. 宣布课任务及要求 3. 准备活动 （1）行进间徒手体操 　扩胸、振臂、转体 　体侧、腹背 　弓箭步压腿 　正踢腿、侧踢腿 （2）协调性练习 　并腿、分腿、转身跳前行 　海豚爬行 　四肢爬行		 　4路纵队在端线处，4人一组练习，行进之网前。教师每次击掌出发一组，一八呼击掌一次，依次练习。 要求：动作到位，跟上节奏 　同上队形，4人一组练习。
基本部分	70分	1. 复习助跑起跳 （1）网前徒手练习 　重点：熟练步法 　　3次×3组×2轮练习 （2）助跑起跳接抛球 　重点：运用助跑起跳找球 　　6次×4人×2组 2. 两人对垫球 　　各连续15~20次×2组	12分 8分	先示范并强调动作要领。 　球网两侧，同准备活动4人一组，听哨轮流练习。先做2次单个助跑起跳，然后连续3次助跑起跳。 要求：相互观摩学习，熟练步法。 　将学生分成3组，在球网同侧3点练习。每组1人抛球，其他人轮流练习。抛6次交换。教师示范讲解抛球方法和要求，并轮组抛球，检查学生动作。 要求：步法协调正确；在空中最高点接球；不扣球、不前冲碰网；认真抛球。 　学生自愿组合。重点纠正垫球部位，在此基础上，增加连续垫球次数。 要求：认真改进动作；逐步增加控制球的意识和移动接应同伴的意识。

部分	时间	教学内容	分量	组织教法
基本部分		3. 一发一接 10次×2人×2组	10分	两人相距9米左右，分站两边线处。采用下手发球技术。接发球垫到中场，发球后，移动接住一传垫起球。 要求：尽量发准球；垫球加强判断和移动；发球后迅速移动接应垫球。
		4. 发球加接发球 重点：改进上手发球技术动作 体会发接对抗 每2分钟换接发球人	10分	两边各3人在场内接发球，其他人发球。教师根据时间组织交换接发球人。 要求：发球减少失误，并适当选择接发球人；接发球加强判断，积极移动。
		5. 六对六比赛 重点：发、垫、传技术的运用 难点：基本技术的控制球能力	30分	队列自然分成2组，7~8人大轮转。轮转到6号位时下场，换一名学生上场。比赛中，教师不断分析和讲解学生的技术运用。不断强调串联与接应。允许扣球。15分一局，3局2胜。场下学生观摩比赛，亦可以进行练习：对挡网发球或扣球。 要求：发球减少失误；争取2~3次击球后再过网；大胆用技术，不怕失误；相互弥补，不埋怨。
结束部分	5分	1. 收球 2. 小结传、垫、发球技术的运用		
课后小结				

授课周次 _____周 **8** 次　　授课对象 _____　　日 期_____

课的任务　1. 初步学习网前正面二传，明确二传职责；2. 在熟练助跑起跳和鞭打动作的基础上学习完整扣球技术；3. 提高接发球判断和手臂控制能力；4. 培养合作精神。

部分	时间	教学内容	分量	组织教法
准备部分	15分	1. 集合，检查出勤，安排见习 2. 宣布课任务及要求 3. 准备活动 （1）双人徒手地板操 　　　拉肩 　　　拉大腿后群肌 　　　转体 　　　拉大腿前群肌 　　　转髋 　　　拉伸背肌 　　　提拉上下肢 （2）推晃、绞力游戏		同列两人一组，体操队形。 同上2人对抗，先做绞力练习，右手、左手；再做推晃练习，3局2胜。
基本部分	70分	1. 学习网前正面二传 （1）示范讲解 （2）网前自抛传球 　　　6次×2个方向 （3）传抛球 　　　6次×2组 　　　1组后换位 2. 扣球挥臂练习 （1）自抛扣球 （2）原地扣抛球 　　　6次×4~5人	20分 10分	分成4组，球网两侧，分别从3号位向2号位和4号位方向传球。 传球后自己拣球。排头计数，每人6次后换2、4号位方向。 同上4组，2个方向传球。每人抛6次球交换。轮流接球。教师先对抛球进行示范并提出要求。 要求：2个练习均参照球网，调整传球的高度与网距。 进一步讲解要领并纠正动作。 对墙或挡网，自抛扣球。 网同侧3组，学生轮流抛球。每人抛6次交换，示范抛球并提出要求。 要求：中等力量；注意鞭打动作。

部分	时间	教学内容	分量	组织教法
基本部分		3. 助跑起跳练习 　　　　3 次×3 组×2 组	5分	同练习1的4组，网每边各2组，轮流连续3次练习。 要求：注意制动和网距。
		4. 学习完整扣球动作 （1）示范讲解	25分	助跑起跳练习结束，即进行示范，分别在两边3米线内示范讲解，重点讲解起跳与挥臂动作的衔接、协调连贯。
		（2）徒手完整动作练习 　　　　每组3次		接练习3，助跑起跳挥臂扣球。 要求：助跑正确；动作协调、连贯。
		（3）扣固定球		球网同侧2组练习。教师低抛球到学生手上练习扣球。另一组学生轮流凳上举球。球距网30－50厘米。
		（4）一步起跳扣抛球		同上分组和练习形式，学生自己找踏跳时间。 要求：动作连贯；网距合适；完成好鞭打动作；找好起跳时机
		5. 接发球练习 　重点：接发球判断，手臂控制 　难点：学生发球质量 　　　　每人10次×2组 　　　　每边场地接一组	10分	将学生分成3组，一组教师发球，一组发球好的学生轮流发球，一组捡球。 　两边场地同时练习。 要求：判断来球，脚步微调，主动控制球，垫球到3米线附近。
结束部分	5分	1. 收球 2. 小结二传和扣球学习情况		归纳要领，回答学生提问。
课后小结				

授课周次 ＿＿＿＿周 9 次 授课对象 ＿＿＿＿＿＿＿ 日 期＿＿＿＿＿＿

课的任务 1. 巩固完整扣球技术，逐步提高找球能力；2. 提高传垫技术熟练程度，培养一传和二传串联意识和能力；3. 初步掌握 5 人接发球阵形，培养呼应和接应意识。

部分	时间	教 学 内 容	分量	组 织 教 法
准 备 部 分	20分	1. 整队结合，检查出勤 2. 宣布本课任务，提出要求，安排见习生 3. 准备活动		值日生集合并报告出勤。
		（1）球操 　　扩胸运动　　四八呼，以下同 　　振臂运动；肩绕环 　　腰绕环；胯下八字绕球 　　踢腿运动 　　弓箭步绕球；跳跃过反弹球	7分	体操队形，每人一球，单手持球操。 要求：控制球尽量不掉地；动作到位。
		（2）球性、灵活性练习 　　转体抛接球　　6~8次，下同 　　胯下抛转身接球 　　体前、后抛接球 　　钻反弹球 　　抛球后手摸地再站起接球 　　抛球后俯撑再站起接球 　　坐姿抛球，站起接球 　　仰卧抛球，站起接球	10分	全场散开练习，统一换项。 要求：大胆尝试；完成规定次数。
基 本 部 分	65分	1. 3人传垫球 　　传、垫球各累计50次， 　　　并力争连续20次以上 　　传垫混合累计50次 　　力争连续20次以上 　　纠正动作组不要求连续次数 　　但必须完成累计次数 2. 网前二传加助跑起跳接球 　　每人传5次球后， 　　　两组交换角色	8分 7分 5×5	学生自愿组合。三角传垫球。练习过程中教师反复强调变方向传垫球的要领。掌握有困难的学生单独成组由教师带领练习，以纠正动作为主。 要求：击球有目的，决策果断不犹豫；面对击球方向传、垫球且高度合适；加强接应，尽量增加连续次数。 4组学生，球网两侧练习。两组传球，两组助跑起跳接球。 在3米线后抛球给二传学生，二传每人连续传5次好球换人。 教师观察并评价练习质量。

部分	时间	教学内容	分量	组织教法
基本部分				要求：抛球合适；二传注意协调发力把球传高；助跑起跳提前准备，找好起跳点和起跳时机，在最高点接住球。
		3. 一传、二传串联练习 每人发5次球后 一传与二传组交换	15分	同上4组，每边场地2组。1组学生接发球，1组学生传球。二传组学生再分2组，1组传球，1组发球和拣球。在对场3米线边线处下手发球，连续发5次后，二传连续传5次球，然后交换。 可以垫二传、接住球，不让球落地。 教师重点指导接球到位；二传移动接应和选择击球技术。 要求：接发球调整手臂角度，垫球高度合适；传球协调发力，高度足够；提前判断来球；增强配合、接应意识。
		4. 助跑起跳扣抛球 4分钟后教师换组抛球	10分	学生分成2组，网两侧4号位练习。1组教师抛球，1组学生自抛传球。 要求：提前准备，找好上步时机；中等力量扣球；二传学生认真传好每一次球。
		5. 学习"一三二"接发球阵形 （1）演示并讲解 　　5人接发球阵形（"W"）的基本站位，轮转方法，防守范围，配合等。 （2）徒手站位并轮转	25分	6名学生上场协助演示讲解，其他学生站边线外。讲解结束6名学生出场。 每边场地上6人，前后排站位，学习基本位置，教师报号，相应位置学生举手，6轮练习。教师可提问场下学生。 换12名学生上场，按"W"接发球阵形站位进行同样的练习。
		（3）接教师抛球		换6名学生上场，教师隔网抛球。每轮抛3球左右。抛到学生手上，强调并体会垫球到位；抛球到左右、前后两人或三人之间，强调并体会同伴之间的配合及如何呼应。

部分	时间	教学内容	分量	组织教法
基本部分		（4）6对6对抗		在轮转练习过程中教师可逐步增加抛球距离，并由抛球改为下手发球。6轮后结束练习。　　换12名学生上场，教师在边线外隔网下手发球进入比赛，每边给2个球后两边同时轮转。6轮24个球比胜负。然后换另12名学生上场，进行同样的练习。　　在比赛过程中教师随时提醒配合、呼应、接应、技术运用等意识问题。要求：除网前二传，5人都准备接发球，提前判断；积极呼应，加强配合；一人接发球其他人准备接应。
结束部分	5分	1. 收球、放松 2. 小结扣球技术掌握情况、传垫球技术运用情况及"一三二"接发球阵形的要点		体操队形，同列两人一组相互放松。　　从比赛开始往前小结。启发学生提问，解答问题。
课后小结				

教案研讨：

教案中体现了区别对待。对掌握情况不同的学生，提出了不同的练习要求。而且教师重点指导有困难的学生，对这些学生是一个鼓励，可以提高他们的自信心。

传球与扣球的递进练习：二传→助跑起跳接球；二传→扣球，便于学生了解传球的作用，明确传球的标准，提高传球质量。同时提高学生扣球的找球能力。单纯的网前二传练习，没有扣球环节的检验，学生不易理解传球的高度及弧度的重要性。学生相互间的传球，可以让学生学会相互理解，懂得扣球环节对传球弥补的重要性。

一传、二传的串联中，允许垫二传或者接住球，是降低练习难度，培养接应意识的好方法。

3人三角传垫球，更接近实战，是培养意识的好方法。基本掌握传垫技术后，采用3人或4人的传垫练习，比2人的练习更有利于学生运用技术，较快地进入比赛。

学习5人接发球阵形后即进行比赛，使学生在运用中熟练战术阵形，提高学习兴趣。相信这样的比赛中学生有可能组织起有效进攻。因为整堂课似乎都在为比赛做准备，3人的传垫串联，一传、二传的串联，传球与扣球的串联。加上由教师在场外发球进入比赛，接发球难度不大。能够组织进攻应该是学生所希望的比赛，是他们感兴趣的比赛。坚持串联练习，选择更多接近实战的方法，就能使学生体会到串联及战术组织的魅力，提高串联及组织战术的信心，增加对排球运动的兴趣。

授课周次 ＿＿＿＿ 周 ＿10＿ 次　授课对象 ＿＿＿＿＿＿＿　日　期＿＿＿＿＿＿

课的任务　1. 复习侧面垫球技术并提高其运用能力；2. 学习在4号位扣球；3. 逐步提高一传与二传的串联水平；4. 培养技术运用能力、球场意识和团队精神。

部分	时间	教学内容	分量	组织教法
准备部分	15分	1. 集合、检查出勤、安排见习 2. 宣布课任务，提出要求和安全注意事项 3. 准备活动 （1）徒手体操 　　扩胸振臂运动 　　体转运动、体侧运动 　　俯背曲蹲运动 　　踢腿运动、立卧撑 （2）自传、自垫练习 　　重点：传球手形，垫球手臂部位 　　30次×2×2	 7分	（图示） 全场散开练习，教师纠正动作。 要求：按动作规格练习，认真练习。
基本部分	70分	1. 两人对传对垫 　　传球连续30次×2组 　　垫球连续30次×2组 2. 学习4号位扣球 （1）示范讲解 （2）一步起跳扣抛球 　　重点：纠正踏跳步问题，起跳时机 　　每人10球左右 （3）4号位扣抛球 　　重点：寻找扣球起跳时机	10分 20分 6×4 ×2	学生自愿组合，教师适当调整，保证练习数量的完成。教师重点指导垫球技术。先完成的学生练习侧面垫球。 要求：在完成数量的同时，注意动作规范；注意传垫球效果。 在4号位进行示范和讲解。要求学生注意观察教师示范的动作，而不是观察扣出的球。 2组学生，球网同侧2点，教师抛球，学生抛球。站在2米左右，等球抛出后踏跳扣球。教师换组抛球。 （图示） 要求：踏跳有力；摆臂协调；起跳时机合适；做出完整鞭打动作。 将学生分成4组，在网两侧4号位。轮流扣抛球。两组扣球，两组拣球。教师抛球，学生抛球。抛球的高度和弧度尽量固定。等球抛出手后开始助跑。 要求：耐心找好球；相互观摩学习；拣球学生负责，保证用球安全。

部分	时间	教学内容	分量	组织教法
基本部分		（4）4号位扣传球		先教师传球，传球较好的学生传球。然后，学生自愿轮流当二传。专人抛球给二传学生。 要求：不断总结上步时机；动作连贯；二传学生努力把球传到位。
		3. 接发球、二传串联	15分	两组学生，每组6人在半场内接发球并传球到2、4号位，不得扣球。其他人在另半场端线处发球。教师鸣哨发球，每发5次球轮转一个位置。场下学生一起轮转，所有人上场后结束练习。 要求：二传移动，接应一传，可以垫球上网；接发球呼应配合，有到位意识。
		4. 分组教学比赛	25分	学生分成2组，多人大轮转。2组间对抗，2局比赛。组成进攻加1分。 要求：运用接发球阵形；增加串联，组织进攻。
结束部分	5分	1. 收球 2. 小结扣球和技术的运用		重点小结扣球得找球和比赛时二传的接应能力。
课后小结				

教案研讨：

一步起跳扣球是一个比较好的解决扣球踏跳问题的方法，让学生把注意力放在踏跳上，抓住了扣球助跑起跳的重点环节，同时对培养学生的节奏感也有帮助。

一传、二传的串联在比赛前练习，起到强化的作用，可能使比赛中出现更多、好的串联。同时比赛中采用组成进攻加分的方法，鼓励学生努力串联，组织进攻。组织进攻需要付出代价，比直接传垫过网难，因此要多鼓励。学生会更喜欢能够组织进攻的比赛。

授课周次 _____周 __11__ 次　　授课对象 _____　　日　期_____

课的任务　1.逐步提高4号位扣球的找球能力；2.初步学习调整传球，通过调整传球的练习，改善传球发力的协调性；3.培养串联意识与合作精神。

部分	时间	教学内容	分量	组织教法
准备部分	15分	1.集合、检查出勤、安排见习 2.宣布课任务，提出要求及安全注意事项 3.准备活动 （1）原地徒手体操 头部水平移动　　四八呼，以下同 肩部前后绕环运动 手臂错位运动 腰部水平运动 髋部绕环 跳跃运动 （2）隔网对传球 重点：传球的协调发力 难点：控制球、移动找好击球点		 体操队形。协调性练习。 双手叉腰，前后、左右平动，绕环平动。 双手放置体侧，肩胛骨运动。 右臂前举、左臂体侧；右臂上举、左臂前举；右臂侧平举、左臂上举；右臂体侧、左臂侧平举。 两臂侧平举，两脚肩宽，重心不动，两手向左右远伸。 两手互握上举，髋部绕环。 左手摸右踝、右手摸左踝；体前、体后 要求：动作到位，大胆尝试。 前后排各为一组。每组学生各在球网两侧。先做自抛传球，然后连续传球，传球后排到队尾。 自抛传球时，要求站在3米线后面。对传时不限制距离，比两组的连续次数。
基本部分	70分	1.学习调整传球 （1）示范讲解 　讲解全身协调发力，比赛时如何选择调整传球位置。 （2）自抛传球 重点：全身协调发力，传球弧度 难点：自抛球质量 6次×2个位置	15分	学生垂直网成队列队形观看示范，教师从后场传球至网前 4组学生，分别在两半场练习。从1、5号位自抛传球至4、2号位。传球后跑动到网前接住自己的传球。传球6次后交换位置。教师先示范抛球和练习方法。 要求：全身协调发力，尤其注意腿部用力；力争传到位，注意传球弧度。

部分	时间	教 学 内 容	分量	组 织 教 法
基本部分		（3）传抛球 重点： 难点：移动找好击球点 6次×2个位置		2人一组，轮流练习。1号位抛球5号位传向2号位，5号位抛球1号位学生传向4号位。抛、传球各6次后两人交还位置。两边场地同时进行。 要求：抛球弧度合适；脚步微调找好击球点；全身协调发力。
		2. 4号位扣抛（传）球 重点：传球，扣球找球 难点：传球质量	10分	两边4号位扣球，一边教师抛球，一边学生自抛传球，每人传5次好球。 要求：传球首先控制弧度；攻手认真、主动地找好球。
		3. 垫、传、扣串联 重点：垫球、传球 难点：传球的接应能力	15分	学生分成3组，1组垫，1组传，1组扣球。教师隔网抛球，垫球组排头计数，5次后3组轮换。 要求：各环节主动控制球；弥补前一环节不到位的击球；合理用传垫技术。
		4. 6对6教学比赛	30分	队列自然分组。15分一局，根据时间打局数。鼓励组成进攻，进攻得分的队加1分。
结束部分	5分	1. 收球 2. 小结二传与扣球		选择最佳传球和扣球队员
课后小结				

教案研讨：

准备活动中安排的练习，即能达到热身的目的，同时可以培养学生的协调性，还能提高练习兴趣。整堂课从准备活动开始即进行传球练习，到学习调整传球、自抛传球组织扣球、垫传扣串联，再到比赛中通过加分鼓励组织进攻，围绕传球技术，采用不同的方法，提出不同的要求，相信通过这堂课，学生的传球能力会有明显提高。传球是串联的中间环节，采用学生传球组织扣球，能够达到提高扣球找球能力的目的，同时培养相互理解与合作的精神。

授课周次 _____周 __12__次　　授课对象 _____　　日　期_____

课的任务　1. 进一步提高垫球、传球、扣球技术的串联水平，提高调整传球的运用能力；2. 初步学习背垫球技术，提高找球能力；3. 培养互助合作和敬业精神。

部分	时间	教学内容	分量	组织教法
准备部分	20分	1. 集合、检查出勤、安排见习 2. 宣布课任务，提出要求及安全注意事项。 3. 准备活动 （1）双人球操 　胸前推球　　四八呼，以下同 　振臂运动 　转体传递球 　体侧传递球 　腹背头上胯下传递球 　踢腿绕球 　蹲起运动 　弓箭步压腿 （2）行进间传球 　重点：传球发力环节，移动找球能力 　　每人每个位置练习5次		同列2人1组，体操队形，近距离。 要求：加强配合，动作到位，跟上节奏。 同上2人1组，从端线传至网前，各组轮流练习，每半场3-4组轮流练习，两人相距4~5m。 要求中间尽量不丢球。
基本部分	65分	1. 移动调整传球 　排头计数8次练习	12分	两半场各一组练习，教师（学生）在网前3号位处抛球，学生在6号位准备练习。抛向5号位的球，学生移动传向2号位；抛向1号位的球，学生传向4号位。传完球随球上网接下一人传球。 要求：注意发力动作，并尽可能传到位。

部分	时间	教学内容	分量	组织教法
基本部分		2. 学习背垫球 （1）示范讲解 （2）垫抛球	18分	对比正面垫球讲解动作方法和要领。 　2人一组，在边线同方向站位，一抛一移动背垫，然后面对同伴，待抛球后转身移动背垫。 要求：抛球距离合适；背垫控制方向。
		（3）结合场地垫球		在同半场的1、5号区练习。一组教师抛球，一组学生轮流尝试抛球。练习学生面对球网在3米线附近准备练习，根据抛球的情况转身移动将球垫到网前或垫过网。
		3. 4号位扣球 　　重点：二传，扣球的找球 　　难点：传球和垫球质量	10分	学生轮流做二传，后面学生抛球给二传。两边4号位同时进行，每人传球5~6次。 　一定时间练习后，教师隔网抛球，原来抛球给二传改为垫球给二传。 要求：二传和扣球的学生积极找好球。
		4. 分组教学比赛 　　重点：垫、传、扣的串联	25分	基本同上次课的分组，继续进行循环赛。比赛前先进行发球练习。15分一局。场下学生可以学习、练习、加油。 要求：减少发球失误；多组织进攻。用好所学技术。
结束部分	5分	1. 收球 2. 小结比赛中技术的运用，重点交流接应意识。		学生先小结，然后教师归纳。
课后小结				

教案研讨：

准备活动时采用行进间对传球，是为了熟悉远距离、移动传球，为基本部分的调整传球做准备。

背垫球的练习没有采用正面对来球的抛垫，而是选择顺着球的方向移动抛垫，更接近实际情况，也便于学生完成动作。结合场地的背垫练习可以帮助学生理解背垫技术在比赛时的运用。

扣球练习时让学生传球或教师传球可以达到不同的目的，教师传球侧重巩固或纠正扣球技术，帮助学生形成扣球节奏；学生传球侧重扣球的找球能力和传扣的串联，更接近比赛。要根据学生扣球技术掌握情况选择方法。比赛前进行串联练习，有利于提高比赛质量。

授课周次 ＿＿＿＿周 ＿13＿次 授课对象 ＿＿＿＿＿＿＿ 日期＿＿＿＿＿

课的任务 1. 改进挥臂技术，提高鞭打动作的熟练程度；2. 初步学习接扣球垫球，培养勇敢精神；3. 进一步培养串联意识和技术运用能力；4. 提高协调性和配合能力。

部分	时间	教学内容	分量	组织教法
准备部分	15分	1. 集合、检查出勤、安排见习 2. 宣布课任务，提出要求及安全注意事项 3. 准备活动 (1) 双人徒手体操 　　双臂对抗互推 　　压高下振 　　拉手转腰 　　背对背拉手体侧屈 　　背靠背挎肘互背 　　拉手蹲起 (2) 两人配合比赛 　　"推小车"、"划船"比赛		体操队形，同列2人一组。 要求：加强配合；听口令按节奏练习；动作到位。 　　同上2人一组，边线至边线间练习。 要求：加强配合，不怕脏。
基本部分	70分	1. 传垫球练习 　重点：传垫球熟练程度，配合意识 　难点：认真程度； 　　　个别学生基本动作问题 　　　累计100次	7分	4人一组，将准备活动的2组合为1组。距离4米左右。来回传、垫球，击球后跑到同伴身后准备再次击球。 　累计100次，看哪组先完成。 要求：注意基本动作；合理选择传垫技术；主动控制击球高度。
		2. 扣球挥臂练习 　重点：纠正动作，控制球	8分	同上分组，用1球。相距6米左右。轮流自抛扣球。 　教师不断纠正挥臂动作，并提醒学生控制击球目标，为后面的学习做准备。 要求：包满球；尽可能打到同伴脚前；相互观摩、学习、纠正。

部分	时间	教学内容	分量	组织教法
基本部分		3. 学习接扣球防守 （1）示范讲解 （2）接住扣球 　重点：体会缓冲动作 　难点：扣球的控制能力 　每人扣球 5 次	20 分	请学生扣球协助示范。 同上练习分组，先选择扣球较好的学生进行扣球。缓冲接住球后抛给扣球同伴。每人扣 5 次。教师既指导防守又指导扣球，并轮流到各组扣球指导防守。 要求：认真扣球，注意鞭打动作，中等力量；大胆接住球。
		（3）垫起扣球 　每人扣球 8 次	8×4	同上形式，由接球改为垫球。 要求：认真扣球；放松、大胆垫球。
		（4）传→扣→防→传串联 　重点：迎面扣球，防守垫球 　难点：传球到位；扣球的准确性 　每人扣球 5 次		同上形式。扣球的同学扣同伴传来的球，再把同伴防起的球传给同伴。下一防守同学再进行同样的练习。每人扣 5 次球交换。若扣同伴传球有困难，改为自抛扣球。 要求：加强移动找球；主动控制球；认真练习。
		4. 分组教学比赛	35 分	将学生分成 2～3 组。每个学生都上场。2 组学生的话，打三局两胜比赛。3 组的话，21 分一局，依时间打局数。 要求：努力组织进攻，提高防守的意识，提前准备防守并运用接扣球的防守，主动学习判断扣球。
结束部分	5 分	1. 收球 2. 小结扣球、防守技术的掌握。 3. 小结比赛比赛		先由学生小结、补充。然后教师归纳。
课后小结				

教案研讨：

4 人一组的练习虽然比 2 人一组的练习触球次数减少，但可以保证各组间有足够的练习空间，还可以增加小组的配合意识。练习空间也是教师在备课时需要考虑的，一是为了保证练习质量，二是为了保证安全。进行分组时，从 2 人组变为 4 人组比较方便，避免单、双数交替分组，会增加分组时间，影响练习密度。

准备活动部分的"推小车"和"划船"游戏可以增加学生的上、下肢及腰腹力量，还可以培养合作精神。在普修课中考虑发展学生的小力量也是必需的。

授课周次 ＿＿＿＿周 ＿14＿次　　授课对象 ＿＿＿＿＿＿＿＿　　日　期＿＿＿＿＿＿＿

课的任务　1.欣赏排球比赛中主要技术动作；2.介绍主要技术动作方法和动作要领；3.帮助学生进一步了解自己所学的技术动作；4.归纳已学主要技术的教学步骤。

部分	时间	教学内容	分量	组织教法
准备部分	10分	1.检查出勤 2.宣布本课任务，提出要求 3.提问已学的技术动作	 4分	 讨论
基本部分	70分	1.欣赏排球技术动作剪接 2.排球技术的分类 3.各类技术动作方法 4.技术在比赛中的运用 5.归纳已学主要技术的教学步骤	2分 6分 35分 17分 10分	幻灯1，反复放两遍。 展示技术分类图进行讲解。 边讲解边观看多媒体课件。 观看比赛录象，奥运会中国女排与古巴女排的决赛。 提醒学生回顾，教师讲解归纳。
结束部分	10分	回答学生提问		
课后小结				

授课周次 ＿＿＿＿周　15　次　　授课对象 ＿＿＿＿＿＿＿＿　日　期＿＿＿＿＿＿＿＿

课的任务　1. 初步学习上飘发球技术，明确飘球与旋转球的区别；2. 巩固接扣球垫球的技术动作，培养扣、防、传的串联意识，逐步提高其能力；3. 介绍扣调整球，提高扣球的找球能力。

部分	时间	教学内容	分量	组织教法
准备部分	25分	1. 集合，检查出勤，安排见习 2. 宣布课任务，提出要求及安全注意事项 3. 准备活动 （1）双人球操 　双手头上抛球 　转体抛球 　体侧抛球 　挺身抛球 　胯下抛球 　踢腿抛球 　跳起抛球 （2）两人对传、对垫球	8分 15分	 同列2人一组，站在两边线附近，用1个球对抛。活动全身各关节。 要求：抛球准确；接住同伴的抛球。 　学生同上组合，相距4~5米。各组错开在两边线附近练习，保证练习空间。分别练习传球和垫球，尽量连续。 　教师重点帮助困难组练习。 　进行其中测试。每组1次机会，先传，后垫，计连续次数。 　先完成的组可以进入基本部分的练习。
基本部分	60分	1. 自抛扣球 　　每人10次左右 2. 扣、防、传串联 　　重点：扣球的控制能力，串联意识	8分 17分	同上2人一组，分站两边线附近。高抛打满，挂肘上旋。教师选择重点人帮助其纠正动作，反复强调动作要领。 要求：认真体会鞭打动作，并尽量控制球的落点。 　接上一练习，先自抛扣球——防守； 　再扣同伴传来球——防守；最后两人连续扣球——垫球——传球。 要求：注意扣球动作；积极移动防守和接应防守；逐步增加串联的次数。

部分	时间	教学内容	分量	组织教法
基本部分		3. 介绍扣调整球 （1）示范讲解 （2）扣球练习 　重点：进攻意识，找球能力 4. 学习上飘发球 　（1）示范、讲解 （2）徒手练习 　重点：挥臂轨迹 　　　　一八呼×2 组 （3）对挡网发球 　重点：挥臂轨迹，抛、击配合 （4）隔网发球 　重点：完整、协调动作 　难点：抛球的重视程度 （5）发接练习 　重点：发球技术动作 　难点：练习兴趣	15分 20分 8×2 5次	请学生传球协助示范，重点讲解如何找到合适的击球点。 　教师传球。然后学生尝试传球。网两侧4号位同时进行。教师边观察和纠正动作，边保护传球学生。 　端线处示范讲解。对照上手发球，重点讲解抛球、挥臂轨迹、击球手法的区别；介绍球在飞行中产生飘晃的原因。 　体操队形练习，先集体跟随教师模仿，然后两排相对，分组练习。 要求：认真练习，控制手臂轨迹；相互观摩纠正。 　2组学生，"一"字排开，距挡网5米左右，听教师鸣哨，两组轮流练习。 要求：认真击准球，使球不旋转。 　先在7米处，听哨声发球。球网两侧轮流发球。最后到端线发球。教师个别指导。 要求：认真抛球；注视球，击准球。 　分成4组，2组发球，2组接发球。听哨两边同时练习。每人发5个好球后2组交换。 要求：真正抛球；注意集中在发球动作上；大胆接发球，积极移动。
结束部分	5分	1. 收球 2. 小结旋转球与飘球的手法区别		提问发球性能的原理，请掌握较好的学生讲解。
小结课后				

教案研讨：

学期中间进行传垫球的测试，可以帮助教师和学生了解学习情况，了解学生之间的差异，发现存在的主要问题。

调整扣球是一项介绍教材或次要教材，学习和练习的目的是为了培养学生的进攻意识，同时可以提高扣球的找球能力，结合调整传球，又可以达到培养兴趣和串联能力的目的。串联练习有相当的难度，但是大部分学生有兴趣学习，帮助学生形成好的串联会使他们体会到更多的成就感。

发球时学生普遍对抛球不重视，所以在练习中要反复强调抛球环节。另外，发球练习不宜时间过长，若安排较长时间的发球练习，需要增加一些变化，如本次课中安排的发球与接发球对抗。

授课周次 ＿＿＿＿ 周 16 次　　授课对象 ＿＿＿＿＿＿＿　　日　期＿＿＿＿＿＿

课的任务 1. 初步学习在2号位扣球；2. 巩固上飘发球手法，增加发球的攻击性；3. 介绍背传技术；4. 初步掌握"中一二"接发球进攻阵形，培养组织进攻意识。

部分	时间	教学内容	分量	组织教法
准备部分	15分	1. 集合，检查出勤，安排见习 2. 宣布课任务，提出要求及安全注意事项 3. 准备活动 （1）提高兴奋性练习 （2）原地徒手体操 　　各种伸展练习	 5分 8分	 同列2人1组，相互击打手背。 　　1人双手掌心相对，距离15-20厘米，1人将右（左）手放在其两手之间。游戏开始，进攻方抽出手击打对方的任意一手的手背，防守方躲避被打。触及手背继续游戏，未触及手背双方交换角色。 　　体操队形。牵拉肌肉，韧带。静态进行。30秒一个动作。 要求：充分伸展到位，保持姿势。
基本部分	70分	1. 行进间自传球 　　　2个来回 2. 学习背传球 （1）示范讲解 （2）徒手试做 （3）传抛球 　　重点：找准击球点，体会发力动作 （4）网前变方向背传 　　重点：尝试背传技术的运用 　　难点：方位感、保持正确的击球点 3. 学习2号位扣球 　　（1）示范、讲解	5分 15分 8×3 ×2 5～ 8次 15分	同上体操队形，每人1球。2组轮流练习，从边线至边线来回行进。前进自传，后退自传。 要求：球离手50厘米以上；主动控制球；体会前行与后退时传球的区别。 　　网前示范，学生平行网站3米线附近，教师从3号位背传到2号位。 　　体操队形，听口令体会背向传球。 要求：注意保持好正确的击球点。 　　3人1组，2人抛1人传，中间练习人背传后转身接另一同伴抛球继续背传。传球8次后换人练习。 要求：抛球到位，移动找好击球点，抬头挺胸充分发力。 　　将学生分成2大组，在两边2、3号位之间准备背传球，学生轮流在中场抛球（教师轮组抛球）。 要求：明确与球网的关系；控制用力。 　　学生队列在中场垂直网面对2号位，学生传球协助示范。若没有好的传球可以徒手示范，对比4号位扣球讲解。

部分	时间	教学内容	分量	组织教法
基本部分		（2）徒手练习 　　重点：熟练助跑起跳步法 （3）扣抛球 　　重点：找球 （4）扣传球（尝试） 4. 学习"中一二"接发球进攻 　　（1）"中一二"进攻	25分	前后排学生各在半场练习，注意与4号位扣球的区别。 要求：面对球网起跳，想象球的位置。 　　两边2号位，教师、学生分别抛球。 　　在两边2号位练习，一边教师传球，另一边学生尝试背传球，抛球给传球人。 要求：找好起跳点，动作不变形。 　　教师在3号位传球，学生分别站在2、4号位准备扣球。学生抛球。然后选择学生二传尝试组织进攻，教师抛球。
		（2）加垫球组织"中一二"进攻 （3）6人接发球"中一二"进攻 5. 复习上飘发球 （1）隔网近距离发球 （2）端线发球	3×6 ×2 10分 5次	垫球较好的学生垫球，学生二传传球，其他人扣球。教师隔网抛球。一定次数后换垫球和二传人。 　　每半场6人，教师边线外隔网下手发球，每边给3球后转一轮。每轮进行比赛，然后6轮累计比分。胜队继续练习。输队换场下学生。 　　先提问并归纳动作要领，然后练习。 　　以纠正手法为主。 　　3个球1组，每人完成3组。要求发球有一定速度。教师进行个别指导。 要求：认真抛好球；击准球。
结束部分	5分	1. 收球 2. 小结"中一二"进攻，解答学生提问。		强调"中一二"是一种集体进攻战术，与接发球防守之间的关系。
课后小结				

教案研讨：

　　基本部分的第一个练习安排行进间自传球，而且既有向前行进，又有向后行进，用意是作为学习背传技术的诱导性练习。自传的击球点与背传基本一致，向后行进的自传实际上已是向后用力。先让学生有一种肌肉感觉，然后学习相关技术，便于学生掌握。这是一种体验式学习的方法。

　　"中一二"接发球进攻战术的教学，一定要强调进攻阵形，才能让学生理解其与5人接发球防守阵形的区别。所以在教学时先进行进攻的教学，再加上垫球的进攻串联，最后才是6人全场的接发球"中一二"进攻。

授课周次 _____ 周 __17__ 次　　授课对象 _____　　日　期_____

课的任务　1. 初步学习单人拦网的手法和步法；2. 加深理解"中一二"接发球进攻阵形，并提高在比赛中的运用能力；3. 培养排球比赛意识与合作精神。

部分	时间	教学内容	分量	组织教法
准备部分	15分	1. 集合，检查出勤，安排见习 2. 宣布课任务，提出要求及安全注意事项 3. 准备活动 （1）双人球操 　　胸前推球　　四八呼，以下同 　　肩绕环 　　转体 　　腹背 　　腰绕环 　　踢腿绕球 　　下蹲起 　　跳起头顶球 （2）游戏"冲封锁线" 　　　　2组比赛	12分	 　　体操队形，同列2人一组，每人1球。2人持2球练习。 要求：加强配合，协调一致。 　　2排间对抗。一组在边线外准备防守，两端线之间为守区。每人1球，只能用1球。一组在端线处准备进攻。教师鸣哨后，游戏开始。 　　比哪组冲过"封锁线"（未被球砸到）的人多。球打髋关节以下部位有效。 要求：集体讨论，进行战术部署。
基本部分	70分	1. 两人传、垫球 　　重点：传垫球技术熟练程度，配合 　　　　传、垫各连续30次 　　　　背传每人10次 2. 两人扣→垫→传串联 　　重点：增加练习兴趣， 　　　　　提高串联意识	8分 7分	学生自愿组合。教师适当调整。教师重点指导有困难的学生。 　　先完成的学生练习背传球：自传→转身背传给同伴。 要求：完成规定数量；注意传、垫球的弧度和高度。 　　完成传垫球练习的组进行此项练习。先扣同伴的自抛传球→防守；然后连续进行扣、垫、传，争取2个来回。 要求：主动控制球，为同伴创造机会。教师重点指导传垫球练习。

部分	时间	教学内容	分量	组织教法
基本部分		3. 学习单人拦网 (1) 示范讲解	15分	学生队列平行网在3米线站立，教师在对场进行正面示范，在同半场背面示范，并进行侧面示范。
		(2) 徒手伸臂练习 　　重点：提肩动作		体操队形，听哨声原地伸臂练习。
		(3) 网前起跳拦网 　　重点：收腹、提肩动作 　　难点：控制动作、抑制兴奋	3×2	球网两侧，各4人一组轮流练习。 ●━━━●━━━●━━━● ☺☺☺☺ △ ☺☺☺☺ 要求：不碰网；体会伸臂动作；尽量延长滞空时间。
		(4) 移动徒手拦网 　　重点：体会移动步法 　　难点：腰腹控制身体重心	4×2	同上队形，先做并步移动拦网，再做交叉步拦网。教师鸣哨练习，同时向左或右移动拦网。 要求：制动；踏跳；控制重心不碰网。
		4. 2、4号位扣球 　　重点：熟练扣球，增强传球信心	10分	球网同侧，先由教师和传球较好的学生传球，然后由学生自愿轮流传球。 要求：认真找球；减少失误；注意扣球的助跑起跳动作。
		5. 分组教学比赛 (1) 提问"中一二"接发球进攻阵形 (2) 分组教学比赛 　　重点：组织中一二进攻 　　难点：接发球效果	30分	6人上场，请学生讲解基本阵形。 队列报数自然分成2～3组。15分一局，根据时间打局数。组成"中一二"接发球进攻并得分时加1分。 场下学生进行传、垫球练习或计分或观摩比赛。 要求：发球减少失误；担当二传的学生大胆组织进攻；攻手主动弥补。
结束部分	5分	1. 收球 2. 小结比赛中技术和战术的运用		教师根据比赛情况进行小结。
课后小结				

教案研讨：

基本部分的练习1、2体现了区别对待原则。由于背传球、接扣球、串联等为次要教材，非考试内容，完成连续传垫任务的学生才进入有一定难度的练习。

拦网教学需要采用分解教学的方法，先原地起跳学习手臂动作，然后学习移动步法和完整的拦网技术。示范讲解时可以一并进行，练习时分解。移动拦网练习时，一定要统一行动，以免互相冲撞，造成受伤。拦网练习时严格要求不允许碰网，养成遵守规则的习惯，通过此要求也可以规范提肩动作，同时避免球网两侧的学生相互冲撞。

授课周次 ＿＿＿＿周 __18__ 次　　授课对象 ＿＿＿＿＿＿＿＿＿　　日　期＿＿＿＿＿＿

课的任务　1. 改进拦网手臂动作，培养拦网的判断意识；2. 初步学习单人拦网防守阵形；3. 进一步练习"中一二"进攻阵形，体会攻防的对抗；4. 培养串联意识。

部分	时间	教学内容	分量	组织教法
准备部分	15分	1. 集合，检查出勤，安排见习 2. 宣布课任务，提出要求及安全注意事项 3. 准备活动 　　体操 + 跑动 + 配合练习 　　头上传球 　　转体传球 　　胯下传球 　　头上、胯下交替传球		 　　体操队形，前后排对抗。从排头顺序传递到排尾，排尾同学持球跑至排头继续练习，直至排头到前面。 　　每一种练习返回时有区别，直接跑回、绕同伴蛇形跑回，运球跑回等。 　　胜者得2分，负者得1分，累计得分多者胜出。 　　要求：严格按照规则比赛，犯规者为输掉比赛。
基本部分	70分	1. 对传、对垫球 　　连续传球、垫球各30次 2. 扣→垫→传串联练习 　　每人扣8次球交换 　　重点：串联意识 　　难点：扣球的控制能力 3. 复习单人拦网技术 （1）提问动作要领 （2）网前徒手练习	8分 12分 10分	2人一组对传、对垫。学生自愿组合，2人距离4米左右。先完成的组结合后进入下一练习。 要求：注意传垫球的质量，主动控制球。 　　上一练习2组合为1组。每半场2组练习。每组1人网前自抛扣球，1人接应传球，另2人准备防守垫球。根据练习效果尝试连续扣垫传。 　　要求：扮演好每一个角色；主动控制球； 　　　　　加强接应和串联。 　　学生自愿回答问题讲解动作要领。 　　学生同上4人一组，各组轮流练习。 　　要求：保持好网距，体会伸臂动作。

部分	时间	教学内容	分量	组织教法
基本部分		（3）原地起跳拦固定球（扣球） 重点：体会拦网的手上动作。		学生分为2组，1组拦教师原地抛扣球。1组拦高台固定球。学生交换举球。 　要求：认真体会并注意动作细节，不碰网。注意脚下球，避免踩球。
		4. 4号位扣球加单人拦网 重点：学习拦网判断取位 难点：扣球效果；对扣球线路的判断	10分	球网两侧同时进行，教师和传球好的学生轮流传球组织中网距离的扣球。 　学生轮流拦网，有效拦网1次，或起跳拦网3~5次换人拦网。 　要求：扣球人不过线、碰网；拦网注意伸臂动作，掌握起跳时间，不碰网。
		5. 学习"单人拦网防守阵形" （1）沙盘讲解 　重点：基本取位和分工 （2）半场6人听口令跑位练习 　重点：移动取位 （3）教师抛球（扣球）组织拦防 　重点：学习判断来球 （4）对攻练习 　重点："中一二"接发球进攻 　难点：二传的组攻效果	30分	队列队形。讲解本方发球时，前排队员的站位，以及拦防的移动取位。 　教师模拟对方扣球的位置用口令指挥练习。3~4次后前后排交换。 　换6人上场，教师在对方网前抛球或原地扣球，5次球后前后排交换。教师要抛出不同的球，帮助学生学习取位。 　教师在场外抛球，一方组织"中一二"进攻，另一方组织单人拦网防守。每3球，接发球方转一轮，3轮后拦防方前后排交换。然后换组。场下学生观摩、思考、拣球、递球。 　要求：动脑思考，理解战术。
结束部分	5分	1. 收球 2. 解答学生对战术的提问		启发学生提问，然后解答。
课后小结				

教案研讨：

战术教学有难度，学生技术掌握程度以及对战术的理解是主要难点，需要从徒手、抛球到逐步结合实战。教师在组织练习中要不断讲解和指导，并坚持教学。本次课拦防战术教学的重点在第三步。第四步练习的重点是"中一二"接发球进攻战术。教学重点不同，教师指导的侧重点也不同。

授课周次 ＿＿＿周 19 次 授课对象 ＿＿＿＿＿＿＿＿ 日 期＿＿＿＿＿

课的任务 1. 培养串联意识，逐步提高串联水平；2. 进一步学习单人拦网防守阵形，逐步提高运用能力；3. 初步学习换位的"中一二"接发球进攻，帮助学生逐步理解排球的战术体系。

部分	时间	教学内容	分量	组织教法
准备部分	15分	1. 集合，检查出勤，安排见习 2. 宣布课任务，提出要求及安全注意事项 3. 准备活动 （1）单人地板操 　　跪姿压肩 　　跪姿压踝关节 　　跪姿后倒拉大腿前群肌 　　坐姿拉大腿后群肌 　　坐姿拉髋部韧带 　　仰卧转体 　　肩肘倒立 　　俯卧摇船 （2）游戏"打龙尾"		体操队形。两臂前平举、一臂前举一臂侧平举。双脚背屈于地面，轻坐在脚上双手支持协助身体慢慢后倒。 　　双腿并拢伸直，上体前压，手触脚。两脚底相对，尽量内收双脚。 　　两臂侧平举，双肩着地，转体 　　双手拉住双踝关节，呈背弓摇船。要求动作到位。 　　两半场各一组练习。各组报数分成3组。1组在圈内，后面同学接住前面同学的腰部，组成"龙"。其他组在圈外用一球打"龙尾"。要求打腰部以下部位。龙头可以用手或脚挡球保护龙尾。比哪组在圈内的时间长。 　　教师讲解"龙"的摆动方法。
基本部分	70分	1. 2人传、垫球 　　重点：传垫球的熟练程度 2. 单人拦网防守练习 （1）提问并讲解	10分 20分	学生自愿组合，传、垫球各完成连续的30次。 　　先完成的组尝试扣垫传串联练习。从自抛扣球做起，扣→垫→传→扣 要求：2人加强配合与接应；主动控制球。 　　请学生布置6人上场，摆出单人拦网防守阵形，并讲解每人的防守区域与职责。学生补充，教师归纳。

部分	时间	教学内容	分量	组织教法
基本部分	70分	(2) 2、4号位扣球 加单人拦网防守 重点：单人拦网防守阵形；拦、防取位意识 难点：扣球效果		接上一步骤，换6人上场练习单人拦网防守。其他学生在另半场2、4号位准备扣教师的抛球。然后过渡到教师传球，最后尝试学生传球。 每扣10次球，前后排交换；然后再换6人做拦防练习。 要求：扣球减少失误，不过线，不碰网；防守方根据进攻点迅速取好防守位置，积极跑动；拦网不碰网。
		3. 学习换位的"中一二"接发球进攻 (1) 布阵讲解 (2) 结合抛球的跑动练习 重点：了解跑动目的和方法 (3) 教学比赛 重点："中一二"进攻战术的运用	40分	讲解位置关系，何谓位置错误等。 讲解换位组织进攻的方法。 6人上场，指定2名二传学生。教师隔网抛球组织练习。 要求：场下学生认真观摩学习，达到上场能运用的程度。 6对6比赛，教师边线外发球进入比赛。15分一局，打3~4局比赛。 鼓励并帮助学生尝试运用换位的"中一二"进攻。场下学生观摩并讨论所学习的进攻战术。 要求：积极；动脑；相互学习。
结束部分	5分	1. 收球 2. 小结进攻防守阵形学习情况 3. 归纳已学的攻、防集体战术		教师讲解，解答学生提问。
课后小结				

教案研讨：

本次课学习单人拦网防守阵形采用组织2、4号位进攻的形式，延续上次课教师抛球的练习，在对付对方进攻的情况下，增加了判断因素，真正需要学生合理取位，有利于学生理解防守战术。

学习换位的"中一二"接发球进攻，其出发点是固定二传专位，运用"四二配备"，讲清这一点对帮助学生理解此战术至关重要。教学比赛时采用教师边线外发球的方法，目的是使学生的接发球尽可能多地到位，保证二传学习组织进攻。学习进攻战术时选择传球较好的学生担任二传，可以保证战术的组成，只有战术不间断地组成，学生才能理解战术。提前选拔和培养二传学生很重要。

授课周次 _____周 __20__ 次　　授课对象 _____　　日 期_____

课的任务 1. 逐步熟练"中一二"接发球进攻的各种形式，学习在比赛中运用；2. 逐步提高垫、传、扣串联能力；3. 初步学习3号位扣半高球；4. 培养排球比赛意识。

部分	时间	教 学 内 容	分量	组 织 教 法
准备部分	5分	1. 集合，检查出勤，安排见习 2. 宣布课任务及要求 3. 准备活动 （1）抛接球练习 　　两人双手头上抛空中球 　　1人抛空中球，1人抛反弹球， 　　　　交替练习 　　2人同时转体抛球 　　1人抛空中球，1人抛地滚球， 　　　　交替练习 　　自抛接同伴抛球， 　　返还同伴后，接自己的抛球， 　　　　交替练习 （2）抢球追逐游戏	 8分 5分	 　同列2人一组，每人一球，距离4米左右，两人抛接2球。 　每人1球，围成圈，左肩对圆心，右手侧平举持球，1人开始抢球游戏，抢球后跑一圈回到被抢人的位置。被抢球的学生追回球，追上球后，抢球的人继续抢球。 　若追上的可能性比较小，可以允许被抢球的学生去抢其他学生的球。
基本部分	70分	1. 2人对传垫 　　连续30次一组×2组 2. 4号位扣球	10分 10分	学生自愿组合，教师适当调整，保证练习的连续进行。先完成的组进行扣垫传的串联。 要求：正确选择传垫技术；尽量部让球落地；主动控制球。 　在两半场同时进行，垫起教师隔网的抛球后，传球，扣球。组织成5次扣球，换垫球和传球人。先安排传、垫技术较好的学生传、垫球。然后学生自愿选择垫球或传球练习。

续表

部分	时间	教学内容	分量	组织教法
基本部分		3. 学习 3 号位扣半高球	10分	要求：努力垫好球；传球人跑动接应，可以垫球；扣球人学习弥补传球。 教师先讲解 3 号位扣球的动作要领，并进行示范，对照 4 号位扣球讲解。 然后组织 3 号位的扣半高球，在球网同侧，教师在近 2 号区传球，传球较好的学生在 3 号区传球。
		4. 分组教学比赛	40分	要求：认真体会并注意与二传和球网的距离；注意扣球的挥臂动作。 队列自然分为 3 组，每组确定 2 名二传进行比赛。比赛前先进行 3 分钟的发球练习。15 分一局，根据时间打局数。 学习运用换位的"中一二"进攻和单人拦网防守阵形。教师不断提醒站位和移动取位，并鼓励好的进攻组织。 要求：固定二传，坚持打四二配备；合理运用技术；相互弥补与合作。
结束部分	5分	1. 收球 2. 小结串联能力及攻防战术运用情况。		教师讲解并解答学生提问。
课后小结				

教案研讨：

教学比赛中，学生为了取得好的成绩，多得分，可能更愿意采用不固定二传的"中一二"进攻阵形，但有些传球不好的学生轮转到 3 号位时又往往不知所措，就有可能不组织进攻，成为来回传垫球的比赛。学习攻防战术时，教学比赛必然会出现一些失误，教师要认可可能出现的混乱，并要求学生坚持采用四二配备。同时要让学生明白，牺牲一些得分，可以学到更多的东西。教师可以采用加分、口头表扬等手段鼓励学生运用所学的战术。

授课周次 _____周 _21_ 次　授课对象 _____　日 期_____

课的任务　1. 学习排球的主要战术理论，包括战术分类、基本阵形等；2. 了解主要战术的教学步骤；3. 更好地理解排球运动，学会欣赏排球运动。

部分	时间	教 学 内 容	分量	组 织 教 法
准备部分	5分	1. 检查出勤 2. 宣布课任务及要求 3. 回顾实践课上已学的战术		提问，学生讨论。
基本部分	80分	1. 讲解排球战术的基本分类	6分	用幻灯进行讲解。
		2. 阵容配备 (1)"四二"、"五一"阵容配备 (2) 两种阵容配备的优点与不足	9分	用幻灯进行讲解。 通过讲解基本形式后，请学生分析两种阵形的优缺点。
		3. 分析防守战术 (1) 接发球防守 (2) 接扣球防守	15分	幻灯演示＋黑板画图＋学生画图。 以5人接球为主。 以单人拦网和双人拦网心跟进为主。
		4. 分析进攻战术 (1)"中一二"进攻 (2)"边一二"进攻 (3)"插上"进攻	15分	同上组织教学。 重点讲解"中一二"进攻，以及换位的"中一二"进攻。 对比讲解"边一二"进攻。 介绍"插上"进攻。
		5. 介绍进攻打法	5分	幻灯演示
		6. 在比赛中了解排球战术	20分	观看奥运会男排比赛录像。 边看边讲解双方运用的攻防战术阵形。
		7. 讲解战术教学步骤	10分	通过归纳实践课上的教学进行讲解。
结束部分	5分	回答学生提问		在归纳讲课要点的基础上，回答学生提问。 布置课后思考题。
课后小结				

授课周次 _____ 周 **22** 次　　授课对象 _____　　日　期_____

课的任务　1. 巩固"中一二"接发球进攻战术；2. 提高基本技术、战术在比赛中的运用能力，培养串联意识和比赛意识；3. 介绍双人拦网技术。

部分	时间	教学内容	分量	组织教法
准备部分	15分	1. 集合，检查出勤，安排见习 2. 宣布课任务，提出要求及安全注意事项 3. 准备活动 （1）慢跑加步法练习 　　蛇形跑、滑步移动、交叉步移动 　　侧跨步垫球、助跑起跳 　　拦网起跳 （2）跨跳步体操 　　振臂、扩胸、肩绕环、 　　转体、体侧、 　　前踢腿、侧踢腿		绕排球场，听教师哨声统一练习。 同上队形绕场地行进。教师在圈内带操。每一节操给予示范。 要求：动作协调；跟上口令节奏。
基本部分	70分	1. 两人传、垫球 　　连续30次×2组 2. 介绍双人拦网 （1）示范讲解 （2）原地双人拦网练习 　　重点：观察四只手的配合 （3）3号位移动组成双人拦网 　　重点：配合起跳	8分 10分	学生自愿组合，两人一组，边练习边相互观摩纠正动作。传、垫球交替进行。传、垫球各完成两组。 请学生协助示范和讲解。重点讲解手上的配合和起跳的配合。 　学生2人一组拦网，网两侧各6组，听教师鸣哨进行练习。连续3次拦网配合练习后换组练习。 要求：体会起跳的配合；不碰网。 　2、4号位分别有一学生，听哨声后3号位学生移动，与两边组成双人拦网。 要求：移动后制动起跳配合拦网。

部分	时间	教　学　内　容	分量	组　织　教　法
基本部分		2. 2、3、4号位扣球	17分	教师传球。然后由学生尝试做二传。网同侧进行，先扣3号位和4号位，再扣3号位和2号位。 最后尝试加双人拦网。教师组织3、4号位扣球，对方两人准备拦网，根据教师传球组成单人获双人拦网。 要求：认真找好球；提高扣球成功率；拦网加强判断，学习双人配合。
		3. 端线发球	5分	学生自选上手发旋转球或上手发飘球进行练习，教师帮助个别纠正动作。 要求：认真抛球；固定挥臂轨迹；减少失误。
		4. 分组教学比赛	30分	将学生分成3组，各组指定两名二传学生，学生发球进入比赛。15分一局，组间进行单循环比赛。 比赛中帮助学生逐步熟练换位"中一二"的进攻打法。帮助学生思考阵容配备，将理论课的内容运用到实战中。 要求：大家鼓励二传学生，攻守用传垫技术弥补不到位的二传球，不失误就是对二传的最好支持。
结束部分	5分	1. 收球 2. 小结拦网技术与配合 3. 小结比赛中的战术运用		提问，回答学生的提问。
课后小结				

教案研讨：

上一节课是战术理论课，双人拦网、攻防战术都有比较详细的分析，因此这节课可以更多地结合理论课内容提醒和帮助学生理解排球的战术配合与技术运用。

经过3~4次课的学习，学生对"中一二"进攻和"四二"配备应该有了一定的认识，会有更多的学生理解了此战术，此时，教师可以选拔更多的学生去担任二传角色，或鼓励学生自愿担任二传角色。体会作为二传手在组成进攻后的成就感。

授课周次 ＿＿＿＿周 _23_ 次　　授课对象 ＿＿＿＿＿＿＿＿　　日　期＿＿＿＿＿＿

课的任务　1. 初步学习"边一二"接发球进攻阵形；2. 培养串联意识及能力；3. 帮助学生理解排球比赛中两种进攻阵形及"四二"配备；4. 逐步提高组织进攻的水平。

部分	时间	教学内容	分量	组织教法
准备部分	15分	1. 集合，检查出勤，安排见习 2. 宣布课任务，提出要求 3. 准备活动 （1）双人球操 　　双手抛两球，同伴双手接球； 　　1手抛空中球，1手抛反弹球， 　　　同伴双手接球 　　单人双手抛接球，交换练习 　　双手抛接2球，交换练习 　　单手左右抛接球，交换练习 （2）头顶球（接球）接力赛		体操队形，同列2人一组，每人1球。 前后排对抗，每队一名同学到对场，男生用头顶同伴抛来的球，并在端线后抛球；女生用双手接住同伴抛来的球，或头顶球，并在3米线后抛球。没有接住球，抛球的学生继续抛球。全部学生接球（顶球）一次，比速度。
基本部分	70分	1. 3人三角传、垫球 　重点：培养击球到位意识 　　　累计100次 2. 3人扣、垫、传串联 　重点：培养接应、弥补意识	10分 10分	学生自愿组合，计各组球落地次数，比哪组落地次数少。学生自己选择击球方向。 要求：合理用传垫技术；注意击球的目的性；加强呼应和接应。 同上分组合形式，固定角色练习。先做自抛扣球，然后尝试连续扣→垫→传。每3分钟教师通知学生变换角色。 要求：每个环节尽可能控制球；尽快转变角色；加强配合和串联。

续表

部分	时间	教学内容	分量	组织教法
基本部分		3. 4号位扣球 + 双人拦网 重点：扣球的稳定性 难点：二传质量，扣球质量	8分	球网两边同时扣球，一边教师传球，另一边学生传球。加双人拦网。 提问双人拦网的分工以及4号位扣球的助跑路线。 根据扣球的质量，可以取消拦网。 要求：扣球不犯规且减少失误；中间学生等二传出手后再移动配合拦网。
		4. 3号位扣球	7分	球网同侧两点同时练习。先由学生尝试传球扣3号位半高球，然后有一点由教师传球，介绍扣快球。
		5. 学习"边一二"接发球进攻战术 （1）演示讲解	35分	6名学生上场协助演示讲解。比较换位的"中一二"进攻阵形讲解"边一二"接发球进攻战术，强调两种战术供队伍根据自己的需要选择运用。
		（2）教师传球组织"边一二"进攻 重点：学习进攻形式		学生分为2组，分别在3、4号位准备扣球，教师组织进攻。学生抛球。然后过渡到由传球较好的学生组织进攻。
		（3）6对6攻防对抗 重点：学习组织进攻 难点：第一次垫球的到位程度		每边由学生自己确定二传队员，并选择"中一二"、换位"中一二"、"边一二"接发球进攻。 教师场外抛球，一方组织进攻，一方组织双人拦网及反攻。每边2球转一轮。6轮后换二传和攻手。 要求：场下学生观察和思考，并提醒场上学生的站位。
结束部分	5分	1. 收球 2. 小结练习和比赛中的串联与战术运用		表扬好的串联和进攻组织。
课后小结				

教案研讨：

准备活动的球操和游戏可以提高学生的协调性、控制球能力和移动找球能力。

战术教学确实有困难时，只做一个简单介绍，不要求学生理解。攻防对抗或比赛时允许学生自主选择攻防战术和击球技术。技术熟练程度尤其是考试技术的练习、战术学习、教学比赛都需要时间，教师要根据学生的实际水平分配时间。在不影响大纲任务完成的前提下，尽可能多地给予学生知识，培养学生技能，使学生更好地享受排球比赛。

授课周次 ＿＿＿＿周 24 次　　授课对象 ＿＿＿＿＿＿＿＿＿＿＿　　日　期＿＿＿＿＿＿

课的任务　1. 进一步明确"边一二"接发球进攻战术的基本打法，并尝试在比赛中初步运用；2. 介绍双人拦网心跟进防守阵形；3. 进一步培养学生的排球战术意识。

部分	时间	教学内容	分量	组织教法
准备部分	15分	1. 整队报数、检查人数，师生问好 2. 宣布课的内容及其要求 3. 安排见习生 4. 准备活动 （1）原地球操 　　肩部运动1，翻转肩托球 　　肩部运动2，腋下头上绕球 　　胯下"8"字绕球，两腿伸直 　　弓箭步绕球，球从腿下绕过 　　全身绕球，膝部、腰部、头部绕 　　收腹夹球跳，落地后接住球 　　挺身夹球跳，同上		体操队形，每人1球。
		（2）游戏"运球接力跑"	5分	将学生分成4组，4路纵队从端线出发，第1人抱3个球跑到3米线把球放下，返回击第2人手，第2人跑去把球抱回交给第3人，依次往复。比接力速度。第一名得4分，第2名得3分，第3名得2分，第4名得1分。 　　第二组比赛抱4球，第三组抱5球。 要求：不得"偷跑"；球丢了必须拣回，不得拿其他组的球。
基本部分	70分	1. 两人传、垫球 　　重点：传垫熟练程度和配合	8分	固定分组进行练习，缺人时适当调整。传、垫球均要求连续30次。 　　每个练习2次机会，完成一组即可。先完成的组进入下一练习。
		2. 两人扣、垫、传串联 　　重点：扣球手法、控制球	7分 10×2 ×2	两人相距6米左右，与网平行站位练习。第1组自抛扣——同伴垫——扣球人传的串联，进一步熟练扣球手法。 　　第2组两人连续扣——垫——传串联。完成较好的组，可以尝试连续的扣垫，中间不加传球调整。 要求：扣球手包满球，鞭打动作完整，控制力量和球的落点。

部分	时间	教学内容	分量	组织教法
基本部分	70分	3. 3、4号位扣球加双人拦网	15分	将学生分成扣半高球、4号位一般高球、拦网3个组，交替进行练习。 拦网组学生同时轮流担任二传、拦网，传10个球后轮换。 要求：扣球减少失误，不怕被拦；扣拦不犯规；加强传扣、拦网配合。
		4. 介绍双人拦网心跟进防守阵形 （1）演示讲解	15分	指定6名同学上场示范，以对方4号位扣球为例，2、3号位拦网，4号位防守小斜线，5号位防大斜线，6号位跟进防拦起球和吊球，1号位防直线。 要求：体会各位置的防守职责范围。 换6名学生拦防，配合演示的同学在另一半场进行4号位扣球练习，由教师组织进攻。 防守方判断准确、移动到位。轮转6个轮次后两组交换。 要求：6号位跟进降低重心；不拦网学生下撤参加防守；扣球减少失误。
		（2）结合扣拦对抗练习 　　重点：扣拦对抗意识 　　难点：组织进攻的质量		
		5. 6对6比赛	25分	运用"边一二"进攻阵形和双人拦网心跟进防守阵形进行比赛。 要求：攻防转换迅速，明确不同位置的职责，加强拦防的配合。
结束部分	5分	1. 收球，放松活动 2. 评价课的效果，提出应该注意的问题布置思考问题。		同列2人组练习。 回答学生提问。
课后小结				

教案研讨：

为了准备考试，在安排两人组的练习时，教师安排由学生自愿组合，还是根据学号顺序随机分组，并在以后的练习中让学生按照固定分组进行配合，形成一定的默契。需要时教师还可以适当调整分组，带动不同水平学生的练习积极性。

拦网练习的难度主要来之扣球的质量，所以教师要不断提醒扣球减少失误、不躲拦网手，并鼓励把球扣到拦网人手上。

授课周次 _____周 _25_ 次　　授课对象 _____　　日　期_____

课的任务　1. 在比赛中提高所学战术的运用能力，尤其是进攻战术；2. 提高基本技术的串联能力，培养串联意识；3. 初步尝试双人拦网防守战术；4. 培养集体主义精神。

部分	时间	教学内容	分量	组织教法
准备部分	15分	1. 集合，检查出勤，安排见习 2. 宣布课任务及要求 3. 准备活动 （1）徒手体操 （2）两人传垫球		围圈，隔一个学生带一节体操，每节操四八呼。 要求：有示范，口令洪亮有节奏。 按固定分组练习。不计次数，以多击球、多串联为主。
基本部分	70分	1. 4号位扣球 2. 发球 3. 教学比赛	15分 5分 50分	两边4号位扣球。先由教师传一边，学生传一边，然后均由学生传球，教师帮助纠正动作。 要求：减少扣球失误。 5个球一组进行练习，记好球数。 要求：用上手发球或上飘发球动作进行练习，纠正动作；减少失误。 学生自愿分成两组，教师适当进行调整。25分一局，2~3局比赛。 要求：积极主动地运用"中一二"和"边一二"接发球进攻；尝试双人拦网心跟进；加强串联和呼应。
结束部分	5分	1. 收球 　　2. 小结比赛情况		先由学生发言，然后教师归纳。
课后小结				

教案研讨：

从教学进度看，这节课的主要内容是防调扣串联和双人拦网心跟进防守阵形，教师希望通过比赛来完成这些次要内容的复习与运用。比赛时就要提出相应的要求，以保证任务的完成。同时，采用学生自愿分组的形式，可以使学生在更加轻松的氛围中进行比赛，有可能发挥出更好的水平。

比赛时，允许学生选择"四二"配备，或者不固定二传，以保证轻松随意的环境。但是鼓励运用合理战术进行比赛的小组，并重点指导战术运用。

授课周次 _____ 周 __26__ 次　　授课对象 _____　　日　期_____

课的任务 1. 了解排球运动的发展史与发展现状；2. 进一步理解排球比赛的基本规则；3. 初步掌握排球竞赛的组织与编排方法；4. 欣赏排球运动。

部分	时间	教学内容	分量	组织教法
准备部分	5分	1. 检查出勤 2. 宣布本课任务，提出要求 3. 学生对排球运动特点的了解情况	5分	提问讨论，表达不同的观点，教师引导进行归纳。
基本部分	80分	1. 排球运动的起源与传播 2. 亚洲及中国排球运动的特点 3. 沙滩排球、软式排球 4. 排球运动特点 5. 排球比赛的主要规则 6. 排球竞赛的组织与编排	30分 5分 15分 30分	观看影视课件。 提问，讨论，归纳。 讲解，课件归纳。 讲解，课件，课堂作业：6个队的编排。
结束部分	5分	回答学生的提问		
课后小结				

授课周次 ＿＿＿＿周 ＿5＿次 授课对象 ＿＿＿＿＿＿＿＿ 日 期＿＿＿＿＿＿

课的任务 1. 提高传、垫基本技术的熟练程度及运用能力；2. 介绍勾手发飘球技术；3. 逐步理解和熟悉排球基本战术，并能在比赛中初步运用；4. 培养学生的裁判能力。

部分	时间	教 学 内 容	分量	组 织 教 法
准 备 部 分	15分	1. 集合，检查出勤，安排见习 2. 宣布课任务及要求 3. 准备活动 （1）慢跑加"叫号组队"游戏 （2）原地徒手体操		一路纵队，绕排球场行进慢跑。期间听教师报数，根据数字组成相同的人数。剩余的学生准备带徒手体操。练习6~8次。适当的时候转身换方向跑。 　　围成圈，由上一练习中未组成队的的学生带。四八呼一节操。 要求：有示范，口令洪亮。 　　徒手体操结束后，教师对带操的情况进行小结。
基 本 部 分	70分	1. 2人一组传、垫球 　　重点：传垫球动作细节，连续次数 2. 4号位扣球 　　重点：纠正扣球技术，提高成功率	10分 15分	学生自愿组合，提醒学生考虑考试的分组，开始练习配合。帮助个别学生找到合适的分组。 　　传、垫分别练习，并交替练习。2次机会为一组，计连续次数。 　　教师重点纠正动作，通过改进动作提高传垫球的连续次数。 要求：认真；尝试教师给予的纠正；积极配合，不埋怨。 　　网两侧同时进行，重点练习扣球技术，先由教师抛球组织一点进攻，学生传球组织一点进攻。然后学生轮流传球。 　　保证传球质量，教师进行重点学生的辅导，采用单个练习的方法纠正动作。 要求：认真找好起跳时间和地点；注意用正确的挥臂动作完成扣球；尽可能减少扣球失误。

续表

部分	时间	教学内容	分量	组织教法
基本部分		3. 介绍勾手发飘球 （1）示范讲解 （2）徒手练习 （3）发固定球 　　重点：挥臂轨迹，全身协调动作 （4）对挡网发球 　　重点：抛、击配合的协调动作 4. 端线发球练习 　　重点：发球过网不失误 5. 分组教学比赛	9分 8次 5次 8次 6分 30分	端线处示范并讲解。 　　体操队形，听教师口令按节奏进行练习。教师口令要符合动作节奏。 要求：注意抛、击的配合以及动作节奏。 　　学生分成2组，距挡网3米左右，听教师哨声轮流练习。抛球手持球于击球高度，击球手挥臂击固定球。 要求：持球高度合适；击准球的中下部。 　　学生自行练习，教师个别纠正。帮助学生形成正确的动作节奏。 要求：先引臂，后抛球，抛球要低；蹬摆动作协调；击球后有突停制动。 　　先进行勾手飘球练习，然后学生自选动作练习。教师帮助纠正动作，重点解决发球不过网的问题。 要求：选定一种技术进行练习；认真抛球；减少失误。 　　根据上次技术课的分组进行对抗。各组先确定二传学生，然后搭配攻手。未上场学生练习裁判，各组出一个裁判。25分一局，打2局比赛。 　　教师重点指导裁判工作。 要求：运用阵容配备的知识，合理搭配本组的实力；坚持运用"中一二"接发球进攻战术，包括换位的"中一二"战术；尝试防守战术。
结束部分	5分	1. 收球。 2. 小结比赛和技术动作的纠正情况 3. 小结带徒手体操和裁判工作		学生自己小结。教师总结共性问题。 　　结合学生的带操情况和裁判情况举例分析。
课后小结				

教案研讨：

根据教学进度，从这节课开始，主要内容是教学比赛和裁判实践，还有一些次要教材内容。教师在备课时还应该安排必要的复习内容，包括技术或战术，一是为了准备考试，二是为了提高比赛质量。

准备活动已逐步过渡到由学生带领做徒手体操，课程结束部分要对学生的技能表现给予总结，有利于学生的提高，对学生的裁判工作同样要进行总结。只安排学生实践而不进行总结或交流，不能算是真正意义上的能力培养。

授课周次 _____周 __28__ 次　　授课对象 _____　　日　期_____

课的任务　1. 学习竞赛的编排工作；2. 进一步培养裁判能力；3. 提高基本技术和战术的运用能力；4. 提高串联意识和能力；逐步提高比赛水平。

部分	时间	教学内容	分量	组织教法
准备部分	25 分	1. 集合，检查出勤，安排见习 2. 宣布课任务及要求 3. 分组抽签 轮次　场次　　比赛队 　1　　　1 　　　　　2 　2　　　3 　　　　　4 　3　　　5 　　　　　6 4. 准备活动		与另一班学生一起，形成 4 组学生，各出 2 个队。每队各自确定命名。然后进行抽签，根据抽签结果，并写出"比赛日程表"，以便依此进行比赛。 各在半场进行练习。由各班班长组织徒手体操练习。然后是 2~3 人的传垫球练习。
基本部分	60 分	1. 上网扣球和发球 2. 教学比赛 队名　　　　　　　积分	10 分 50 分	由担任裁判的学生组织。不上场的学生担任裁判工作。教师指导比赛的组织工作。 根据抽签和编排结果进行单循环比赛。15 分一局。学生自行担任场外指导。 教师重点指导竞赛和裁判工作。 要求：各组队长发挥作用，组织本组同学完成好不同的角色；场下注意观摩学习，提前并充分准备即将的任务。
结束部分	5 分	1. 收球 2. 小结比赛 3. 小结竞赛和裁判工作		学生先小结，教师归纳。 解答学生提问。
课后小结				

教案研讨：

理论课学习竞赛编排后，实践课的比赛中即安排学生尝试组织比赛，担任裁判，同时又参加比赛。这是一堂很好的技能培养课：比赛技能、裁判技能和组织竞赛技能。需要教师有很好的组织能力和观察能力，将注意力分配到不同的活动对象，并给予及时的指导。

授课周次 _____ 周 __29__ 次　　授课对象 _____　　日　期_____

课的任务　1. 提高所学主要技战术的熟练程度及在比赛中的运用能力；2. 培养排球意识，逐步提高比赛水平；3. 进一步培养裁判能力；4. 检查基本技术掌握情况。

部分	时间	教学内容	分量	组织教法
准备部分	15分	1. 集合，检查出勤，安排见习 2. 宣布课任务及要求 3. 准备活动 （1）原地徒手体操 　　　四八呼一节操 （2）游戏"沿线追逐跑"	 8分 5分	 前后排各在半场，围成一圈，分别练习。每个学生带1节操。 要求：有示范；口令洪亮；动作节奏合适；不重复。 　　半场内所有排球场地的线为游戏区。一人追，其他人跑。被追上的学生举手示意然后追逐其他学生。
基本部分	70分	1. 2人对传、垫 2. 4号位扣球 　重点：检查动作质量和扣球效果 3. 发球练习 　重点：检查发球效果 4. 分组教学比赛 （见下表）	10分 15分 5分 40分	固定的分组。完成连续传、垫球30次各2组。教师逐组检查练习质量。先完成的学生进行扣防练习。 要求：自觉练习；注意动作规格。 　　两边4号位同时练习，一边教师抛球并纠正动作。另一边学生传球。最后按学号顺序3人一组，教师抛球进行扣球，每人扣5次。其他学生拣球、递球。 要求：动脑；注意助跑起跳；减少失误。 　　端线发球。学生自选技术练习。教师抽查练习质量，每人发5球。 要求：认真练习，做到心中有数。 　　3组学生，单循环比赛，先进行抽签编排，然后2组比赛，1组裁判。15分一局，不上场或无裁判工作的学生场下练习传、垫球考试技术。 　　比赛由学生自主进行。教师重点指导裁判工作。 要求：主动运用所学技战术；加强合作，积极呼应。
结束部分	5分	1. 收球 2. 小结比赛中技战术运用级裁判工作。		解答学生提问。
课后小结				

比赛表：

队名					积分

授课周次 _____ 周 __30__ 次　　授课对象 _____　　日　期_____

课的任务　1. 介绍软式排球基本技术和主要规则；2. 培养学生对排球运动的兴趣；3. 尝试软式排球比赛，享受软式排球运动的乐趣；4. 培养裁判能力。

部分	时间	教学内容	分量	组织教法
准备部分	15分	1. 集合，检查出勤，安排见习 2. 宣布课任务及要求 3. 准备活动 （1）行进间徒手体操 （2）叫号接球游戏	 8分 5分	（图示） 一路纵队，绕场地行进。 从大排头开始隔一个学生带1节操。 带操学生出列。 （图示） 要求：示范标准；口令洪亮；动作节奏合适； 　带操的学生在半场游戏，未带操的学生在另半场游戏。没有接住球的学生做5次元宝收腹，并在游戏结束一起做。 （图示）
基本部分	70分	1. 传、垫球技术介绍 （1）示范讲解与硬排球的技术区别 （2）2人一组进行练习 　重点：体会软式排球的特性； 　　　　体会传垫技术与硬排的区别 （3）4人组围圈传垫球 　重点：技术运用，串联能力	15分	介绍由于球的特性，特别注意发力环节的区别。传球手型的区别，垫球触球部位的区别。 　学生自愿组合练习，体会区别。 （图示） 教师边指导练习，边强调要领。 　上面练习的两组学生合为一组，强调串联和传、垫技术的运用。可以进行扣防练习。 要求：主动控制球；交流技术运用体会。

续表

部分	时间	教学内容	分量	组织教法
基本部分		2. 4号位扣球 （1）示范讲解与硬排球技术的区别 （2）2人一组，自抛扣球 　　重点：体会挥臂动和击球部位。 （3）上网扣抛球	15分	示范并讲解挥臂动作、击球部位的区别；助跑起跳时机的区别等。 　　同传、垫球的练习分组，两人距离6米左右。原地自抛扣球。教师反复强调挥臂动作要领和击球部位。 　　要求：细心体会与硬排动作的区别。 　　在两边4号位同时练习，一边教师抛球，另一边学生传球。 　　要求：动脑；注意助跑起跳时机；体会手法的区别。
		3. 发球练习 （1）介绍软排发球技术与硬排的区别 （2）学生自主尝试练习	10分	介绍下手发球为主，重点强调发力环节的区别：动作幅度、动作速度、击球部位等。 　　端线发球。教师进行个别指导并逐个检查练习质量。 　　要求：认真抛球，体会发力环节的动作。
		4. 分组教学比赛 　　重点：体会不同形式排球比赛的乐趣	30分	将学生分成3组，两组学生比赛，学生轮流担任裁判。比赛组学生进行大轮转。 　　教师重点指导裁判工作，同时适时指点比赛。比赛主要由学生自主进行。15分一局，3个组进行循环赛。场下学生练习传、垫球技术。 　　要求：主动运用所学的技术；加强呼应和接应；相互提醒技术和战术的运用；减少发球失误。
结束部分	5分	1. 收球 2. 小结软排技术与硬排的区别 3. 小结比赛中技术运用情况		归纳包括传、垫、扣球的技术区别。解答学生提问。
课后小结				

教案研讨：

根据大纲要求和进度安排，需要介绍软式排球或沙滩排球，除了理论课上介绍以外，根据场地和气候等条件选择软式排球或沙滩排球实践课。重点讲解它们与室内硬排球的技术区别，简单介绍主要规则和比赛方法，让学生尝试不同的排球运动形式，以便感兴趣的学生进一步选修软式排球或沙滩排球课程。

授课周次 _____ 周 __31__ 次　　授课对象 _____　　日 期 _____

课的任务　1. 小结各项技术的教学步骤；2. 复习考试技术；3. 介绍插上接发球进攻形式。

部分	时间	教学内容	分量	组织教法
准 备 部 分	20分	1. 集合，检查出勤，安排见习 2. 宣布课任务及要求 3. 归纳讲解发球、传球、垫球、扣球技术的教学步骤 4. 准备活动 （1）牵拉关节韧带和肌肉 （2）游戏"贴膏药"	10分 8分	 4列横队，两两相对，教师在中间。 围成圈，教师带领练习。 从头部开始，向下逐一牵拉各主要部位的关节韧带和肌肉。 要求：动作到位，充分伸展。 根据学生人数，考虑是否分成两个组，在两个半场同时进行。 贴左或右侧。 要求：严格按照规则游戏。
基 本 部 分	65分	1. 复习传、垫考试技术 各2次机会练习×2组 2. 扣散球	8分 7分	学生2人一组，根据考试的初步分组进行。传、垫各2次机会进行练习。一次机会完成后了解学生的练习结果，并讲解考试的技巧。 练习中间教师依次纠正每个学生的技术动作。 要求：传、垫球的弧度、距离符合标准；在保证传垫球质量的基础上，提高连续次数。 学生分别在两边场地的4号位扣球，教师和学生抛球或传球。 要求：注意助跑起跳动作；制动找好击球点；减少扣球失误。

部分	时间	教学内容	分量	组织教法
基本部分	70分	3. 按考试形式复习扣球 根据时间和学生的需求 练习1~2组	15分	将学生分成2大组，一组模拟考试，按考试顺序3人一组，轮流扣教师抛球，其他学生拣球和递球。教师对每次扣球进行评价。 　另一组在另半场继续扣散球，然后交换。 　要求：认真听教师的评价，不断调整自己的扣球动作和效果。
		4. 发球 　5次×4组	8分	5次发球为一组，每人完成4组发球。教师依次进行技术评定。 　要求：明确自己选择的发球技术，并按所选发球技术的动作要领去练习。认真记数，了解自己的发球成绩。
		5. 分组教学比赛	27分	愿意比赛的学生分成两组。 　15分一局比赛。学生自选进攻形式。 　在学生基本能够运用"中一二"和"边一二"进攻形式的基础上，介绍"插上"接发球进攻战术，并只进行个别指导：能够并愿意学习的组；二传的插上跑动；强调3点进攻等。
结束部分	5分	1. 收球 2. 小结复习情况 3. 解答学生有关考试的提问		围圈进行。
小结	课后			

教案研讨：

　　这节课的重点是复习考试技术。考试内容对有些学生而言有一定难度，他们普遍担心连续传、垫球次数，或者是发球的达标，尤其是女生，需要反复练习，提高熟练程度。但对另一部分学生，尤其是大部分男生并没有太大的难度，因此没有必要用很长的时间进行复习，可以安排一些学生感兴趣、高水平比赛常用、学生又有可能接受的介绍性内容。插上接发球进攻战术，对于有一个较好二传的队伍并不难完成，所需要的技术都已教授，只要适当控制发球攻击性，保证接发球基本到位就可能组织成功。插上进攻阵形与先前所学的"中一二"、"边一二"进攻阵形有很大区别，前排有3点进攻，对帮助学生更好地理解排球战术，理解排球场上的位置关系有帮助。

　　对基本技术的教法小结很有必要，虽然在理论课上已有介绍，但在实践课上进行总结的效果更好。

授课周次 ＿＿＿＿周 ＿32＿次　　授课对象 ＿＿＿＿＿＿＿＿　　日　期＿＿＿＿＿＿＿

课的任务　1. 完成技术考试；2. 征求学生对课程的意见。

部分	时间	教学内容	分量	组织教法
准备部分	20分	1. 集合，安排考试分组和考试顺序 2. 鼓励大家考出好成绩 3. 准备活动 4. 2人一组传垫球练习		 学生自主练习。 根据考试的分组进行练习。
基本部分	60分	1. 传球考试 2. 垫球考试 3. 扣球考试 4. 发球考试		按顺序，一组考试，其他组在场外加油。每组2次机会。 同上。 按顺序3人一组扣抛球。最后一组学生给第一组学生拣球，然后考试结束的学生为下一组学生拣球。 按顺序1人连续发5次球。后一半学生为前一半学生拣球，然后交换。 全部考试由教研室统一安排教师评分，实行考教分离。
结束部分	5分	1. 感谢评分教师的辛苦。 2. 收球。 3. 征求学生对课程的意见		请考评教师讲评技术掌握情况。 收取理论作业，征求学生意见。
课后小结				

教案研讨：

这是一节技术考试课。根据大纲要求，技术考试包括两人对传球、对垫球、扣球、发球等四项。每项又包括技评和达标。考试中教师要不断鼓励学生，并提醒技术动作，使学生发挥出最好水平。

征求学生对课程的意见和建议对进一步改进教学，提高教学质量有帮助。以"同行"的身份与学生进行交流，了解学生对教学内容的需求，以及学生更愿意接受的教学方法等。根据不同教学对象在整个课程学习过程中的具体情况，教师有针对性地提出命题，请学生提出建议。

（二）教案研讨

1. 课任务的制订

课任务要明确具体，既包括技战术学习和提高的任务，又包括战术意识和团队精神培养的任务，还包括能力培养的任务，任务全面、可操作。把教书育人的工作通过课的任务具体落实。

2. 准备活动的安排

准备活动选择大量用球的练习，有个人用球的练习，有双人用球的练习，有集体用球的练习，既培养了学生对球的感觉，同时又培养了配合意识与合作精神。集体活动形式的游戏可以培养竞争意识与团队精神。有些课的准备活动选择了能够发展身体协调性和灵活性的练习，有利于发展学生的专项身体素质，促进排球技术的学习和场上灵活性的提高。准备活动或游戏的安排尽可能地结合了基本部分的主要内容。

3. 教学内容安排顺序

该教案在教学内容安排时，考虑以下几个方面得因素：根据技术、战术之间的关系搭配新授教材与复习教材的学习和练习，而不是简单地先复习再新授，或先新授再复习；把与比赛密切相关的技术或战术练习放在比赛前进行，达到熟练技术和战术的目的，并提高自信心；重点技术或需要提高熟练程度的技术练习一般放在基本部分的前面，学生注意力比较集中的时候；把战术意识和串联意识的培养贯穿在整个课程的始终；教学内容的安排还考虑到与前几次课的衔接，保证技术、战术学习一气呵成；考虑身体局部负担的大小，注意不同身体部位负荷的搭配，如上肢用力与下肢用力的练习交替进行；适当的时候安排学生能力培养的具体措施。

4. 教学方法的选择

该教案在选择练习方法时有以下几个特点：方法选择考虑到区别对待；考虑调动学生练习的积极性；考虑增加学生的触球次数或练习密度；同样的技术练习，采用不同的练习方法，提出不同的练习要求，可以提高学生的兴趣，增强学生的适应能力；有些练习方法的设计非常巧妙，如人数较多时进行教学比赛，采用多人大循环的方法，增加了学生上场的密度，同时又有时间观察同伴的比赛，有利于再次上场时更好地发挥；根据学生的水平，选择不同的比赛方法，保证比赛的顺利进行，又使比赛有一定的难度；技术战术复习时，主要采用请学生示范讲解的方法，既便于学生熟练基本要领，又可以培养学生示范、讲解的能力。还有种种练习方法选择的考虑，在每一个教案后面都有研讨。

5. 练习分量与时间安排

每个练习都有时间规定或练习次数和组数的规定，保证练习质量，即使课中没有完成设计的练习次数和组数，也便于课后总结，不断调整。

二、普通高校排球选项课教案

（一）教案范例

普通高校排球选项课基础班教案

第1次课　　时间：＿＿＿＿＿＿＿

课的任务：1. 分班，介绍教材、要求；2. 了解学生基本情况；3. 素质练习：5分钟长跑.

教学内容	时间	组织教法
课前检查：场地及器材		发现场地及器材有问题及时找后勤人员解决
一、准备部分	20分	一、准备部分
1. 全体参加体育课的学生		1. 集合地点：排球馆/场
2. 主管教学负责人介绍教学安排和任课教师		在分班和介绍教材等活动后带到排球场
3. 选修排球的学生集合，师生相互问候		四列横队整队
4. 介绍本课教师基本情况		2. 3.4.5 同上队形
5. 核对和检查学生名单，说明选课调整控制时间点		
二、基本部分		二、基本部分
（一）介绍教材		（一）介绍教材
1. 技术类：以学习排球基础技术为主、以能够达到完成教学练习、比赛和培养学生对排球运动的兴趣为目标。	10分	1. 技术类：移动、球性、传球、垫球、发球（男生上手发、女生下手发）为主，介绍性技术，如扣球、基本接发球五人战位阵形、四二配备进攻阵形和单人拦网下的防守阵型为辅。
2. 素质类：加强有氧运动对人体健康意义重大的练习，并保持一定的力量和速度素质		2. 素质类：长跑（男生2000米跑、女生1800米跑）、弹跳和速度。
3. 理论类：了解排球运动，学会参与方法（比赛方法、基本规则和技术分析）		3. 理论类：基本技术分析、排球运动发展史、基本规则
4. 考核内容		4. 考核内容及方法
（1）技术类：传球、垫球和发球计60%		（1）技术类：传球、垫球各20%，发球10%。
（2）理论：基本排球发展史、技术、规则10%		（2）理论：基本排球发展史、技术、规则10%
（3）素质：长跑、力量为30%		（3）素质：立定跳远或俯卧撑10%，男2000米、女1800米跑共30%
（4）出勤：强调出勤，保证上课质量		（4）出勤：旷课减10分，事假减4分，病假、迟到减1分
	5分	（请假必须出具医院病假证明和学院批准证明材料）
（二）教学及课堂要求		（二）教学及课堂要求
积极主动，力争掌握排球基本技术、战术技能，重点掌握方法和提高体质健康水平和运动素质水平。		（1）服装要求：尽量穿运动服装，必须穿运动鞋，但不能穿足球鞋。

续表

教学内容	时间	组织教法
		（2）课上积极主动，不怕苦、累、痛以及天气凉或酷热。 （3）出勤要求：生病尽可能来上课观摩见习，提前做好课前服装和护具，杜绝迟到、早退现象。
（三）热身活动 1. 徒手体操： 要求：动作副度大、有力、协调，充分拉开肌肉群和主要关节 2. 长跑：5 分钟 要求：速度适中，根据个人情况量力而行，保持在有氧耐力练习中提高身体机能，为学期中的长跑考试（男 2000 米、女 1800 米）考试做准备	10 分	（三）热身活动 1. 徒手体操：集体练习 教师口令、带操和指导学生动作 动作安排：正和侧压腿、下蹲、腰绕环、俯背以及手指、手腕、膝、踝等关节运动 2. 长跑：5 分钟跑 （1）绕排球场地外圈，计时 5 分钟。 （2）教师与学生一同跑。 （3）教师充分讲解有氧跑好处和良好的身体体验，作好动员工作。
（四）了解学生基本情况（排球基础） 通过学生自由安排的排球活动，教师全面了解学生对排球基本技术、战术和简单规则的了解程度，基本掌握有一定基础的学生群体、会一点的群体、有一定体育素质但没有从事过排球运动的群体以及没有体育素质基础也没有从事过排球活动的学生群体，为制定教学方法及确定帮助教学对象提供参考。在配对进行练习时，重点考虑有基础的学生带不会的学生，形成骨干力量，对教学十分有意义。	35 分	（四）了解学生基本情况（排球基础），自由组合，自由活动 1. 自己拿球活动，熟悉球性，2 分钟 2. 二到四人进行有球活动，5 分钟 3. 发球，3 分钟 5. 分组比赛：25 分钟 人数不限，自由组合。比赛中，教师重点提示：积极动起来，尽量不要让球落地，采用任何击球方法和动作都可以。 如果比赛打不起来，教师组织学生讲解启发：如何判断、找球，采用何种动作容易将球打好，让同学们充分发挥想象力。
三、结束部分 1. 小结本次课情况，对学生的基本情况做概述，重点提示没有基础的学生进行练习的基本方法和勇于攀登的进取精神，不怕不会，就怕不练、不学。 2. 安排课外练习方法和要求，说明仅靠课上时间学习排球技术战术是远远不够的。 3. 安排学生借/还球顺序和方法，爱护球，不要用脚大力踢球，球出场外要迅速捡回，丢球大家集体赔偿（包括教师）。 4. 请学生注意下次课的上课地点 5. 收还器材	10 分	三、结束部分 队列队形 小结内容：（课后填写）

第2次课　时间：＿＿＿＿＿＿＿＿＿

课的任务：1. 学习准备姿势、移动、起动；2. 学习着正面传球；3. 学习下手发球；4. 素质练习：多级蛙跳

教学内容	时间	组织教法
课前检查：场地及器材		发现场地及器材有问题及时找后勤人员解决
一、准备部分 1. 集合，师生相互问候 2. 检查考勤 3. 小结上次课教学情况，介绍本次课教学内容、安排及其他要求 4. 准备活动 （1）徒手牵拉 要求：动作以慢速牵拉至极限，副度大、有力，充分拉开肌肉群和韧带。 （2）热身跑 要求：速度适中，保持在有氧耐力练习中提高身体机能。	5分 5分 6分	一、准备部分 1. 集合地点：排球场 四列横队整队 2. 3. 同上队形 4. 准备活动： （1）徒手牵拉：集体练习 包括正和侧压腿、下蹲、腰绕环、俯背下压、体侧侧拉，手指、手腕、膝、踝等关节的运动。 教师口令、示范带操和指导学生动作 （2）热身跑：绕排球场地外圈，持续跑步5分钟，教师为学生鼓励加油，提示注意呼吸节奏、加强摆臂。
二、基本部分 （一）学习准备姿势、移动、起动 准备姿势：稍曲膝关节，重心前倾，两手臂置于腹部前，两脚做小动，随时移动，眼睛看球和比赛情况，保持注意力集中。 移动：采用交叉步、跑步、滑步、跨步和混合步等步伐进行移动。移动中存在的问题是：判断和移动慢、抱手移动（初学者）。强调快速，尽量保证球击前充足的时间准备，赢得时间和空间 起动：向移动方向快速移动重心，脚掌用力蹬地，小步快速移动	14分	二、基本部分 （一）学习准备姿势、移动、起动 1. 教师讲解技术要领并做无球示范。 2. 教师有球示范：学生抛球于教师两侧，教师移动后接球，重点展示起动和移动 3. 教师领做，学生集体随教师示范练习准备姿势、移动（滑步和交叉步）、起动 4. 分若干小组（4人一组，其中1名抛球），由准备姿势开始，教师或学生骨干抛球，练习学生判断后迅速起动、移动后将球用手接住，尽量争取使球不落地，接到球后，将球抛回教师或骨干手里。练习者一队排列循环练习，并适时交换抛球者
（二）学习正面传球 作用：传球是排球比赛中二传手的主要技术，是纽带和核心，同时也是一项基本防守技术 手型：手指张开，两手组成半球状，拇指后仰，两手拇指距离约3～5厘米 判断：根据来球落点、速度和幅度迅速判断、移动和取位，对正来球 缓冲：触球瞬间松腕缓冲来球 用力：蹬地、伸肘、送腕和伸指，最后随方向送两臂	25分	（二）学习传球 1. 教师有球示范正面传球动作。 2. 教师分解示范传球手型、用力（无球），讲解技术要领。 3. 讲解易犯的错误动作及纠正方法。 4. 学生集体徒手模仿练习。 5. 自抛用正确手型接住球，观察手形。 6. 自抛自传。

教　学　内　容	时间	组　织　教　法
触球：手指第一、二指节内侧触球 击球点：额头前15厘米处 传球基本动作图示 		7. 两人一组：15分钟 （1）一人拿球高举，一人传固定球，体会手型及用力。 （2）一人抛球一人移动后用正确手型接住球，体会缓冲与手型。 （3）一人抛球一人完成传球。 （4）两人距离3~4米进行对传球练习。 教师：随各组进行指导、讲解和在更换练习方法时提示技术要领及纠正方法
（二）学习下手发球 正面下手发球（右手发球为例）动作要领： 抛球：将球在体前右侧抛起20－30厘米，同时做好右臂后摆动作，有时也可将持球手撤出，即摆臂去击球 击球：先右脚蹬地，身体重心前移，右臂伸直，以肩为轴，向前摆到腹前，用虎口或掌根或整个手掌击球的后下部，使球以较高的抛弧线飞行  下手发球基本动作图示	20分	（二）学习下手发球 1. 教师有球示范 2. 教师分解示范抛球、击球部位、手型并讲解要领 3. 讲解易犯的错误动作及纠正方法 4. 学生集体徒手模仿练习 5 抛球练习：30次/人 6. 对墙或档网下手发球练习：20次/人 7. 距网6米，下手发球练习：10次/人 8. 端线外隔网下手发球练习：累计30个成功球 教师：交换练习时提示要领和错误动作的纠正，同时，再练习中教师逐一对学生进行指导
（三）素质练习：多级蛙跳 要求：全力完成，提高身体肌肉力量和爆发力。强调身体发力快、落地后快起，加强摆臂，空中加强挺身和收腹的技术动作	10分	（三）素质练习：多级蛙跳 1. 教师示范并讲解蛙跳动作要领 2. 练习 （1）排球场两边线间进行，5人一组，每组跳后从端线或中线两侧边放松走回 （2）练习次数：多级蛙跳9米/组 x 5组/人 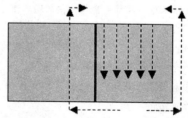
三、结束部分 1. 小结本次课教学事项 2. 对下次课教学前注意事项 3. 收还器材	5分	三、结束部分 队列队形 小结内容：（课后填写）

第3次课　　时间：_____

课的任务：1. 复习移动和下手发球；2. 改进正面传球：手型和击球点；3. 学习正面垫球；4. 学习原地扣球手法和挥臂；5. 素质练习：1600 米健身跑

教学内容	时间	组织教法
课前检查：场地及器材		发现场地及器材有问题及时找后勤人员解决
一、准备部分	10 分	一、准备部分
1. 集合，师生相互问候		1. 集合地点：排球场，四列横队整队
2. 检查考勤，确定最终选课名单		2. 3. 同上
3. 小结上次课教学情况，介绍本次课教学内容、安排及其他要求		4. 准备活动：
4. 准备活动：		徒手体操：集体练习
徒手体操：要求动作副度大、有力、协调，充分拉开肌肉群和主要关节		动作有正和侧压腿、下蹲、腰绕环、俯背以及手指、手腕、膝、踝等关节的体操活动。
		教师口令、示范带操并指导学生动作。
二、基本部分		二、基本部分
（一）复习移动和下手发球：	15 分	（一）复习移动和下手发球：
移动要求：快速反应，起动快，基本掌握步法，为击球作好充分的准备。		（1）教师讲解移动的重要性，提示动作关键
下手发球要求：重点—抛球高度、落点稳定，击球准确（中下部）		（2）集体随教师示范移动的方式进行练习
		（3）教师提示下手发球的站位、抛球和击球要领。
		（4）下手发球练习：发成功 20 次/人
（二）改进传球	10 分	（二）改进传球
重点：手型和击球点		1. 教师讲解重点要领（手型和击球点），指出错误动作及纠正方法、练习方法
手型保持半球状，强调：手指自然张开，击球前手腕后仰，手指手腕保持适当的紧张		2. 自传 50 次/人
击球点尽可能保持在额前，强调积极移动，找好击球点高度，球低时，需降低身体姿势		3. 2 人 1 组，一人抛一人用正确手型接住球，相互检查手型，10 次/人
		4. 2 人 1 组隔网站立，一人抛固定高度、幅度的球，一人将球传过网，注意判断、移动找到较好击球点，30 次/人
（三）学习正面垫球	20 分	5. 2 人 1 组相距 4 米，对传球，5 分钟
动作要领：垫球是排球比赛中防守、接发球的主要技术，也是二传手的一项调整球技术和无攻处理球的技术		教师逐组检查和指导
手型：两臂外翻形成一个平面，要伸直		（三）学习正面垫球
迎球：看准来球，两臂夹紧前伸，插到球下		1. 教师有球示范正面垫球动作
击球点：腹前		2. 教师分解示范垫球手型、用力（无球），讲解技术要领
击球部位：两臂前端（不含手掌部）形成的平面击球，避免一臂或其他部位击球		3. 教学讲解易犯错误动作及纠正方法、练习
用力：向前上方蹬地抬臂，迎击来球，使插、夹、抬、蹬连贯完成		4. 学生集体徒手模仿垫球练习
		5. 2 人 1 组：一人双手持球于对方腹前，另一人用垫球动作击球，不把球击出。持球者自上向下运动，可稍加压。相互检查手型、击球部位和击球点的正确性，10 次/人
		6. 自抛自垫：50 次/人

教学内容	时间	组织教法
 垫球图示		7. 2人1组：相距3~5米，一人抛固定线路、幅度的球，一人垫球击回，50次/人 8. 2人1组相距4米对垫球 教师随各组进行指导、讲解和在换练习方法时提示技术要领及纠正方法
（四）学习原地扣球手法和挥臂动作 动作要领 手形：击球时、五指微张呈勺形并保持紧张 击球：以全掌包满球，击中球的后中部，力量通过球中心，手腕有推压动作，使球向前下方旋转飞行。击球时应注意三点： 挥臂：击球前，举高手臂（肘高于肩），同时向击球臂一侧转肩，以腰腹发力，带动肩、肘、腕的加速，前臂要有明显的加速度，带动手腕的鞭甩动作，手臂由下而上伸臂，挥臂到最高处前方击打来球。手臂只有放松挥动，产生鞭打动作、手掌保持紧张方能加快击打速度和力量 强调：一是要打得准，要用全掌击准球，使手掌与球吻合较好，手指、手腕都要控制住球，使球按预定方向、路线飞行；二是要在右肩上方最高点击球、击球时首先要提肩，充分伸臂，在最高点击着球；三是要放松鞭甩 扣球手法图示	15分	（四）学习原地扣球手法和挥臂 1. 教师原地示范扣球 2. 教师分解扣球手型、击球时动作、挥臂动作示范并讲解要领，指出易犯的错误动作及纠正方法。 3. 随教师口令，集体徒手做扣球挥臂练习 4. 2人1组，一人高举球，一人挥臂击球（不击打出球），相互检查纠正挥臂和手型 5. 对墙或挡网自抛球扣球（原地不跳），30次/人 6. 对墙或挡网自抛球扣球（原地跳起），20次/人 7. 两人相距6~7米，原地自抛自扣给对方，30次往返 8. 降低球网（2米），分两组隔网站立（距网6米左右），做自抛扣过网练习，先不跳再跳起，按教师口哨指令，一组抛扣，另一组准备拣球，相互交替进行，练习5分钟 9. 收器材 10. 教师带队到田径场进行1600米长跑，教师作好动员工作，提示跑动技术。 （五）素质练习：1600米长跑 田径场跑4圈，教师鼓励学生，提示技术要领，跑后注意放松
（五）素质练习：1600米长跑 要求：速度根据个人情况量力而行，保持在有氧耐力练习中提高身体机能	15分	三、结束部分 长跑结束后，就地集合，安排结束部分内容 小结内容：（课后填写）
三、结束部分： 1. 小结本次课教学事项 2. 对下次课教学前注意事项 3. 收还器材	5分	

第4次课　时间：＿＿＿＿＿＿＿＿＿＿

课的任务：1. 改进技术：正面传球（移动及用力）、正面垫球（手型和用力）；2. 学习上手发球；3. 学习助跑起跳扣球；4. 素质练习：10分钟长跑

教学内容	时间	组织教法
课前检查：场地及器材		发现场地及器材有问题及时找后勤人员解决
一、准备部分	10分	一、准备部分
1. 集合，师生相互问候		1. 集合地点：排球场
2. 检查考勤		四列横队整队
3. 小结上次课教学情况，介绍本次课教学内容、安排及其他要求		2. 3. 同上队形
4. 准备活动		4. 准备活动：集体练习
（1）徒手体操：		（1）徒手体操：动作有正和侧压腿、下蹲、腰绕环、俯背以及手指、手腕、膝、踝等关节的体操活动
要求动作副度大、有力、协调，充分拉开肌肉群和主要关节		教师口令、带操和指导学生动作
（2）热身跑：要求：速度适中，坚持完成		（2）热身跑：
二、基本部分		绕排球场外圈持续2分钟跑，教师报时
（一）改进技术	20分	二、基本部分
正面传球：重点移动及用力		（一）改进技术：正面传球、垫球
要领：积极移动找准来球落点，获得较好的身体位置，保证传球击球点和动作的顺利完成，为传球打下基础；用力强调击球后的缓冲、蹬地、伸臂送腕，保证动作的连贯性		1. 教师示范，讲解重点改进要领，指出错误动作及纠正方法、练习方法
正面垫球：重点手型及用力		2. 自传、自垫球各100次
要领：手形为两臂伸直夹紧，两手互握，注意不要抱着手等球或移动，强调击球时的击球手臂部位及弹出角度；用力为连贯动作过程，强调击球时以迎、插、夹、抬、蹬的连续动作完成击球，过程中不可分解、停顿，同时注意在垫大力量球时，要撤肘缓冲来球；来球力量小时则要主动用力击球，才能控制好出球的质量		3. 2人1组抛传垫：距离3～5米，抛球：向击球者两侧、前后1步位置抛球；击球：判断来球后，移动1步并调整好身体，主动迎击来球，相互间检查动作的正确性，3分钟
		4. 2人1组扣垫：相距5米，结合扣球手法练习，一人自抛自扣给对方，一人垫球防守，要求扣球以力量轻、线路长为主，基本保证打到垫球者腹部附近，4分钟
（二）学习上手发球	15分	教师随各组进行指导、讲解，在换练习时提示技术要领并纠正动作
上手发飘球：（右手发球为例）		5. 移动传球：10人一组，教师或骨干抛球，学生抛球给教师或骨干后进行移动传球，击球后，到落点位置接住球后回到练习队伍，按顺序循环练习，下图：在3号位限制线附近，移动到网前将球传到4号位
抛球：左手用掌心平稳而准确地将球在体前右肩前上方，高约40～50厘米，同时，右臂抬起，屈肘后引，肘略高于肩。		
手型：并掌式——五指拼拢，指尖朝上，手腕销后仰保持一定的紧张。半握拳式——屈手掌为半握，后仰，击球手掌面积要大		
击球：右脚蹬地重心前移，以收腹、屈体迅速带动手臂的挥动，击球的力量要集中迅猛，击球的作用力要通过球的重心。击球瞬间，手指手腕紧张，手型固定，不加推压动作。如发飘球，手臂最好有突停动作		学生　教师抛球
挥臂：挥臂呈直线，在右肩前上方		（二）学习上手发球
		1. 教师示范发球

续表

教学内容	时间	组织教法
 提示：眼睛盯住球，保证击准球		2. 教师分解示范抛球、击球部位、手型并讲解要领 3. 讲解易犯的错误动作及纠正方法 4. 学生集体徒手模仿挥臂练习 5. 抛球练习：30 次/人 6. 对墙或挡网上手发球练习：20 次/人 7. 距网 6 米上手发球练习：10 次/人 8. 端线外上手发球练习：累计 30 个成功球 教师：交换练习时提示要领并纠正错误动作，逐一对每个学生进行指导。
（三）学习助跑起跳扣球 助跑起跳扣球不是考试技术，但学生对于学习扣球的兴趣非常高 动作要领：（右手扣球为例） 助跑：以两步为例：助跑时，左脚先向前迈出一步，接着右脚再迅速跨出一大步，左脚及时并上，踏在右脚之前，两脚尖稍右转，助跑由慢到快，步幅由小到大，制动后，停顿时间要短，使助跑与起跳动作紧密衔接，协调连贯，以便利用助跑速度，增加弹跳高度 起跳：在助跑跨出最后一步的同时，两臂绕体侧向后引，左脚在并上踏地制动的过程中，两臂自后向前摆动，随着双腿蹬地向上起跳，两臂也配合起跳，有力地向上摆动 空中击球：起跳后挺胸展腹，上体稍向左转，右臂向上方抬起，身体成反弓形。挥臂时，以迅速转体、收腹动作发力，依次带动肩、肘、腕各部关节成鞭甩动作向前挥动。击球时、五指微张呈勺形并保持紧张，以全掌包满球，击中球的后中部，力量通过球中心，手腕有推压动作，使球向前下方旋转飞行。	28 分	（三）学习助跑起跳扣球 1. 教师示范助跑起跳扣球 2. 教师分解示范助跑步法、起跳、手型并讲解助跑步法、线路、起跳、击球等要领 3. 讲解易犯的错误动作及纠正方法 4. 集体模仿练习：随教师口令，由慢到快，练习助跑步法、助跑起跳及空中动作，3 分钟 5. 降低球网（2 米），教师或骨干托球，学生 10 人 1 组按先后顺序进行扣球，在击球一刹那及时撒手，学生自己拣球，3 分钟 6. 同上，教师或骨干抛球（4 号位），学生助跑跳起后，尽量在高点接住球 7. 同上，教师或骨干抛球（稍高、固定落点、落点远网），学生 10 人一组扣球，扣球后学生自己拣球，再按先后顺序进行扣球，10 分钟 练习中，教师逐一提示要领并纠正错误
助跑扣球图示 （四）10 分钟长跑 要求：速度适中，速度个人情况量力而行，但要求坚持完成	12 分	（四）10 分钟长跑 绕排球场外圈进行，教师提示时间和鼓励
三、结束部分 1. 小结本次课教学事项 2. 对下次课教学前注意事项 3. 收还器材	5 分	三、结束部分 队列队形 小结内容：（课后填写）

第 5 次课　　时间：＿＿＿＿＿＿＿＿

课的任务：1. 学习移动传球和垫球；2. 纠正上手发球、下手发球错误动作；3. 改进助跑起跳扣球：助跑线路、起跳时机；4. 传、垫球对抗比赛；5. 素质练习：短跑

教学内容	时间	组织教法
课前检查：场地及器材		发现场地及器材有问题及时找后勤人员解决
一、准备部分	15分	一、准备部分
1. 集合，师生相互问候		1. 集合地点：排球场
2. 检查考勤		四列横队整队
3. 小结上次课教学情况，介绍本次课教学内容、安排及其他要求		2. 3. 同上
4. 准备活动		4. 准备活动
(1) 徒手体操		(1) 徒手体操：动作有正和侧压腿、下蹲、腰绕环、俯背以及手指、手腕、膝、踝等关节的体操活动
要求动作副度大、有力、协调，充分拉开肌肉群和主要关节。		教师口令、示范并带操和指导学生动作
(2) 热身跑		(2) 热身跑：2分钟
要求速度适中，根据个人情况量力而行		为短跑作好准备，绕排球场外圈进行
(3) 短跑练习		(3) 短跑练习：动作爆发快，急加速达到中途跑，加强摆臂
要求全力完成，提高身快速移动能力		远度：40米，5组/人
二、基本部分	25分	二、基本部分
(一) 学习移动传球、垫球		(一) 学习移动传球、垫球
动作要领		1. 排球场内移动自传、自垫球各100次/人
第1是提前的判断：根据来球飞行的线路、幅度和速度，不同的来球性能决定落点的远近、高低，准确预判球的落点位置和确定即将击球的高度（击球点）		2. 教师示范移动传球、垫球动作，讲解重点要领，指出错误动作及纠正方法、练习方法
第2迅速起动，采用不同移动步法快速移动到击球位置，做好准备姿势，为击球赢得充分的时间。移动可根据来球远近，采取滑步、跨步、交叉步、跑步或混合步		3. 2人1组组距3～5米，一抛一传球或垫球，要求抛球往练习学生的前后左右1—3米处抛球，让练习者移动后再击球，5分钟
第3是合理地运用技术，不同的来球，轻重、速度不同，决定了击球时的技术运用，如很高的来球，采用降低重心的垫球，并不需要主动发力击球，靠球的反弹力即可，这种击球，如采用上手传球来接球，容易造成持球或连击犯规		4. 5人1组，站在3号位限制线附近，移动到网前将球传到4号位，1人抛球至网前，1人在4号位接球后给抛球者，3分钟后交换角色，练习10分钟
		5. 两人对传、对垫，尽量保持移动后站稳了传垫球，3分钟
		教师随各组、各人进行指导、讲解，在交换练习方法时提示技术要领并纠正错误动作

教学内容	时间	组织教法
（二）纠正上手发球、下手发球错误动作 纠正关键三点 1. 抛球：常见问题抛球靠后、抛球太高，解决：稳定前方偏击球手一侧，高度40~50厘米 2. 挥臂：没有快速或加速，手臂摆动速度过慢，尤其是女同学，解决：加大引臂幅度、加快挥臂、击球后向前跟重心 3. 击球：击球手的部位不固定、击球部位不准确，造成侧旋、高而不远或出球过平，解决：眼睛盯住球、击球手部位面积大、击球中下部	10分	（二）纠正上手发球、下手发球错误动作 1. 发球练习：发成功20次/人 2. 集合，教师讲解发现的错误动作、示范并指出纠正方法 3. 发球练习 （1）学生按顺序逐一发球2次：教师进行指导和纠正，其他同学观摩学习 （2）发球：发球成功累计完成20次/人
（三）改进助跑起跳扣球：助跑线路、起跳时机（4号位扣高球） 改进要点 1. 助跑线路：起动后，可采取适当外绕再插入网前的跑动路线，并根据来球，调整线路幅度 2. 起跳时机：个体不一样，起跳时机决定击球效果好坏，根据各人高度、弹跳能力以及来球速度、幅度决定起跳，需多磨合	15分	（三）改进助跑起跳扣球：助跑线路、起跳时机（4号位扣高球） 1. 对墙或挡网原地或跳起自抛自扣 2. 教师示范并讲解 3. 扣4号位抛球，10人1组按顺序进行。抛球尽量固定高度、速度和落点，分组在不同场地进行，教师和骨干学生抛球，练习中，学生自己拣球给抛球者，排队按顺序循环进行 教师指导学生，提示线路和起跳时机
（四）传垫球对抗比赛 检查传球、垫球学习效果，教师通过观察，调整教学计划	20分	（四）传垫球对抗比赛 应用所学技术进行比赛，尽量减少失误，可以6对6，也可以9对9
三、结束部分 1. 小结本次课教学事项 2. 对下次课教学前注意事项 3. 收还器材	5分	三、结束部分 队列队形 小结内容：（课后填写）

第 6 次课　　时间：＿＿＿＿＿＿＿＿

课的任务：1. 学习传球、垫球串联，纠正传球、垫球错误动作；2. 复习发球；3. 传、垫球对抗比赛 4. 素质练习：2400 米跑

教 学 内 容	时间	组 织 教 法
课前检查：场地及器材		发现场地及器材有问题及时找后勤人员解决
一、准备部分	10分	一、准备部分
1. 集合，师生相互问候		1. 集合地点：排球场
2. 检查考勤		四列横队整队
3. 小结上次课教学情况，介绍本次课教学内容、安排及其他要求		2. 3. 同上
4. 准备活动：徒手体操		4. 准备活动：集体练习
要求动作副度大、有力、协调，充分拉开肌肉群和主要关节		徒手体操：动作有正和侧压腿、下蹲、腰绕环、俯背以及手指、手腕、膝、踝等关节的活动，教师口令、示范并带操
二、基本部分		二、基本部分
（一）学习传球、垫球串联，纠正传球、垫球错误动作	20分	（一）学习传球、垫球串联，纠正传球、垫球错误动作
传垫球串联技术要领：对来球准确的判断来决定采用传球还是垫球，同时清楚当时的任务（职责），比如是二传球时，就需要多用传球动作来击球		1. 自传自垫各100次
		2. 教师示范移动传球、垫球动作，讲解技术要领和练习方法
纠正传垫球错误动作：针对不同学生存在的错误进行区别指导和帮助		3. 3人3角顺/逆时针依次传垫球，5分钟
		4. 3人1组：1人自抛轻扣/吊，1人接球防守，1人接应传垫，争取打、防、调串联起来
（二）复习发球	10分	（二）复习发球
重点：提高发球的挥臂速度、击球准确，纠正击球手型		1. 对墙或挡网发球50次/人
		2. 隔网发球
		（1）累计10个成功发球
		（2）连续发3个球不失误，发3组
		教师逐一对学生进行指导
（三）传垫球对抗比赛	25分	（三）传垫球对抗比赛
要求：积极移动，尽努力将球救起或击打过对方，减少失误，注意相互保护		1. 6对6，女生分开插入男生中；发球随意
（四）素质练习：2400 米跑	20分	2. 不准扣球进攻：教师对不合理的击球可以随时停下比赛，提示技术动作的要领、技巧，对特别差的个别学生在比赛中间要换下进行指导，并安排单独练习，比如对墙进行传垫球练习，尽快提高这些同学的技术水平和自信心
要求：速度根据个人情况而定，尽力完成，逐步提高有氧耐力，同时，跑动中，注意调节呼吸、加强摆臂，逐步树立克服身体困难的毅力		3. 收球、收还器材集合带队至田径场
		（四）素质练习：2400 米跑
		田径场6圈，教师报圈、报时，并鼓励学生，指导动作；跑后放松慢跑或走400米
三、结束部分	5分	三、结束部分
1. 小结本次课教学事项		队列队形
2. 对下次课教学前注意事项		小结内容：（课后填写）

第7次课　时间：_____

课的任务：1. 提高传垫球串联意识和运用能力；2. 复习助跑起跳扣球；3. 教学比赛；4. 素质练习：长跑和俯卧撑

教学内容	时间	组织教法
课前检查：场地及器材		发现场地及器材有问题及时找后勤人员解决
一、准备部分	20分	一、准备部分
1. 集合，师生相互问候		1. 集合地点：排球场
2. 检查考勤		四列横队整队
3. 小结上次课教学情况，介绍本次课教学内容、安排及其他要求		2. 3. 同上
4. 准备活动		4. 准备活动：集体练习
(1) 徒手体操：牵拉活动		牵拉活动：正和侧压腿、腰绕环、后仰手摸脚踝、俯背手摸地，同时活动手指、手腕、膝、踝等关节。
要求动作幅度大、有力、协调，充分拉开肌肉群和主要关节。		教师口令、示范并带操和指导学生动作
(2) 长跑：10分钟跑步		(2) 长跑：10分钟持续跑
要求速度适中，保持在有氧耐力练习中提高身体机能。		人排球场外圈进行，教师计时、报时并指导和鼓励学生坚持完成
二、基本部分		二、基本部分
(一) 提高传垫球串联意识和运用能力	15分	(一) 提高传垫球串联意识和运用能力
要求：培养技术串联意识，灵活运用技术，合理击球。1人在击球时，其他人需随时准备配合，将不同的来球正确地运用所学技术，基本掌握动作的变换		1. 自传垫球各100次（两次击球之间击掌和在走动中做传垫球） 2. 对墙传垫：技术还较差的学生单独练习 3. 2人1组相距3~5米对传垫球3分钟 4. 分若干组，1组6人，教师抛扣、扔、吊球，1组学生按顺序2人1队练习防守、接应调整球，小组其他人拣球给教师，循环交换小队或小组 其他小组进行2人间的打防练习
(二) 复习助跑起跳扣球	10分	(二) 复习助跑起跳扣球
重点：强调助跑起跳时机的准确性、手型击球的正确性，注意提肩提肘，高点击球，以提高扣球的成功率，不强调扣球力量		1. 徒手助跑起跳练习，教师示范领做，口令2. 教师顺网抛4号位球，学生助跑起跳在最高点用单手或双手接住球 3. 降低球网（2.24米）4号位扣球练习 学生分若干组，教师或学生骨干抛4号位高球，学生进行扣球。练习中，学生自己拣球给抛球者，按前后排队按顺序循环进行
(三) 教学比赛	30分	(三) 教学比赛
尽最大努力保持比赛的连续性和精彩性，技术上的应用讲究合理、实用，只要将球救起，采用技术不必太讲究，慢慢来，努力就会有好效果		1. 平均分4队，分别于2场地同时进行 2. 教师指导，要求学生发球尽量不失误
(四) 力量练习	10分	(四) 力量练习：俯卧撑男生15个/组×5组/人，女生8个/组×4组/人
要求全力完成，提高身体肌肉力量和爆发力。动作连续，曲臂接近90度		
三、结束部分	5分	三、结束部分（省略）：
1. 小结本次课教学事项		小结内容：（课后填写）
2. 对下次课教学前注意事项：下次课上课地点为多媒体教室		
3. 收还器材		

第 8 次课　　时间：＿＿＿＿＿＿＿＿

课的任务：理论课：介绍排球运动发展史和规则，分析并欣赏排球主要基本技术。

教学内容：

一、排球运动的发展史：30 分钟

（一）起源与发展

排球运动是 1895 年美国麻省霍利约克（Holyke）城青年会干事威廉·基·莫根（Willian Morgan）发明的，用篮球胆在室内的网球两边拍来拍去使球不落地的一种游戏。而后，美国的传教士和军队将排球运动带到世界各地，首先传到美洲，之后带到亚洲和欧洲等地。1947 年成立国际排球联合会以后，排球运动就成为一项世界性的体育项目，目前，国际排联已有 200 个会员国、约 2 亿人打排球。1949 年举行了第 1 届世界男子排球锦标赛，现在，世界排球比赛主要有世界杯排球赛、世界排球锦标赛、奥运会排球赛。

排球运动的高度发展还派生出了深受人们喜爱的集娱乐、休闲、健身为一体的沙滩排球、软式排球等运动，其中，沙滩排球更是一举成为奥运会比赛项目，使排球项目拥有 4 块金牌在奥运会中举足轻重。

（二）现代排球运动有以下几个特点

1. 广泛的群众性：排球运动既可在球场上比赛和训练，亦可在一般空地上打来打去，运动量可大可小，适合不同年龄、不同性别、不同体质、不同训练程度的人。

2. 技术的全面性：比赛中每个队员都要进行位置轮转，既要到前排扣球与拦网，又要到后排防守与接应，运动员必须全面地掌握各项技术。

3. 激烈的对抗性：排球比赛中，从发球到接发球；从扣球到拦网；从进攻到防守反攻，都在激烈的对抗中进行。在国际上高水平比赛中，对抗的焦点集中在网上扣拦的激烈争夺上。

4. 高度的技巧性：比赛中，球不能落地，也不能连击、持球和四次击球，因此它对时间性、技巧性要求很高。

5. 严密的集体性：在排球比赛中，除发球外，都是在集体配合中进行的，而且水平越高，集体配合就越严密。

6. 攻防技术的两重性：排球比赛中各项技术都既能得分，又能失分，攻中有防、防中有攻，相互转化、相互制约。

参加排球运动不仅能提高人们的力量、速度、灵活、耐力、弹跳、反应等身体素质和运动能力，改善身体各器官系统的机能状况，还能培养机智、果断、沉着、冷静等心理品质，更是建设精神文明的一种良好手段。通过排球比赛和训练，可以培养集体主义精神；树立胜不骄、败不馁，勇敢顽强，克服困难，坚持到底等良好作风。1981 年，中国女排崛起，以全胜的战绩夺得世界杯赛冠军，1982 年中国女排又赢得了第 9 届世界女子排球锦标赛桂冠，誉满世界排坛。到目前为止，中国女排夺得 7 次世界冠军（世界女排锦标赛：1982 年、1986 年；世界杯：1981 年、1985 年、2003 年；奥运会：1984 年、2004 年），中国女排的拼搏精神，对促进我国社会经济建设、振兴中华发挥了巨大的作用。

二、基本规则：30 分钟

（一）比赛场地和球

1. 比赛场区：为 18 米×9 米的长方形，所有界线宽 5 厘米。

2. 球：颜色应是一色的浅色或彩色、圆周 65~67 厘米、重量 260~280 克、气压 0.30~0.325 公斤/平方厘米。

（二）比赛的获胜

1. 胜一球：当某队取得 1 球的胜利时，即为得一分，如果双方队员同时犯规，则判"双方犯规"，该球重新进行。

2. 胜一局：前四局先得 25 分并同时超出对方 2 分的队胜一局，当比分 24：24 时，比赛继续进行至某队领先 2 分为止，如 28：26；第五局则为先得 15 分并同时超出对方 2 分的队获胜，当 14：14 时，比赛继续进行至某队领先 2 分为止。

3. 胜一场：胜 3 局的队为胜一场。

（三）比赛的组织

1. 抽签：在准备活动之前和第五局的比赛前，均要由第裁判员组织双方队长进行抽签，抽签获胜方可选择：发球或接发球、或场区，另一方在获胜方选择之后，挑选余下部分。

2. 位置：发球队员击球时，双方队员（发球队员除外），必须在本场区内按轮转次序站位。队员的位置应根据其脚的着地部位来判定，每一名前排队员至少有一只脚的一部分，比同列后果排队员的双脚距中线更近；每一名右边（左边）队员至少有一只脚的一部分比同排中间队员的双脚距右（左）边线更近。球发出之后，队员可在本场区和无障碍区的任何位置上，当发球队员击球时犯规与对方位置错误同时发生，则发球犯规被认为在先而被判罚。

3. 轮转：队员的站位在整局中按位置表填写顺序进行轮转，即当发球队获得发球权后，该队队员必须按顺时针方向轮转一个位置。如轮转发生错误，则该队被判罚失一球，同时队员的轮转次序被纠正，取消该队自错误发生之后所得分数，而对方得分仍然有效。

4. 换人：每一局每队最多可替换 6 人次，同时可替换一人或多人。每局开始上场阵容的队员在同一局中可以退出比赛和再次上场各一次，而且只能回到原阵容的位置上。替补队员只能上场比赛一次，替补开始上场阵容的队员，而且他只能由被他替换下场的队员来替换。

5. 关于自由人

（1）在比赛记录表上的运动员登记栏中，必须在自由人的姓名、号码后注明"L"字样，表示该运动员为自由人。

（2）服装必须与本队其他队员服装式样一致，但颜色不同。

（3）自由人上场、下场时，不需要经过教练员申请和裁判员同意，在死球时，其可自动与场上任何运动员进行换人，并无次数限制。

（4）自由人上场后不得进行发球和拦网、不得对高于球网的球进行进攻性击球，同时，自由人在 3 米限制区做上手二传时，攻手不得将高于球网的球击入对方场区。

（四）比赛行为

1. 界外线：球接触地面的部分完全在界线以外；球触及场外物体，天花板或非比赛成员等；球触及标志杆、网绳、网柱或球网标志杆以外部分；球的整体或部分从过网区以外过网。

2. 比赛中的击球：

（1）球队的击球：每队最多击球 3 次（拦网除外）将球从球网上击回对方，同时一名队员不得连续击球两次，但拦网和同一个动作在本队第一次击球产生的不同部位触球除外。

（2）同时触球：同队的两名（或 3 名）队员同时触到球，被计为 2 次（或 3 次）击球（拦网除外）；两名不同队的队员在网上同时触球，比赛继续进行，获得球的一方仍可击球 3 次。如果球落在某方场区个，则判为对方击球出界，如果双方队员同时触球造成"持球"则判"双方犯规"，该球重新进行。

（3）借助击球：队员不得在比赛场地以内借助同伴或任何物体进行击球。

（4）击球的性质：球必须清晰击出，接住或抛出即为"持球"犯规。球也可以触及身体不同部分，但必须是同时。

3. 拦网：允许越过球网触球，但在对方进攻性击球前和击球时不得妨碍对方。触及球的拦网行动，被认为完成拦网。只有前排队员允许完成拦网。在一个动作中，球可以迅速而连续触及一名或更多的拦网队员，也可以连续触及拦网队员任何身体部位。

4. 网下穿越：在不妨碍对方比赛情况下，允许队员在网下穿越进入对方空间。

a. 队员的一只（两只）脚越过中线触及对方场区的同时，其余部分还接触中线或置于中线上空是允许的，不判为犯规。

b. 队员身体的任何其它部分都不允许接触对方场区。在不影响对方比赛的情况下，队员可以穿越而进入对方无障碍区中，将从过网区外过去的球经过网区外救回。

5. 触网：触网为犯规，但队员未试图进行击球的情况下偶尔触网除外。由于球被击入球网而造成球网触及队员，不算犯规。

6. 进攻性击球：前排队员可以对任何高度的球完成进攻性击球，但触球时必须在本场地空间，后排队员可以在进攻线后对任何高度的球完成进攻性击球，但起跳时脚不得踏及或越过进攻线，击球后可以落在前场区。

对方发球时，接发球队队员不能在进攻区内对高于球网上沿的球做进攻性击球。

7. 发球：后排右队员在发球区用一只手或手臂将球击出而进入比赛的行动，称为发球。第一局和第五局由抽签选定发球权的队首先发球，其它各局由前一局未先发球的队发球。队员发球的次序按位置表上的顺序进行，一局中首先发球之后，队员按下列规定进行发球：

（1）当发球队胜一球时，原发球队员继续发球；当接发球队胜一球时，获得发球权并轮转，由前排轮转至后排的队员进行发球。

（2）球被抛起或持球手撒离后，必须在球落地前将球击出。

（3）发球队员在击球时或击球起跳时，不得踏及场区（包括端线）或发球区以外地面。

（4）发球队员必须在第一裁判员鸣哨后 8 秒钟内将球击出。

8. 暂停和技术暂停：第 1~4 局，每局有两次技术暂停，各有 30 秒钟，每当领先队达到 8 或 16 分时自动执行。相应每个比赛队每局还有两次机会请求 30 秒钟的普通暂停。第五局无技术暂停，每队可请求两次 30 秒钟的暂停。

9. 交换场区：局间进行交换场区；决胜局中某队获得 8 分时，两队交换场区，队员在原来的位置继续比赛。

三、基本技术分析：30 分钟

以观看教学片（优秀运动员技术示范、技术讲解、比赛中场景）为主，选择播放：

发球：正面下手发球、上手发飘球。

垫球：正面双手垫球。

传球：正面传球。

扣球：扣高球（以后右手扣球为例）。

战术：5 人接发球、"中一二"进攻、"边一二"进攻和"插上"进攻阵形。

第9次课　　时间：_____

课的任务：1. 复习移动传垫球、发球；2. 学习接发球技术；3. 教学比赛；4. 素质练习：多级蛙跳和俯卧撑

教学内容	时间	组织教法
课前检查：场地及器材		发现场地及器材有问题及时找后勤人员解决
一、准备部分	10分	一、准备部分
1. 集合，师生相互问候		1. 集合地点：排球场
2. 检查考勤		四列横队整队
3. 小结上次课教学情况，介绍本次课教学内容、安排及其他要求		2. 3. 同上
4. 准备活动		4. 准备活动：集体练习
（1）徒手体操：要求动作副度大、有力、协调，充分拉开肌肉群和主要关节		（1）徒手体操：正和侧压腿、下蹲、腰绕环、俯背以及手指、手腕、膝、踝等关节的体操活动，教师口令、示范并带操
（2）热身跑：要求速度适中		（2）热身跑：2分钟持续跑，绕排球场外圈进行
二、基本部分		二、基本部分
（一）复习移动传球、垫球	15	（一）复习移动传球、垫球和发球
移动传垫球：强调积极、快速移动，提高击球前的准备性，较好地找到击球点		1. 教师讲解要求及练习方法
发球：强调做到五固定（站位的距离固定、抛球固定、挥臂的轨迹固定、手型固定、击球部位固定）		2. 对档网或强自抛自扣球30次/人 3. 2人1组相距5米，1抛1传，抛球左右1米，交换进行，5分钟 5. 同3，1抛轻扣，1人移动后垫球，5分钟
（二）学习接发球	25分	（二）学习接发球
主要采用正面双手垫球技术，重要的是提前移动，对正来球，主动迎击。同时，能区别不同性能的来球。如接飘球时，就要积极迎球，而接大力发球时，不用抬臂用力，手臂相反还要稍后撤缓冲来球。 接好发球要有我必能接好球的信心，注意配合避免互相抢球或让球		1. 教师示范接发球（技术较好学生8米外发球） 2. 教师讲解接发球技巧 3. 3人1组相距9米，1发1接1拣球，交换进行，练习5分钟 4. 结合复习发球技术进行接发球练习，15分钟 分若干组，4人1组，后场区1组4人弧线站位接发球练习，适时交换位置。其他组练习发球（发球失误2次做2个俯卧撑）
（三）教学比赛	25分	（三）教学比赛：无裁判
尽最大努力保持比赛的连续性和精彩性，技术上的应用讲究合理、实用，注意保护击球，基本组织起一攻和防反		平均分4队于两块场地进行，中间每10分进行换人
（四）素质练习：多级蛙跳和俯卧撑	10分	（四）素质练习：多级蛙跳和俯卧撑
蛙跳强调落地快起、加大摆臂幅度 俯卧撑强调肘关节弯曲90度		多级蛙跳：9米/组×4组/人 俯卧撑：累计完成男生80次、女生40次
三、结束部分	5分	三、结束部分
1. 小结本次课教学事项 2. 对下次课教学前注意事项 3. 收还器材		队列队形 小结内容：（课后填写）

第 10 次课   时间：＿＿＿＿＿＿

课的任务：1. 复习传球、垫球和扣球；2. 学习五人接发球站位阵型：4.2 配备，插上；3. 教学比赛；3. 素质练习：15 分钟长跑

教学内容	时间	组织教法
课前检查：场地及器材		发现场地及器材有问题及时找后勤人员解决
一、准备部分	8分	一、准备部分
1. 集合，师生相互问候		1. 集合地点：排球场
2. 检查考勤		四列横队整队
3. 小结上次课教学情况，介绍本次课教学内容、安排及其他要求		2. 3. 同上
4. 准备活动：徒手体操：		4. 准备活动：集体练习
要求动作副度大、有力、协调，充分拉开肌肉群和主要关节		徒手体操：动作有正和侧压腿、下蹲、腰绕环、俯背以及手指、手腕、膝、踝等关节的体操活动
		教师口令、示范并带操和指导学生动作
二、基本部分	25分	二、基本部分
（一）复习移动传球、垫球、扣球		（一）复习移动传球、垫球、扣球
要求：传垫球：移动判断及时，掌握用身体来控制出，明确认识击球的连贯性		1. 教师讲解要领，示范错误动作及纠正方法
扣球：根据自身情况决定助跑距离、时机和节奏，力求出球落于界内，以稳定性为主		2. 2人1组抛传、抛垫：两人一组相距3~5米，一人向另一人的两侧1.5米处抛球，另一人移动后正面的传球或垫球，2分钟
（二）学习5人接发球战位阵形	25分	3. 对墙传垫球：技术较差的学生单独练习
讲解要领：学习"3、2"或"W"接发球阵形，其优点是各人球的责任区域明确，且相对较小，缺点是插上二传跑动距离长，不宜进攻队员交换位置		4. 2人1组相距5米对防练习，3分钟
		5. 2人1组相距9米发接练习，5分钟
配合进攻阵形有：		6. 扣高球，分2、4号位两组同时进行，并设二传学生分别向2、4号传球，扣球学生自己拣球、排队循环进行，15分钟
1. "中一二"进攻阵形场中3号位队员作二传，2、4号位队员进行进攻的配合方法。当二传队员不在3号位时，要进行换位，由2号位或4号位换到3号位，换位后成"中一二"阵形		（二）学习5人接发球战位阵形
2. "边一二"进攻阵形二传队员在2号位组织进攻，3、4号位的队员进攻配合的方法。与"中一二"一样，当二传队员不在二号位时，要换位到二号位		1. 教师画图讲解场上不同位置的分工、职责和配合
		2. 请6位同学上场示范，2名学生发球，教师指挥并讲解
3. "插上"进攻阵形后排队员在对方发球出手之后插到前排指定区域作二传的配合，叫做插上战术。"插上"教学为介绍		3. 分多组，6人1组，由教师在对方场地中间抛球，然后学生进行接发球进攻，教师讲解和指导帮助，未上场的学生在场边观看学习或拣球给发球学生
（三）教学比赛	10分	（三）教学比赛
要求：尽最运用学习五人接发球站位阵型（4.2配备、不插上）组织一攻		已经过阵型学习的学生进行教学比赛
（四）素质练习：15分钟长跑，速度适中，坚持完成	17分	（四）素质练习：15分钟跑
		绕排球场外圈进行，教师计时并提示时间、鼓励
三、结束部分	5分	三、结束部分
1. 小结本次课教学情况；2. 对下次课教学前注意事项；3. 收还器材		对列队形
		小结内容：（课后填写）

第 11 次课　　时间：＿＿＿＿＿＿＿＿＿＿

课的任务：1. 复习传球、垫球和发球；2. 改进五人接发球站位阵型：职责区域与配合，提高接发球一攻能力；3. 教学比赛；4. 素质练习：三米往返移动

教 学 内 容	时间	组 织 教 法
课前检查：场地及器材		发现场地及器材有问题及时找后勤人员解决
一、准备部分	8分	一、准备部分
1. 集合，师生相互问候		1. 集合地点：排球场，四列横队
2. 检查考勤		2. 3. 同上
3. 小结上次课教学情况，介绍本次课教学内容、安排及其他要求		4. 准备活动：静力牵拉运动，集体练习
4. 准备活动：		（1）动作有正和侧压腿、腰绕环、后仰、俯背、体侧，牵拉向运动方向无限拉伸
静力牵拉运动：要求动作副度大、有力、协调，充分拉开肌肉群和主要关节		（2）同时，活动手指、手腕、膝、踝等关节
		（3）教师口令、示范并带操和指导学生动作
二、基本部分		二、基本部分
（一）复习移动传球、垫球、发球	20分	（一）复习移动传球、垫球、发球
提示要领：		1. 自传垫球各100次
传垫球：准确判断来球落点，及时移动，手型正确，主动用力，准确用前臂形成的平面部位击球，击球后跟重心		2. 2人1组相距3~5米对传球、对垫球练习
		3. 同2，连续打防练习
发球：强调抛球稳，高度基本固定、击球准		4. 发球练习：
		累计发球成功40次/人
（二）改进5人接发球战位阵形	20分	（二）改进5人接发球战位阵形
要求学生无论轮转到任何位置，均能使接发球的同学组成"3、2"或"W"接发球形状，并明确各自接球的区域、两人前后左右结合部的配合（谁优先接）		1. 教师画图讲解：提示上次课同学们易犯的错误及纠正
		2. 分多组，指定各2名技术较好的学生为二传手，由教师在对方场地中间隔网抛球或发轻球，然后学生进行接发球进攻。练习中，教师讲解和指导帮助，其他还未上场的学生在场边观摩学习，已经经过学习的学生进行教学比赛或单项技术练习
（三）教学比赛	32分	
正确运用5人接发球4.2配备阵型，接好发球，先保证将球接取，两人间多说话，加强配合。同时，减少失误，从发球、接发球、二传组织或接应、扣球进攻、防守开始到结束，要求学生明确每一个环节的职责，做到能相互保护和接应、减少自己的失误		（三）教学比赛
		分队进行对抗比赛，教师中间穿插对个别问题的讲解、分析和纠正
		（四）素质练习
		三米往返移动
（四）素质练习	5分	1. 教师示范讲解
三米往返移动		2. 学生练习：5人一组，每组3次
讲解动作要领，提示脚步移动方法		3. 三米线区往返移动，以手或脚触及中线/三米线为标志转身返回
三、结束部分	5分	三、结束部分
1. 小结本次课教学情况		对列队形
2. 对下次课教学前注意事项		小结内容（课后填写）
3. 收还器材		

第 12 课　　时间：＿＿＿＿＿＿＿

课的任务：1. 学习单人防守技术（判断、移动和技术运用）；2. 学习单人拦网技术；3. 结合单人拦网，复习助跑起跳扣球；4. 素质练习：15 分钟长跑

教学内容	时间	组织教法
课前检查：场地及器材		发现场地及器材有问题及时找后勤人员解决
一、准备部分	8 分	一、准备部分
1. 集合，师生相互问候		1. 集合地点：排球场，四列横队整队
2. 检查考勤		1. 集合地点：禁区排球场
3. 小结上次课教学情况，介绍本次课教学内容、安排及其他要求		2. 3. 同上
4. 准备活动：		4. 准备活动：静力牵拉运动，集体练习
静力牵拉运动：要求动作副度大、有力、协调，充分拉开肌肉群和主要关节		（1）动作有正和侧压腿、腰绕环、后仰、俯背、体侧，牵拉向运动方向无限拉伸
		（2）同时，活动手指、手腕、膝、踝等关节
		（3）教师口令、示范并带操和指导学生动作
二、基本部分	20 分	二、基本部分
（一）学习单人防守技术（地面）		（一）学习单人防守技术（地面）
技术要领：		1. 自传垫球各 100 次。
判断与移动：根据对方进攻的情况，先预判、移动和取位，来球后，再迅速移动调整取位		2. 2 人 1 组对传垫球练习 5 分钟
技术运用：防守来球，采取的技术很多，第 1 以防守取来球为目标，在不同的情况下采取不同的击球技术或身体部位（如脚部）；第 2 以合理运用技术为保障，保证取球率或效果，如能用双臂击球就尽量不用单臂击球；第 3 身体重心不宜过高，避免影响起动、移动和到地；第四以防守起球落于二传手位置或网前为效果最好，以便二传手组织进攻		3. 示范与讲解单人防守技术 教师扣球（力量稍轻、线路长）或吊球，1 名技术较好学生防守。教师讲解防守要领，强调技术运用的合理性、技巧性，提示易犯的错误 4. 降低球网至 2 米，分若干组，每组 5 人，1 组防守练习，1 组拣球给教师，教师隔网扣球或吊球，防守组按先后顺序进行单人防守练习，10 分钟，见下图：
		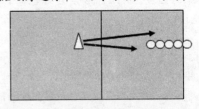
		其他组按 2 人 1 组相距 5 米进行打防练习
（二）学习单人拦网技术	10 分	（二）学习单人拦网技术
技术要领：		1. 教师拦抛球示范（网高 2 米）
拦网前姿势：贴近球网，两臂侧上举，手指张开，双眼盯球		2. 教师讲解拦网技术要领
移动起跳：顺网移动，最后起跳前两脚尖尽量转向网		3. 学生 2 人 1 组，1 人手举球于网口，1 人隔网拦固定球，体会起跳、手型和击球，2 分钟
空中动作：双手胸前网上伸，提肩压腕拦住来球路线。		4. 同 3，拦对方抛向网口的球，2 分钟
注意：避免触网、脚过中线的犯规；避免起跳过早，否则身体下降时对方才扣球；避免拦网时低头或闭眼睛，不看扣球动作和球，盲目阻拦		练习中，教师逐一对每个学生进行指导

教学内容	时间	组织教法
 单人拦网完整动作 拦网手形 讲解单人防守技术的配合：单人前排拦网、其他队员防守是最基础的防守配合，充分发挥每个人防守能力、积极协同配合才能取得较好的防守效果。配合中，一般情况下，多采用拦对方相应位置的攻手，邻近的队员则后撤防守，也可以由本队一名拦网好的队员专门拦网，不拦网的队员则后撤防守。 （三）结合单人拦网、防守，复习助跑起跳扣球 提示扣球要点： 1. 正确掌握助跑的时机、节奏、步法，注意助跑的连续性，否则失去助跑效果 2. 加强摆臂，增加起跳高度 3. 引臂后肘关节高于肩 4. 挥臂放松，全掌包满球 （四）素质练习：15分钟长跑 要求速度适中，根据个人情况量力而行，坚持完成，保持在有氧耐力练习中提高身体机能 三、结束部分 1. 小结本次课教学情况 2. 对下次课教学前注意事项 3. 收还器材	32分 15分 5分	（三）结合单人拦网、防守，复习助跑起跳扣球30分钟 1. 教师画图讲解练习方法 2. 分3组：扣球组、拦网组合防守组 教师抛球给扣球组扣球，扣球后自己拣球 拦网组进行单人拦网 防守组3人1队分别站1号、6号、5号进行防守 练习图示： 3组10分钟1交换练习内容 （四）素质练习：15分钟跑 绕排球场外圈进行，教师计时并提示时间、鼓励 三、结束部分 对列队形 小结内容：（课后填写）

第13次课　　时间：＿＿＿＿＿＿＿

课的任务：1. 巩固移动传垫球、发球；2. 学习单人拦网下防守阵型；3. 教学比赛；4. 素质练习：多级蛙跳和俯卧撑

教学内容	时间	组织教法
课前检查：场地及器材		发现场地及器材有问题及时找后勤人员解决
一、准备部分 1. 集合，师生相互问候 2. 检查考勤 3. 小结上次课教学情况，介绍本次课教学内容、安排及其他要求 4. 准备活动： 徒手体操：要求动作副度大、有力、协调，充分拉开肌肉群和主要关节	8分	一、准备部分 1. 集合地点：排球场 四列横队 2.3. 同上 4. 准备活动：集体练习 徒手体操：正和侧压腿、下蹲、腰绕环、俯背以及手指、手腕、膝、踝等关节的体操活动；教师口令、示范并带操和指导学生动作
二、基本部分 (一) 巩固移动传垫球、发球： 要求： 移动传垫球：以早判断、快移动为重点，尽可能在击球前保证正面迎球，为击球赢得时间上的准备，击球后注意迅速回到准备姿势或准备迎击下一个来球 发球：强调发球的成功率和稳定性，提示学生固定击球手型、稳定抛球	15分	二、基本部分 (一) 巩固移动传球、垫球、发球： 1. 教师讲解重点要领，指出错误动作及纠正方法，讲解练习方法和要求 2. 行进间自传、自垫球练习： (1) 由端线向另一端线进行，争取到网前时能传/垫过网后继续行进 (2) 教师指挥出发，全部学生到另一端线后再指挥练习返回 (3) 全场来回传球2次，垫球2次 3.2人1组，对传、对垫，要求积极移动，基本保证对正击球 4.4人1组跑动传垫球：其中2人前后1组，传/垫球给对方小组后，跑到对方小组后，循环连续进行，如下图 (1) 传球3分钟 (2) 垫球3分钟 5.4人人1组：距离8米，不隔网进行发球与接发球练习，强调接球前的判断、移动：1人发球，1人接发球，2人拣球给发球者 3. 发球练习：每人累计发球成功40次

教学内容	时间	组 织 教 法
（二）学习单人拦网下的防守阵型（进攻为高球或半高球） 讲解要点： 这是最基础的防守配套形式，在水平高的比赛中也时常被迫采用。一般情况下，多采用拦对方相应位置的攻手，邻近的队员则后撤保护，也可以由本队一名拦网好的队员专门拦网，不拦网的队员则后撤保护。阵型见下图 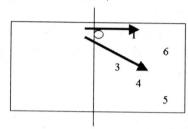 对方4号位进攻防守图 对方2号位进攻防守站位相反 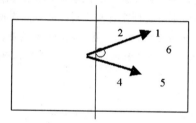 对方3号位进攻防守图 单人拦网下的后排防守重点是判断移动，提前判断，取好位置，各守一个区域，拦网人拦住一般线路，其他人取线防守，前排队员重点守吊球和轻打，后排人重点防长线	30分	（二）学习单人拦网下的防守阵形 1. 教师讲解重点要领，画图说明 2. 请6名技术较好学生上场示范，另3名在球网对面分别准备2、3、4号扣球（教师抛球），教师适时讲解 3. 分若干队，每队6人，2队上场，教师于中场外抛球给一方组织2.3.4号位进攻（高球和半高球），另一方进行单人拦网下的防守，如防守取球，可组织反攻，对方则进行单人拦网下的防守，连续进行，图示如下： 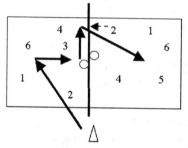 练习中：教师随时暂停下来进行纠正，指导同学们的布阵。
（三）教学比赛 要求：积极救球，保障使球在本方不失误，加强得分机会。防守中尽量按单人拦网下的防守教学来安排，体会和纠正布阵。	22分	（三）教学比赛 分4队于两块场地同时进行，可以男女混合
（四）素质练习：多级蛙跳和俯卧撑 要求全力完成，强调多级蛙跳落地快起、俯卧撑下曲肘关节达到90度	10分	（四）蛙跳和俯卧撑 1. 多级蛙跳：5次连续跳/组，共5组/人 2. 俯卧撑：教师组织每组进行，每组间歇30秒 男生20次/组，共4组/人 女生10次/组，共3组/人
三、结束部分 1. 小结本次课教学事项 2. 对下次课教学前注意事项 3. 收还器材	5分	三、结束部分 对列队形 小结内容：（课后填写）

第 14 次课　　时间：＿＿＿＿＿＿＿

课的任务：1. 比赛前热身技术练习方法；2. 学习比赛组织的基本流程、方法与比赛实践；4. 素质练习：男生1800 米／女生 1800 米跑

教学内容	时间	组织教法
课前检查：场地及器材（增加器材：口哨、比赛中文记录表、位置表、比分牌、司线旗、笔） 一、准备部分 1. 集合，师生相互问候 2. 检查考勤 3. 小结上次课教学情况，介绍本次课教学内容、安排及其他要求 4. 准备活动：徒手体操 要求动作副度大、有力、协调，充分拉开肌肉群和主要关节	10分	发现场地及器材有问题及时找后勤人员解决 一、准备部分 1. 集合地点：排球场 四列横队整队 2.3. 同上 4. 准备活动：集体练习 徒手体操：正和侧压腿、下蹲、腰绕环、俯背以及手指、手腕、膝、踝等关节的体操活动；教师口令、示范并带操和指导学生动作
二、基本部分 （一）比赛基本组织与方法 讲解要领及提示： 1. 场地准备与检查 安装器材，分别检查高度、网的松紧度、标志杆／带的位置和牢固、裁判台（稳固，调节高度）、运动员席、换人牌、辅助人员到位、广告版 2. 热　身 双方运动员场上热身，裁判员检查服装和号码，教练员填写运动员名单并签字；裁判员发放位置表 3. 挑　边 裁判员赛前 7 分钟组织双方队长挑边，选择发球、接发球或场区，然后签字 4. 上网热身 5 分钟热身练习：上网扣球或发球等，裁判员收回位置表交记录员登记 5. 入场仪式 裁判员就位，播音员介绍裁判员后，一裁鸣哨示意双方运动员上场，双方运动员于端线排列站好后，一裁鸣哨后，双方运动员进场于网前握手	55分	二、基本部分 （一）比赛组织与方法 1. 教师课前根据学生情况进行分组分队，设两队队长，指定第一、第二裁判员记录员、播音员兼翻分员，并安排中间裁判员换人计划，准备比赛用表格及器材，计划安排：5 局比赛，无论前面输赢，均进行第 5 局比赛，赛中教师调整比分，尽量在 60 分钟内完成 2. 教师讲解比赛组织流程，展示流程图 3. 分工、分队 4. 队长组织赛前热身系列活动 传垫球 二传球 打防 5. 裁判员学生在教师指导下组织挑边

续表

教学内容	时间	组织教法
6. 开始比赛 第二裁判员、记录员检查上场队员站位位置，如有错误，及时纠正或换人等，检查结束后，二掷球给先发球队罚球队员，举手向一裁示意，一裁鸣哨发球，比赛开始。 赛中：暂停、换人、交换场区、决胜局挑边、决胜局中的交换场区与位置检查等程序执行，比分与发球顺序检查等		6. 两队上网热身 （1）分别进行2、3、4号位扣球练习 （2）发球练习 （3）位置表填写与收回、登记 7. 裁判员学生组织入场仪式：裁判员就位，运动员上场准备比赛 8. 记录台介绍裁判员 9. 第一、二裁判员组织比赛开始程序
7. 比赛结束 两队运动员端线站好，一裁鸣哨后，运动员到中场网前握手后，退场时再与裁判员握手致谢。 双方队长签字 记录员完成记录表 裁判员签字		10. 赛　中 （1）教师可以暂定比赛进行讲解 （2）每局结束后，进行裁判员换人，换下的裁判学生，参加比赛 11. 执行赛后程序 12. 教师小结比赛组织情况 13. 收还器材后带队去田径场
（二）素质练习 男生2000米/女生1800米计时体验 加强有氧能力，提高身体机能，为第16周长跑考试做好准备。通过计时，了解学生准备和体能情况，学生也了解自身能力、存在问题和调整	20分	（二）素质练习 男生2000米/女生1800米计时 1. 全班1组进行 2. 教师跑前指导：前400米注意控制速度，根据个人能力和身体反应情况，400米后再进行提速、保持速度或减速调整 3. 跑后：教师指导、提示学生继续慢跑、行走等进行积极性休息，绝不可一下来就坐下或站立休息，更不可躺下休息
三、结束部分 1. 小结本次课教学情况 2. 对下次课教学前注意事项	5分	三、结束部分 对列队形 小结内容：（课后填写）

第 15 次课　　时间：＿＿＿＿＿＿＿

课的任务：1. 复习考试技术；2. 教学比赛；3. 素质考试：俯卧撑或蛙跳

教 学 内 容	时间	组 织 教 法
课前检查：场地及器材（准备皮尺） 一、准备部分 1. 集合，师生相互问候 2. 检查考勤 3. 小结上次课教学情况，介绍本次课教学内容、安排及其他要求 4. 准备活动： （1）徒手体操： 要求动作副度大、有力、协调，充分拉开肌肉群和主要关节 （2）热身跑： 要求速度适中，尽量跑热、跑出汗	8分	发现场地及器材有问题及时找后勤人员解决 考试场地准备：场外无障碍区，清理干净俯卧撑考试地面；立定跳远区画出起跳限制线、直线距离标尺（重点标出60、80分、90、100分标志） 一、准备部分 1. 集合地点：排球场 四列横队整队 2. 3. 同上 4. 准备活动：集体练习 （1）徒手体操：正和侧压腿、下蹲、腰绕环、俯背以及手指、手腕、膝、踝等关节活动 教师口令、示范并带操和指导学生动作 （2）热身跑步：绕排球场外圈，跑4圈
二、基本部分 （一）复习考试技术： 对传球：早判断来球，快速移动，尽肯能对正来球，蹬地用力配合手臂，控制好出球效果，尽量将球传高一些，找到两人配合习惯 对垫球：早判断来球，快速移动，两臂夹紧放松，插于球下，击球时主动送臂迎球，同时积极蹬地，找到两人配合习惯 发球：必须保证击球点靠前、准确击打球的正确部位。注意抛球要稳、手法正确	47分	二、基本部分 （一）复习传垫发三项技术 1. 自传垫球各100次 2. 2人1组对传、对垫球，组距3～5米 3. 2人1组，1人抛扣，1人防守垫球 4. 2人1组，打防练习 5. 发球练习 （1）累计20个成功发球，结合发球学习和练习进行 接发球练习：每场地安排4人弧线站位接发球，其他人练习发球，交换进行 （2）连续发3个球不失误，发3组
（二）素质考试（俯卧撑或立定跳远） 学生任意选取俯卧撑或立定跳远一项进行考试，成绩标准：详细见教学计划成绩对照表 （三）教学比赛 比赛要求：比赛争取做到将比赛进行连续和精彩，这要求学生们合理地应用技术、积极主动、跑动快速，击球讲究稳定，出球效果好，同时随时准备、协调保护，充分发挥每个人的力量才能打好比赛。	30分	教师逐一对学生进行指导 （二）、（三）教学比赛和素质考试 1. 分8人1组进行，1组考试，其他组安排教学比赛，小组考试结束再换组进行考试 2. 严格考试纪律和要求
三、结束部分 1. 小结本次课教学情况 2. 对下次课教学前注意事项 3. 收还器材	5分	三、结束部分 对列队形 小结内容：（课后填写）

第16次课　　时间：＿＿＿＿＿＿＿

课的任务：1. 技术考试：传球、垫球；2. 复习考试技术：发球；3. 素质考试：男生2000米/女生1800米

教学内容	时间	组织教法
课前检查：场地及器材		发现场地及器材有问题及时找后勤人员解决
一、准备部分	8分	一、准备部分
1. 集合，师生相互问候		1. 集合地点：排球场
2. 检查考勤		四列横队整队
3. 小结上次课教学情况，介绍本次课教学内容、安排及其他要求		2. 3. 同上
4. 准备活动		4. 准备活动：
（1）徒手体操：		（1）徒手体操：正和侧压腿、下蹲、腰绕环、俯背以及手指、手腕、膝、踝等关节的体操活动；教师口令、示范并带操和指导学生动作
要求动作副度大、有力、协调，充分拉开肌肉群和主要关节		
（2）热身跑步：天气较冷，尽量跑热、跑出汗，速度适中		（2）热身跑步：绕排球场外圈，跑4圈。
二、基本部分		二、基本部分
（一）复习考试技术	7分	（一）复习考试技术
提示要领：		1. 教师讲解考试标准和要求、方法、技巧
传球：积极移动对正来球、张开手掌后并仰型、出球高一些		2. 学生练习：自传球、自垫球、2人1组的对传球、对垫球，教师逐一进行指导帮助
垫球：积极移动对正来球、两臂伸直夹紧、插球下、主动蹬地抬臂迎球、手臂击准球、出球高一些		（二）传球、垫球技术考试
		1. 按照点名册顺序进行考试
（二）传球、垫球技术考试	30分	2. 2人自由组合搭配，不限男女
标准：数量分——来回10个球为达标60分 技术评价分——根据移动、判断、动作、用力和出球效果综合评价40分		3. 考试前，考试学生在指定地点进行10秒钟练习后开始考试：计数和评价
		4. 考试指定区域：3米线与端线间场内区域
		5. 教师可以适当进行指导帮助
（三）复习发球与传垫球（不及格学生的重点指导帮助）		（三）复习发球与传垫球（不及格学生的重点指导帮助）
提示发球考试技巧：固定击球手型和击球部位，击准球的正中下部，大胆挥臂用力，根据习惯和出球效果调整左右、前后站位，抛球尽量控制高度（不宜过高）、落点于击球手前侧方		考试结束的学生进行发球练习，传垫球不及格的学生继续复习传垫球，教师分别根据学生不同的问题进行重点纠正、指导和帮助
		（四）素质考试
（四）素质考试：	30分	1. 10人一组分若干组进行
男生2000米、女生1800米跑		2. 教师按名次计时，到达终点时教师告知学生的名次，间隔1组考试时间后，按名次对照学生姓名登记成绩。跑中，教师随时向学生报时、报圈、鼓励或技巧提示
要求：严格考试纪律，教师考前做好考试要求等的说明和动员，并将标准再次告知学生，鼓励学生战胜困难，获得好成绩		
三、结束部分	5分	3. 跑后：教师提示学生继续慢跑、行走等积极性放松休息
1. 小结本次课考试情况		三、结束部分
2. 对下次课考试进行安排		对列队形
3. 收还器材		小结内容：（课后填写）

第 17 次课　　时间：＿＿＿＿＿＿＿＿＿＿

课的任务：1. 技术考试：发球；2. 教学比赛；3. 理论考试布置

教学内容	时间	组织教法
课前检查：场地及器材		发现场地及器材有问题及时找后勤人员解决
一、准备部分 1. 集合，师生相互问候 2. 检查考勤 3. 小结上次课教学情况，介绍本次课教学内容、安排及其他要求 4. 准备活动 （1）徒手体操： 要求动作副度大、有力、协调，充分拉开肌肉群和主要关节 （2）热身跑步： 为考试做好热身准备，速度适中	10分	一、准备部分 1. 集合地点：排球场四列横队整队 2. 3. 同上 4. 准备活动 （1）徒手体操： 安排动作有：正和侧压腿、下蹲、腰绕环、俯背以及手指、手腕、膝、踝等关节的体操活动，教师口令、示范带操和指导学生动作 （2）热身跑： 绕排球场外圈，跑4圈
二、基本部分 （一）复习考试项目 发球要领：考试抓住要点－抛球稳定（高度和位置合适）、击球准（球的中下部位和手掌部位准确）、大胆用力、调整发球站位（适合个人特点）、自信心强	15分	二、基本部分 （一）复习考试项目 1. 教师讲解考试、方法和要求，提示发好球的基本技巧 2. 学生发球练习：10分钟 教师对每个学生进行检查和指导，对个别较差的学生进行重点辅导。
（二）发球考试 考试要求：每人发球 10 次，按考试标准计分。男、女生发球不限方式，占总成绩的20%。 （三）教学比赛和有考试不及格的学生复习补考技术 1. 教学比赛要求：尽量按正式比赛的要求进行，争取做到将比赛进行连续和精彩，这要求学生们合理地应用技术、积极主动、跑动快速，击球讲究稳定，出球效果好，同时随时准备、协调保护，充分发挥每个人的力量才能打好比赛。 2. 补考技术复习	55分	（二）发球考试 1. 考试按点名册顺序进行 2. 考试方法：学生第一个发球为试发球，从第二个发球开始计算成绩 3. 发球有效区：发球过网、落在界内即为有效 （三）教学比赛和不及格的学生复习补考技术 1. 发球考试结束，无补考任务的学生分组进行教学比赛 2. 补考技术复习：教师逐一进行指导，帮助学生找到问题所在和纠正
三、结束部分 1. 小结本次课考试情况 2. 对下次课补考进行安排 3. 理论考试卷发放：下次课交回答题 4. 收还器材	10分	三、结束部分 对列队形 小结内容：（课后填写）

第 18 次课 时间：_____

课的任务：1. 补考；2. 收理论考试卷；3. 总结本学期教学情况

教学内容	时间	组织教法
课前检查：场地及器材		发现场地及器材有问题及时找后勤人员解决
一、准备部分 1. 集合，师生相互问候 2. 检查考勤 3. 小结上次课教学情况，介绍本次课教学内容、安排及其他要求 4. 准备活动 （1）徒手体操： 要求动作副度大、有力、协调，充分拉开肌肉群和主要关节 （2）热身跑： 要求速度适中，天气较冷，尽量跑热，提高身体抗击寒冷的能力。	10 分	考试地点准备：场外无障碍区，清理干净俯卧撑考试地面，立定跳远区画出起跳限制线、直线距离标尺（重点标出 60、80 分、90、100 分标志） 一、准备部分 1. 集合地点：排球场 四列横队整队 2.3. 同上 4. 准备活动 （1）徒手体操：集体练习 动作：正和侧压腿、下蹲、腰绕环、俯背以及手指、手腕、膝、踝等关节的体操活动，教师口令、示范并带操和指导学生动作 （2）热身跑：2 分钟跑 绕排球场外圈进行，教师与学生一同跑，并鼓励同学坚持完成
二、基本部分 （一）复习补考项目、教学比赛 技术补考的学生进行复习，抓住技术要领：传球和垫球前的判断、移动和找好落点很重要，同时，摆好手型（传球张开手掌、垫球伸直两臂），降低一些重心，出球高一些，才能较好地完成；而发球需做到抛球稳定（抛球不宜太高）、击准球的中下部位、大胆用力	15 分	二、基本部分 （一）复习补考项目、准备和教学比赛练习： 1. 2 人 1 组对传垫球练习 2. 发球 教师重点对有补考任务的学生进行辅导。同时安排好参加比赛学生的练习方式。 3. 无补考任务的同学：按照正式比赛前的准备活动进行练习，做好比赛前的充分准备
（二）补考 1. 技术考试：严格按照考试标准和要求进行，对努力练习上进的学生可以适当放宽尺度。 2. 素质考试：素质补考：充分做好准备活动，要有坚强的信心，不要气馁	50 分	（二）补考 顺序： 1. 传球 2. 垫球 3. 发球 4. 立定跳远或俯卧撑 5. 男生 2000 米或女生 1800 米
（三）教学比赛 无补考任务的学生进行比赛，按正式比赛的进程和模式，加强要求：比赛的连续性、精彩性，体会排球运动给学生带来的快乐感受，体会对健身、对健康带来的好处。		（三）教学比赛：安排另一场地 1. 安排学生裁判员：一、二裁判员 2. 教学比赛前的练习 3. 正式比赛：每队 8 人，其中两人做为替补，比赛中进行换人，使每个学生都有上场的机会，得到锻炼和实践，并体验比赛快乐 发挥骨干学生的力量，把比赛组织好

教学内容	时间	组织教法
三、结束部分 1. 小结补考和教学比赛情况，对学生们一学期来的努力学习和刻苦练习表示认同，对学生对体育课的积极态度和配合表示感谢。 2. 作好继续体育健身以提高体质健康水平的动员工作，一辈子不忘健身 3. 回收理论考试卷 4. 总结本学期学生学习情况、效果和心得 5. 收还器材 理论考试题目参考题： 1. 画图并标出排球比赛场地的基本尺寸。 2. 简述排球运动的起源与发展。 3. 简述两种排球击球技术的基本要领。 4. 简述五种比赛中的犯规。 5. 谈谈排球运动的健身价值。	15分	三、小结部分 对列队形 小结内容：（课后填写）

（二）教案分析

该教案的特点之一是：将技术动作方法、要领，战术基本组成及分工配合详细地写在教案中，可以促进教师对教材内容进行充分的准备，在准备过程中发现技术、战术教学的重点和难点，有利于教师在上课时突出重点地示范和讲解技术动作方法及要领，战术形式及配合重点。学生在学习撰写教案时可以模仿这种形式。

该教案的特点之二是：在学习新技术时就把易犯错误交待给学生，可以部分地预防错误动作的产生。在教学的整个过程中都特别重视错误动作的检查与纠正，包括告诉学生纠正动作的方法。适合普通高校学生的技术和认识特点。

该教案的特点之三是：组织教法详细，安排的练习密度比较大，各项练习都有明确的次数、组数指标，并对练习提出要求。

该教案的特点之四是：每节课都安排了身体素质的练习，符合课程目标的要求，能够满足高校体育课发展学生素质的要求。

第二节　排球选修课教案范例及研讨

一、软式排球教案

（一）教案范例

软式排球入门教案

授课周次 ＿＿＿＿周　 1 　次　　授课对象 ＿＿＿＿＿＿＿＿＿　　日期＿＿＿＿＿＿＿

课的任务　1. 初步学习正面双手传、垫技术，建立正确的动作概念；2. 初步掌握软式排球的比赛方法和简单规则，培养对排球运动的兴趣以及球感；3. 介绍软式排球历史及在我国的发展等。

部分	时间	教学内容	分量	组织教法
准备部分	20分	1. 集合，检查出勤，了解学生 2. 软式排球运动简介 3. 提出本课任务及要求 4. 准备活动 （1）球操 （2）各种击球练习 （3）游戏"三球不归一"		每人一球，体操队形，单手持球操。 全场分散练习，统一换项。 要求：体会球的性能，体会发力，主动控制球。 　3对3，场地内，用3个球。一方2球，另一方1球，鸣哨后从网上抛球至对方。当一方同时有3球时对方获胜。球出界时教师补球。淘汰赛，赢的组再单循环。
基本部分	60分	1. 抛接球比赛	15分	分成4组，半场内2组对抗（4.5米×4米），场上1对1，其他学生在区域外等候，场上学生抛球后下场，另1名学生上场防守接球。在哪接在哪抛球，可1~2步助跑起跳。 　15分一局决胜负，交叉赛排出1~4名。一局后小结比赛方法和规则、移动步法、意识（判断、选点）等。

部分	时间	教学内容	分量	组织教法
基本部分		2. 学习正面双手传球 （1）示范讲解 （2）徒手练习 （3）传固定球　　8次×2组 （4）自抛传球　　10次 （5）传抛球　　10次×3组 （6）两人对传球 3. 学习正面双手垫球 （1）示范讲解 （2）徒手练习 （3）垫固定球　　8次×2组 （4）垫抛球　　10次×3组 （5）对垫球	25分 20分	正、侧、背面示范。 　体操队形，相互观摩，分别练习手形和全身动作。 　同列两人一组，体会手型、击球点、全身发力。 　同上分组，相距3米左右。体会指腕发力。 　同上距离，2组原地传球，1组移动传球。 要求：抛球合适，相互纠正动作。 　相距3~4米，不计来回球数。不允许持球。 　正面示范：手型、触球部位， 　侧面示范：击球点、蹬、送的全身协调发力。 　体操队形，先原地练习，后看教师手势徒手移动垫球。 要求：移动后站稳并做出正确动作。 　同列2人1组，1人持球1人练习。体会协调发力。 要求：持球高度合适，相互纠正动作。 　同上分组，相距4米左右。2组原地垫球，一组移动垫球。 要求：抛球距离合适，相互纠正动作。 　相距4~5米，注意判断和移动，注意控制手臂反弹面。
结束部分	10分	1. 收球 2. 小结所学技术 3. 归纳比赛方法及规则 4. 归纳软排球特点 5. 介绍软式排球小史		解答学生提问
见习生安排			场地与器材	
课后小结				

授课周次 _____ 周 __2__ 次 授课对象 _____ 日 期_____

课的任务 1. 巩固传、垫球技术动作，逐步提高其控制能力，纠正错误动作；2. 学习传、垫球技术的运用；3. 初步学习下手发球。

部分	时间	教学内容	分量	组织教法
准备部分	15分	1. 集合，检查出勤，熟悉学生 2. 提出本课任务及要求 3. 准备活动 （1）球操 （2）游戏"运球接力跑"		体操队形，每人一球，双手持球操。 2组对抗，端线至进攻线之间。第一个人抱球跑至中线放下球，返回与第二人击掌，第二人跑去把球抱回交给第三人，比哪组先完成。 第1局抱3球，第2局增至4球，第3局抱5个球。3局2胜。
基本部分	70分	1. 复习传球技术 （1）提问动作要领 （2）徒手练习 （3）传固定球　　10次×1组 （4）自抛传球　　10次×2组 （5）传抛球　　抛球10次×2组 （6）两人对传球 2. 复习垫球 （1）提问动作要领 （2）徒手练习　　10次 （3）垫抛球　　抛球10次×2组	20分 20分	学生自愿回答，补充，教师归纳。 体操队形，相互观摩手型并纠正。 2人一组，体会手型，纠正动作。 分成2组，1组网前3号位传向4号位，1组篮板前，从罚球线传向篮筐。排头计数，每人10次后交换场地练。 要求：参照球网和篮筐控制传球高度和距离。 　同上分组，各组1人网前抛，其他人轮流在后场4.5m处往前传，每人抛10次，做2轮。 要求：传球到网前且弧度高于球网。 　学生自愿组合，距离3~4米，两人争取连续传球15次以上。 要求：两人保持传球距离，移动找球。 学生自愿边做动作边讲解要领，其他学生补充，教师归纳。 　体操队形，看教师手势练习，全身协调动作，尤其是腿和腰部动作。 要求：认真做好每一动作，相互观摩 　同传球组织，成2组练习。网前抛球，中后场轮流垫球。 要求：找好击球点，垫球蹬送到网前。

部分	时间	教学内容	分量	组织教法
基本部分				同上队形。1人在网前传球，其他人在后场轮流垫球。先由传球教好的学生在网前，然后其他人到网前尝试传球，1分钟后换人到网前。 要求：调整手臂角度，使垫起球可传。
		（4）连续垫、传球		
		3. 隔网传、垫球比赛	20分	同上4组，2组在半场，隔网传、垫球比赛。两半场间比连续传、垫次数。 在区域内可接住再自抛传（垫）球过网。
		4. 学习下手发球 （1）示范、讲解 （2）徒手挥臂 （3）抛接练习 （4）对挡网发球 （5）隔网发球 （6）端线发球	10分	体操队形，听哨声节奏统一练习。 每人一球，听哨声统一练习。 分2组，距离4米左右，听哨轮流练习。 网两侧，听哨轮流练习，先在中场发球，然后根据学生掌握情况逐步后退。 学生自己练习，教师个别指导，重点指导女生。
结束部分	5分	1. 收球 2. 小结传、垫、发球技术掌握情况		请学生出列示范，分析动作。
见习生安排			场地与器材	
课后小结				

授课周次 ＿＿＿＿周　3　次　　授课对象 ＿＿＿＿＿＿＿＿　日　期＿＿＿＿＿＿

课的任务　1. 学习变方向的传、垫球及其在简单比赛中的运用；2. 复习下手发球，提高其稳定性；3. 初步形成鞭打挥臂动作概念。

部分	时间	教学内容	分量	组织教法
准备部分	15分	1. 集合，检查出勤，安排见习 2. 宣布课的任务，提出要求 3. 准备活动 （1）双人球操 （2）游戏"对攻夺城"		 　　同列两人一组，体操队形，两人一球，持球练习。 要求：加强配合。 　　前、后排之间对抗，两边场地1号区2米见方的区域为各自的"城堡"，带球进入对方城堡得3分，抛球进入对方城堡得1分。计时比赛。
基本部分	70分	1. 两人对传、对垫球 　　传、垫球分别练习15次×2组 　　传垫球混合练习20次×2组 2. 学习变方向传、垫球 （1）示范、讲解 （2）3人组抛传、抛垫 　　　传、垫球各20次 （3）传垫串联练习 　　　8次×4~5人×2组 3. 学习挥臂鞭打动作 （1）示范讲解	10分 15分 15分	学生自愿组合，教师适当调整，较好的学生带领稍差的学生练习。 　　先分别进行传球和垫球练习，各连续15次以上为一组，完成两组。 　　然后传垫球混合练习，练习前先讲解选择传球或垫球技术的原则及要点。争取连续20次以上，完成两组。 　　正面示范为主，重点示范和讲解脚步移动、调整变换身体方向。 　　学生自愿组合，教师适当调整。3人成三角形练习。教师不断强调步法调整。 要求：认真抛好球，面对击球方向。 　　分成4组，每组1人在2（4）号位抛，1人在前场传球，其他人在中后场轮流垫球，抛8次球后传球人抛，一位垫球人传球，抛球人垫球，以此轮转。 　　侧面示范为主，教师对挡网扣球，提醒学生观察动作，而不是看球。

部分	时间	教学内容	分量	组织教法
基本部分		(2) 徒手练习 　　　8 次×2 组 (3) 击打固定球 　　　8 次×4 组（头上 2 组） (4) 扣固定球 　　　每人 6 次 (5) 自抛隔低网扣 　　　5 个来回 4. 下手发球 　　　连续 3 次好球×3 组 5. 传、垫比赛	 5 分 25 分	体操队形，先模仿教师动作练习，然后分两组相互观摩练习。 　　每人一球，左手持球，右手挥臂击打球。持球高度从腹前→胸前→头上。随着持球高度增加，逐步接近扣球动作。 要求：全手掌包满球，鞭打动作正确。 　　分成 4 组，面对挡网练习，每组一名学生持球，其他人轮流扣固定球，击球瞬间，持球人撤手。 　　教师先示范持球和撤手方法。然后轮流纠正动作。 　　网高 2.10 米，且放松网纲，同上 4 组学生，高个站两边，矮个站中间，站在 3m 线附近，听教师哨声轮组练习。全部学生练习后换到另半场练习。 要求：抛好球，手臂放松，动作完整。 　　端线附近练习，强调抛好球。连续 3 个好球为 1 组，完成 3 组。先完成的学生可以进场地接发球。 　　根据学生人数分为 2 组，7～8 人一组大轮转，转到 6 号位时下场，场下学生上一名参加比赛。从发球开始进入比赛，15 分一局。提醒学生大胆尝试运用技术，出现问题及时停止比赛，讲解有关规则或意识方面的知识。 要求：相互鼓励，不埋怨。
结束部分	5 分	1. 收球 2. 解答学生有关规则提问		小结比赛中传垫球技术的运用情况，分析比赛中可能出现的犯规问题。
见习生安排			场地与器材	
课后小结				

授课周次 ＿＿＿＿周　4　次　　授课对象 ＿＿＿＿＿＿＿＿　日　期＿＿＿＿＿＿

课的任务　1. 提高挥臂动作的熟练程度和对球的控制能力；2. 学习接发球垫球和 5 人接发球阵形；3. 培养串联意识和预判、决策能力，逐步提高技术运用能力。

部分	时间	教学内容	分量	组织教法
准备部分	15分	1. 集合，检查出勤 2. 宣布课的任务 3. 准备活动 （1）双人球操 　双手头上抛；单手挥抛（左右）； 　双手转体（左右）单手体侧（左右） 展腹后抛；胯下高抛（屈腕） 　跳起空中抛（双手）转体 180 度抛 　每个练习做 6~8 次 （2）运球比赛 　脚运，手滚球，胯下持球横移动		同列两人一组，用 1 球，相距 9 米，在两边线附近练习，相互抛接球。 要求：判断、移动、接住同伴抛来的球。 接上一练习，边线出发，听鸣哨开始，运球跑，绕过同伴返回。同排间个人进行比赛。 最后两名罚俯卧撑 10 个，每项比赛最后两名的受罚者一起练习。
基本部分	70分	1. 复习挥臂动作 （1）提问并讲解要领 （2）徒手练习　　8 次×2 组 （3）自抛扣球　　15 次 2. 学习接发球垫球 （1）示范讲解 （2）徒手练习 （3）接下手发球 　　每人发球 8 次	12分 15分	学生自愿回答，边讲解边示范。其他学生补充或纠正。教师归纳。 体操队形，前后排两组轮流练习，组间相互观摩讲评。 队形同准备活动时的球操练习，相距 9 米左右，扣球落点在 6 米远处。 要求：重视鞭打动作，全手掌包满球。 请学生隔网发球配合示范，侧面示范，强调蹬送动作，适当讲解垫球位置离网的远近与调整手臂角度的关系。 体操队形，重点体会腿和腰部蹬送的动作，调整手臂角度。 依队列形分成 4 组，每半场两组练习。每组网前 1 人发球，其他人端线外轮流接发球。 先由发球掌握较好的学生发球，然后每人发 8 次， 要求：接发球从发球击球开始加强判断，积极移动，主动控制球。

部分	时间	教学内容	分量	组织教法
基本部分		3. 两人对传、垫 　　连续20次以上×2组 　　技术稍差的学生累计50次	8分	学生自愿组合，教师讲解传垫技术运用基本原则，练习过程中进行个别纠正动作，并带领技术稍差的学生练习。 要求：合理用传垫球技术。
		4. 4人围圈传、垫 （1）讲解击球的目的性、接应、呼应、合理用技术等意识 （2）连续传垫	15分	示范各种情况，边示范边讲解如何运用技术。 　以上练习2组合为1组，教师观察并根据2人组的技术水平进行搭配，保证能够连续传垫球。先不计次数练习，最后各组计最多的连续次数，3次机会。
		5. 学习5人接发球阵形 （1）布阵讲解 　　6个区域的名称：1~6号位， 　　接发球基本站位，分工，配合。 （2）接教师对场内发球 （3）接端线附近发球 　　每发3球转一轮	20分	6人场上配合演示讲解，轮转6个位置，使学生清楚各轮应站的位置。 　换6名场下学生上场，教师在对方中场发球组织练习，每轮发2个球，进行6轮练习， 　6人在半场站好阵形准备接发球，其他人在另半场端线附近发球。教师鸣哨发1球。只接发球，不做第2次击球。 　根据接发球练习效果，选择是否进行一局比赛。
结束部分	5分	1. 收球 2. 小结串联配合意识 3. 小结技术运用能力		再次讲评4人围圈练习，表扬好的串联，以及合理的技术运用。
见习生安排			场地与器材	
课后小结				

授课周次 _____ 周 _5_ 次 　授课对象 _____ 　日　期 _____

课的任务　1. 初步学习上手发球和助跑起跳；2. 学习正面传球技术在网前二传和跳起传球中的运用；3. 逐步提高传、垫技术在比赛中的运用能力，培养串联，接应意识。

部分	时间	教学内容	分量	组织教法
准备部分	20分	1. 集合，检查出勤 2. 宣布课的任务 3. 准备活动 （1）球　操 　　双手头上抛；左、右手单手头上抛； 　　向左右抛出，接落地反弹球， 　　用传球点接球，用垫球点接球； 　　后抛转身接球；后抛后退接球； 　　高抛跳起在空中接球 　　　　每个练习做2次 （2）原地自传、自垫球 　　　　各30次×2组		每人一球，自抛自接球。 　4排体操队形，分组练习，站在一侧边线，按照各种规定动作抛出球，然后跑动接住自己抛的球。高抛接球的练习，全场散开同时进行。 要求：判断球速与跑动速度的关系，尽可能接住抛出的球并制动。在此基础上比谁抛得远。 　同上队形，在场地内分散练习。低弧度传、垫球，高弧度传、垫球。比连续次数、失误次数。
基本部分	65分	1. 学习上手发球 （1）示范、讲解 （2）抛球练习 （3）场内隔网发球 （4）端线处发球 2. 学习助跑起跳 （1）示范讲解 （2）原地起跳练习　　　5次 （3）踏步起跳　　　　一个来回 （4）2步助跑起跳　　一个来回 （5）助跑起跳接球 　　　　　　　每人5次	10分 15分	重点示范讲解挥臂动作（与扣球挥臂动作比较讲解），软排球的特点使上手发球有很大难度。 　每人一球，使抛球能够落到手上 　中场处分组练习，两边场地对发。 　男生到端线处发球。女生继续近距离发球，在边线外练习。教师重点指导女生的练习，尝试几次后练习下手发球。 　网前示范讲解，强调双脚起跳、摆臂动作、以及蹬摆的配合。 　4排体操队形，同时练习，强调屈膝、屈髋、摆臂动作。 　边线至边线之间，分组轮流练习。 要求：步法正确，相互观摩学习、纠正。 　同上练习形式。 　球网同侧，分成2组，轮流助跑起跳在空中最高点将球接住练。学生轮流抛球，并相互评价、交流起跳时机。 要求：认真找好起跳点和时间。

部分	时间	教学内容	分量	组织教法
基 本 部 分	70分	(6) 助跑起跳跳起传球 　　根据时间练习		同上分组练习形式，跳起后将球传入对方。教师先示范动作方法，讲解动作要点，然后学生轮流练习。 　　要求：用正确的传球动作；起跳时机合适；抛球高度合适。
		3. 3~4人传、垫球	5分	学生自愿组合，围成圈传垫练习。 　　要求：合理用技术，积极移动找球，明确击球目标，接应同伴。
		4. 学习网前一般二传 (1) 示范讲解 　　作用、技术关键、脚步、面向 (2) 传抛球 　　重点：掌握二传方法 　　　　每人传球8次后交换位置 (3) 传垫球 　　重点：移动找好传球击球点	15 ~ 20分	学生在3米线附近面对球网观摩教师的示范与讲解。 　　学生分成4组，分别在两个半场练习，从3号位向2、4号位传球，学生轮流在3米线后抛球，排头计数。 　　要求：参照球网，观察并调整传球效果。 　　上一练习的2组合为1大组，一半学生在中后场垫球，一半学生在网前3号位传球，一名学生在网前4号位抛球。每人垫球3次，然后交换。
		5. 6对6传、垫比赛 　　重点：传垫技术的基本运用	15 ~ 20分	教师场外抛球，方法同正式比赛，可跳起传球过网，但不扣球。15分一局，比赛中教师不断提醒并讲解技术运用、合理站位、接应和呼应等意识，并讲解相关规则。
结束 部分	5分	1. 收球 2. 小结意识和传、垫技术运用		结合比赛进行讲评。
见 习 生 安 排			场 地 与 器 材	
课 后 小 结				

授课周次 ＿＿＿＿周　6　次　　授课对象 ＿＿＿＿＿＿＿＿＿＿　日　期＿＿＿＿＿＿＿

课的任务　1. 改进上手发球技术，提高发球稳定性；2. 学习完整扣球动作；3. 提高一传和二传的串联意识和串联能力，培养传、垫技术运用能力。

部分	时间	教 学 内 容	分量	组 织 教 法
准备部分	15分	1. 集合，检查出勤 2. 宣布课的任务 3. 准备活动 （1）球操 （2）游戏"打龙尾"		 　　每人一球，围成圈，教师在圈上带操，单手持球操。 　　接上一练习，1~3报数，分成3组，每组4人左右组成龙，其他人在圈上用1球相互传递，择机打龙尾，要求打"龙尾"的髋关节以下部位。"龙头"可以用手脚挡球保护龙尾。龙尾被打后换"龙头"或换一组"龙"上场。
基本部分	70分	1. 自传、自垫 　　30次×2组×2项技术 2. 网前二传练习 　　每人传球8次换位 3. 一传、二传串联 　　8次发球×2人×3组 4. 学习完整扣球动作 （1）对挡网自抛扣球 　　每人10次	5分 8分 10分 17分	全场分散练习，以纠正动作为主，逐步提高控制球能力。教师统一换项并提出要求，先完成的学生原地休息，或继续练习。 　　传、垫技术交替练习。 　　分成2组，球网两侧同时练习，先向4号位传球，再向2号位传球。学生轮流抛球。要求：积极移动找好击球点。 　　以上练习的两组合为一组，2人接发球，2人网前二传，2人在对场发球，每人发8球后，发、接、传三组轮换，发球失误不计，采用下手发球并尽量发准。 要求：垫球、传球移动找好击球点，并尽量控制球到位，为同伴创造条件。 　　学生自主练习，教师个别辅导纠正动作，提高熟练程度。 要求：注意完整的鞭打动作。

部分	时间	教学内容	分量	组织教法
基本部分		（2）网前助跑起跳　　　3 组练习 （3）示范讲解完整动作 （4）徒手练习完整动作　　3 组练习 （5）助跑起跳扣固定球（喂低球） （6）扣抛球 5. 复习上手发球 　　（女生学习勾手发球） 6. 分组教学比赛	 5 分 25 分	球网两侧，4 人一组，轮流练习。 　　4 号位网前示范，重点讲解助跑起跳与上肢动作的衔接与连贯。 　　找学生传球协助示范，教师扣球。有意尝试的学生示范扣球，教师传球。 　　同练习（2）的组织，及时纠正不协调的动作。 　　球网同侧，网前 2 点：1 点由学生在凳上举球，扣球瞬间撒手，讲解撒手方法，学生轮流举球；另 1 点教师抛低球到扣球学生手上。 　　要求：助跑起跳保持好适当的网距；动作协调连贯。 　　球网同侧 2 点练习：1 点教师抛球；另一点学生轮流抛球，教师先示范抛球的方法和要求：抛球尽量固定。教师用口令帮助学生找球。 　　要求：抛球出手后再开始助跑起跳。 　　男生自主练习，连续 5 个好球为一组，完成 3 组则接发球。 　　上手发球有困难的女生单独教勾手发球，在端线外，对墙练习。 　　要求：重视抛球。 　　以运用传球、垫球、发球技术和掌握基本接发球站位为主，要求主动接应。注意连贯动作，培养接应意识。允许学生扣球。 　　参加过裁判培训的学生执裁比赛。
结束部分	5 分	1. 收球 2. 小结比赛中的长处		学生选出最佳发球、接发球和二传。
见习生安排			场地与器材	
课后小结				

授课周次 _____ 周 7 次　　授课对象 _____　日 期 _____

课的任务　1. 逐步提高 4 号位扣球的找球能力；2. 介绍背垫球及勾手发球技术；3. 培养二传接应和组织进攻的意识，逐步提高比赛水平。

部分	时间	教学内容	分量	组织教法
准备部分	20 分	1. 集合，检查出勤， 2. 宣布课的任务 3. 准备活动 （1）两脚夹球球操 　　腿屈伸、　　　　8×2 下同 　　直腿上下摆动、 　　直腿绕环、 　　肩肘倒立 　　十字跳过球 　　收腹跳起　　　5 次 　　挺身跳起　　　5 次 （2）游戏：小场地足球比赛		体操队形，教师镜面、背面示范 要求：坚持按动作标准和次数练习。 　　将学生分成 3 组，3 个球门相互攻防。最后以净胜球比胜负。
基本部分	65 分	1. 三人传、垫球 2. 介绍背垫球 （1）示范讲解 （2）徒手练习 （3）垫抛球 　　每人垫 10 次	10 分 10 分	教师指定分组，以好带差组合，根据出勤情况也可 4 人一组。5 分钟，比各组最高连续次数。每半场各 1~2 组练习，2 次计数机会。 要求：在保证击球质量的基础上追求数量；加强配合和接应。 体操队形，以练习全身发力动作为主，强调正确的击球点。 　　同上一练习，3~4 人一组。中间人背垫，转身后再背垫。4 人组用两球不转身。一定次数后交换练习和抛球。 要求：找好击球点，注意全身发力动作。

部分	时间	教学内容	分量	组织教法
基本部分		（4）结合场地背垫		同半场2组练习，网前抛球。练习人面对球网转身背垫球，注意转身后与球网和场地的关系。控制角度和力量。
		3. 4号位扣球	10分	技术掌握有困难的学生先跟教师扣抛球。其他人另半场，轮流传球。每人传5次好球，交换。然后教师重点指导学生的二传球。 要求：攻手积极找球。
		4. 发球练习 （1）介绍勾手发球	10分	示范讲解后进行一个八拍的徒手练习，然后2人一组对发球，距离9米左右，一个人在网前，一个人在端线处。 要求：控制转身动作，击球后制动，以便控制发球方向。
		（2）端线发球		学生选择技术练习发球。教师重点指导希望运用勾手发球的学生。
		5. 分组教学比赛	25分	听取学生意见进行分组。 15分一局，根据时间打局数。 学生执裁 教师在指导比赛的同时，指导裁判。
结束部分	5分	1. 收球 2. 小结串联意识 3. 小结裁判的哨声和手势		分析比赛中的技术串联。 评价学生的裁判工作。
见习生安排			场地与器材	
课后小结				

授课周次 _____ 周 __8__ 次 授课对象 _____ 日 期_____

课的任务 1. 改进扣球技术动作，提高其找球和控制球能力；2. 改进传、垫基本动作，提高控球能力；3. 培养球场意识，逐步提高比赛水平。

部分	时间	教 学 内 容	分量	组 织 教 法
准备部分	20分	1. 集合、检查出勤、安排见习 2. 宣布课的任务、提出要求 3. 准备活动 （1）提高兴奋性练习 （2）双人徒手体操 （3）游戏：活门手球比赛		 同列两人一组，男女不同组，体操队形，"石头、剪子、布"。赢者可以刮对方鼻子，输者可以用手防护。两人都只能用一只手活动，另一只手放在背后。 同上分组进行练习，教师统一换项。从上肢开始活动各个关节。 要求：两人加强配合；充分拉伸。 前后排之间对抗。每组2名学生手拉手形成"球门"，其他学生组织攻防。在排球场地内。"球门"也可以参与进攻。 用球打"球门"，要求打腰以下部位。击中得一分。
基本部分	65分	1. 对墙传、垫球 传球：$50 \times 2/1.5$ 米远 垫球：$50 \times 2/2.5$ 米远 高度2米以上 2. 对墙自抛扣球 5 次 $\times 2$ 组 3. 4人围圈练习	8分 7分 8分	2人一组，轮流练习，互相观摩纠正，学生自愿组合，教师适当调整。以好带差分组结合，50次交换。 传、垫球每人各做2组。 要求：改进动作，主动控制球。 同上分组和形式，两人轮流练习，5次后两人交换。 以上两个练习，要求互相观摩。相互纠正动作，教师个别辅导。 将上一练习的2个组合为1组，传、垫球，并且可以扣防，最后进行一次比赛，各组1次机会。计连续次数。 要求：明确击球目标；接应同伴的来球；尽可能多连续击球。

部分	时间	教学内容	分量	组织教法
基 本 部 分	70分	4. 四号位扣球	12分	学生轮流二传，先在网边传，然后在3米线附近传球。 要求：攻手积极找球，保持好击球点，选好起跳时间。
		5. 教学比赛	30分	队列自然分组，15分一局，根据时间打局数。教师随时讲解取位、接应等意识。 学生裁判比赛。指导裁判的判断和手势。 要求：团结、互助、不怕失误。
结 束 部 分	5分	1. 收球 2. 小结比赛中的问题 3. 解答学生提问。		重点分析接应串联的问题。 启发学生思考技术运用问题。
见 习 生 安 排			场地与器材	
课 后 小 结				

授课周次 _____周 __9__ 次　　授课对象 _____　　日　期_____

课的任务　1. 介绍2号位扣球和背传球技术；2. 介绍"中一二"接发球进攻战术；3. 培养进攻意识，提高串联能力和技术运用能力。

部分	时间	教学内容	分量	组织教法
准备部分	20分	1. 集合，检查出勤， 2. 宣布课的任务 3. 准备活动 （1）双人球操 　　双手头上抛， 　　转体抛， 　　挺身抛，转身接 　　胯下抛，转身接球 　　体后抛， 　　跳起跑 （2）行进间自传		 　　同列两人一组，每人一球，两人抛接2球练习。距离4~5米。 要求：加强配合；用眼观察来球，用本体感觉控制抛出的球。 　　每人一球，从1号位边线处出发，自传前进，到网前后转身顺网自传前行，到另一边线时，后退自传，直至端线。 要求：球离手50厘米以上；争取27米行进中球不落地。
基本部分	65分	1. 介绍背传技术 （1）示范讲解 （2）徒手练习 （3）自抛背传 （4）网前尝试背传 2. 4号位扣球 　　重点：找球，完整动作 3. 介绍2号位扣球 （1）示范讲解	10分 8分 12分	网前示范，结合自传后退的练习讲解背传要领。 　　体操队形，重点体会发力方法。 　　每人1球，对挡网练习，教师个别纠正动作。 　　分成2组，在两边2号位练习，一组教师抛球，另一组学生轮流抛球。 要求：注意击球点，明确与球网的关系。 　　两边4号位同时练习，学生轮流传球。后面同学帮助抛球给二传学生。 要求：尽量减少扣球失误，主动适应每个学生的传球。 　　请学生传球，教师示范，重点讲解与4号位扣球的区别。

部分	时间	教学内容	分量	组织教法
基本部分	70分	(2) 扣抛球 (3) 扣传球 4. 介绍"中一二"接发球进攻战术 (1) 教师组攻练习 (2) 学生尝试组织进攻 (3) 加垫球组织进攻 (4) 布阵讲解"中一二"接发球进攻阵形 (5) 接教师抛球或下手发球组织进攻 (6) 接发球进攻完整练习	35分	网一侧练习,教师抛球。 先由教师正面传球,学生扣球,然后在球网两侧,由学生轮流尝试背传,其他人扣球。教师给二传学生抛球。 要求:动脑思考如何将球处理过网。 1名学生给教师抛球,其他学生分别站在4号位和2号位准备扣球。教师传球组织进攻,先固定顺序,然后不固定顺序,要求两点学生同时准备。 学生自愿担当二传,教师抛球,其他人在2、4号位准备扣球,轮流二传。 教师隔网抛球,1名学生在中场垫球,1名学生传球,其他学生在2、4号位扣球。 6名学生上场协助演示和讲解。 同上6名学生练习,教师在对场网前抛球过渡到中场发球,再到端线发球。每2个球转一轮,6轮练习。 要求:尽量组织进攻,或把球处理过网 换6名学生上场,其余学生到另半场,准备对攻练习。教师鸣哨后,端线发球,接发球方力争组织进攻,并尽量减少直接失误。 要求:大胆运用传、垫、扣球等技术;相互鼓励、帮助。
结束部分	5分	1. 收球 2. 讲解接发球防守阵形与"中一二"接发球进攻战术的关系。 3. 解答学生提问。		帮助学生理解排球比赛中的攻防转换,以及技术的攻防两重性。
见习生安排			场地与器材	
课后小结				

授课周次 ＿＿＿＿ 周 ＿10＿ 次　　授课对象 ＿＿＿＿＿＿＿＿＿　　日　期 ＿＿＿＿＿＿＿

课的任务　1. 介绍单人拦网技术；2. 提高传、垫技术的控球能力及扣球技术的找球能力；3. 培养比赛意识，提高比赛水平和裁判能力

部分	时间	教学内容	分量	组织教法
准备部分	15分	1. 集合，检查出勤 2. 宣布课的任务 3. 准备活动 （1）原地徒手体操 （2）游戏："贴膏药"		 围成圈，每个学生带一节操。 2人一纵队，"贴"前面有效。
基本部分	70分	1. 传、垫球练习 　　　　均为连续30次一组， 　　　各完成2~3组 2. 介绍单人拦网 （1）示范讲解 （2）原地伸臂练习 （3）网前原地起跳拦网 　　　　3次×3组 3. 4号位扣球 　　+单人拦网练习3~5次 　　重点：扣球找球能力，拦网判断 4. 发球练习 　　重点：发球稳定性 5. 6对6教学比赛	15分 10分 10分 5分 30分	学生自主选择个人对墙练习，或两人一组练习，两人练习隔网进行。或3人一组练习。 　重点指导稍差的学生，或带领练习。 正面、背面、侧面示范 体操队形，体会提肩动作。 　网两边各2组轮流练习，跳起拦3次为一组。 要求：动作标准，不触网，手尽量出网。 　教师和传球较好的学生传球，传中网球。单人拦网3~5次（跳）交换。 要求：扣球不碰网、不过中线。 　男生连续发5个好球为一组，完成2组后进场地练习接发球。教师重点指导女生练习。 　队列随机分组。场下学生练习基本技术。学生裁判比赛。15分一局，根据时间打局数。
结束部分	5分	1. 收球 2. 小结比赛中的问题		评出最佳进攻和防守
见习生安排			场地与器材	
课后小结				

授课周次 _____ 周 __11__ 次　　授课对象 _____　　日　期_____

课的任务　1. 介绍单人拦网防守阵形；2. 提高比赛水平和裁判能力；3. 复习考试技术，进行考试分组。

部分	时间	教学内容	分量	组织教法
准备部分	15分	1. 集合，检查出勤， 2. 宣布课的任务 3. 讲解软式排球的考试方法 4. 准备活动 （1）原地徒手体操 （2）游戏： 　　"人、枪、虎"追逐跑		 体操队形，牵拉各关节的肌肉和韧带。从头部直至脚踝。 　　前后排在球网两侧对抗。各组商量统一动作，每次商量3个动作。动作胜方追逐负方，直至端线外。比哪方胜多，被抓的人背对手返回原地。
基本部分	70分	1. 传、垫球练习 　　　　连续30次一组， 　　　　各完成2~3组 2. 发球练习 　　重点：发球稳定性，减少失误 3. 4号位扣球+单人拦网练习 　　重点：复习扣球 4. 介绍单人拦网防守阵形 （1）布阵讲解 　　基本的站位，各位置的职责 （2）尝试拦防教师原地扣球 5. 教学比赛	15分 8分 12分 10分 25分	学生分成两人一组，3组隔网练习对传、对垫球，其他组在后场练习自传、自垫。7分钟后，两组交换。教师个别纠正，指导技巧，帮助学生完成数量。 　　学生自选发球技术，上手发球或下手发球。教师重点帮助女生，发球过网。 　　教师抛球，3人一组扣球。传球较好的学生在另半场轮流传球、扣球和拦网。 　　然后交换。 6人上场协助演示讲解。 　　另6名学生上场，教师打出不同情况的球，让学生尝试。8球后，前后排交换。 　　队列分组。场下学生练习考试内容。学生裁判，15分一局。
结束部分	5分	1. 收球 2. 讲解考试内容、方法、要求		
见习生安排			场地与器材	
课后小结				

授课周次 _____ 周 __12__ 次　　　授课对象 _____　　　日　期_____

课的任务　1. 组织考试；2. 提高比赛水平；3. 征求学生对课程的意见。

部分	时间	教学内容	分量	组织教法
准备部分	15分	1. 集合 2. 讲解考试分组及考试技巧 3. 准备活动		 学生自己活动，体操练习或传垫球练习。
基本部分	70分	1. 传、垫球练习 2. 传球考试 3. 垫球考试 4. 发球考试 5. 教学比赛		学生自主选择练习传球或垫球。 依据考试的顺序，进行考试，每人两次机会。半场内考试，其他学生在另半场练习。 同上顺序进行考试。 考试前先进行5分钟的练习。然后依据名单顺序，每人连续发球5次。 根据考试结束的时间选择是否安排比赛。学生自愿组合进行比赛，教师裁判。15分一局，依时间打局数。
结束部分	5分	1. 收球 2. 小结考试的发挥情况 3. 征求学生对课程的意见		
见习生安排			场地与器材	
课后小结				

软式排球课（高级）教案

授课周次 ＿＿＿＿ 周 _ 1 _ 次　　授课对象 ＿＿＿＿＿＿＿＿＿＿　　日　期＿＿＿＿＿＿＿

课的任务　1. 了解学生情况；2. 体会软式排球与硬排球区别；3. 恢复体能和基本技术。

部分	时间	教学内容	分量	组织教法
准备部分	25分	1. 集合、检查出勤 2. 安全教育、提出课程要求 3. 讲解软排的发展概况 4. 准备活动 （1）球操 （2）各种击球练习 （3）自传、自垫 　　　　30×2×2 　　　　50×1×2		 每人一球，体操队形。单手持球操。 头、手、腿、脚等，体会软球性能。 低传、垫；高传、垫；一高一低传垫； 传垫交替进行。 要求：一次或两次完成。
基本部分	60分	1. 两人对传、对垫、 　重点：体会球性，纠正动作 　　　　各累计100次 2. 四人传、垫 　重点：变方向传垫球 　　　　比各组最高连续次数 　　　　力争40次以上 3. 对墙、挡网自抛扣 　重点：软式排球的扣球动作 　　　　手腕主动控球动作 　　　　每人扣20次左右 4. 网前助跑起跳练习 　重点：复习和学习助跑起跳动作 　　　　3×3×2～3 5. 四号位扣球 　重点：体会软式排球的扣球动作 6. 下手发球	10分 10分 8分 7分 15分 10分	讲解传、垫与硬排技术差别，技术较好的学生带技术稍差的学生练习。 要求：主动体会，逐步控制球。 以上练习两组合并，围圈用一球练习，强调变方向控制球。 教师带领技术稍差的学生先学习变方向传、垫球。然后练习传垫串联。 先示范讲解扣球挥臂动作与硬排球技术的区别，然后学生自主练习。 教师教初学者学习挥臂动作。 网两侧，3人一组上网练习。初学者观摩两组后由教师带领场外练习。 学生二传传球，在球网一侧扣球。 教师带技术稍差者在另一侧扣抛球，帮助改进动作。 要求：找好球；减少失误；注意安全。 先示范讲解动作要领。强调软式排球的特性会给发球带来困难。然后隔网发球。初学者由教师带领对墙发球若干次，基本掌握动作后上网近距离发球。
结束部分	5分	1. 收球、放松 2. 小结软排特点 3. 要求学生下次课带哨学做裁判		分析"软性"对击球发力的影响。
课后小结				

授课周次 _____周 **2** 次　　授课对象 _____　　日 期_____

课的任务 1. 进一步熟悉软排球性；2. 体会网前二传；3. 提高 2、4 号位扣球的找球能力；4. 学会在比赛中运用基本技术。

部分	时间	教学内容	分量	组织教法
准备部分	20 分	1. 集合、检查出勤、安排见习 2. 准备活动 （1）原地活动各关节 （2）地滚球比赛		 体操队形 　前后排对抗，排球场地，板凳当球门放端线处，不设守门员，前后门都可以进球，球不可离地，不得双手触球。
基本部分	65 分	1. 三人对传、垫 　　　各累计 100 次 2. 背传练习 　　　15×3 3. 网前二传练习 　　5 分钟后 2 号位、4 号位交换 4. 二、四号位扣球 5. 发球练习 6. 分组教学比赛	8 分 7 分 10 分 15 分 5 分 20 分	学生自愿组合。技术稍差学生单独练习，教师带领完成 2 人对传、对垫。 　同上分组，3 人成直线，中间人背传 10 次后 3 个人换位。技术稍差的学生由教师单独教学背传技术，并带领练习。 　分成 4 组，在网两侧同时练习二传，均从 3 号位传出，正传向 4 号位，背传向 2 号位，轮流抛传。 　在网同侧练习。4 号位由学生轮流二传，2 号位先由教师传球，然后由学生尝试背传组攻。技术稍差学生在 4 号位扣球。当学生背传组织 2 号位扣球时，教师专门带技术稍差的学生在 4 号位扣抛球。 　下手发球、连续 5 个好球位一组。完成 2 组者进场地接发球。教师重点指导技术稍差者练习发球。 　分成 2 组进行比赛，男女混合分组。15 分一局。 　场下学生讨论排球比赛的基本站位和阵形，以便上场比赛时能够较好地运用，尽快进入状态。
结束部分	5 分	1. 收球 2. 小结比赛情况 3. 分析初学者技术掌握情况		分析技术运用情况。 讲评技术动作，请已学硬排的学生分析。
课后小结				

授课周次 _____ 周 _3_ 次　　授课对象 _____　　日　期_____

课的任务　1. 提高发球与接发球水平；2. 初步掌握背垫球技术和调整传球；3. 提高基本技术运用能力，培养球场意识。

部分	时间	教 学 内 容	分量	组 织 教 法
准备部分	15分	1. 集合、检查出勤、安排见习 2. 宣布课的任务及要求 3. 准备活动 （1）球操 （2）游戏"打鸭子"		体操队形，每人一球，双手持球操。 　分成3组。1组在圈内"被打"，2组围成圈，用一球打圈内人髋以下部位。被打人出圈，比哪组在圈内时间最长。
基本部分	70分	1. 对墙自抛扣、传球、垫球、发球 　重点：进一步熟悉球性，提高控制能力 　　　10次　30×2　30×2 　　　发球　10次 2. 发球、接发球练习 　重点：发球动作，接发球判断 　　　5×4×2×2 3. 调整传球 　重点：传球发力环节 　　　每个位置10个好球 4. 背垫球练习 　（1）两人一组对墙背垫 　（2）场内转身背垫 5. 分组教学比赛 　重点：技术运用，培养比赛意识	10分 15分 7分 8分 30分	每人一球，距墙2、3米~4.5米，重点指导技术稍差的学生复习各项技术。其他学生主要是提高控制球的能力。 　分成4组。每半场一组接发球，一组发球。每人发5个好球，接发球换位，然后发接交换，比哪组接发球到位多。教师重点指导接发球。尤其是技术稍差者。 　同上分成4组，在1、5号位自抛传对角线至4、2号位。重点指导初学者。 要求：传球高度、弧度合适。 　2组学生在同半场练习，一组教师抛，一组学生轮流抛球。提出控制球要求：垫到网前→垫过网。 　队列自然分成2组，若人数不够则5对5或4对4比赛。教师随时讲解比赛中出现的情况，15分一局，依时间打局数。 要求：相互弥补，相互鼓励。
结束部分	5分	1. 收球 2. 解答学生提问		启发学生对比赛中技术运用提问，然后分析。
课后小结				

授课周次 _____ 周 4 次　　授课对象 _____　　日 期_____

课的任务　1. 改进（学习）单人拦网技术；2. 介绍单手垫球及挡球技术；3. 初步掌握"中一二"进攻阵容（一攻、反攻），培养战术意识。

部分	时间	教学内容	分量	组织教法
准备部分	15分	1. 集合、检查出勤、安排见习 2. 宣布课任务、提出要求 3. 准备活动 （1）双人球操 （2）游戏"冲封锁线"		体操队形，同列两人一组持1球练习，要求加强配合。 前后排对抗，"封锁区"为端线至端线、两边线之间。比哪组冲过的人数多。 要求：打击腰以下部位，商讨战术。
基本部分	70分	1. 两人对传、垫 　　　　累计100次 2. 介绍单手垫球和挡球 （1）示范讲解 （2）一抛（扣）一垫　8×2×2 （3）两人扣、垫、传 3. 徒手单人拦网 （1）示范、讲解 （2）原地拦网　3次×2组 （3）移动拦网 　　　　2组并步移动 　　　　2组交叉步移动 4. 2、4号位扣球＋单人拦 5. 学习"中一二"进攻 （1）"中一二"组攻练习 （2）"中一二"接发球对攻练习	5分 15分 10分 10分 30分	学生自愿组合，连续30次以上，分2～3组完成。教师重点指导有困难学生。 讲解一种、练习一种。 远抛，单手垫；一扣一挡。 在扣垫传串联练习中合理运用单手垫球或挡球技术。 请学生示范并讲解，教师进行归纳。 每边4人一组，听哨声起跳拦网。 2人一组，隔网相对，从场地一边开始，做3～4次移动拦网到另一边。1组练习后2人换位。 教师和传球较好的学生传中网球。学生轮流进行拦网，跳起摸球即可换人，摸不着球跳3～5次换人。 讲解"四二配备"组织"中一二"接发球进攻，换位与不换位。 先由教师二传组织进攻，然后学生组织进攻。2号位可以背传，也可转身正传。 教师抛球，其他人2、4号位扣球、拣球 6对6，教师场外发球，得发球权轮转。15分一局。赢者继续打，输者下场练习基本技术。
结束部分	5分	1. 收球 2. 小结"中一二"战术，回答学生提问。		小结排球场上的位置关系及轮转。
课后小结				

授课周次 _____周 __5__ 次　　　授课对象 _____　　　日 期_____
课的任务　1. 提高扣球的适应能力；2. 学习防守的判断取位；3. 提高串联意识和技术运用能力。

部分	时间	教学内容	分量	组织教法
准备部分	18分	1. 集合、检查出勤、安排见习 2. 宣布课的任务、提出要求 3. 准备活动 （1）原地活动各关节 （2）行进间对传、垫球 　　　各三组		 围成圈，学生自主练习。 　2人一组端线出发，移动传垫球至网前，过网后继续传垫球至端线。前一组过网后，下一组开始练习。 要求：尽可能不让球落地。
基本部分	67分	1. 3人传、垫球 　　　累计100次 2. 3人扣、垫、传 　　　3分钟交换 3. 2、4号扣球+防守 4. 发球练习 5. 分组教学比赛	7分 10分 15分 5分 30分	学生自愿组合，三角站位传垫球。 要求：主动控制球和接应同伴的球。 　同上3人一组，三角站位，固定角色练习，先自抛扣，然后连续扣垫传。教师依时间组织学生换角色。 要求：坚持扮演好每个角色，主动控制球，积极接应，尽量不让球落地。 　球网两侧进行，每边后排3人防守，其他人扣球，学生自己传球，教师指导防守的判断取位和起球。 　先在4号位扣球，然后换到2号位扣球，教师适时组织防守换人。 要求：扣球积极找好球，尽量减少失误 　学生自选发球技术练习。练习前先提问并讲解不同发球动作要领。 　学生自愿组合进行比赛。15分一局，学生裁判。教师在指导比赛的同时指导裁判工作。
结束部分	5分	1. 收球 2. 小结比赛中的防守和串联		分析比赛中出色的表现。
课后小结				

授课周次 _____ 周 __6__ 次 授课对象 _____ 日 期_____

课的任务 1. 学习单人拦网防守阵形；2. 逐步提高比赛水平，培养球场意识及串联水平。

部分	时间	教 学 内 容	分量	组 织 教 法
准备部分	10分	1. 集合、检查出勤、安排见习 2. 宣布本课任务，提出要求 3. 准备活动 （1）双人徒手体操 （2）绞力、推晃游戏		 半场内体操队形练习，同列2人一组，按照性别分组。 同上分组、2人对抗。
基本部分	75分	1. 三人传、垫球 2. 三人扣、垫、传 3. 讲解单人拦网防守阵形 （1）徒手布阵讲解 （2）6人拦防扣球 4. 教学比赛	6分 9分 20分 40分	学生自愿组合，教师适当调整，技术好差搭配分组，带着一起练习。 同上分组，固定角色，连续扣、垫、传。教师重点指导扣球控制球。3分钟教师指挥学生交换位置。 6人上场协助示范讲解。教师抛球讲解基本取位及配合防守。 换6人上场拦防，可以组织反攻。另半场由教师组织2、4号位进攻，学生抛球给教师，每3次扣球转一轮，6轮后换6人上场拦防，练习中教师不断提醒判断取位和串联技术。 同以上练习的分组进行对抗，发球进入比赛。组成进攻和拦死对方扣球均可加1分，21分一局。 学生裁判。教师在指导比赛的同时，指导裁判工作。 要求：力争组成进攻，尝试运用单人拦网防守阵形。
结束部分	5分	1. 收球 2. 小结战术的运用和裁判工作。		先启发学生交流，然后教师归纳。
课后小结				

授课周次 ＿＿＿＿周 ＿7＿ 次　　授课对象 ＿＿＿＿＿＿＿＿＿＿　　日　期＿＿＿＿＿＿

课的任务　1. 初步学习3号位扣球及"边一二"接发球进攻阵形；2. 尝试双人拦网的配合；3. 提高所学技战术在比赛中的运用能力，培养串联意识。

部分	时间	教学内容	分量	组织教法
准备部分	10分	1. 集合、检查出勤、安排见习 2. 宣布课的任务及要求 3. 准备活动 （1）提高兴奋性练习 （2）原地徒手体操		同列两人一组，击打手背。 体操队形，协调性练习。
基本部分	70分	1. 2人对传、对垫、扣防 　　传垫球累计达到100次后 　　进入扣防练习 2. 徒手双人拦网 　　3次练习后交换主动、被动方 3. 4号位扣球加双人拦 4. 学习3号位扣半高球 5. 学习"边一二"接发球进攻 （1）"边一二"组攻练习 （2）讲解接发球阵形 （3）分组教学比赛	10分 6分 12分 7分 35分	以好带差分组、中间学生自愿组合。教师帮助个别学生纠正动作。 先讲解配合要点，然后分组练习。球网两侧各2组学生，分别站在2、3、4位，看教师手势移动配合拦网，不拦网者下撤防守。背对教师的组跟随对方移动练习。不练习者在3m线外等候。 网两侧同时练习，学生轮流传球。两人在对方2、3号位准备拦网，3号位学生等二传出手后移动。拦2次球换人。 先示范讲解，然后练习。网两侧同时练习，先由教师示范传半高球，然后学生尝试传球组织半高球进攻。 教师先传球组织3、4号位两点攻，然后学生尝试传球组攻，教师抛球。 6人上场协助布阵讲解，教师抛球，学生接球并组织"边一二"进攻。 分2~3组，单循环比赛，第一局输者先下场。15分一局，依时间打局数（单循环或双循环）。
结束部分	5分	1. 收球 2. 小结比赛中"边一二"战术的运用。 3. 讨论"边一二"、"边换中"、"中一二"几种进攻战术之间的区别与联系。		学生相互交流，二传学生重点发言。 启发学生讲解讨论。
课后小结				

授课周次 _____ 周　8　次　　授课对象 _____　　日　期_____

课的任务　1. 提高技、战术的运用能力；2. 介绍简单的快攻扣球战术；3. 培养球场意识，逐步提高比赛水平以及裁判能力。

部分	时间	教学内容	分量	组织教法
准备部分	15分	1. 集合、检查出勤、安排见习 2. 宣布课的任务、提出要求 3. 准备活动 （1）提高兴奋性练习 （2）原地徒手体操 （3）游戏"球触人"		同列2人一组，听教师哨声抓手指。 牵拉各关节韧带和肌肉，教师带领。 学生在半场内任意跑动。两名学生相互传接球，并想办法用球触击跑动中的任一学生，不可抛球击打。被触击的学生加入到传接球学生的行列中。直到所有学生被触击。
基本部分	70分	1. 两人传、垫、扣防	10分	教师指定以好带差分组，其他学生自愿分组。 要求：多串联，尽量少让球落地。
		2. 2、4号位扣球	10分	在球网两侧同时练习，学生轮流担任二传。2号位扣球时，由教师抛球，学生尝试背传。
		3. 介绍快球及快球掩护进攻 　近体快、背快、短平快、 　后交叉、夹塞 4. 发球练习	10分 5分	教师二传，找扣球较好的学生协助演示，每演示一种，学生尝试扣几次，快球掩护的进攻，两名学生配合。 每人连续发5个好球，完成2组。考察学生发球的稳定性。
		5. 分组教学比赛	35分	列队自然分成3组，3组循环赛，21分制。组成进攻并得分和拦网得分时追加1分。学生裁判。 教师对比赛中的意识问题和裁判问题及时讲解。
结束部分	5分	1. 收球 2. 小结比赛中技术战术运用情况		组织学生交流战术运用体会。
课后小结				

授课周次 _____ 周 _9_ 次　　授课对象 _____　　日　期_____

课的任务　1. 介绍双人拦网防守阵形；2. 学会在对抗中运用技战术；3. 增加球场意识，提高比赛水平；4. 提高裁判实践能力。

部分	时间	教学内容	分量	组织教法
准备部分	15分	1. 集合、检查出勤、安排见习 2. 宣布课的任务、提出要求 3. 准备活动 （1）双人球操 （2）抢断球游戏		同列两人一组，每人一球，双人持2球练习。 要求：加强配合。 同上分组，两人对抗，边运自己的球边抢对手的球。
基本部分	70分	1. 两人隔网对传 　　　20次以上×2组 2. 两人对垫 　　　30次以上×2组 3. 2、4号位扣球加双人拦网 4. 介绍双人拦网心跟进防守阵形 （1）布阵讲解 （2）教师组攻练拦防 （3）对攻练习 （4）分组教学比赛	10分 10分 50分	学生自愿组合，连续20次以上为一组，3组学生在网上传球，其他组学生在后场垫球。完成2组后传垫交换练习。 在两边后场练习，连续30次为一组，完成2组。 以上两练习分组轮换。 学生二传传球，扣中网球，双人原地拦网，有效拦网一次即换人拦网。 2号位扣球可以背传。 6人上场协助讲解。 换6人上场练习拦防，其他人在2、4号位扣教师组织的进攻。 再换6人上场拦防，刚才练习拦防的学生组织进攻，教师场外抛球。 要求：进攻减少失误，拦防起球后可组织反攻。 以上一练习分组为主，作适当调整。比赛21分一局，组成进攻并得分或拦网得分可以获得奖励得分。 学生裁判实践，指导比赛的同时指导裁判工作。
结束部分	5分	1. 收球 2. 小结排球主要攻防战术及教学		归纳主要攻防战术，以中一二和单人拦网防守为例归纳战术教学步骤。
课后小结				

授课周次 _____ 周 __10__ 次　　　授课对象 _____　　日　期_____

课的任务　1.介绍"插上"接发球进攻战术；2.进一步提高技战术运用能力和比赛水平；3.进一步培养球场意识和裁判能力。

部分	时间	教学内容	分量	组织教法
准备部分	15分	1. 集合、检查出勤、安排见习 2. 宣布课的任务及要求 3. 准备活动 （1）双人球操 （2）游戏"对攻"		同列两人一组，每人一球，同时抛接两球。 要求：加强配合，学会用眼睛观察来球。 　　分成4组，两两对抗，男女混合。用球打对方队员髋关节以下部位，被打的学生出场。允许冲入对方场地进攻。
基本部分	70分	1. 两人对传、垫 2. 3、4号扣球 3. 2、3号位扣球 4. 介绍"插上"接发球进攻 5. 分组教学比赛	10分 8分 7分 10分 35分	隔网对传，不隔网对垫，学生自愿组合并形成考试分组，教师多帮助有困难的学生，完成更多的连续击球。 　　教师和学生二传传球，在网两侧练习，3号位半高、快球均可。 　　同上一练习组织。学生自愿尝试担任二传组织进攻。 　　"四二"配备时，"五一"配备时分别介绍如何插上，如何组成3点进攻。学生二传组攻，教师隔网场内下手发球，每打一个球转一轮，然后换6人上场，指定两名二传组攻。 　　分成3组，各组选出2名二传，尝试插上接发球进攻，组成者加一分，亦可选择"中一二"或"边一二"进攻。 　　学生裁判组织比赛。教师在指导比赛的同时，指导裁判及场外练习者。 要求：多组织进攻。
结束部分	5分	1. 收球 2. 小结比赛，讲解考试的方法及组织		根据学生运用的进攻战术进行小结。回答学生有关考试的提问。
课后小结				

授课周次 ＿＿＿＿周 11 次　　授课对象 ＿＿＿＿＿＿＿＿　　日　期＿＿＿＿＿＿＿

课的任务　1. 复习考试技术；2. 提高比赛水平；3. 提高裁判能力

部分	时间	教学内容	分量	组织教法
准备部分	15分	1. 集合、检查出勤 2. 宣布课的任务，确定考试分组 3. 准备活动 （1）徒手体操 （2）追逐游戏		分成2大组，各在两个半场内围成圈，由学生带徒手体操，每隔一人带一节操，要求有示范，四个八拍一节操。 接体操的圆圈队形，进行追逐游戏，一对学生出列追逐，被追的学生站到圆圈上并举一侧手为安全。举手侧的学生则被追。
基本部分	70分	1. 两人对传 　　复习考试内容 2. 两人对垫 3. 4号位扣调整球 　　复习考试技术 4. 复习发球 5. 分组教学比赛	15分 15分 10分 30分	按已确定的考试分组进行练习。 传、垫交替进行，学生轮流用网。初学的学生不上网，混合传、垫30次。 教师和学生轮流在3米线附近传球，帮助学生纠正动作，减少扣球失误。 学生自选发球技术进行练习。教师个别指导纠正动作，帮助提高发球的稳定性。 要求：连续5个好球为一组进行练习。 考试有困难的学生可以继续在场外练习传垫球。 其他学生按队列自然分成两组进行比赛。15分一局。 学生裁判组织比赛。 教师以辅导考试有困难的学生为主，兼顾指导比赛和裁判。
结束部分	5分	1. 收球 2. 讲解考试技巧		讲解配合方法，考试心理调节，解答学生有关考试的提问。
课后小结				

授课周次 _____周 _12_ 次 授课对象 _____ 日 期_____

课的任务 1. 组织技术考试；2. 提高比赛和裁判水平；3. 征求学生对课程意见和建议。

部分	时间	教学内容	分量	组织教法
准备部分	15分	1. 集合……2. 讲解考试分组及考试方法 3. 准备活动		 学生自己活动，体操练习或传、垫球练习。
基本部分	70分	1. 传、垫球练习 2. 传球考试 3. 垫球考试 4. 扣球考试 5. 发球考试 6. 教学比赛		根据考试分组，两人练习。 学生自主选择练习传球或垫球。 依据考试的顺序，两人一组进行考试，每组两次机会。半场内考试，其他学生在另半场练习。 同上顺序，两人一组考试。 考试前先上网练习扣球，教师传球，然后按顺序3人一组考试。 考试前先进行5分钟的练习。依据名单顺序，每人发球5次。 学生自愿组合进行比赛，教师裁判。 15分一局，依时间打局数。
结束部分	5分	1. 收球 2. 小结考试的发挥情况 3. 征求学生对课程的意见		感谢评分教师，请其分析考试情况。 对比硬排球交流软式排球学习的体会。 征求学生对学习内容安排的建议。
课后小结				

（二）教案研讨

1. 准备活动的安排

选择了许多集体游戏，有利于培养对抗和竞争意识，养成沟通合作的习惯，有利于形成集体意识与团队精神。

2. 教学方法选择

两个层次的软式排球课程，在教学方法的选择上有明显的区别，入门课更偏重于教学因素，注重教学步骤地安排，所选练习方法比较简单。而高级课除了教学以外，增加了训练的因素，注重技术战术的熟练程度和运用能力，所选择方法有一定的难度。

高级课的练习方法选择比较多，练习密度比较大，考虑到软式排球飞行速度比较慢，安排不紧凑，可能达不到一定的运动负荷，就不能达到锻炼身体和促进技术提高的目的。而且更多地选择了技术串联、意识培养和比赛的内容，保证学生能够更好享受排球比赛的乐趣，在轻松愉快地气氛中学习软式排球。

二、沙滩排球教案

（一）教案范例

沙滩排球课教案：

授课周次 ＿＿＿＿＿周 **1** 次　　授课对象 ＿＿＿＿＿＿＿＿＿　日 期＿＿＿＿＿＿＿

课的任务　1. 通过介绍沙滩排球运动的发展，使学生增加沙排知识，提高兴趣；2. 学习准备姿势、移动，正面双手传和垫球，初步了解沙排技术；3. 培养吃苦耐劳的精神，提高全身协调性。

部分	时间	教学内容	分量	组织教法
准 备 部 分	25分	1. 集合队伍，清点人数，师生问候 2. 安排见习生 3. 宣布本课任务，介绍沙排运动历史，整理场地 4. 准备活动 （1）绕场慢跑两圈 （2）徒手操： ①扩胸振臂运动 ②体侧运动 ③体转运动 ④俯背运动 ⑤膝关节运动 ⑥小关节运动 5. 游戏：沙滩足球	4×8拍	队 形 要求：快、静、齐。 两路纵队，绕两块排球场逆时针方向慢跑两圈 要求：加大动作幅度、动作到位、有力 提醒：沙滩排球课有着特殊的环境，必须防高温、防晒、防脱水。在课的间歇穿插讲述沙排相关知识。32学时课程中学生有情况及时汇报，教师在能力范围内及时救助。
基 本 部 分	60分	1. 学习准备姿势（稍蹲，半蹲，深蹲） 　（1）讲解方法和运用：半蹲准备姿势（脚－膝－上体－重心－两臂－双手－眼） 　（2）示范：正面＋侧面 　（3）练习 　①按动作要求做半蹲准备姿势 ②两人一组轮流练习并互相纠错 2. 学习移动（并步，滑步，交叉步，跨步，跨跳步，跑步．） 　（1）讲解方法和应用 　（2）示范 正面 　（3）练习：①徒手练习；②听口令练习；③看手势练习；④二人移动滚球练习	20分	队 形 要求：教师在其中指导学生并纠正错误动作。 要求：练习中根据教师手势，信号练习，先慢后快。练习步法移动应与准备姿势相结合。教师检查纠正动作，同学相观摩纠正。姿势要低，脚步要活。

部分	时间	教学内容	分量	组织教法
基 本 部 分		3. 学习正面双手传球 （1）示范、讲解方法要领： 预备姿势、手型、击球点、击球部位、用力和缓冲方法。 （2）徒手模仿、试作、体会动作 （3）练 习 ①持球额头上，作好手型、轻轻向上自传。 ②两人一组原地固定传球。 ③两人一组，一个固定一个移动，相距3~5米，自抛传给同伴 ④三角传球	25分	3. 示范队形 要点： （1）注意预判、快速移动对正球 （2）控制用力正确合理缓冲，出球弧度得当保持好传球姿势和击球点 练习队形：
		4. 学习正面双手垫球 （1）学生徒手练习，教师纠正动作 （2）学生结合球对垫练习 （3）两人抛垫、对垫 （4）三角传球	15分	示范与讲解的队形，练习的组织基本同传球技术的学习
结 束 部 分	5分	1. 整理活动 （1）抖动上肢、下肢及腰部肌群 （2）牵拉各用力肌群及韧带 2. 小结 小结传球、垫球练习情况并布置课后练习。 加强"三防"措施。	2分 3分	队 形
见习生安排			场地与器材	
课后小结				

授课周次 _____ 周 __2__ 次　　授课对象 _____　　日　期_____

课的任务　1. 通过传、垫球练习，巩固技术动作，逐步熟悉沙地；2. 培养自觉遵守学习秩序的习惯，加强课堂学习纪律教育。

部分	时间	教 学 内 容	分量	组 织 教 法
准备部分	25分	1. 集合队伍，清点人数，师生问候 2. 安排见习生 3. 宣布本课任务，整理场地。 4. 准备活动： （1）绕场慢跑两圈 （2）徒手操： ①扩胸振臂运动 ②体侧运动 ③体转运动 ④俯背运动 ⑤膝关节运动 ⑥小关节运动 5. 游戏：抛球叫号、接球	4×8拍	队　形 要求：快、静、齐。 两路纵队，绕两块排球场逆时针方向慢跑两圈 要求：加大动作幅度、动作到位、有力
基本部分	60分	1. 复习移动 看手势左右，前后退移动 目的：提高学生在沙滩的移动能力及灵活性 2. 三人一组传、垫球 3. 背垫球 （1）示范讲解 （2）徒手练习	5分 10分 20分	图　形 方法：前进4米后退2米，再前进6米退后退3米，再前进8米后退6米，再前进6米。注意：后退不要过快，避免摔倒后仰。 图　形

部分	时间	教学内容	分量	组织教法
基本部分	70分	(3) 自抛自垫 (4) 教师抛垫 4. 单手垫球 (1) 示范讲解 (2) 教师抛垫	10分	要求：学生在背垫时尽量延长伴送球的时间。 图 形 要求：学生在单臂垫球时加强手臂紧张程度，垫球时蹬腿送腰。
		5. 三人一组隔网传、垫 将学生分成若干组，教师抛球。每次上两组，教师抛给双方各2个球。	15分	要求：学生运用已学的各种传、垫技术将球击至对方。
结束部分	5分	1. 整理活动 (1) 抖动上肢、下肢及腰部肌群。 (2) 牵拉各用力肌群及韧带。 2. 小结 小结课堂情况并布置课后练习。	2分 3分	队 形
见习生安排			场地与器材	
课后小结				

授课周次 ＿＿＿周 3 次　　授课对象 ＿＿＿＿＿＿＿　　日　期＿＿＿＿＿＿

课的任务　1. 通过网前传球练习，强化传球缓冲动作提高有效传球效果；2. 通过学习扣球的起跳、挥臂技术，初步掌握沙排扣球特点；3. 培养学生认真求实的好学的作风。

部分	时间	教学内容	分量	组织教法
准备部分	25分	1. 集合队伍，清点人数，师生问候 2. 安排见习生 3. 宣布本课任务，整理场地。 4. 准备活动： （1）绕场慢跑两圈 （2）徒手操： ①扩胸振臂运动 ②体侧运动 ③体转运动 ④俯背运动 ⑤膝关节运动 ⑥小关节运动 5. 游戏：沙滩手球 　　得5分结束	4×8拍	队　形 要求：快、静、齐。 两路纵队，绕两块排球场逆时针方向慢跑两圈 要求：加大动作幅度、动作到位、有力 教法：学生分成两组，挡网的规定区域为球门，按照手球规则进行比赛。 注意抢断时的安全。
基本部分	60分	1. 两人一组传、垫球 （1）垫球 （2）传球 2. 3人一组传、垫球 （1）垫球 （2）传球	10分 10分	要求：传球是沙排的难点，对传时必须要个按照缓冲规定执行，初级阶段时两人距离3米左右。 要求：传球时先自传然后传给下一个同伴。垫球时将球垫出的高度不得低于5米，加强垫球的控制能力。

续表

部分	时间	教学内容	分量	组织教法
基本部分		3. 扣球步伐 （1）示范讲解 （2）徒手原地起跳 （3）网前左，中，右一步起跳	10分 5×3 5×3	要点：沙子松软，助跑起跳时要轻盈，助跑步伐不宜过大、过多。 16m
		4. 网前传球 （1）示范讲解 （2）在网前分组抛传	20分 5分 15分	难点：沙滩排球中传球技术要求有缓冲而且传球效果要稳，在网前时更应结合天气注意人与网和球与网的距离。（50厘米为最佳）
		5. 扣球挥臂动作 （1）教师抛球，学生在空中接住球 （2）徒手挥臂扣球	10分 5分 5分	5. 图形
结束部分	5分	1. 整理活动 （1）抖动上肢、下肢及腰部肌群。 （2）牵拉各用力肌群及韧带。 2. 小结 小结起跳时全身的协调性，以及扣球挥臂的鞭打动作，最后总结传球缓冲动作的与天气的结合。	2分 3分	队形
见习生安排			场地与器材	
课后小结				

授课周次 _____ 周 __4__ 次 　　授课对象 _____ 　日　期_____

课的任务 　1. 通过调整传球练习，提高学生比赛中实际传球能力，基本掌握扣球技术动作；2. 培养学生自我锻炼相互协作的集体主义观念。

部分	时间	教学内容	分量	组织教法
准备部分	25分	1. 集合队伍，清点人数，师生问候 2. 安排见习生 3. 宣布本课任务 4. 准备活动： （1）整理场地 （2）绕场慢跑两圈 （3）徒手操： ①扩胸振臂运动 ②体转运动 ③体侧运动 ④俯背屈蹲运动 ⑤踢腿运动 ⑥立卧撑 5. 追逐游戏："传染病"	4×8拍	队　形 要求：快、静、齐。 两路纵队，绕两块排球场逆时针方向慢跑两圈 要求：加大动作幅度、动作到位、有力 游戏教法： 被追上同学的身体某部位被触及，即一手摸着该部位，另一手去追逐别人
基本部分	60分	1. 传、垫球 （1）单人自传自垫 （2）两人对传垫 （3）3人传垫 2. 打、防、调 　　　3人一组　每隔5分钟换位置	10分 15分	要求：严格按照沙滩排球技术进行传球。 要求：防和调的人尽量将球起到一定的高度，确保传和打的人有充足的时间。 调 打　　　垫

部分	时间	教学内容	分量	组织教法
基本部分		3. 调整传球 (1) 示范讲解 (2) 分组传球	15分	要求：按照沙排技术动作，尽量延长身体伴送球的时间。每人传5个换人。
		4. 扣球 (1) 教师抛球，学生扣右、中、左 (2) 教师传球，学生扣右、中、左 (3) 分组定点传、扣	20分	要求：抛球的人先将球抛稳后再准备扣球。 教法：分成两组每人传3个球换人传。扣球后捡球排队。
结束部分	5分	1. 整理活动 (1) 抖动上肢、下肢及腰部肌群。 (2) 牵拉各用力肌群及韧带。	2分	队　形
		2. 小　结 小结课堂情况并布置课后练习。	3分	
见习生安排				场地与器材
课后小结				

授课周次 ＿＿＿ 周 ＿5＿ 次　授课对象 ＿＿＿＿＿＿＿＿　日　期＿＿＿＿＿＿

课的任务　1. 通过扣球练习，巩固扣球步法及动作，初步学习上手发飘球；2. 培养学生精益求精，踏实认真的学习态度。

部分	时间	教学内容	分量	组织教法
准备部分	25分	1. 集合队伍，清点人数，师生问候 2. 安排见习生 3. 宣布本课任务 4. 准备活动： （1）整理场地 （2）绕场慢跑两圈 （3）双人体操 ①双臂对抗互推 ②压高下振 ③拉手转腰 ④背对背拉手体侧屈 ⑤背靠背挎肘互背 ⑥拉手蹲起 5. 游戏：沙滩足球	4×8拍	队　形 要求：快、静、齐。 两路纵队，绕两块排球场逆时针方向慢跑两圈 要求：加大动作幅度、动作到位、有力。 教法：两组学生对抗，以挡网的规定区域为球门，按照足球规则比赛。以时间控制比赛。
基本部分	60分	1. 传、垫球 （1）两人传、垫球 （2）三人传、垫球 2. 打、防、调 （1）两人一组一打一接 （2）三人打、防、调	10分 15分	教法：3个人间隔3米，先自传或自垫然后传、垫给同伴。 教法：同学自由结合。 要求：防和调的人尽量将球起到一定的高度，确保传和打的人有充足的时间。

部分	时间	教学内容	分量	组织教法
基本部分		3. 扣球 (1) 扣近网球 (2) 扣调整球	15分	教法：学生分成两队，先固定一名同学传球，5个球后换人。 要求：传球手形和技术动作规范。
		4. 上手发飘球 (1) 示范讲解： (2) 固定球练习 (3) 自抛球对墙或对挡网发球 (4) 站在场地内上手发球过网，站在发球区发球过网。 (5) 纠正错误动作，再讲解、演示	20分	要求：抛球注意高度，注意风向，注意阳光。
结束部分	5分	1. 整理活动 (1) 抖动上肢、下肢及腰部肌群。 (2) 牵拉各用力肌群及韧带。 2. 小 结 小结课堂情况并布置课后练习。	2分 3分	队 形
见习生安排			场地与器材	
课后小结				

授课周次 ＿＿＿＿ 周 ＿6＿ 次　 授课对象 ＿＿＿＿＿＿＿＿ 日 期＿＿＿＿＿＿

课的任务　1. 通过专项传球练习提高球感，熟练掌握传球技术及扣球技术；2. 培养学生的组织纪律观念及吃苦耐劳的好品质。

部分	时间	教学内容	分量	组织教法
准备部分	25分	1. 集合队伍，清点人数，师生问候 2. 安排见习生 3. 宣布本课任务 4. 准备活动： （1）整理场地 （2）绕场慢跑2圈； （3）徒手操： ①原地肘手放肩上配合脚步前后绕环 ②两臂胸前平层扩胸直臂后振。 ③跨大步前进，上体左右转体 ④左右转身展臂上伸前弯摸地 ⑤双手插腰，踢腿 ⑥臂撑起 5. 游戏：抱球接力赛	4×8拍	队　形 要求：快、静、齐。 两路纵队，绕两块排球场逆时针方向慢跑两圈 要求：加大动作幅度、动作到位、有力 教法：2组学生对抗，端线出发到中场绕球返回，第一次抱2个球，第二次抱3个球，第三次抱4个球。
基本部分	60分	1. 传、垫球 （1）两人传、垫球 （2）圆圈传、垫球 2. 打、防、调 （1）两人一组一打一接 （2）3人打、防、调	10分 10分	教法：将学生分成两队，每队在半场围成一个圈进行传、垫球。同学一次排号，垫、传球后叫出号下个同学继续传垫。 要求：垫和传的高度必须高于4米。 教法：同学自由结合。 要求：防和调的人尽量将球起到一定的高度，确保传和打的人有充足的时间。

部分	时间	教学内容	分量	组织教法
基本部分		3. 调传、扣串联	15分	要求：调整传球的同学根据球的高低、速度和难易程度决定采用调传或垫传技术。扣球同学尽量早预判早移动。 教法：传球的同学先轻打给要扣球的同学，传同伴垫起的球。 4. 学习挡球技术 （1）示范讲解 （2）徒手固定手形 （3）教师抛球—挡球 （4）教师轻打—挡球
		4. 学习挡球技术 （1）示范讲解 （2）徒手固定手形 （3）教师抛球—挡球 （4）教师轻打—挡球	20分	图形
		5. 复习上手发飘球 　　每人发3个好球，3×2	5分	
结束部分	5分	1. 整理活动 （1）抖动上肢、下肢及腰部肌群。 （2）牵拉各用力肌群及韧带。 2. 小结 小结课堂情况并布置课后练习。	2分 3分	队形
见习生安排			场地与器材	
课后小结				

授课周次 ＿＿＿ 周 7 次　　授课对象 ＿＿＿＿＿＿＿　　日　期 ＿＿＿＿＿

课的任务　1. 通过学习跳发球技术动作，提高垫、传技术串联能力；2. 培养学生勇敢顽强的作风。

部分	时间	教学内容	分量	组织教法
准备部分	25分	1. 集合队伍，清点人数，师生问候 2. 安排见习生 3. 宣布本课任务 4. 准备活动： （1）整理场地 （2）绕场慢跑两圈 （3）徒手操： ①扩胸振臂运动 ②体侧运动 ③体转运动 ④俯背运动 ⑤膝关节运动 ⑥小关节运动 5. 游戏：众星捧月 方法：学生围成一个圆圈，其中一人持球做原地向上传球后迅速离开，下一人迅速到球下再做向上传球，一个接一个地进行，使球上下不停地上下运动而不落地，失误者"罚"。也可分成两组进行比赛 规则：每人只能传球一次	4×8拍	队　形 要求：快、静、齐。 两路纵队，绕两块排球场逆时针方向慢跑两圈 要求：加大动作幅度、动作到位、有力 图　形 要求：提高传球的准确性和控制球能力。
基本部分	60分	1. 两人一组传垫球 2. 3人一组打防调 3. 介绍跳发大力球 （1）讲解示范技术要点 （2）运用时机 （3）跳发球的优缺点 优点是攻击力大易得分，缺点是不好掌握，失误多，消耗体能大 （4）分组试发	5分 5分 10分	要求：两人传垫球的人员固定，按考试达标数目尽量完成。 图　形 要点：击球的部位要在球中下部，尽量不在有风时运用，抛球要稳。

部分	时间	教学内容	分量	组织教法
基 本 部 分		4. 学习接发球垫球 （1）示范讲解 沙排的接发球垫球是将球垫到场地中央区或同伴身体附近，尽量减少同伴移动距离为进攻创造有利条件。 （2）分组练习 两人一组，每组发10次垫10次	20分	图 形 要求：发球的同学利用已学发球技术尽量发到接发球人的附近。
		5. 接发球调整传球串联 将同学分成两队，分别站在场地两边的端线。先上两个组四人，教师来抛球，一个球后换四个人。	20分	图 形 要求：垫传的两个同学相互唤呼应，垫球的目的地控制在场地中央。
结 束 部 分	5分	1. 整理活动 （1）抖动上肢、下肢及腰部肌群。 （2）牵拉各用力肌群及韧带。 2. 小　结 小结串联情况，布置课后练习跳发球。	2分 3分	队 形
见习生安排			场地与器材	
课后小结				

授课周次 ____ 周 __8__ 次　　授课对象 _____　　日　期_____

课的任务　1. 通过教学比赛，巩固接发球进攻技术；2. 进一步培养同学对沙滩排球运动文化的理解。

部分	时间	教学内容	分量	组织教法
准备部分	25分	1. 集合队伍，清点人数，师生问候 2. 安排见习生 3. 宣布本课任务 4. 准备活动： （1）整理场地 （2）绕场慢跑两圈 （3）徒手操： ①两臂胸前平屈后振，直臂后振。 ②两臂上举后，右侧屈体。 ③转身90°腰前弯两手触足尖。 ④两臂交互上、下后摆振。 ⑤配合步法摆臂左、右转上体。 ⑥"武术"摆腿打脚。 5. 沙滩足球	4×8拍	队　形 要求：快、静、齐。 两路纵队，绕两块排球场慢跑两圈 （1）　　　　　（2） （3）　　　　　（4） （5）　　　　　（6） 要求：加大动作幅度、动作到位、有力
基本部分	60分	1. 两人一组传垫 2. 3人一组打防调 3. 扣球 （1）扣近网球 （2）扣远网球	10分 10分 10分	要求：两人传垫球的人员固定，按考试达标数目尽量完成。 要求：学生能够运用灵活的步法和垫、传、挡技术。 学生相互传球， 先扣近网球，再扣远网球

部分	时间	教学内容	分量	组织教法
基本部分		4. 发球 　　　5×5	5分	教法：将同学分成两队，站在场地两端。 要求：控制好发球的力量和高度。
		5. 教学比赛	25分	将学生分组，每3人一组比赛，每局15分。 要求：采用两人接发球，发球的同学采用下手发球，接发球同学提高接发球的质量。 　名称　　　　　　　　积分
结束部分	5分	1. 整理活动 （1）抖动上肢、下肢及腰部肌群。 （2）牵拉各用力肌群及韧带。	2分	队　形
		2. 小　结 小结比赛情况，预习沙排的竞赛规则。	3分	
见习生安排			场地与器材	
课后小结				

授课周次 _____ 周 __9__ 次　　授课对象 _____　　日 期_____

课的任务　1. 通过接扣球垫球练习，提高学生比赛中防反串联实际运用的能力，初步学习单人拦网；2. 培养学生灵活机智与创造性思维。

部分	时间	教 学 内 容	分量	组 织 教 法
准 备 部 分	20分	1. 集合队伍，清点人数，师生问候 2. 安排见习生 3. 宣布本课任务 4. 准备活动： （1）整理场地 （2）绕场慢跑两圈 （3）徒手操： ①扩胸振臂运动 ②体侧运动 ③体转运动 ④俯背运动 ⑤膝关节运动 ⑥小关节运动 5. 游戏：扣球得分比赛 方法：在要求扣球落点处摆放一球筐，在左、中、右位置自抛自扣，将球扣入筐中得1分，分数高者优胜。可进行个人比赛，也可进行分组比赛。 规则：必须扣球入筐才得1分。	4×8 拍	队 形 要求：快、静、齐。 两路纵队，绕两块排球场逆时针方向慢跑两圈 要求：加大动作幅度、动作到位、有力 要求：提高扣球技术动作和扣球的准确性。
基 本 部 分	65分	1. 两人一组传垫 2. 3人一组打防调 3. 背传球 （1）示范讲解 （2）分组练习	6分 9分 10分	要求：两人传垫球的人员固定，按考试达标数目尽量完成。 要求：学生能够运用灵活的步法和垫、传、挡技术。 调 打　　垫 要求：传出的线路必须垂直于双肩。

部分	时间	教学内容	分量	组织教法
基本部分		4. 单人拦网 （1）示范讲解 要点：浅蹲慢跳，把握好时机，和后排同伴通过手势提前取得联系拦网路线。 （2）分组练习 10×3 次	20分	图 形 教法：教师在网对面持球，将学生分成2或3组，定点每人徒手做。
		5. 接扣球垫球 （1）讲解示范： （2）分组练习 教师网前扣球，学生排成一列，运用垫球和挡球技术防守。 （3）两人一组，跳打防。	20分	图 形 要求：同学提前预判大胆出击，在沙排中有急难球处理方法，所以在接扣球时可以有些大胆的动作。
结束部分	5分	1. 整理活动 （1）抖动上肢、下肢及腰部肌群。 （2）牵拉各用力肌群及韧带。 2. 小 结 小结防守技术的运用时机和技术动作。	2分 3分	队 形
见习生安排			场地与器材	
课后小结				

授课周次 _____ 周 __10__ 次　　授课对象 _____　　日 期 _____

课的任务　1. 通过扣球练习，熟练掌握扣球技术，复习单人拦网技术；2. 发扬勇敢顽强精神和协作配合共同作战的作风。

部分	时间	教 学 内 容	分量	组 织 教 法
准备部分	25分	1. 集合队伍，清点人数，师生问候 2. 安排见习生 3. 宣布本课任务 4. 准备活动： （1）整理场地 （2）绕场慢跑两圈 （3）徒手操： ①扩胸振臂运动 ②体侧运动 ③体转运动 ④俯背运动 ⑤膝关节运动 ⑥小关节运动 5. 游戏：打"球仗"	4×8拍	队 形 要求：快、静、齐。 两路纵队，绕两块排球场逆时针方向慢跑两圈 要求：加大动作幅度、动作到位、有力 规则：把学生分成两边，在沙排场上对抗。用排球击向对方，被击中者下场，直至被球击完。先把对方击完方为胜方。 要求：要有团队精神，协作精神，勇敢顽强精神。要移动快速，反应灵敏。
基本部分	60分	1. 两人一组传垫 2. 3人一组打防调 3. 复习单人拦网 10次×3组	6分 9分 5分	要求：两人传垫球的人员固定，按考试达标数目尽量完成。 要求：学生能够运用灵活的步法和垫、传、挡技术。 调 打　　垫 图 形

部分	时间	教学内容	分量	组织教法
基本部分	70分	4. 扣球 （1）扣近网球 ①教师抛球扣球 ②学生传球扣球 （2）扣远网球 ①教师调传扣球 ②学生打、调、扣 5. 教学比赛 将学生分组，每3人一组比赛，每局15分。	20分 20分	要求：大胆运用扣球技术。 教法：学生扣球练习在场地一侧。 要求：采用两人接发球和上手发球，提高接发球的质量。 名称 ___ 积分
结束部分	5分	1. 整理活动 （1）抖动上肢、下肢及腰部肌群。 （2）牵拉各用力肌群及韧带。 2. 小　结 小结课堂情况并布置课后练习。	2分 3分	队　形
见习生安排			场地与器材	
课后小结				

授课周次 ＿＿＿＿周 11 次　　授课对象 ＿＿＿＿＿＿＿＿＿　　日　期＿＿＿＿＿＿＿

课的任务　1. 通过学习单人拦网下防守，提高学生拦、防配合能力；2. 培养学生分析问题的能力。

部分	时间	教学内容	分量	组织教法
准备部分	20分	1. 集合队伍，清点人数，师生问候 2. 安排见习生 3. 宣布本课任务 4. 准备活动： （1）整理场地 （2）绕场慢跑两圈 （3）徒手操： ①两手互握，身前作旋转手腕，使绳子绕成8字 ②绳四折，手各拿一端，两臂从腹前开始，先左、右各摆一次，然后以肩关节为轴双臂绕环 ③举绳于头上，上体左右侧弯曲例振一次 ④手臂上举，上体前屈。腰绕环 ⑤臂上摆左足后撤半步，后腿上踢臂左下摆，后还原，三四拍相反 ⑥单足交换单摇跳绳 ⑦双足双摇跳 ⑧跳过四折绳，前后各4次 5. 游戏：贴膏药	4×8拍	队　形 要求：快、静、齐。 要求：加大动作幅度、动作到位、有力 图　形
基本部分	65分	1. 3人一组打防调 2. 扣球 （1）扣近网球 （2）扣远网球 3. 发球和接发球 　　　每人发2次球	5分 10分 5分	要求：学生能够运用灵活的步法和垫、传、挡技术。 图　形 教法：分成2组，人数相等。每人发两个球，对方的学生接两个球。发完的学生接球，接完的准备发球。

部分	时间	教学内容	分量	组织教法
基本部分		4. 单人拦网下防守进攻 （1）示范讲解 （2）徒手听口令练习 （3）教师扣球单人拦、防。	25分	图 形 要求：拦网同学与后排防守的同学主动联系。
		5. 教学比赛	20分	将学生分组，每3人一组比赛，每局15分。 要求：采用两人接发球，发球的同学采用上手发球，接发球同学提高接发球的质量。
结束部分	5分	1. 整理活动 抖动，抖动上肢、下肢及腰部肌群。 牵拉，牵拉各用力肌群及韧带。 2. 小 结 小结课堂情况并布置课后练习。	2分 3分	队 形
见习生安排			场地与器材	
课后小结				

授课周次 _____ 周 12 次　授课对象 _____　日期_____

课的任务　1. 通过扣、拦练习和比赛，提高防反攻击能力；2. 培养严格自我要求，一丝不苟地完成练习的作风。

部分	时间	教学内容	分量	组织教法
准备部分	20分	1. 集合队伍，清点人数，师生问候 2. 安排见习生 3. 宣布本课任务，整理场地 4. 准备活动： （1）绕场慢跑两圈 （2）徒手操： ①扩胸振臂运动 ②体侧运动 ③体转运动 ④俯背运动 ⑤膝关节运动 ⑥小关节运动 5. 游戏：传垫球接力比赛 规则：采用传球和垫球技术，进行绕物体接力。以先完成、跑回起点者为胜方。	4×8拍	队 形 要求：快、静、齐。 两路纵队，绕两块排球场逆时针方向慢跑两圈 要求：加大动作幅度、动作到位、有力 图 形 要求：控制好球，球不能落地，发挥集体协作精神。
基本部分	65分	1. 多人传、垫 2. 3人一组打防调 3. 扣球 （1）扣近网球 （2）扣远网球 4. 发球和接发球 　两队学生，一组发球一组接球每人发5次球。	5分 5分 10分 5分	要求：学生垫传球的同时说话呼应。 要求：学生能够运用灵活的步法和垫、传、挡技术。 调 打　　垫 图 形

部分	时间	教学内容	分量	组织教法
基 本 部 分		5. 无人拦网下防守进攻 （1）示范讲解 （2）教师抛球其他同学左右两边扣球 （3）两人一组打、防、扣	20分	图　形 教法： 分组循环进行，两个人防守后进攻。然后换下一组。
		6. 教学比赛 将学生分组，每三人一组比赛，每局15分。	20分	要求：采用两人接发球，发球的同学采用上手发球，接发球同学提高接发球的质量。
结 束 部 分	5分	1. 整理活动 （1）抖动上肢、下肢及腰部肌群。 （2）牵拉各用力肌群及韧带。 2. 小　结 小结课堂情况并布置课后练习。	2分 3分	队　形
见习生安排				场地与器材
课后小结				

授课周次 _____ 周 __13__ 次　　授课对象 _____　　日　期_____

课的任务　1. 通过教学比赛提高对沙排技术和战术的理解能力并对基本战术进行分析；2. 学习并掌握正确的裁判手势；3. 培养学生的组织工作能力，学习组织竞赛工作方法和裁判工作能力。

部分	时间	教学内容	分量	组织教法
准备部分	20分	1. 集合队伍，清点人数，师生问候 2. 安排见习生 3. 宣布本课任务 4. 准备活动： （1）整理场地 （2）绕场慢跑两圈 （3）徒手操： ①扩胸振臂运动 ②体侧运动 ③体转运动 ④俯背运动 ⑤膝关节运动 ⑥小关节运动 5. 游戏：三球不归一 规则：球必须从网上抛向对方场内，界外球对方得一分。不得持球3秒钟以上，违者判失一分。球可以落地，也可规定球不可落地，以增加游戏难度。 发展判断、反应能力，培养学生初步的软式排球比赛的场地概念和比赛意识。	4×8拍	队　形 要求：快、静、齐。 两路纵队，绕两块排球场逆时针方向慢跑两圈 要求：加大动作幅度、动作到位、有力 方法：将学生分成人数相等的两个队，各在场地的一边，其中一队持一球，另一队持两个球，鸣哨开始后，双方把球从网上抛向对方场内，如有一队场上同时有三个球存在则判失一分。
基本部分	65分	1. 两人一组传垫。 2. 扣球 （1）近网扣球 （2）调整扣球 3. 发球　　　　　5×3 4. 做裁判员手势 （1）不良行为。（2）取消一局比赛资格。（3）取消全场比赛资格。（4）一局或一场结束。（5）发球未抛弃。（6）发球延误。（7）掩护犯规。（8）触手出界。（9）界内球。（10）界外球。（11）持球。（12）连击。（13）四次击球。（14）触网等	5分 10分 5分 5分	要求：两人传垫球的人员固定，按考试达标数目尽量完成。 要求：扣球练习中调整扣球时是传垫组的两个人，打、垫后扣球。 教法：可以在扣球后讲解，也可以安排在比赛中以调节学生体力。

部分	时间	教学内容	分量	组织教法
基本部分		5. 分组比赛 每场21分，分成若干个队。进行单败淘汰比赛方法。	40分	对阵图 要求：注意观察学生体力，避免中暑。被淘汰的队轮流做裁判。
结束部分	5分	1. 整理活动 （1）抖动上肢、下肢及腰部肌群。 （2）牵拉各用力肌群及韧带。 2. 小 结 小结课堂情况并布置课后练习。	2分 3分	队 形
见习生安排			场地与器材	
课后小结				

授课周次 _____周 _14_ 次　　授课对象 _____　　日 期_____

课的任务　1. 通过比赛，培养学生比赛意识和技术运用的能力，以及分析问题、解决问题的能力；2. 学习并了解正规的排球裁判手式；3. 培养学生的组织工作能力，学习组织竞赛工作方法和裁判工作能力。

部分	时间	教 学 内 容	分量	组 织 教 法
准备部分	20分	1. 集合队伍，清点人数，师生问候 2. 安排见习生 3. 宣布本课任务 4. 准备活动： （1）整理场地 （2）绕场慢跑两圈 （3）徒手操： ①扩胸振臂运动 ②体侧运动 ③体转运动 ④俯背运动 ⑤膝关节运动 ⑥小关节运动 5. 游戏：沙滩足球	4×8拍	队　形 要求：快、静、齐。 两路纵队，绕两块排球场逆时针方向慢跑两圈 要求：加大动作幅度、动作到位、有力 前后排各为一组进行对抗， 挡网的规定部位作为球门，但不设守门员，全攻全守。教师控制比赛时间。
基本部分	65分	1. 两人一组传、垫 2. 扣球 （1）近网扣球 （2）调整扣球 3. 发球　　　　5×3 4. 讲解竞赛知识和裁判员手势 （1）过网击球。（2）后排违例。（3）人或球进入对方。（4）双方犯规。（5）允许发球。（6）发球一方7）交换场地。（8）暂停。（9）延误警告等等。	5分 5分 5分 5分	要求：两人传垫球的人员固定，按考试达标数目尽量完成。 要求：扣球练习中调整扣球时是传垫组的两个人，打、垫后扣球。 教法：可以在扣球后讲解，也可以安排在比赛中以调节学生体力。

部分	时间	教 学 内 容	分量	组 织 教 法
基本部分		5. 分组比赛 每场21分，分成若干个队。进行单败淘汰比赛方法。	45分	对阵图 要求：注意观察学生体力，避免中暑。被淘汰的队轮流做裁判。
结束部分	5分	1. 整理活动 （1）抖动上肢、下肢及腰部肌群。 （2）牵拉各用力肌群及韧带。 2. 小 结 小结比赛名次，鼓励好的方面，提醒不足。	2分 3分	队 形
见习生安排			场地与器材	
课后小结				

授课周次 _____ 周 __15__ 次　　授课对象 _____　　日 期_____

课的任务　1.通过练习，使学生熟悉考试科目；2.培养学生的组织工作能力，学习组织竞赛工作方法和裁判工作能力。

部分	时间	教学内容	分量	组织教法
准备部分	15分	1. 集合队伍，清点人数，师生问候 2. 安排见习生 3. 宣布本课任务 4. 准备活动 （1）绕场慢跑两圈 （2）徒手体操： ①扩胸振臂运动 ②肩部静立支撑 ③肘部静立支撑 ④俯背运动 ⑤膝关节运动 ⑥小关节运动 5. 游戏：发球得分比赛 目的：提高发球的准确性和战术意识。 方法：将学生分成人数相等的两个组，成横队面对球网分别站在两端线外，一组依次每人发一球，另一组先捡球。以球落在对方场区不同分值的区域内计分，失误得零分。全组累计得分高者为优胜。 规则：用发球动作，以球的落点计分。	4×8拍	队　形 要求：快、静、齐。 两路纵队，绕两块排球场逆时针方向慢跑两圈 要求：加大动作幅度、动作到位、有力 图　形
基本部分	70分	1. 两人传、垫球 2. 扣球 3. 发球	15分 15分 10分	要求：尽量完成每人30次的数量。 要求：将球用扣球动作扣过网并落在有效区域，并且不要触网。 要求：①将球用正确技术动作发过网。 ②落在有效区域。 ③发球时不能踩线。

部分	时间	教学内容	分量	组织教法
基本部分		4. 单败淘汰比赛 每场15分，分成若干个队。进行单败淘汰比赛。	30分	对阵图 要求：注意观察学生体力，避免中暑。被淘汰的队轮流做裁判。
结束部分	5分	1. 整理活动 （1）抖动上肢、下肢及腰部肌群。 （2）牵拉各用力肌群及韧带。 2. 小　结 小结课堂情况并布置课后练习。	2分 3分	队形
见习生安排			场地与器材	
课后小结				

授课周次 ＿＿＿周 16 次 授课对象 ＿＿＿＿＿＿ 日 期＿＿＿＿＿

课的任务 1. 技术考试；2. 培养学生遵守纪律的态度及沉着应试的能力。

部分	时间	教学内容	分量	组织教法
准备部分	15分	1. 集合队伍，清点人数，师生问候 2. 安排见习生 3. 宣布本课任务 4. 准备活动： （1）绕场慢跑两圈 （2）徒手操： ①扩胸振臂运动 ②体侧运动 ③体转运动 ④俯背运动 ⑤膝关节运动 ⑥小关节运动 5. 自己有球准备活动	4×8拍	队 形 要求：快、静、齐。 两路纵队，绕两块排球场逆时针方向慢跑两圈 要求：加大动作幅度、动作到位、有力
基本部分	70分	1. 两人传球 2. 两人垫球 3. 3人一组扣球 4. 两人一组发球		要求：按照名单有顺序地进行考试。 考试区
结束部分	5分	1. 整理活动 （1）抖动上肢、下肢及腰部肌群。 （2）牵拉各用力肌群及韧带。 2. 小 结 沙排课总情况，鼓励同学参与沙排运动。	2分 3分	队 形
见习生安排			场地与器材	
课后小结				

（二）教案研讨

1. 课任务的制订

课的任务是通过具体的练习达到预期的效果。根据教学进度安排的具体教学内容，以及学生的实际情况，简明扼要的制订出一两条课任务。课任务要具体，可操作。

2. 准备活动的安排

一般的准备性活动即可符合课的需要，目的在于全面的调动有机体的各种器官系统，提高这些器官的活动性。通常采用慢跑、徒手操、简单游戏。由于沙滩排球运动的特殊性（室外气温高、沙子热）一定注意准备活动的时间和运动强度，防止学生中暑。准备活动具体项目的选取最好和基本部分的内容有衔接，例如：学习扣球。就可做些徒手的上肢动态练习与静态拉伸，单、双手的持球抛接等练习。根据国外的一些影像资料很多沙滩排球爱好者和运动员多以普拉提操来作为热身操，如果教学条件允许也可纳入准备活动的安排。

3. 教学内容安排顺序

教学内容的安排顺序可以不拘一格，目的是让学生掌握和完成教学大纲所指定的内容。根据大学生的年龄特点和接受能力可遵循以下几个原则：科学性与思想性统一原则，直观性原则，循序渐进原则，启发性原则，因材施教原则。也可以根据这些原则变换形式，例如大多数男学生都喜欢扣球技术就可以先学扣球，再学垫球、传球技术。

4. 教学方法的选择

教学方法是教师和学生为实现教学目的，完成体育教学任务而采取的不同层次的教与学相互作用的活动方式。32 学时的教学进度虽然时间短，但具有沙滩排球运动的完整性。根据进度的顺序采用以下几个大的方面，而后来选择具体有效的方法。这其中包括：以语言传递信息为主的体育教学方法、以直观感知为主的体育教学方法、以身体练习为主的体育教学方法、以比赛活动为主的体育教学方法、以探究性活动为主的体育教学方法。方法选择要符合内容要求和学生特点。

5. 练习分量与时间的安排

按照单次课教案的三部分主要指基本部分的分量和时间安排，基本部分的内容也是分为主要和次要的，主要内容、难度稍大的内容需要安排更多一点的时间，次要内容、容易的内容可以少安排时间。在完成课任务的前提下，要根据沙滩排球运动特点，随机应变地适当安排学生休息和补水。技、战术教学课中，每个练习项目活动时间最好不超过 20 分钟，比赛课中采用轮换的比赛方法，达到既锻炼比赛能力又得到充足休息。

6. 教案的执行与课之间的衔接

教案是每位教师智慧的结晶，所以应该满怀自信，以饱满的情绪上完每一节课。学生对技术的掌握有快有慢，外界环境对课的执行也有一定影响，只要认真总结，按照大纲要求和进度安排，坚定不移的执行课的任务，最终每一位学生都可以达到课程目标。虽然沙滩排球运动风雨无阻，但作为教师一定要根据实际天气，考虑到学生的身体健康，随时调整课的执行情况。

第四章　各类教学文件范例集锦

第一节　体育院系排球专项训练课教学文件

一、教学大纲和多年训练计划

（一）多年训练计划范例

北京体育大学排球训练课大纲

一、课程性质

本课程为体育教育专业排球专项本科学生的专业必修课。3 学年共计 576 学时，24 学分。

二、课程目标

通过专项训练，全面发展学生的专项身体素质，使学生正确、熟练地掌握排球基本技术，达到示范标准并能在比赛中较熟练运用的水平；基本掌握主要的攻防战术阵形，理解其战术意义，并在比赛中具备一定的运用能力；了解或初步掌握较复杂或最新技战术。通过训练和比赛，获得排球二级运动员称号。培养学生勇敢顽强、吃苦耐劳、机智果断、团结合作的精神和心理品质，具有独立获取知识、提出问题、分析问题和解决问题的能力及开拓创新精神，使学生德、智、体、美全面发展，以适应现代学校体育和社会体育对人才培养的需求。

三、教学内容

表1　教学训练内容及要求

分类	主要内容	次要内容	基本要求
1 技术部分			
1.1 发球	下手发球，上手大力发球，上手发飘球，勾手飘球	跳发大力球，跳发飘球	根据学生自身素质和特点主选一种，并掌握第二种发球，发球在准确的基础上提高攻击力。
1.2 垫球	正面垫球、侧面垫球、背垫球，接发球（接大力发球和飘球），接扣球，单手垫球，单、双手挡球	前扑、侧倒地垫球，滚翻垫球、鱼跃垫球（男），脚击球	熟练垫球基本动作，强调判断、取位、反应和控制球意识。接不同性能的发球，提高手臂控制球能力和到位率。掌握 2~3 项防守技术，提高防守起球率和质量。

分类	主要内容	次要内容	基本要求
1.3 传球	正面传球、背传、调整传球、二传队员传一般高球、近体快球、半高球、平拉开球、短平快球、背平快球和后排攻球	垫传球，二传队员传个人掩护和同伴掩护的战术球	提高所有队员的组织进攻意识和传球准确性，加强调整进攻的组织能力。提高二传队员的控制球能力，达到取位快、出手稳、落点力求准确，组织快攻时主动配合攻手。
1.4 扣球	一般扣球，调整扣球，近体快球，短平快球，时间差扣球，轻扣球，吊球，后排扣球	平拉开球，转体扣球，转腕扣球，打手出界扣球，位置差扣球，单脚起跳扣球	正确掌握上旋球手法，提高控制球能力，扣球动作连贯节奏感较强，具备一定的变线突破能力，掌握2~3种自我掩护或同伴掩护的快攻战术打法。
1.5 拦网	单人拦网，双人拦网，三人拦网	拦战术扣球，拦网时手臂的空中变化	正确掌握拦网基本动作，提高判断、移动取位能力，掌握集体拦网配合要点。
2 战术部分			
2.1 接发球组织进攻	5人、4人接发球阵形及配合，全队一传、二传、扣球、保护的串联及配合，接发球进攻打法	3人接发球阵形及配合，变化的接发球进攻战术	依学生的技术水平和个人特点，形成基本的、有效的接发球进攻阵形和进攻打法，掌握2种变化形式。
2.2 接扣球组织进攻	接扣球防守及控制球能力，单人、双人拦网防守阵形，集体防守的取位与配合	拦网、防守、传球、扣球、保护的串联，3人拦网防守阵形，进攻点的选择	提高个人防守技术的实效性，初步掌握拦网与防守的配合及防守之间的配合，提高防守效果，掌握2种防守阵形的变化，培养防守反击意识和能力。
2.3 接拦回球组织进攻	接拦回球的技术动作，保护扣球的基本取位	接拦回球的配合与串联，进攻点的选择	着重培养保护意识，学习合理的取位与配合，学会合理运用多种防守技术。
2.4 接推、吊球组织进攻	进攻打法，集体配合及串联	接高吊球，缓冲传垫球	提高抓住进攻机会的意识，提高接处理球的到位率，合理组织反攻。
3 身体素质			
3.1 一般素质	力量，速度，协调灵敏，柔韧，耐力		全面提高各项身体素质，为专项身体素质和技、战术训练打下坚实基础。
3.2 专项素质	弹跳能力，反应移动速度，手臂挥击能力，场上灵活性，比赛耐力		在一般身体素质的基础上发展排球比赛所需的专项素质，为技战术水平的提高打好基础。
4 心理能力	注意能力，意志品质，放松训练	认知能力，决策能力	培养良好的心理品质，学会简单的心理调节方法。
5 智能	排球比赛的基本规律，战术意识	战术选择和应变能力	能够主动参加比赛，主动选择自己的技术和战术运用，主动配合同伴。
6 比赛	队内、队外教学比赛，全校专项班联赛	校外兄弟院校比赛	熟练运用所学技战术，形成队内的默契配合，在联赛中取得应有的名次，使全队学生达到排球二级运动员水平。

四、学时分配

表2 训练时数分配

训练内容	教学训练时数	教学形式	比例（%）
排球技术	180	教学训练	31.40
排球战术	150	教学训练	26.00
体能训练	150	教学训练	26.00
心理智能训练	40	教学训练	7.00
比赛	44		7.60
技术考试	12	实践考试	2.00
小计	576		100

表3 各学期教学训练内容及时数分配

训练内容	第一学年		第二学年		第三学年		合计
	秋季	春季	秋季	春季	秋季	春季	
技术训练	35	35	30	30	25	25	180
战术训练	20	20	25	25	30	30	150
身体素质训练	25	25	25	25	25	25	150
心理、智能训练	8	8	6	6	6	6	40
比赛	6	6	8	8	8	8	44
技术考试	2	2	2	2	2	2	12
小计	96	96	96	96	96	96	576

五、考核方式

（一）考核的依据

根据专业培养目标及课程要求，本课程主要考核学生技术、战术及身体素质水平，同时考核学生的比赛水平和训练作风。

（二）考核内容、方法及要求

1. 考核内容及比例

（1）训练作风，10%。

（2）比赛水平，10%。

（3）身体素质，20%。

（4）技术战术水平，60%。

2. 考核方法及要求

（1）训练作风，根据平时训练和比赛中的作风表现评分，满分10分。

评分标准

优秀	良好	一般	及格	不及格
9～10分	8分	7分	6分	5分及以下

（2）比赛水平，根据教学比赛和学校联赛的水平及进步的幅度评分，满分10分。

评分标准

水平高或进步快	水平较高进步较快	水平一般	水平较差或进步不明显	水平差或无进步
9～10分	8分	7分	6分	5分及以下

（3）身体素质，考核弹跳能力（助跑双脚起跳摸高）和移动能力（半米字移动），① 各学期考试方法及评分标准相同，采用《中国青少年排球教学训练大纲》② 少年甲组的标准进行评定，每项身体素质满分10分。

（4）技术、战术水平

表4　技术、战术考核内容、方法及评分标准

学期	考核内容	考核方法	评分标准
第一学期	1. 隔网对传100次 2. 两人对垫100次 3. 上手大力发球10次 4. 4号位扣抛球10次	1. 学生自愿组合，不限距离。 2. 学生自愿组合，距离4～5米 3. 发球区，发到对方场内。 4. 教师抛球，3人一组轮流扣球	技评10分，达标5分 技评10分，达标5分 技评10分，达标5分 技评10分，达标5分
第二学期	1. 隔网6米对传50次 2. 3人三角垫球100次 3. 上手发飘球10次 4. 4号扣调整球10次	1. 自愿组合，两边3米线外 2. 自愿组合，距离4～5米 3. 发球区，发到对方场内。 4. 教师在3米线附近抛球，3人一组轮流扣球	技评5分，达标10分 技评5分，达标10分 技评5分，达标10分 技评5分，达标10分
第三学期	1. 网前二传 2. 发接对抗 3. 4号位扣球	1. 在网前接抛球，传向4号位。每人传10次球。 2. 两人一组，站1、5号区接发球；另两人发球，向1号区发5次，5号区发5次。 3. 5次直线（2米）；5次斜线（对角线）	每球2分，满分20分。 根据击球效果评分，发球、接发球每球满分1分。发、接各满分10分。 每球2分，满分20分
第四学期	1. 调整传球 2. 两人连续扣防10次 3. 扣近体快球 4. 单人拦网	1. 站6号向4、2号位各传5次 2. 距离4～5m，2次机会。 3. 二传传球，每人扣5次 4. 拦3号位扣半高球5次	每球2分，满分20分 扣、防每球1分，计20分 每球2分，满分10分 每球2分，满分10分

---

① 中国排球协会审定. 中国青少年排球教学训练大纲. 北京：人民体育出版社，2004，47.

② 中国排球协会审定. 中国青少年排球教学训练大纲. 北京：人民体育出版社，2004，51～52.

续表

学期	考核内容	考核方法	评分标准
第五六学期	1. 两人连续扣防15次 2. 两人4号位防调扣 3. 战术进攻 4. 4对4比赛	1. 距离4~5米，2次机会。 2. 教师在2号位扣球，每球两人换位，每人5次球。 3. 后交叉加自选一种战术，掩护、实扣分别记分，自选二传。 4. 发球进入比赛，但不计发、接分。	扣、防每球0.5分。共计15分 防、调、扣分别根据击球效果评分，每球满分1分。合计15分 3. 实扣1次2.5分，掩护合计满分5分。合计15分。 4. 防守、传球、扣球分别根据击球效果评分，采用5分制评分，各项记录5次以上，计算平均分。满分15分。

六、必要说明

（一）教师应将训练与比赛作风的培养和教书育人工作有机结合起来，并贯彻在课程教学的始终。将培养思想品德和道德规范落实到技战术训练中，提高集体主义和互助协作精神，形成个人和全队的良好训练比赛作风。

（二）教师要熟悉专业能力培养的内容及要求，在训练课中重视学生各项能力的培养，安排准备活动实习、技战术教学实习、裁判实习等，完成对学生能力培养的任务。同时，从第三学期开始，重视对训练方法的归纳和总结，帮助学生掌握简单、实用的训练方法。

（三）教师应根据学生的实际情况制定各学期的训练计划，确定各方面的训练指标，以保证本大纲规定的教育目标顺利完成。

（四）在日常教学训练中，狠抓基本功、技术难点和关键环节。提倡勤学、动脑、苦练、巧用。重视区别对待，在形成本队特点的同时，培养和发展个人特长。

（五）战术训练要从实际出发，在较好掌握技术，熟练基本战术打法的基础上，不断提高个人战术水平和全队的进攻防守战术水平。

（六）在技、战术教学训练中，要加强战术意识的培养，提高学生根据实际情况，灵活运用技战术的能力。

（七）身体素质是技战术和学生健康的保障，要保证身体素质训练的质量。不断改革身体素质训练方法与手段，并与技、战术训练及比赛有机结合。

（八）在教学训练中重视对学生心理品质和智能的培养，注意将专门的心理智能训练与排球技战术训练、意识训练有机结合起来。

（九）加强安全教育，落实安全措施，预防伤害事故的发生。

七、参考书目

教　材

全国体育院校教材. 排球运动. 人民体育出版社，1999.

参考书目

[1] 中央电视台科教部. 学打排球（VCD）. 2001.

[2] 钟秉枢. 体育课准备活动集锦（VCD）. 北京体育大学，2001.

[3] 葛春林等. 跟我学排球（VCD）. 北京青少年音像出版社，2002.

[4] 孙平等. 现代排球技战术教学法. 北京：北京体育大学出版社，2006.

[5] 中国排球协会. 中国排球运动史. 武汉出版社, 1994.

排球训练课大纲（多年训练计划）在教育学院排球专项三年训练中的落实：

总 体 规 划

	思想作风	身体素质	基本技术	战术	心理	理论	时间	考核
总任务	培养集体观念和吃苦耐劳的精神，培养诚实品质。	通过训练全面发展学生的身体素质，重点发展以弹跳、速度、力量、灵敏、柔韧、耐力为主的专向身体素质。	通过训练，让学生较全面地掌握排球基本技术和基本战术，并能在比赛中熟练的运用。初步掌握较复杂的技术战术，了解高新难的技术战术。专项运动水平不断提高，并争取通过专项水平考试和排球二级运动员技术等级标准。	掌握基本攻防战术，注意战术意识的培养。	培养学生勇敢、顽强、吃苦耐劳、机智灵活、遵守纪律等良好品质及团结友爱的集体主义精神，教育学生忠诚党的体育事业和教育事业。	排球的起源与发展、技术战术理论、教学训练工作及裁判工作。	三年总计技术564学时。	全面考核12学时

第一学年训练计划

	思想作风	身体素质	基本技术	战术	心理	理论	时间	考核
第一学年安排	进行专业教育、培养专业精神、培养集体观念与意识。	全面进行身体训练，以灵敏为重点，抓好速度柔韧训练。	学习正面上手发球，正面上手大力球和上手飘球，提高接发球的判断、移动取位。学习扣四号位和扣调整球。二传原地、移动传高球。学习双手接重扣及低姿势接扣球。	学会插上进攻的方法。学习灵活取位的防守，提高中、边一二的质量。	培养克服困难的毅力。	排球的起源与发展；排球技、战术理论；身体训练的目的意义。	技术188学时。	全面考核4学时

第二学年训练计划

	思想作风	身体素质	基本技术	战术	心理	理论	时间	考核
第二学年安排	培养集体荣誉感和不怕困难的作风。	全面进行身体训练，以速度为重点，抓好灵敏、爆发力及小肌肉群力量训练。	提高接发球的控制能力，学习四号位远网、二号位扣球。学习单人拦网的判断方法，学习二传跳传、背传，攻手调传，学习单手、前扑接扣球。	初步熟练预定的2～3套进攻配合和拦强攻的高球配合，注重战术意识的培养。	培养学生不怕失败不服输的精神。	学习排球教学、训练；教练员的工作。	全年技术188学时。	全面考核4学时

第三学年训练计划

	思想作风	身体素质	基本技术	战术	心理	理论	时间	考核
第三学年安排	培养吃苦耐劳和克服困难的作风。	全面进行身体训练。以力量、速度为重点，抓好爆发力训练。保持小肌肉群的力量。	提高选定发球的威力，提高接发球的效果，学习扣四号位调整球，学习双人拦网配合要领。学习鱼跃防守。	提高战术质量，提高战术意识。	提倡敢打强队。	学习排球的竞赛、裁判工作及科研工作。	全年技术188学时。	全面考核4学时

（二）多年训练计划研讨

多年训练计划是对运动员多年训练过程的总体规划。对于运动员两年以上训练过程的设想和安排，都属于多年的训练计划，其跨度有时可长达十几年。多年的训练计划是一种总体的、指导性的规划，是制定其他计划的依据。在制定多年训练计划时应注意以下几点：第一，兼顾本队总体设想、任务及训练目标；第二，明确技战术指导思想，注意技战术的运用；第三，充分考虑队员的年龄、思想作风、体能基础、特点、发展潜力以及训练的年限；第四，全面理解排球规则，合理运用技战术；第五，在训练过程中，根据队员实际情况，及时调整计划。

1. 课程总目标的确定

根据北京体育大学体育教育专业本科培养方案，制订北京体育大学体育教育专业本科教学大纲，确定排球专项训练的课程目标及指导思想。

（1）通过系统的排球专项训练和比赛，使学生较全面地掌握排球专项技术、战术，提高学生的竞技水平，并能在比赛中运用与发挥，达到国家二级排球运动员等级标准和北京体育大学排球二级技能测试标准。

（2）提高学生以弹跳力，手臂挥击能力和反应移动速度为核心的排球专项运动体能。

（3）基本掌握排球专项技术、战术、体能、心理、智能和竞技能力的训练方法和手段。

（4）学会组织实施训练计划及比赛应用与指导。

（5）培养学生吃苦耐劳，勇敢顽强，机智灵活，遵守纪律，团结互助的集体主义精神。

2. 训练内容及学时分配

训练内容及学时分配均按照北京体育大学体育教育专业排球专项教学大纲的要求来严格执行。

3. 评价方法及标准

依据北京体育大学体育教育专业排球专项二级水平考核标准，根据循序渐进的训练原则，并通过教研室制定的六个学期期末的考核内容，最终使学生通过北京体育大学体育教育专业的排球二级水平的测试。

4. 完成计划措施的确定

（1）在进程中，遵循循序渐进、逐步推进的原则；

（2）根据学生实际掌握情况，进行考核内容的制定；

（3）考核内容要结合北京体育大学排球专项二级运动员水平测试方法及标准。

二、年度（学期）训练计划

（一）年度训练计划范例

教育学院2005级男排第一学年训练计划

一、任务

（一）了解学生的基本情况，建立师生间互相信任的关系；

（二）培养训练的自觉性和积极性，建立并维护互帮互助、融洽的团队氛围；

（三）学习并提高基本技术；

（四）尝试发现队员的个人特点并加以培养；

（五）培养主动学习、钻研专业知识的习惯；

（六）培养基本完整的阵容，备战校联赛；

（七）备考期末技术测试，重点放在基础较差的队员。

二、教育学院2005级男排目前情况

这次2005级教育学院男排专项队员共选拔了16名运动员，他们来自北京、辽宁、内蒙、山西、广东等地区。全队平均年龄18岁。全队平均身高1.79米。

这只队伍具有较好的身体素质，但技、战术水平较差，各项技术和球场意识还有待逐步培养。目前普遍存在的问题主要集中在训练程度差，基本功差及无比赛经验等方面。

三、训练工作重点

（一）思想作风方面：

进行专业教育、培养专业精神、培养集体观念与意识。让队员场上是伙伴共同拼搏，场下是朋友，相互帮助、学习。

（二）技术战术方面：

1、学习传球、垫球、发球、接发球、扣球等基本技术。

2、狠抓基本功的训练，强调细节。

3、面向水平测试进行有针对性的技术训练。

4、尝试发现个人特长并进行培养。

5、培养专位二传队员，进行基本战术的学习与巩固。

6、心理素质的锻炼。

（三）身体素质方面：在提高全面身体素质的基础上，对专项素质提出要求。一般素质以提高爆发力、速度力量为主。专项素质以助跑弹跳能力，原地弹跳能力及连续多次起跳等能力为主。

四、训练内容比重安排

身体素质：20%；技术水平50%；战术水平30%

五、训练进度及重点

教育学院2005级男排俱乐部本学年的第一学期训练进度分为了解基本情况阶段、基本技术训练阶段、赛前准备阶段、参赛阶段、过渡阶段五个阶段。其中基本技术阶段的训练尤为重要。

第二学期训练进度分为恢复阶段、提高阶段、参赛阶段、过渡阶段、调整考试阶段五个阶段。

其中提高阶段的训练尤为重要。

六、训练负荷的安排

教育学院 2005 级男排俱乐部本学年第一学期五个阶段的训练负荷量安排为：了解基本情况阶段小到中、基本技术训练阶段中到大再到中，出现第一个负荷量最大高峰、赛前准备阶段中、参赛阶段中、过渡阶段小。负荷强度安排为：了解基本情况阶段小、基本技术训练阶段小到中、赛前准备阶段中、参赛阶段中到大、过渡阶段大到小。

第二学期五个阶段的训练负荷量安排为：恢复阶段小到中、提高阶段中到大再到中、参赛阶段中到小、过渡阶段小、调整考试阶段中到小。负荷强度安排为：恢复阶段小、提高阶段小到中、参赛阶段中到大、过渡阶段大到小、调整考试阶段中到小。

每周训练课三次（周一、三、五），负荷安排为：小－中、中－大、中。

以上计划内容可根据实际情况进行适度调整。

（二）年度训练计划研讨

1. 基本情况说明

（1）概括说明上一年度训练工作情况，存在问题，以及解决问题的措施。

（2）本队人员变动情况及阵容配备。

2. 确定本学期训练任务

（1）根据多年训练计划的基本任务和总目标。

（2）根据上一学期学生技战术水平，制定下学期的训练任务。

（3）在具体实施中，依据实际情况进行必要的调整。

3. 主要训练内容的确定

（1）身体、技战术训练指标。

（2）作风、身体、技战术、心理训练的基本手段、要求与措施。

（3）全年训练的重点和参赛的安排。

（4）全年训练各阶段的划分，各阶段的主要任务、时数及各项训练内容的比例。

4. 完成任务的措施

（1）确定全年训练的任务和要求要有针对性，切实可行，明确具体。

（2）要有具体措施，保证训练各个环节顺利进行。

（3）计划要有余地，以便在执行中调正和修正。

三、阶段和周训练计划

（一）阶段训练计划范例

北体大教育学院 2005 级男排阶段训练计划表（2005～2006 年秋季学期）

		第 1～3 周	第 4～9 周	第 10～12 周	第 13～15 周	第 15～16 周
		了解基本情况阶段	基本训练阶段	赛前准备阶段	参赛阶段	过渡/考试阶段
技术	发球 传球 二传 垫球 一传 扣球 拦网 防守	通过日常的训练及在适当时期安排教学比赛观察了解每一名新生在技术、战术方面的基础，以及在各方面的接受能力；并通过正面和侧面了解学生的家庭、教育等方面背景信息，为今后的教学训练奠定各方面的基础。	学习正确的技术动作，了解自己技术动作存在的缺点，明确正确的努力方向。对重点人进行传球方面的训练	确定参赛阵容及候补人员，为参加学校联赛做准备；针对比赛进行专门训练，提高技术发挥的稳定性（尤其是主力队员），提出质量的要求。二传学习传一般球及近体快，组织各轮次不同战术进攻	在比赛中学习技术的运用，发现问题和不足观察、总结二传队员的技术掌握与发挥	1. 总结比赛，针对技术动作进行分析，发现问题并提出改进方案；2. 准备并参加期末技术考核内容：1 隔网对传 2 两人对垫 3 上手大力发球 4 四号位扣球
战术	一攻 防反	同上	学习基本的 5 人接发球阵形、"中一二"进攻战术和单人拦网防守战术 不同轮次、不同专位的防守位置	狠抓一传，以二、四号位高球为主的战术	在比赛中学习战术运用，发现问题和不足	总结，可组织队员以开会讨论或书面形式进行
身体	一般 专项	了解基本情况，避免受伤。	了解整体情况和发展方向	降低负荷，保持身体素质在一定的水平根据比赛实际情况，提高专项耐力	注意避免因比赛及其他原因造成的受伤情况	调整、恢复性练习，避免受伤
比赛	安排 目的	了解各方面情况	课上进行不同人数的训练赛 队员熟悉轮次和跑位	赛前两周组织 1 至 2 次教学比赛 熟悉阵容和各轮次的跑位	参加学校专项班联赛，提高比赛能力。	调整恢复性的教学比赛

（二）阶段训练计划研讨

1. 阶段划分的依据
依据竞技状态形成的规律进行划分。
2. 阶段任务的确定
（1）了解整体情况和发展方向。

（2）提高一般训练水平，改进技术环节，提高个人战术能力，提高专项技术水平，逐步过渡到完整技术，改进多人或全队战术配合。

（3）发展专项素质，发展竞技状态，参加热身比赛。

（4）保持最高竞技状态，创造优异成绩。

（5）积极恢复，消除生理和心理疲劳，总结经验。

3. 各阶段基本内容及比重

（1）训练重点与一般内容的确定。

（2）训练负荷、强度、密度、时间、数量、质量等内容的安排。

（3）技、战术，身体训练比例，指标等。

4. 总负荷的安排原则

（1）负荷量：小到中；中到大再到中；——中——中——小。

（2）负荷强度：小；小或中；中到大；中到达；大到小。

5. 措施与要求的确定

（1）要有具体措施，保证训练各个环节顺利进行。

（2）计划要有余地，以便在执行中适当调整和修订。

（三）周训练计划范例

第一周训练计划

教学主题	排球基本技术			学时	6
教学目标	1. 初步了解排球运动，激发学生的学习兴趣。 2. 学习和掌握排球的基础知识、基本技术。 3. 发展学生的速度、灵敏、耐力、柔韧等身体素质，增进学生的身心健康。 4. 在排球运动中逐渐形成热情、开朗的性格，具有进取精神，增强团结合作、交往的能力。				
学习内容	1. 准备姿势、移动步伐。 2. 正面传球、垫球。 3. 正面上手发球。 4. 快速移动、慢跑、跳绳、仰卧起坐等身体素质练习。			运动负荷	1. 小—中 2. 中—大 3. 中
学时	教学内容	教学目标	教学方法	重点、难点	
1～2	1. 学习准备姿势与移动 2. 学习正面传球	1. 基本掌握准备姿势与移动步伐，并能移动找球 2. 基本掌握传球动作，能连续自传10个以上	（1）模仿练习。（2）结合场地的准备姿势及移动步伐练习。（3）结合球的准备姿势及移动步伐练习。 （1）徒手模仿练习。（2）传固定球练习。（3）传抛球练习。（4）自传球练习。	1. 重点：降低重心。难点：快速移动。 2. 重点：手形、击球点。难点：协调发力，移动找球	

3~4	1. 复习正面传球、准备姿势与移动步伐 2. 学习正面垫球	1. 基本熟练传球动作，并能基本正确运用移动步伐快速移动找球 2. 基本掌握正面垫球动作，能连续自垫10个以上	（1）近距离对墙传球练习。（2）自传球练习。（3）移动传抛球，结合准备姿势与移动步伐。（4）两人对传球。 （1）徒手模仿练习。（2）垫固定球练习。（3）垫抛球练习。（4）自垫球练习。	1. 重点：手形，击球点。难点：全身协调发力，移动找球 2. 重点：手形，击球点。难点：协调发力，缓冲
5~6	1. 结合移动步伐，复习正面垫球 2. 学习正面上手发球动作	1. 基本熟练正面垫球动作，并能正确运用移动步伐快速移动找球 2. 基本掌握正面上手发球动作	（1）自垫球练习。（2）近距离对墙垫球练习。（3）移动垫抛球，结合准备姿势与移动步伐。（4）两人对垫。 （1）徒手模仿练习。（2）击固定球练习。（3）抛球练习。（4）对挡网发球练习	1. 重点：手形，击球点。难点：全身协调发力，移动找球。 2. 重点：击球手形，击球点，抛球。难点：鞭打动作

（四）周训练计划研讨

1. 明确周训练任务

（1）基本训练周：通过特定的程序和反复练习使队员掌握和熟练专项技战术，以及通过负荷的改变引起新的生物适应现象，提高多种竞技能力。

（2）赛前训练周：使队员的机体适应比赛的要求和条件，把各种竞技能力集中到专项竞技中去。

（3）比赛周：为队员在各方面培养理想的竞技状态作直接的准备和最后的调整，并参加比赛，力求实现预期的目标。

（4）恢复周：消除队员生理和心理上的疲劳，促进超量恢复的出现，激发强烈的训练动机，准备投入新的训练。

2. 周训练负荷的安排

（1）基本训练周：周运动负荷的加大，是基本训练周负荷变化的主要特点。只有加大负荷，才能引起机体更深刻的变化，产生新的生物适应。

（2）赛前训练周：负荷变化的特点是提高训练强度，与其相应的是负荷量的减少。

（3）比赛周：总的负荷水平不高，在比赛日之前，通常需降低训练强度或保持一定的训练强度。负荷量在大多数情况下亦应减少或保持。

（4）恢复周：大大降低负荷强度和负荷量，或者大幅度地减少负荷量，保持一定强度。

3. 训练内容的安排及要求

（1）一周训练的任务和要求

（2）一周训练的次数、时间，训练的内容、负荷的安排；

（3）训练重点内容、手段；

（4）测验或比赛的安排。

四、课训练计划

（一）课训练计划范例

第一学期教案：

训练课周次 __1__ 周 ____ 次 授课对象_____ 日 期_____ 气温_____

课的任务 1. 恢复体力，了解队员传球、垫球、扣球、发球基本技术的掌握情况；2. 学习并初步掌握准备姿势、移动步法；3. 学习并初步掌握正面传球、垫球的技术动作。

部分	时间	训练内容及训练量	组织教法、要求（图示）
准备部分	15分钟	1. 课堂常规：检查出勤、队列。 2. 报告课的任务、提出要求，安排见习生。 3. 练习的安全提示 4. 准备活动： 12分 （1）徒手操 头部运动－肩部运动－扩胸运动－体转运动－腰部运动－腹背运动－弓箭步压腿－膝关节运动－踝关节 （2）游戏："挽臂拔河"	队形： 要求：快、静、齐。 教法：体操队形，教师带领练习 要求：动作幅度要舒展用力，使身体充分活动开。 游戏图例：前后排对抗，如图 要求：团队注意合作。
基本部分	70分钟	1. 准备姿势和移动练习 18分 （1）示范讲解 准备姿势：屈膝提踵，含胸收腹，保持微动，蓄势待发；移动：重心低而平稳，起动迅速，制动及时。 （2）各种移动步法练习 2. 正面传球练习 26分 （1）示范讲解 （2）练习方法 自传 10×3组 两人一组，一抛一传 15×2组 两人一组对传 50次 3. 正面双手垫球练习 26分 （1）示范讲解 （2）练习方法 自垫 10×3组 两人一组，一抛一垫 15×2组 两人一组对垫 50次	教法：（1）教师逐个动作示范并讲解。（2）学习一种步法练习一种步法，先原地模仿，然后看教师手势移动，再结合场地移动，有慢到快。 要求：注意力集中，动作正确，变向快。 教法：请学生协助示范，先完整，后边讲解边分解示范。 教法：自传练习每人一球，其他练习两人一组，根据学生水平，以好带差分组，距离在4米左右，抛球队员要把球抛到准确位置。 要求：注意力集中，认真体会动作，相互纠正。示范讲解教法同上。 教法：自垫练习每人一球，其他练习两人共同完成，分组形式同上，相距4米以上，抛球的队员要尽量把球抛到准确的位置。 要求：认真体会动作要领，相互观摩纠正。
结束部分	5分钟	1. 整理器材：练习球、摇把等。 2. 整理活动：牵拉、放松、按摩、心理调整。 3. 课堂总结：课的任务完成情况；优点表扬与不足提示；布置课外作业、预习内容等。	教法：圆队形或体操队形教师居中指导。 × × × × × × × × × × × × × × × × ● 要求：充分放松。
伤病学生安排		根据见习生的身体情况适当参与练习	运动量 大 中 小 强度 大 中 小
课后小节			

训练课周次__2__周 ____次 授课对象_____ 日 期_____ 气温_____

课的任务 1. 通过游戏培养学生合作意识；2. 学习移动传球，提高传球技术的找球能力和运用能力；3. 学习上手发球，初步掌握技术动作要领。

部分	时间	训练内容及训练量	组织教法、要求（图示）
准备部分	15分钟	1. 课堂常规：检查出勤，队列。 2. 报告课的任务、提出要求，安排见习生。 3. 练习的安全提示。 4. 准备活动： 12分 （1）头部运动－肩部运动－扩胸运动－体转运动－腰部运动－腹背运动－弓箭步压腿－膝关节运动－踝关节 （2）游戏："搂腰拔河"	队形： 要求：快、静、齐。 教法：体操队形，教师带领练习 要求：动作幅度舒展用力，使身体充分活动开。 游戏图例： 要求：注意安全。
基本部分	70分钟	1. 移动传球练习 30分 初学组，原地10次×2组，移动10次×3组 有基础组，每人10次×4组（每个位置2组） 2. 学习上手发球技术 40分 （1）示范讲解 （2）练习方法 徒手练习 抛击练习 上网练习	教法：根据学生水平分成两组，初学组在半场，2人一组一抛一传，一抛一移动传。 有基础组，调整传球，先在六号位，后在一号位。如图 要求：脚下快速移动取位，保持正确动作。 练习教法：体操队形听教师口令后集体做 要求：动作协调连贯。 教法：对挡网练习抛球，听教师口令后集体做 要求：抛球到位。 教法：先三米线附近，后发球线附近发球。如图 要求：不要发力，注意动作。
结束部分	5分钟	1. 整理器材：练习球、摇把等。 2. 整理活动：牵拉、放松、按摩、心理调整。 3. 课堂总结：课的任务完成情况；优点表扬与不足提示；布置课外作业、预习内容等。	教法：圆队形或体操队形教师居中指导。 要求：充分放松。
伤病学生安排		根据见习生的身体情况适当参与练习	运动量 大 中—小
			强 度 大 中 小
课后小节			

训练课周次 __3__ 周 ____次 授课对象_____ 日 期_____ 气温_____

课的任务 1. 学习变方向传、垫球基本技术；2. 复习并进一步改进上手发球的技术动作，提高动作的稳定性；

3. 初步学习场上位置及轮转，提高基本技术的运用能力。

部分	时间	训练内容及训练量	组织教法、要求（图示）
准备部分	15分钟	1. 课堂常规：检查出勤，队列。 2. 报告课的任务、提出要求，安排见习生。 3. 练习的安全提示。 4. 准备活动： 12分 （1）用球体操 （2）游戏："闯三关"	队形： 要求：快、静、齐。 教法：散开的体操队形，每人一球练习 要求：动作幅度舒展用力，使身体充分活动开。 游戏图例： 要求：摇绳的同学要积极的配合。
基本部分	70分钟	1. 变方向传球 10分 （1）变方向传球 30次×3组 （2）教师纠错并再示范正确动作 2. 变方向垫球 10分 （1）变方向垫球 20次×4组 （2）教师纠错 3. 复习上手发球技术 10分 （1）徒手练习 （2）发球区内发球练习 （3）教师纠错 4. 教学比赛 40分 （1）讲解基本规则 （2）根据基本情况进行分组	教法：学生自愿组合，3人一组，呈三角形。先做抛传球，然后连续传球。 要求：脚步调整面对传球方向，注意传球高度。 教法：同上 要求：注意力集中，认真体会腰腿动作。 教法：如图 要求：抛球稳，挥臂快，动作完整，稳定发过网。 教法：分成实力相当的两组进行教学比赛，先讲解基本站位，比赛中介绍排球的主要规则 15分一局，根据时间打局数。 要求：注意位置轮转，大胆运用技术，相互弥补。
结束部分	5分钟	1. 整理器材：练习球、摇把等。 2. 整理活动：牵拉、放松、按摩、心理调整。 3. 课堂总结：课的任务完成情况；优点表扬与不足提示；布置课外作业、预习内容等。	教法：圆队形或体操队形教师居中指导。 ×　×　×　×　×　×　×　× ● 要求：充分放松。
伤病学生安排		根据见习生的身体情况适当参与练习	运动量　　大　中—小 强　度　　大　中　小
课后小节			

训练课周次　4　周　　　　次　授课对象　　　　　　　　日　期　　　　　　　气温　　　　

课的任务　1. 学习并初步掌握扣球挥臂动作，体会鞭甩技术环节；2. 在复习变方向传、垫球技术的基础上，学习并初步掌握接发球垫球技术，提高垫球技术的运用能力。

部分	时间	训练内容及训练量	组织教法、要求（图示）
准备部分	15分钟	1. 课堂常规：检查出勤，队列。 2. 报告课的任务、提出要求，安排见习生。 3. 练习的安全提示。 4. 准备活动：　　　　　　　12分 （1）徒手操 （2）游戏："闯三关"	队形： 要求：快、静、齐。 教法：队长带领练习 要求：动作幅度舒展用力，使身体充分活动开。 游戏教法：如图
基本部分	70分钟	1. 复习传球、垫球技术　　　15分 （1）自传、自垫球　　各30次×3组 （2）三角传球、垫球　两个方向各50次 2. 接发球垫球练习　　　　25分 3. 学习扣球挥臂动作　　　30分 （1）示范讲解 （2）练习方法 　　原地击固定球，体会手形 　　对挡网抛扣	教法：（1）一次低球，一次高球交替传球；连续自垫。（2）3人一组，先传后垫，顺逆时针。 要求：认真观察动作，注意脚步移动。 教法：两组学生，一组教师发球，一组有基础的学生轮流发球。中场发球，端线外接球，如图 要求：降低重心，站稳垫球，垫到3米线附近。 教法：2人一组，1人持球，1人练习，然后交换。 每人1球，自抛对挡网扣球。 要求：相互观摩并纠正动作，自抛球到位，用心体会正确的鞭打动作。
结束部分	5分钟	1. 整理器材：练习球、摇把等。 2. 整理活动：牵拉、放松、按摩、心理调整。 3. 课堂总结：课的任务完成情况；优点表扬与不足提示；布置课外作业、预习内容等。	教法：圆队形或体操队形教师居中指导。 要求：充分放松。
伤病学生安排		根据见习生的身体情况适当参与练习	运动量　　　大—中　小 强　度　　　大　中　小
课后小节			

训练课周次 __5__ 周 ____次 授课对象_____ 日 期_____ 气 温_____

课的任务 1. 学习并初步掌握助跑起跳技术，以及完整的扣球技术；2. 改进扣球挥臂动作；3. 提高变方向传、垫球的准确性，提高传、垫球技术的运用能力。

部分	时间	训练内容及训练量	组织教法、要求（图示）
准备部分	15分钟	1. 课堂常规：检查出勤，队列。 2. 报告课的任务、提出要求，安排见习生。 3. 练习的安全提示。 4. 准备活动： 12分 （1）徒手操 （2）游戏："叫号"接球	队形： 要求：快、静、齐。 教法：队长带领练习。 要求：动作幅度舒展用力，使身体充分活动开。 游戏教法：如图 要求：被叫到的同学，采用单手接球的形式。
基本部分	70分钟	1. 复习传球、垫球技术 15分 （1）三角传球 100次 （2）三角垫球 100次 2. 学习助跑起跳技术 20分 （1）示范讲解：动作连贯自然，起动迅速，制动有效，踏跳有力，划弧摆臂，全力蹬伸。 （2）练习方法 原地——一步——两步 网前练习 3. 学习完整扣球 35分 （1）徒手助跑起跳、挥臂击球练习 （2）扣固定球练习 （3）助跑起跳扣固定球练习	教法："以好带差"分组，先进行抛传、垫练习，然后连续传垫球（网前传，后场垫）。 要求：注意脚步移动，相互观察动作。 教法：教师网前示范，侧面示范。 要求：认真观看动作示范，步伐清楚。 教法：先练习原地起跳，再练习一步助跑，再两步助跑，再到网前练习助跑起跳。 要求：步法清楚，踏跳有力，摆臂协调。 教法：（1）体操队形徒手挥臂，网前3人一组助跑起跳；（2）球网同侧，教师（学生）网前凳上举球，学生分两组依次扣球；（3）同上形式，扣教师（学生）抛球。 要求：步法正确，手包满球，助跑挥臂协调。
结束部分	5分钟	1. 整理器材：练习球、摇把等。 2. 整理活动：牵拉、放松、按摩、心理调整。 3. 课堂总结：课的任务完成情况；优点表扬与不足提示；布置课外作业、预习内容等。	教法：圆队形或体操队形教师居中指导。 × × × × × × × × × × × × × × × × ● 要求：充分放松。
伤病学生安排		根据见习生的身体情况适当参与练习	运动量 大 中 小 强 度 大 中—小
课后小节			

训练课周次　6　周　　　　次　授课对象　　　　　　　　　日　期　　　　　　　　气温　　　　　

课的任务　1. 进一步改进助跑起跳的踏跳动作；2. 提高接发球垫球的稳定性和手臂控制球的能力；3. 通过教学比赛提高传、垫球串联配合能力及合作精神。

部分	时间	训练内容及训练量	组织教法、要求（图示）
准备部分	15分钟	1. **课堂常规**：检查出勤，队列。 2. 报告课的任务、提出要求，安排见习生。 3. 练习的安全提示。 4. 准备活动：　　　　　　　　　12分 （1）徒手操 头部运动－肩部运动－扩胸运动－体转运动－腰部运动－腹背运动－弓箭步压腿－膝关节运动－踝关节 （2）各种步伐跑跳 小步跑－高抬腿－后蹬跑－跨步跳－侧滑步－双足跳－转髋－向前、后一步跨跳——冲刺	队形： 要求：快、静、齐。 教法：教师带领练习。 要求：动作幅度舒展用力，使身体充分活动开。 教法：行进间各种跑跳，各完成2次。 要求：认真完成，动作规范。
基本部分	70分钟	1. 复习扣球助跑起跳技术动作　　10分 　　　　　　　3次×5组 2. 接发球练习　　　　　　　　30分 　　　　30次交换×2组 3. 教学比赛　　　　　　　　　30分	教法：先由教师领做，再集体在网前练习，从4号位到2号位，每个位置做一次为一组。 要求：踏跳步大，踏跳用力，积极摆臂。 教法：两组学生，一组发球，一组接发球，接发球垫到网前。先在中场发球，然后到发球区发球。 要求：注意力充分集中，判断来球快速移动。 教法：分成两组，发球进入比赛。 要求：发球减少失误，接发球积极移动，垫、传尽量到位。
结束部分	5分钟	1. 整理器材：练习球、摇把等。 2. 整理活动：牵拉、放松、按摩、心理调整。 3. 课堂总结：课的任务完成情况；优点表扬与不足提示；布置课外作业、预习内容等。	教法：体操队形教师指导。 × × × × × × × × × × × × × × × × ● 要求：充分放松。
伤病学生安排		根据见习生的身体情况适当参与练习	运动量　　大　中　小 强　度　　大　中—小
课后小节			

训练课周次　__7__周　____次　授课对象_____　日　期_____　气温_____

课的任务　1．初步学习接扣球技术，提高手臂感知和控制重球能力；2．学习并初步掌握单人拦网技术；3．学习四号位扣球，提高扣球的找球能力。

部分	时间	训练内容及训练量	组织教法、要求（图示）
准备部分	15分钟	1．课堂常规：检查出勤，队列。 2．报告课的任务、提出要求，安排见习生。 3．练习的安全提示。 4．准备活动：　　　　　12分 跑步和起跳练习 （1）沿球场放松慢跑步，从排尾开始逐个从队中穿行，加速跑至排头，每人重复两次。 （2）5人一小组，横队放松跑至网前作两步助跑起跳，从网下钻过快速跑至对场端线。	队形： 要求：快、静、齐。 教法：如图 要求：步法清楚。
基本部分	70分钟	1．学习接扣球防守技术　　30分 （1）1号位防重扣练习　30次×2组 （2）5号位防重扣练习　30次×2组 2．拦网练习　　　　　　20分 （1）示范讲解 （2）练习方法 原地徒手模仿 原地拦固定球 3．完整扣球练习　　　　20分 （1）助跑起跳、挥臂击球练习 （2）扣固定球练习 （3）4号位扣球练习	教法：教师（学生）网前扣球，学生2人一组，轮流接扣球，两边场地同时练习。 要求：降低重心，勇敢顽强，缓冲垫球。 教法：4组学生，网两侧轮流原地拦网；4组学生，每组1人网前凳上举球，其他人轮流拦网。 要求：控制好身体重心，形成正确拦网手型。 教法：（1）两人一组自抛扣球，距离6米左右，网前徒手助跑起跳扣球练习； （2）扣高台举球，学生轮流举球； （3）球网两侧4号位扣教师（学生）抛球。 要求：保持好人与球的关系，主动发力。
结束部分	5分钟	1．整理器材：练习球、摇把等。 2．整理活动：牵拉、放松、按摩、心理调整。 3．课堂总结：课的任务完成情况；优点表扬与不足提示；布置课外作业、预习内容等。	教法：圆队形或体操队形教师居中指导。 ××　×　×　×　×　×× ● 要求：充分放松。
伤病学生安排		根据见习生的身体情况适当参与练习	运动量　　　　大—中　　小
			强　度　　　　大　中—小
课后小节			

训练课周次__8__周 ____次 授课对象_____ 日 期_____ 气温_____

课的任务 1. 学习并初步掌握网前传球技术动作；2. 在改进传、垫基本技术的基础上，培养传、垫串联能力和合作意识；3. 培养扣球找球意识，提高进攻能力。

部分	时间	训练内容及训练量	组织教法、要求（图示）
准备部分	15分钟	1. 课堂常规：检查出勤，队列。 2. 报告课的任务、提出要求，安排见习生。 3. 练习的安全提示。 4. 准备活动： 12分 徒手操：头部运动－肩部运动－扩胸运动－体转运动－腰部运动－腹背运动－弓箭步压腿－膝关节运动－踝关节	队形： 要求：快、静、齐。 教法：由教师领做。 要求：动作幅度舒展用力，使身体充分活动开。
基本部分	70分钟	1. 网前传球技术 40分 （1）示范讲解 （2）网前练习 网前自抛传球练习 网前传教师抛球练习 结合接发球的二传练习 2. 扣球练习 30分	教法：侧面示范，注意讲解二传的路线 要求：认真听讲，注意传球路线。 教法：队员站3号位，自抛球后传向4或2号位。 要求：控制好传球的高度与网距。 教法：教师抛球，如图 要求：全身协调用力，控制传球到位。 教法：教师对方场地抛球，如图 要求：一传到位，二传积极跑动。 教法：教师（学生）传球，4号位扣一般球练习。 要求：控制好人与球的位置关系。
结束部分	5分钟	1. 整理器材：练习球、摇把等。 2. 整理活动：牵拉、放松、按摩、心理调整。 3. 课堂总结：课的任务完成情况；优点表扬与不足提示；布置课外作业、预习内容等。	教法：圆队形或体操队形教师居中指导。 × × × × × × × × ● 要求：充分放松。
伤病学生安排		根据见习生的身体情况适当参与练习	运动量　　大　中　小 强　度　　大　中—小
课后小节			

训练课周次 __9__ 周 ____次 授课对象_____ 日 期_____ 气温_____

课的任务 1. 复习原地拦网技术，巩固拦网动力定型，尤其是手上触球动作；2. 巩固4号位扣球技术动作，帮助学生掌握起跳时机；3. 提高爆发力和跑跳能力。

部分	时间	训练内容及训练量	组织教法、要求（图示）
准备部分	15分钟	1. 课堂常规：检查出勤，队列。 2. 报告课的任务、提出要求，安排见习生。 3. 练习的安全提示。 4. 准备活动： 12分 徒手操	队形： 要求：快、静、齐。 教法：围成圈，每人带一节体操。 要求：动作幅度要舒展用力，使身体充分活动开。
基本部分	70分钟	1. 传球、垫球练习 20分 (1) 自传、自垫 各30次×3组 (2) 两人一组对传、对垫 累计50次 (3) 两人一组扣防 20次×2组 2. 拦网练习 20分 3. 扣球练习 20分 (1) 原地抛扣练习 10次×3组 (2) 4号位扣球练习 4. 各种步伐跑跳 10分 小步跑-高抬腿-后蹬跑-跨步跳-侧滑步-双足跳-转髋-向前、后一步跨跳-冲刺	教法：(1) 全场散开，每人1球练习，传垫交替。(2) 自愿组合，距离4米左右，选择技术练习。(3) 先自抛扣球，再扣同伴传来的球。 要求：手掌包满球，打出上旋球；传垫到位。 教法：两人一组，一人在进攻线附近传球到网口，另一人隔网站在网前拦网。 要求：传球队员要把球传到网口，拦网队员体会拦网手型和起跳时机。 教法：每人一个球，对着挡网自抛自扣。 要求：抛球要稳，挥臂要快。 教法：先由教师抛球，再由学生传球。如图 要求：保持好人与球的位置关系。 教法：端线出发，3人一组，轮流练习。 要求：动作到位，全力，高，快。
结束部分	5分钟	1. 整理器材：练习球、摇把等。 2. 整理活动：牵拉、放松、按摩、心理调整。 3. 课堂总结：课的任务完成情况；优点表扬与不足提示；布置课外作业、预习内容等。	教法：圆队形或体操队形教师居中指导。 要求：充分放松。
伤病学生安排		根据见习生的身体情况适当参与练习	运动量 大—中 小 强度 大 中—小
课后小节			

训练课周次___10___周 _____次 授课对象_____ 日 期_____ 气温_____

课的任务 1.加强身体的灵活性和敏捷性；2.提高学生的基础力量，以避免伤病；3.培养队员顽强的意志品质。

部分	时间	训练内容及训练量	组织教法、要求（图示）
准备部分	15分钟	1. 课堂常规：检查出勤，队列。 2. 报告课的任务、提出要求，安排见习生。 3. 练习的安全提示。 4. 准备活动：徒手操　　　　　　12分 头部运动－肩部运动－扩胸运动－体转运动－腰部运动－腹背运动－弓箭步压腿－膝关节运动－踝关节	队形： 要求：快、静、齐。 教法：由教师领做。 要求：动作幅度要舒展用力，使身体充分活动开。
基本部分	70分钟	1. 身体素质练习　　　　　　　　20分 （1）各种跑、跳练习 小步跑－高抬腿－后蹬跑－跨步跳－侧滑步－双足跳－转髋－向前、后一步跨跳——冲刺 各30米×2组 （2）"推小车"练习 2. 力量练习　　　　　　　　　　40分 （1）下肢力量练习 负重半蹲　　　70公斤×8个/5组 负重足弓　　　50公斤×30个/5组 （2）上肢力量练习 负重屈腕　　　20公斤×30个/5组 负重头后屈　　20公斤×12次/5组 背提拉翻腕　　50公斤×10次/5组 3. 跑步　　　　　　　　　　　　10分 慢跑　　　　　400米×2圈	教法：行进间跑跳，听到教师哨声变换练习。 要求：动作到位，跟上节奏，全力以赴。 教法：如图 要求：两人加强配合，腰腹控制重心，速度快。 教法：分组进行，完成不同训练后交换。 要求：注意安全，保护同学认真负责，做完一次练习后冲刺20米。 教法：如上。 要求：做完一次练习后，积极拉身主动肌。 教法：田径场一路纵队慢跑。 要求：调整呼吸，全身放松跑。
结束部分	5分钟	1. 整理器材：整理杠铃、护具等。 2. 整理活动：牵拉、放松、按摩、心理调整。 3. 课堂总结：课的任务完成情况；优点表扬与不足提示；布置课外作业、预习内容等。	教法：圆队形或体操队形教师居中指导。 ××××××× ● 要求：充分放松。
伤病学生安排		根据见习生的身体情况适当参与练习	运动量　　　　大　中　小 强　度　　　　大　中—小
课后小节			

训练课周次 __11__ 周　____次　授课对象_____　日　期_____　气温_____

课的任务　1. 逐步提高网前二传技术的熟练程度；2. 半场两人防调，提高学生垫传配合意识；3. 半场发接练习，提高学生接发球的手臂控制能力。

部分	时间	训练内容及训练量	组织教法、要求（图示）
准备部分	25分钟	1. 课堂常规：检查出勤，队列。 2. 报告课的任务、提出要求，安排见习生。 3. 练习的安全提示。 4. 准备活动：　　　　　　　　　12分 （1）双人操：双臂对抗互推–压肩下振–拉手转腰–背对背拉手体侧屈–背靠背挎肘互背–拉手蹲跳 （2）半场篮球赛	队形： 要求：快、静、齐。 游戏规则：10分钟比赛，教师掌握时间。 要求：注意不要受伤。
基本部分	60分钟	1. 网前传球技术　　　　　　　10分 （1）提问并讲解技巧 （2）网前练习 2. 防调练习　　　　　　　　　15分 3. 扣球练习　40次×4组　　　15分 4. 发接练习　10次×4组　　　20分	教法：教师在进攻线附近抛球，队员站在网前2号位把球传到4号位或者3号位。 要求：全身协调用力，移动并保持合适的击球点。 教法：5号位防守，一号位调整至4号位。如图 要求：脚下移动要快，取位要准确。 教法：4人一组，教师抛球进行4号位扣球。 要求：保持好人与球的位置关系。 教法：两组学生，一组接发直线，一组接发斜线。 要求：发球要准确，接发球队员体会手臂的用力。
结束部分	5分钟	1. 整理器材：练习球、摇把等。 2. 整理活动：牵拉、放松、按摩、心理调整。 3. 课堂总结：课的任务完成情况；优点表扬与不足提示；布置课外作业、预习内容等。	教法：圆队形或体操队形教师居中指导。 要求：充分放松。
伤病学生安排		根据见习生的身体情况适当参与练习	运动量　　　大　**中**　小
			强　度　　　大　**中**　小
课后小节			

训练课周次 __12__ 周 ___次 授课对象_____ 日 期_____ 气 温_____

课的任务 1. 复习传、垫、扣、发基本技术，提高学生基本功；2. 通过教学比赛以检验基本技术的掌握情况；3. 小力量练习，增强爆发力及力量耐力。

部分	时间	训练内容及训练量	组织教法、要求（图示）
准备部分	15分钟	1. 课堂常规：检查出勤，队列。 2. 报告课的任务、提出要求，安排见习生。 3. 练习的安全提示。 4. 准备活动：　　　　　　　　　12分 （1）徒手操 头部运动－肩部运动－扩胸运动－体转运动－腰部运动－腹背运动－弓箭步压腿－膝关节运动－踝关节 （2）游戏"小足球"	队形： 要求：快、静、齐。 教法：由教师领做。 要求：动作幅度舒展用力，使身体充分活动开。 教法：分成两队，教师当裁判，两个条凳放在场地两边的端线处当球门。 要求：注意安全，避免受伤。
基本部分	70分钟	1. 传球、垫球练习　　　　　　10分 两人一组对传、对垫　　各100次 2. 扣球练习　　　　　　　　　10分 （1）4号位扣一般球 （2）2号位扣一般球 3. 教学比赛　　　　　　　　　35分 4. 力量练习　　　　　　　　　15分 （1）负重半蹲　　　　　12×2组 （2）负重脚弓　　　　　30×2组 （3）立定5级蛙跳　　　　 3组	教法：两人一组连续传、垫球。 要求：保持好手形，正确发力。 教法：二传队员传球，教师给二传抛球。 要求：保持好人与球的位置关系。 教法：分成实力相当的两组，进行教学比赛，15分一局，3局2胜。 要求：场上积极主动，尝试组织进攻。 教法：（1）（2）体重相近的两人一组，交替负重练习。（3）中线起跳，往端线方向5级蛙跳。 要求：动作到位，注意安全。
结束部分	5分钟	1. 整理器材：练习球、摇把等。 2. 整理活动：牵拉、放松、按摩、心理调整。 3. 课堂总结：课的任务完成情况；优点表扬与不足提示；布置课外作业、预习内容等。	教法：圆队形或体操队形教师居中指导。 ××××××× ××××××× 要求：充分放松。
伤病学生安排		根据见习生的身体情况适当参与练习	运动量　　大 中 小 强 度　　大 中 小
课后小节			

训练课周次 __13__ 周 ____次 授课对象_____ 日 期_____ 气温_____

课的任务 1. 2、4 号位拦、防串联，提高学生动作的连续性；2. 4 号位扣一般球，巩固扣球技术动作；3. 通过教学比赛，提高各项技术的运用能力和比赛意识。

部分	时间	训练内容及训练量	组织教法、要求（图示）
准备部分	15 分钟	1. 课堂常规：检查出勤，队列。 2. 报告课的任务、提出要求，安排见习生。 3. 练习的安全提示。 4. 准备活动：　　　　　　12 分 （1）徒手操 头部运动－肩部运动－扩胸运动－体转运动－腰部运动－腹背运动－弓箭步压腿－膝关节运动－踝关节 （2）各种步伐跑跳 小步跑－高抬腿－后蹬跑－跨步跳－侧滑步－双足跳－转髋－向前、后一步跨跳——冲刺	队形： （图示） 要求：快、静、齐。 教法：围成圆圈每人带一节进行练习。 （图示） 要求：动作幅度要舒展用力，使身体充分活动开。 教法：行进间各种步伐跑跳，分别完成两趟。 要求：根据动作规格，要认真完成。
基本部分	70 分钟	1. 打防练习　　　　　　10 分 三人一组扣防调　　30 次×2 组 2. 扣球练习　　　　　　10 分 （1）4 号位扣球练习 （2）2 号位扣球练习 3. 教学比赛　　　　　　40 分 4. 身体素质练习　　　　10 分 倒立、跳深练习各 3 组	教法：3 人一组，自愿组合，如图： （图示） 要求：扣球包满球，打上力量，防守积极起球。 教法：教师抛球先扣 4 号位，再扣 2 号位。如图 （图示） 要求：挥臂要快，控制好人、球和网的位置。 教法：在比赛中调整阵容，为学校联赛准备。 要求：积极认真，熟悉战术安排，加强配合。 教法：两人一组。动作如图 （图示） 要求：动作到位，组间注意拉伸。
结束部分	5 分钟	1. 整理器材：练习球、摇把等。 2. 整理活动：牵拉、放松、按摩、心理调整。 3. 课堂总结：课的任务完成情况；优点表扬与不足提示；布置课外作业、预习内容等。	教法：圆队形或体操队形教师居中指导。 （图示） 要求：充分放松。
伤病学生安排		根据见习生的身体情况适当参与练习	运动量　　　　大　中　小 强　度　　　　大　中　小
课后小节			

训练课周次___14__周　____次　授课对象_____　日　期_____　气温_____

课的任务　2005－2006年度秋季全校专项班排球联赛（甲组）　　对2003级2队。

部分	时间	训练内容及训练量	组织教法、要求（图示）
准备部分	15分钟	1. 提出比赛要求　　　　　　　　5分 2. 比赛常规：　　　　　　　　10分 （1）准备活动操 （2）两人打防 （3）扣球 （4）发球	队形： 要求：快、静、齐。 教法：队长带领做准备活动。 要求：动作幅度要舒展用力，使身体充分活动开。
基本部分	70分钟	3. 对2003级2队比赛　　　　　70分	教法：入学第一次参加北京体育大学的排球联赛，而且对手不是很强，大家比较兴奋，做好动员工作，以锻炼队伍为主，注意防伤。 要求： 1. 对手虽然是大三年级，但由于入学时基础比较差，所以整体实力不是很强，大家要敢于对抗，主动比赛。打出自己的训练水平。 2. 由于对手不是很强，避免只想取胜，不想赢球的手段，要认真对待每一个球，不论是领先时还是落后时。 3. 发球减少失误，接发球提前判断，加强配合。 4. 进攻以我为主，防守注意乱球。
结束部分	5分钟	1. 整理活动：牵拉、放松、按摩、心理调整。 2. 比赛小结：技术、心理、状态等 3. 安排下场比赛的准备会	教法：教师带领进行。 要求：充分放松。
伤病学生安排		无	运动量　　大　中　小 强　度　　大—中　小
课后小节			

训练课周次 __15__ 周 ____次 授课对象_____ 日 期_____ 气温_____

课的任务 1. 模拟专项技术考核；2. 模拟专项素质考核

部分	时间	训练内容及训练量	组织教法、要求（图示）
准备部分	15分钟	1. 课堂常规：检查出勤，队列。 2. 报告课的任务、提出要求，安排见习生。 3. 练习安全提示。 4. 准备活动： 12分 各种跑步：一路纵队沿球场外沿跑－左右侧滑步——左右交叉步——后踢腿跑——跳步——左右手交换触脚内、外侧。	队形： 要求：快、静、齐。 教法：如图。
基本部分	70分钟	1. 隔网对传练习 15分 （1）自传 100次 （2）两人一组对传 100次 2. 两人对垫 15分 3. 四号位扣球 15分 4. 上手大力发球 15分 （1）端线发球过网 （2）找点发直、斜线。 （3）检查测验，每人发球10个 5. 素质练习 10分 （1）米字移动 （2）摸高	教法：两人分别站在两边场地的三米线以外，传球时脚不得踏及三米线，自己报数。 要求：连续传球中间不间断。 要求：注意力集中，取位准确。全身协调用力。 教法：如图，四人一组连续扣球，每人五球。 要求：保持好人与球的位置关系。 教法：各种练习5人一组，一人连续发10个球。 要求：发球的成功率。 教法：每人两次机会。 要求：全力以赴。
结束部分	5分钟	1. 整理器材：练习球、摇把等。 2. 整理活动：牵拉、放松、按摩、心理调整。 3. 课堂总结：课的任务完成情况；优点表扬与不足提示；布置课外作业、预习内容等。	教法：圆队形或体操队形教师居中指导 要求：充分放松。
伤病学生安排		根据见习生的身体情况适当参与练习	运动量 大 中—小
			强 度 大 中—小
课后小节			

第二学期教案：

训练课周次 ___1___ 周 ___ 次 授课对象_____ 日 期_____ 气温_____

课的任务 1. 恢复体力和球感；2. 巩固并纠正传、垫、扣、发等基本技术；3. 培养队员吃苦耐劳的精神作风。

部分	时间	训练内容及训练量	组织教法、要求（图示）
准备部分	15分钟	1. 课堂常规：检查出勤，队列。 2. 报告课的任务、提出要求，安排见习生。 3. 安全提示。 4. 准备活动　　　　　　　　12分 （1）徒手操 头部运动-肩部运动-扩胸运动-体转运动-腰部运动-腹背运动-弓箭步压腿-膝关节运动-踝关节 （2）游戏"拉网捕鱼"	队形： 要求：快、静、齐。 教法：体操队形，队长领操。 要求：动作幅度要舒展用力，使身体充分活动开。 游戏图例：一人开始追人，追上的同学拉手追下一人。
基本部分	70分钟	1. 传球、垫球练习　　　　　　20分 （1）自传自垫、对墙传垫球　各100次 （2）两人一组对传、对垫　各100次 2. 扣球练习　　　　　　　　　30分 （1）两人一组原地自抛扣球 （2）徒手助跑起跳练习 （2）4号位扣球 （3）2号位扣球 3. 发球练习　　　　　　　　　20分	教法：（1）分成两大组，两个练习交替进行，传垫球交替进行；（2）两人一组连续传、垫球。 要求：注意用正确动作击球，相互观摩纠正。 教法：（3）先由教师抛球，后由学生传球，如图。 要求：动作放松，节奏正确，抛（传）球出手后再开始助跑起跳，相互观摩学习。 教法：如图 要求：强调攻击性和稳定性。
结束部分	5分钟	1. 整理器材：练习球、摇把等。 2. 整理活动：牵拉、放松、按摩、心理调整。 3. 课堂总结：课的任务完成情况；优点表扬与不足提示；布置课外作业、预习内容等。	教法：圆队形或体操队形教师居中指导。 要求：充分放松。
伤病学生安排		根据见习生的身体情况适当参与练习	运动量　　　　大　中　<u>小</u> 强　度　　　　大　中　<u>小</u>
课后小节			

训练课周次 __2__ 周 ____次 授课对象_____ 日 期_____ 气温_____

课的任务 1. 改进传垫球技术，提高一般垫球和接发球的稳定性；2. 进一步改进扣球动作，体会不同位置扣球技术的特点；3. 培养学生的集体荣誉感和团队协作精神。

部分	时间	训练内容及训练量	组织教法、要求（图示）
准备部分	15分钟	1. 课堂常规：检查出勤，队列。 2. 报告课的任务、提出要求，安排见习生。 3. 安全提示。 4. 准备活动 　　　　12分 （1）徒手操：徒头部运动－肩部运动－扩胸运动－体转运动－腰部运动－腹背运动－弓箭步压腿－膝关节运动－踝关节 （2）沿场地慢跑，在跑步中根据教师的信号做向左右侧前上步传球、半蹲垫球、双足起跳扣球及单人拦网等模仿动作。	队形： 要求：快、静、齐。 教法：如图 要求：起跳不要过分用力但动作要完整正确；动作幅度要舒展用力，使身体充分活动开。
基本部分	70分钟	1. 传、垫球练习 　　　　20分 （1）两人对传/自传转身传 （3）两人对垫/下蹲手模地垫 （2）一吊一移动垫球 2. 接发球练习 　　　　30分 接一传到指定位置 3. 一般扣球 　　　　20分 （1）教师（学生）抛球，4号位扣球 （2）教师（学生）抛球，3号位扣快球	教法：如图。 要求：相互纠正动作，交流击球体会。 教法：学生分为两组，一组教师发球，一组学生轮流发球，每人发10次交换，如图 要求：垫球控制用力，上下肢协调配合。 教法：（2）如图 要求：手臂要有鞭打动作
结束部分	5分钟	1. 整理器材：练习球、摇把等。 2. 整理活动：牵拉、放松、按摩、心理调整。 3. 课堂总结：课的任务完成情况；优点表扬与不足提示；布置课外作业、预习内容等。	教法：体操队形教师居中指导。 要求：充分放松。
伤病学生安排		根据见习生的身体情况适当参与练习	运动量　　大　中—小
			强度　　大　中　小
课后小节			

训练课周次 __3__ 周 ___ 次 授课对象 _____ 日 期 _____ 气 温 _____

课的任务 1. 改进拦网手法，提高拦网的判断能力；2. 改进扣球助跑起跳节奏和挥臂动作，提高找球能力；
3. 通过身体素质练习，提高专项跑跳能力。

部分	时间	训练内容及训练量	组织教法、要求（图示）
准备部分	15分钟	1. 课堂常规：检查出勤，队列。 2. 报告课的任务、提出要求，安排见习生。 3. 安全提示。 4. 准备活动　　　　　　　　　　12分 （1）徒手操 （2）"老鹰抓小鸡"	队形： 要求：快、静、齐。 教法：围成圆圈每人带一节体操。 要求：动作幅度要舒展用力，使身体充分活动开。 游戏教法：如图 要求：积极移动，使尽量少的"小鸡"被"抓"。
基本部分	70分钟	1. 传球练习　　　　　　　　　　10分 两人一组对传，平传高传自传对传，侧传 2. 拦网练习　　　　　　　　　　15分 （1）原地拦网 （2）滑步移动拦网 （3）交叉步移动拦网 3. 四号位一般性扣球练习＋拦网对抗30分 （1）扣二传传球与单人拦网对抗 （2）扣二传传球与双人拦网对抗 4. 身体素质练习　　　　　　　　15分 各种变换形式的跑跳练习	教法：如图 要求：保持传球的连续性。 教法：贴近球网，进行原地和移动拦网。 要求：保持好身体与球网的距离。 教法：先单人拦网，后尝试双人拦网。如图 要求：拦网队员控制好人、网距离，防止受伤。 教法：如图。
结束部分	5分钟	1. 整理器材：练习球、摇把等。 2. 整理活动：牵拉、放松、按摩、心理调整。 3. 课堂总结：课的任务完成情况；优点表扬与不足提示；布置课外作业、预习内容等。	教法：圆队形或体操队形教师居中指导。 要求：充分放松。
伤病学生安排		根据见习生的身体情况适当参与练习	运动量　　　大　中—小 强度　　　　大　中　小
课后小节			

训练课周次__4__周 ____次 授课对象_____ 日 期_____ 气温_____

课的任务 1. 进一步学习比赛方法，提高学生练习积极性；2. 初步学习裁判工作，培养裁判能力；3. 检查基础阶段训练效果，发现自身技术的不足，培养团结协作精神。

部分	时间	训练内容及训练量	组织教法、要求（图示）
准备部分	15分钟	1. 课堂常规：检查出勤，队列。 2. 报告课的任务、提出要求，安排见习生。 3. 安全提示。 4. 准备活动　　　　　　　12分 （1）徒手操 （2）各种步伐跑跳 小步跑－高抬腿－后蹬跑－跨步跳－侧滑步－双足跳－转髋－向前、后一步跨跳——冲刺 （3）冲刺跑9米	队形： 要求：快、静、齐。 教法：围成圈，每人带一节体操。 要求：动作幅度要舒展用力，使身体充分活动开。 教法：行进间跑跳，分别完成两趟。 要求：根据动作规格，认真完成。 教法：从端线跑到中线，钻网后放松跑 要求：不许碰网。
基本部分	70分钟	1. 赛前准备活动　　　　　20分 （1）传垫球 （2）2、4号位扣球 （3）发球以及接发球 2. 比赛　　　　　　　　　40分 说明比赛方法与规则： 上场人数 扣球约定 比分 3. 身体素质练习　　　　　10分 蹲起练习　　　25次×4组	教法：两队在各自场地热身，按照正规比赛前的热身时间和顺序进行。 教师重点指导裁判组学生准备比赛工作。 要求：认真准备，充分活动，防止伤病。 教法：上场6对6，可以进行所有扣球与吊球，15分一局，五局三胜制。学生裁判组织比赛。 要求：合理运用技术，力争组织战术，加强呼应和接应，服从裁判。 教法：两人一组，如图。 要求：动作到位，配合一致。
结束部分	5分钟	1. 整理器材：练习球、摇把等。 2. 整理活动：牵拉、放松、按摩、心理调整。 3. 课堂总结：课的任务完成情况；优点表扬与不足提示；布置课外作业、预习内容等。	教法：圆队形或体操队形教师居中指导。 ×　×　×　×　×　×　×　× ● 要求：充分放松。
伤病学生安排		根据见习生的身体情况适当参与练习与比赛	运动量　　　　大　中—小 强 度　　　　大　中　小
课后小节			

训练课周次＿5＿周　　　＿＿次　授课对象＿＿＿＿＿＿＿　日　期＿＿＿＿＿＿　气温＿＿＿＿＿

课的任务　1. 改进并巩固拦网手型和移动步法；2. 提高拦网的移动能力和把握起跳时机的能力；3. 初步学习单人拦网防守战术，培养防守意识和配合意识。

部分	时间	训练内容及训练量	组织教法、要求（图示）
准备部分	15分钟	1. 课堂常规：检查出勤，队列。 2. 报告课的任务、提出要求，安排见习生。 3. 安全提示。 4. 准备活动　　　　　　　　　12分 （1）徒手操 头部运动－肩部运动－扩胸运动－体转运动－腰部运动－腹背运动－弓箭步压腿－膝关节运动－踝关节 （2）游戏"沿线追逐"	队形： 要求：快、静、齐。 教法：体操队形，队长领操。 要求：根据动作规格，要认真完成。 游戏规则：所有人只能沿半场线跑动，一人追其他队员，被追上同学追其他队员，不允许反追。
基本部分	70分钟	1. 拦网练习　　　　　　　　　20分 （1）原地起跳拦网 （2）移动拦网 2. 学习单人拦网防守战术　　　50分 （1）图板讲解演示单人拦网防守阵型 （2）徒手站位练习 （3）接抛球练习 （4）接扣球练习 （5）攻防对抗练习	教法：（1）教师在高台上隔网扣球，队员分别在2、3、4号位原地拦网；（2）同上形式，距教师左右1~2步取位，然后移动拦网。 要求：起跳时机准确，移动快速。 教法：体操队形图板演示，如图 教法：6人一组，两边场地各上一组。 要求：熟悉站位以及移动取位。 教法：半场六人，教师在对方前排各位置抛球。 要求：取位准确，回位迅速。 教法：教师2、4号位高台扣球。 要求：取位快速、准确。 教法：六对六对抗，教师场外抛球并指导。 要求：加强判断，取位迅速，争取有效拦防。
结束部分	5分钟	1. 整理器材：练习球、摇把等。 2. 整理活动：牵拉、放松、按摩、心理调整。 3. 课堂总结：课的任务完成情况；优点表扬与不足提示；布置课外作业、预习内容等。	教法：圆队形或体操队形教师居中指导。 × × × × × × × × × × × × × × × × ● 要求：充分放松。
伤病学生安排		根据见习生的身体情况适当参与练习	运动量　　　大　中　小 强　度　　　大　中—小
课后小节			

训练课周次 __6__ 周 ____次 授课对象_____ 日 期_____ 气温_____

课的任务 1. 学习专位防守，并通过防守练习巩固和提高传、垫串联能力；2. 学习在不同位置的扣球，提高扣球的找球能力和稳定性；3. 培养学生团结互助的精神。

部分	时间	训练内容及训练量	组织教法、要求（图示）
准备部分	15分钟	1. 课堂常规：检查出勤，队列。 2. 报告课的任务、提出要求，安排见习生。 3. 安全提示。 4. 准备活动　　　　　　　　12分 （1）徒手操 头部运动－肩部运动－扩胸运动－体转运动－腰部运动－腹背运动－弓箭步压腿－膝关节运动－踝关节 （2）跑步、在跑步中听到信号作急停后的准备姿势，向后转继续跑和双足起跳扣球动作。	队形： 要求：快、静、齐。 教法：由教师领做。 要求：动作幅度要舒展用力，使身体充分活动开。 教法：短哨一声，急停姿备姿势；短哨两声，向后转身跑；长哨一声，作扣球动作，动作完成后继续朝前进方向跑步。
基本部分	70分钟	1. 传、垫球练习　　　　　　10分 （1）两人对传、过渡到5~6米距离的高传球 （2）两人对垫、垫高球、垫平球、前后移动垫球 2. 三人一组半场防调　　　　30分 3. 连续扣球练习　　　　　　30分 （1）4号位扣抛球　　30球×2组 （2）2号位扣球　　　30球×2组 （3）3号位扣球　　　30球×2组	教法：如图。 要求：连续不间断。 教法：教师在4号位抛扣或者吊球，队员进行专位防守及接应传球练习。 要求：注意专位防守的基本取位和移动方法，学会接应同伴的防守并传球到前场。 教法：5人一组，连续扣教师抛球。 要求：根据不同位置选择不同的助跑方法，保持好击球点，动作连贯，改进挥臂动作，打出上旋球。
结束部分	5分钟	1. 整理器材：练习球、摇把等。 2. 整理活动：牵拉、放松、按摩、心理调整。 3. 课堂总结：课的任务完成情况；优点表扬与不足提示；布置课外作业、预习内容等。	教法：圆队形或体操队形教师居中指导。 要求：充分放松。
伤病学生安排		根据见习生的身体情况适当参与练习	运动量　　大　中　小 强　度　　大　中－小
课后小节			

训练课周次 __7__ 周 ____次 授课对象_____ 日 期_____ 气 温_____

课的任务 1. 进一步巩固拦网手型，提高拦网移动能力和配合能力；2. 初步学习双人拦网防守战术，培养拦防配合意识；3. 进行教学比赛，提高拦网技术的运用能力。

部分	时间	训练内容及训练量	组织教法、要求（图示）
准备部分	15分钟	1. 课堂常规：检查出勤，队列。 2. 报告课的任务、提出要求，安排见习生。 3. 安全提示。 4. 准备活动　　　　　　　　　　　12分 （1）徒手操 （2）游戏"火车赛跑"	队形： 要求：快、静、齐。 教法：围成圆圈，每人带一节体操。 要求：根据动作规格，要认真完成。 游戏图例： 要求：队员间合作协调，动作一致。
基本部分	70分钟	1. 双人拦网练习　　　　　　　　　　10分 （1）原地双人拦网 （2）移动双人拦网 2. 学习双人拦网防守战术　　　　　　30分 （1）图板讲解演示双人拦网防守阵型 （2）徒手站位练习 （3）接抛球练习 （4）接扣球练习 3. 教学比赛　　　　　　　　　　　　30分 以学习运用双人拦网防守战术为主	教法：（1）原地两人一组拦网；（2）3人一组，看教师手势移动配合拦网，不拦网下撤防守。 要求：配合一致，拦网移动迅速，下撤低重心。 教法：体操队形，图板演示并讲解。 要求：认真理解队员站位、防守职责、判断取位。 教法：6人一组，轮流上场，听教师口令取位。 要求：熟悉基本站位、移动取位以及配合。 教法：半场六人站位，教师在对场前排抛球。 要求：同上。 教法：教师组织2、4号位扣球，6人半场拦防。每扣10次球前后排交换，然后换6人上场拦防。 要求：拦防取位快速、准确，扣球减少失误。 教法：上场6对6，要求进攻用一般扣球，15分一局，三局两胜制。 要求：进攻减少失误，防守争取组成双人拦防。
结束部分	5分钟	1. 整理器材：练习球、摇把等。 2. 整理活动：牵拉、放松、按摩、心理调整。 3. 课堂总结：课的任务完成情况；优点表扬与不足提示；布置课外作业、预习内容等。	教法：圆队形或体操队形教师居中指导。 ×××××××× ● 要求：充分放松。

伤病学生安排	根据见习生的身体情况适当参与练习	运动量	大—中　小
		强 度	大　中—小

课后小节	

训练课周次 __8__ 周 _____次 授课对象_____ 日 期_____ 气温_____

课的任务 1. 发展上下肢及躯干的基础力量；2. 提高爆发力和弹跳能力；3. 通过身体素质训练，培养学生吃苦耐劳的精神。

部分	时间	训练内容及训练量	组织教法、要求（图示）
准备部分	15分钟	1. 课堂常规：检查出勤，队列。 2. 报告课的任务、提出要求，安排见习生。 3. 安全提示。 4. 准备活动： 12分 （1）徒手操 头部运动–肩部运动–扩胸运动–体转运动–腰部运动–腹背运动–弓箭步压腿–膝关节运动–踝关节 （2）"拉网捕鱼"游戏	队形： 要求：快、静、齐。 教法：围成圆圈每人带一节进行练习。 要求：动作幅度要舒展用力，使身体充分活动开。 游戏图例： 要求：积极跑动，防止受伤
基本部分	70分钟	1. 跳跃练习 20分 （1）沙场连续收腹跳 9米×3组 （2）两级跳远 6组 （3）原地纵跳 30次×3组 2. 力量练习 40分 （1）俯卧撑 15次×6组 （2）腰背练习 两头起 两人一组仰卧举腿 30次×6组 （3）单脚连续跳（换脚进行） 30次×3组 （4）倒立 1分×3组 3. 放松跑 10分	教法：教师指导动作。 要求：动作幅度大，动作到位。 教法：如图 | 俯卧撑		腰背
倒立		单脚连续跳	 要求：注意安全，每组练习完，积极拉伸，每组休息30秒。 教法：一路纵队，慢跑400米。 要求：全身放松，调整呼吸。
结束部分	5分钟	1. 整理器材：杠铃、平沙铲等。 2. 整理活动：牵拉、放松、按摩、心理调整。 3. 课堂总结：课的任务完成情况；优点表扬与不足提示；布置课外作业、预习内容等。	教法：圆队形或体操队形教师居中指导。 要求：充分放松。
伤病学生安排		根据见习生的身体情况适当参与练习	运动量 大 中 小 强度 大 中—小
课后小节			

训练课周次 __9__ 周 ____ 次 授课对象 _____ 日 期 _____ 气温 _____

课的任务 1. 复习防重扣技术，全面提高防守能力；2. 学习调整扣球和后排扣球，提高全面进攻能力；3. 通过训练，进一步培养团队协作精神。

部分	时间	训练内容及训练量	组织教法、要求（图示）
准备部分	15分钟	1. 课堂常规：检查出勤，队列。 2. 报告课的任务、提出要求，安排见习生。 3. 安全提示。 4. 准备活动： 12分 （1）徒手操 头部运动－肩部运动－扩胸运动－体转运动－腰部运动－腹背运动－弓箭步压腿－膝关节运动－踝关节 （2）"背人接力"赛	队形： 要求：快、静、齐。 教法：围成圈，每人带一节体操。 要求：动作幅度要舒展用力，使身体充分活动开。 游戏图例：
基本部分	70分钟	1. 传垫球练习 15分 （1）两人对传、高传、平传、自传一次传给同伴 （2）两人对垫、垫高球、垫平球、前后移动垫球、自垫一次给同伴 2. 连续扣球练习＋三人防守 25分 （1）4号位扣球＋隔网三人防守 （2）2号位扣球＋隔网三人防守 3. 调整扣球与后排扣球 30分 （1）教师抛球，学生扣球 （2）二传传球，学生扣球 （3）专位后排进攻	教法：如图 要求：保持连续性，注意基本动作。 教法：先4号位扣球，再进行2号位扣球。教师抛球给二传，二传传球组织扣球。 要求：注意防守取位根据扣球点进行变换。 教法：先由教师抛球进行调整或后排攻，再由二传队员进行传球。先在4、5号区，再到2、1号区，两组学生，一组扣调整球，一组扣后排球。 要求：扣球队员根据二传的传球进行助跑起跳，注意扣球的手臂鞭打动作，前后排配合。
结束部分	5分钟	1. 整理器材：练习球、摇把等。 2. 整理活动：牵拉、放松、按摩、心理调整。 3. 课堂总结：课的任务完成情况；优点表扬与不足提示；布置课外作业、预习内容等。	教法：圆队形或体操队形教师居中指导。 要求：充分放松。
伤病学生安排		根据见习生的身体情况适当参与练习	运动量 大—中　小
			强 度 大　中—小
课后小节			

训练课周次 __10__ 周 ____次 授课对象_____ 日 期_____ 气温_____

课的任务 1. 接发球一攻配合与接扣球防反配合练习，提高配合熟练程度，迎接比赛；2. 提高发球的攻击性和稳定性；3. 培养队员集体荣誉感和团队协作精神。

部分	时间	训练内容及训练量	组织教法、要求（图示）
准备部分	15分钟	1. 课堂常规：检查出勤，队列。 2. 报告课的任务、提出要求，安排见习生。 3. 安全提示。 4. 准备活动： 10分 （1）徒手操 （2）游戏"蛇行走"	队形： 要求：快、静、齐 教法：围成圈，每人带一节体操。 要求：动作幅度要舒展用力，使身体充分活动开。 游戏图例： 要求：队员动作一致。
基本部分	70分钟	1. 传垫球练习 15分 （1）两人对传、高传、平传、自传一次传给同伴 （2）两人对垫、垫高球、垫平球、前后移动垫球、自垫一次给同伴 （3）打垫练习 2. 接发球一攻练习 30分 （1）6人六轮次的徒手站位练习。 （2）6个轮次各组织5次有效进攻 3. 接扣球防反练习 25分	教法：如图 要求：认真完成，保证质量。 教法：先徒手跑位，再结合球组织进攻，如图 要求：传垫串联连贯，二传合理分配球，接发球与组织进攻转换要快速。 教法：2、4号扣球，二传传球，教师抛球。如图 要求：扣球方减少失误，拦防方努力防守并积极组织反攻。
结束部分	5分钟	1. 整理器材：练习球、摇把等。 2. 整理活动：牵拉、放松、按摩、心理调整。 3. 课堂总结：课的任务完成情况；优点表扬与不足提示；布置课外作业、预习内容等。	教法：圆队形或体操队形教师居中指导。 × × × × × × × × × × × × × × × × ● 要求：充分放松。
伤病学生安排		根据见习生的身体情况适当参与练习	运动量 大 <u>中</u> 小
			强 度 大 <u>中</u> 小
课后小节			

训练课周次 __11__ 周 ____次 授课对象_____ 日 期_____ 气温_____

课的任务 2005－2006年度春季 排球 联赛（甲组） 对阵教育学院2004级（2）队

部分	时间	训练内容及训练量	组织教法、要求（图示）
准备部分	25分钟	1. 提出比赛要求。　　　　　　　5分 2. 比赛常规练习：　　　　　　 20分 （1）准备活动操 （2）两人打防 （3）扣球 （4）发球	队形： 要求：快、静、齐。 教法：围成圆圈每人带一节进行练习。 要求：认真积极，使身体充分活动开，以上场比赛的同学用球、用场地为主。
基本部分	60分钟	3. 比赛。　　　　　　　　　　　60分	要求： 1. 进攻以我为主； 2. 大胆运用所练技术和战术，不怕失误，通过比赛学习技术战术的运用； 3. 防守注意乱球； 4. 发球减少失误，不必拼发球； 5. 接发球提前判断移动，加强呼应配合；
结束部分	5分钟	1. 整理活动：牵拉、放松、按摩、心理调整。 2. 比赛小结：技术、心理、状态等 3. 安排下场比赛的准备会	教法：教师启发学生认真总结，并进行归纳。 要求：积极发言，全面总结。
伤病学生安排		无	运动量　　　大　中　小 强　度　　　大—中　小
课后小节			

训练课周次___12__周 ___次 授课对象_____ 日 期_____ 气温_____

课的任务 1. 赛后调整技术和心理 2. 初步学习双人拦网心跟进防守阵形；3. 培养战术配合意识和相互沟通交流能力。

部分	时间	训练内容及训练量	组织教法、要求（图示）
准备部分	15分钟	1. 课堂常规：检查出勤，队列。 2. 报告课的任务、提出要求，安排见习生。 3. 安全提示。 4. 准备活动： 12分 （1）徒手操 头部运动－肩部运动－扩胸运动－体转运动－腰部运动－腹背运动－弓箭步压腿－膝关节运动－踝关节 （2）游戏"火车赛跑"	队形： 要求：快、静、齐 教法：围成圈，每人带一节体操。 要求：动作幅度舒展有力，使身体充分活动开。 游戏图例： 要求：队员动作协调一致。
基本部分	70分钟	1. 两人传、垫、打防 15分 2. 拦网练习 15分 （1）网前双人移动拦网 （2）移动组成双人拦网 3. 学习"心跟进"防守阵形 40分 （1）演示讲解 （2）接抛球练习 （3）下撤防守练习 （4）跟进防守练习 （5）6人半场拦防	教法：学生自愿组合，基本传垫后即进行扣防。 教法：（1）2人一组，同时移动拦网；（2）3人一组，看教师手势移动组成双人拦网，不拦网下撤防守。 要求：移动快速，起跳一致，手型正确，不碰网。 教法：6名学生上场协助讲解和演示。 教法：换6人上场，教师抛球模拟进攻组织练习。 教法：2、4号位下撤防守，学生在网同侧扣球组织练习，担任小教练。 教法：同上，由学生担任教练组织练习。 要求：动脑学习，放松练习。 教法：6人半场，另半场学生在2、4号位设高台扣球组织拦防练习，教师指导扣球。 要求：同上。
结束部分	5分钟	1. 整理器材：练习球、摇把等。 2. 整理活动：牵拉、放松、按摩、心理调整。 3. 课堂总结：课的任务完成情况；优点表扬与不足提示；布置课外作业、预习内容等。	教法：圆队形或体操队形教师居中指导。 × × × × × × × × 要求：充分放松。
伤病学生安排		根据见习生的身体情况适当参与练习	运动量　　大 中 小 强　度　　大—中 小
课后小节			

训练课周次 ___13___ 周 ___次 授课对象_____ 日 期_____ 气温_____

课的任务 1. 接发球传球串联练习，提高一传和二传稳定性；2. 复习扣快球技术，改进扣球起跳时机；3. 通过训练，培养学生集体协作和认真学习的学风。

部分	时间	训练内容及训练量	组织教法、要求（图示）
准备部分	15分钟	1. 课堂常规：检查出勤，队列。 2. 报告课的任务、提出要求，安排见习生。 3. 安全提示。 4. 准备活动： 12分 （1）徒手操 头部运动－肩部运动－扩胸运动－体转运动－腰部运动－腹背运动－弓箭步压腿－膝关节运动－踝关节 （2）游戏"双人跳绳"	队形： 要求：快、静、齐。 教法：由教师领做。 要求：动作幅度要舒展用力，使身体充分活动开。 游戏图例：两人一组，看哪组连续次数多。 要求：两人注意节奏。
基本部分	70分钟	1. 传垫球练习 10分 （1）两人对传球 （2）两人对垫球 2. 接发球练习 40分 （1）一发一垫一传 发10次轮转×3组 （2）3人半场接发球 发球10次交换，同时接发球方轮转一个位置 3. 一般扣球 20分 （1）教师抛球，学生轮流扣球 （2）3号位近体快球练习	教法：两人一组进行练习。 要求：控制好出球方向和高度。 教法：（1）3人一组，网前发球，端线外接发球，中场接应传球。 （2）3人一组，半场接发球，其他人发球。两边场地同时练习，发球30次交换接发球队员。 要求：发球不失误，并控制落点；接发球上下肢协调配合，加强判断和移动，加强配合。 教法：4人一组，教师先后在2、4号位抛球，学生轮流扣一般高球。 要求：把握好起跳时机，运用步法找好球。 教法：二传传球，教师抛球并指导。 要求：控制好起跳时机和起跳点。
结束部分	5分钟	1. 整理器材：练习球、摇把等。 2. 整理活动：牵拉、放松、按摩、心理调整。 3. 课堂总结：课的任务完成情况；优点表扬与不足提示；布置课外作业、预习内容等。	教法：圆队形或体操队形教师居中指导。 要求：充分放松。
伤病学生安排		根据见习生的身体情况适当参与练习	运动量 大 中 <u>小</u> 强 度 大 中—小
课后小节			

训练课周次 __14__ 周 ____次 授课对象_____ 日 期_____ 气温_____

课的任务 1. 通过专位防守练习，提高队员专位防守的意识；2. 通过扣球练习，熟悉掌握不同的扣球手法；3. 培养学生团结协作、吃苦耐劳的精神。

部分	时间	训练内容及训练量	组织教法、要求（图示）
准备部分	15分钟	1. 课堂常规：检查出勤，队列。 2. 报告课的任务、提出要求，安排见习生。 3. 安全提示。 4. 准备活动： 12分 （1）徒手操 头部运动－肩部运动－扩胸运动－体转运动－腰部运动－腹背运动－弓箭步压腿－膝关节运动－踝关节 （2）"背人接力"赛	队形： 要求：快、静、齐 教法：由教师领做。 要求：动作幅度舒展用力，使身体充分活动开。 游戏图例：两人一组，如图。 要求：快速跑，中间人不能着地。
基本部分	70分钟	1. 两人打防练习 10分 2. 3人半场防守并调传 35分 3. 连续扣球 25分 （1）学生传球，4专位扣球 （2）教师抛球，2、3、4专位扣球30次×2组	教法：两人一组，防调练习。 要求：中间不间断。 教法：教师在网前抛、扣或者吊球，如图。 要求：防守控制用力，脚下移动快速，传球努力接应并尽量传球到位。 教法：学生轮流传球。 要求：扣球积极找好球，学习处理各种球。 教法：5人一组扣球，教师连续抛球。先4号位，后3号位，再2号位。 要求：步法灵活，运用不同的助跑方法。减少扣球失误，相互学习纠正。
结束部分	5分钟	1. 整理器材：练习球、摇把等。 2. 整理活动：牵拉、放松、按摩、心理调整。 3. 课堂总结：课的任务完成情况；优点表扬与不足提示；布置课外作业、预习内容等。	教法：圆队形或体操队形教师居中指导。 要求：充分放松。
伤病学生安排		根据见习生的身体情况适当参与练习	运动量 大 中—小
			强度 大 中—小
课后小节			

训练课周次___15___周 _____次 授课对象_____ 日 期_____ 气温_____

课的任务 1. 模拟专项技术考核；2. 模拟专项素质考核。

部分	时间	训练内容及训练量	组织教法、要求（图示）
准备部分	15分钟	1. 课堂常规：检查出勤，队列。 2. 报告课的任务、提出要求，安排见习生。 3. 安全提示。 4. 准备活动： 12分 （1）各种跑步：一路纵队沿球场外沿跑－左右侧滑步——左右交叉步——后踢腿跑——跳步——左右手交换触脚内、外侧。 （2）自传、自垫练习 各100次	队形： 要求：快、静、齐。 教法：如图。 要求：步伐清楚。 教法：全场散开，每人1球，自传，自垫练习。 要求：注意动作规格。
基本部分	70分钟	1. 隔网对传练习 15分 （1）隔网6米对传 100次 （2）模拟考试，检查测验 2. 3人三角垫球 15分 （1）三人一组三角垫球 100次 （2）模拟考试，检查测验 3. 四号位扣调整球 15分 （1）连续扣调整球 （2）模拟考试，检查测验 4. 上手发飘球 15分 （1）端线发球 （2）模拟考试，检查测验 5. 素质练习 10分 （1）米字移动 （2）助跑摸高	教法：两人都站3米线以外，传球时脚不得踏及3米线，自己报数。 要求：连续传球中间不间断。 教法：3人一组连续垫球，中间不得间断，自己报数。 要求：注意力集中，取位准确。全身协调用力，控制好方向。 教法：4人一组连续扣后场抛来球，每人5球。 要求：保持好人与球的位置关系。 教法：一人连续发5个球，完成2组。 要求：发球的成功率。 教法：每人两次练习机会。 要求：全力以赴。
结束部分	5分钟	1. 整理器材：练习球、摇把等。 2. 整理活动：牵拉、放松、按摩、心理调整。 3. 课堂总结：课的任务完成情况；优点表扬与不足提示；布置课外作业、预习内容等。	教法：圆队形或体操队形教师居中指导。 要求：充分放松。
伤病学生安排		根据见习生的身体情况适当参与练习	运动量 大 中—小
			强 度 大 中—小
课后小节			

第三学期教案:

训练课周次___1___周 _____次 授课对象_____ 日 期_____ 气 温_____

课的任务 1. 通过基本技术练习，恢复基本技术以及对球的掌握能力；2. 强度较低的身体素质练习，加强队员身体局部力量；3. 培养队员团队协作精神。

部分	时间	训练内容及训练量	组织教法、要求（图示）
准备部分	15分钟	1. 课堂常规：检查出勤，队列。 2. 课的任务、要求，见习安排。 3. 准备活动： 12分 （1）徒手操 头部运动－肩部运动－扩胸运动－体转运动－腰部运动－腹背运动－弓箭步压腿－膝关节运动－踝关节 （2）各种步伐跑跳 小步跑－高抬腿－后蹬跑－跨步跳－侧滑步－双足跳－转髋－向前、后一步跨跳——冲刺	队形： 要求：快、静、齐。 教法：围成圈，每人带一节体操。 要求：动作幅度要舒展用力，使身体充分活动开。 教法：行进间各种步伐跑跳，各种跳越两趟完成。 要求：根据动作规格，要认真完成。
基本部分	70分钟	1. 对墙传垫球练习 15分 连续近距传球 50次×2组 连续近距垫球 50次×2组 连续中距自传传出球 50次×2组 连续中距垫球 50次×2组 2. 2、4号位扣球练习 25分 3. 发球练习 15分 4. 身体素质练习 15分 （1）脚弓提踵 30次×5组 （2）腰腹、背肌 30次×5组	教法：每人一球，50次一组，传垫球交替练习。 要求：注意动作规格，相互观摩学习，认真体会手指及手臂触球的感觉，以及全身协调发力感觉。 教法：先扣4号位，再扣2号位。如图 要求：保持好人与球的前后位置关系。 教法：端线外发球，一方发完换另一方。如图 要求：抛球出手要稳。 教法：分组轮流进行。 要求：完成规定次数。
结束部分	5分钟	1. 整理器材：练习球、摇把等。 2. 整理活动：牵拉、放松、按摩、心理调整。 3. 课堂总结：课的任务完成情况；优点表扬与不足提示；布置课外作业、预习内容等。	教法：圆队形或体操队形教师居中指导。 要求：充分放松。
伤病学生安排		根据见习生的身体情况适当参与练习	运动量 大 中 **小**
			强 度 大 中 **小**
课后小节			

训练课周次__2__周 ___次 授课对象_____ 日 期_____ 气温_____

课的任务 1. 进一步恢复基本技术及对球的掌握能力；2. 通过发接技术练习，提高学生发球接发球的效果；

3. 通过防调扣练习，提高学生垫传扣技术的运用能力。

部分	时间	训练内容及训练量	组织教法、要求（图示）
准备部分	15分钟	1. 课堂常规：检查出勤，队列。 2. 课的任务、要求，提问，见习安排。 3. 准备活动： 12分 (1) 徒手操 头部运动－肩部运动－扩胸运动－体转运动－腰部运动－腹背运动－弓箭步压腿－膝关节运动－踝关节 (2) 游戏"叫号"	队形： 要求：快、静、齐。 教法：如图： 要求：动作幅度要舒展用力，使身体充分活动开。 游戏规则：每人一个号码，圈内向上抛球同时叫号，被叫到的同学出来接球，接球后继续叫号，未接住者在捡球后用地滚球砸身边的队员，未碰到队员算一次失误，反之，对方失误。 要求：失误3次以上者有惩罚。
基本部分	70分钟	1. 两人一组，打防练习 15分 2. 两人防调扣练习 35分 3. 发、接练习 20分 　　　每人发10次球	教法：如图： 要求：保持好手形，正确发力。 教法：教师在网前扣球，学生2人一组轮流练习 要求：两人轮换防守与传球。 教法：分成两组学生，两半场同时进行，如图： 要求：认真体会手背触球感觉，主动控制球。
结束部分	5分钟	1. 整理器材：练习球、摇把等。 2. 整理活动：牵拉、放松、按摩、心理调整。 3. 课堂总结：课的任务完成情况；优点表扬与不足提示；布置课外作业、预习内容等。	教法：圆队形或体操队形教师居中指导。 要求：充分放松。
伤病学生安排		根据见习生的身体情况适当参与练习	运动量　　大　中－小 强度　　　大　中　小
课后小节			

训练课周次　3　周　＿＿＿次　授课对象＿＿＿＿＿＿＿　日　期＿＿＿＿＿　气温＿＿＿＿

课的任务　1. 进一步巩固与提高各项基本技术及其运用能力；2. 提高扣球和防守的控制球能力；3. 与 04 级进行教学比赛，恢复和提高战术的实际运用能力。

部分	时间	训练内容及训练量	组织教法、要求（图示）
准备部分	15分钟	1. 课堂常规：检查出勤，队列。 2. 课的任务、要求，提问，见习安排。 3. 准备活动：　　　　　12分 （1）徒手操 头部运动－肩部运动－扩胸运动－体转运动－腰部运动－腹背运动－弓箭步压腿－膝关节运动－踝关节 （2）游戏"蟹抓虾"	队形： 要求：快、静、齐。 教法：围成一圈，每人带一节操。 要求：动作幅度要舒展用力，使身体充分活动开。 游戏图例：分两组，规定时间内，抓人最多的获胜。 要求：抓人的两同学手不能松开。
基本部分	70分钟	1. 传、垫球练习　　　　　15分 （1）对墙连续中距传球　100次×3组 （2）对墙连续中距垫球　100次×3组 2. 两人打防练习 3. 赛前准备活动　　　　　15分 （1）3、4号位扣球 （2）2号位扣球 4. 与04级教学比赛　　　　40分	教法：传、垫球交叉进行。 要求：提高手臂、指腕控制球能力。 教法：学生自愿组合，2人连续扣、垫、传。 要求：降低重心防守，击球高度合适。 教法：半场进行，先扣4号位，再扣3号位。 教法：二传背传教师抛来球。 要求：控制好起跳时机，保持好人球关系。 教法：25分一局，根据时间打局数。阵容如图： 刘 段　黄 崔　　朱 王 要求：场上队员态度要认真。
结束部分	5分钟	1. 整理器材：练习球、摇把等。 2. 整理活动：牵拉、放松、按摩、心理调整。 3. 课堂总结：课的任务完成情况；优点表扬与不足提示；布置课外作业、预习内容等。	教法：圆队形或体操队形教师居中指导。 ×××××××× ● 要求：充分放松。
伤病学生安排		根据见习生的身体情况适当参与练习	运动量：大　中—小 强　度：大　中　小
课后小节			

训练课周次__4__周　___次　授课对象_____　日　期_____　气温_____

课的任务　1. 提高基本技术的熟练程度和控制球能力；2. 改进拦网手法，提高单人拦网的判断能力；3. 局部小力量练习，预防队员伤病，培养队员吃苦耐劳的精神。

部分	时间	训练内容及训练量	组织教法、要求（图示）
准备部分	15分钟	1. 课堂常规：检查出勤，队列。 2. 课的任务、要求，提问，见习安排。 3. 准备活动：　　　　　　　　　12分 （1）徒手操 头部运动－肩部运动－扩胸运动－体转运动－腰部运动－腹背运动－弓箭步压腿－膝关节运动－踝关节 （2）2人行进间对传球	队形： 要求：快、静、齐。 教法：围成圆圈每人带一节操。 要求：动作幅度要舒展用力，使身体充分活动开。 教法：围成一圈，如图 教法：每半场3组学生，2人从端线处对传至网前，各组轮流练习，5次后2人交还位置。 要求：两人保持4米左右的距离，传球高度合适。
基本部分	70分钟	1. 打防练习　　　　　　　　　　10分 2. 一般性扣球练习＋拦网　　　　25分 （1）4号位扣一般球＋单人拦网 （2）3号位扣半高球＋单人拦网 （3）2号位扣一般球＋单人拦网 3. 小力量练习　　　　　　　　　30分 （1）半蹲　　　50kg×8个/5组 （2）脚弓提踵　40kg×30个/5组 （3）负重体转　15kg×30次/5组 （4）手腕提拉　20kg×30次/5组 4. 放松跑　　　　　　　　　　　5分	教法：同传球练习的分组，垂直网练习。 要求：击打出上旋球，体会挥臂和击球动作。 教法：先4号位扣，再3号位，再2号位。 要求：拦网加强判断，掌握好起跳时机，保持好人与网距离，防止受伤。 教法：分成四组轮流进行。 要求：动作尽量规范。 教法：绕场地慢跑2圈。 要求：全身放松。
结束部分	5分钟	1. 整理器材：练习球、摇把等。 2. 整理活动：牵拉、放松、按摩、心理调整。 3. 课堂总结：课的任务完成情况；优点表扬与不足提示；布置课外作业、预习内容等。	教法：圆队形或体操队形教师居中指导。 要求：充分放松。
伤病学生安排		根据见习生的身体情况适当参与练习	运动量　　大　中　小 强　度　　大　中—小
课后小节			

训练课周次 _5_ 周 ____ 次 授课对象 _____ 日 期 _____ 气温 _____

课的任务 1.提高基本技术的稳定性；2.培养攻防对抗意识，提高防调串联能力；3.培养队员团队意识及相互协作精神。

部分	时间	训练内容及训练量	组织教法、要求（图示）
准备部分	15分钟	1. 课堂常规：检查出勤，队列。 2. 课的任务、要求，提问，见习安排。 3. 准备活动： 12分 （1）徒手操 头部运动－肩部运动－扩胸运动－体转运动－腰部运动－腹背运动－弓箭步压腿－膝关节运动－踝关节 （2）游戏"背推角力"	队形： 要求：快、静、齐。 教法：围成圆圈每人带一节操。 要求：动作幅度要舒展用力，使身体充分活动开。 游戏图例：两人一组，听教师口令后开始。如图 要求：输的一方做俯卧撑。
基本部分	70分钟	1. 扣、防、调练习 10分 2. 发、接练习 15分 每人发10个好球发接交换×3组 3. 防调串联练习 25分 防调到4号位6次好球换组 然后防守对方2号位扣球 4. 身体素质练习 20分 （1）双摇跳绳 15次×5组 （2）连续5级蛙跳 5组 （3）场内放松慢跑	教法：3人一组，一人扣、一人防，另一人调整。 要求：中间调整的队员跑动积极。 教法：3人一组接发球到二传位置。3发3接，两半场同时练习。 要求：发球失误做俯卧撑。 教法：3人一组对方2、4号位扣球后调整传球至本方4号位，如图 要求：扣球下手要快，防守队员取位要正确。 教法：场地内进行。 要求：按要求完成动作。
结束部分	5分钟	1. 整理器材：练习球、摇把等。 2. 整理活动：牵拉、放松、按摩、心理调整。 3. 课堂总结：课的任务完成情况；优点表扬与不足提示；布置课外作业、预习内容等。	教法：圆队形或体操队形教师居中指导。 × × × × × × × × × × × × × × × × ● 要求：充分放松。
伤病学生安排		根据见习生的身体情况适当参与练习	运动量 大 中 小 强 度 大 中－小
课后小节			

训练课周次 __6__ 周 ____ 次 授课对象_____ 日 期_____ 气 温_____

课的任务 1. 扣防对抗练习，提高队员防守后快速起动能力；2. 4对4比赛，提高各技术的实际运用能力；3. 进一步培养队员吃苦耐劳的精神。

部分	时间	训练内容及训练量	组织教法、要求（图示）
准备部分	15分钟	1. 课堂常规：检查出勤，队列。 2. 课的任务、要求，提问，见习安排。 3. 准备活动： 12分 （1）双人操 双臂对抗互推－压肩下振－拉手转腰－背对背拉手体侧屈－背靠背挎肘互背－拉手蹲跳 （2）各种步伐跑跳 小步跑－高抬腿－后蹬跑－跨步跳－侧滑步－双足跳－转髋－向前、后一步跨跳——冲刺	队形： 要求：快、静、齐。 教法：如图。 要求：动作幅度要舒展用力，使身体充分活动开。 教法：行进间各种跑跳，两趟完成。 要求：根据动作规格，要认真完成。
基本部分	70分钟	1. 传、垫、扣基础练习 10分 对墙传球 100次 对墙垫球 100次 对墙自扣球 100次 2. 防调扣练习 20分 5号位防守－1号位调整传球－4号位扣球 3. 四对四比赛 40分	教法：先对墙传，再对墙垫，再对墙扣。 要求：提高控球能力，中间不能间断。 教法：半场进行，教师网前原地扣球。 要求：调整传球到位。 教法：4人一组，每局15分，输的一方下场换另一组。 要求：禁止吊球到对方进攻线内。
结束部分	5分钟	1. 整理器材：练习球、摇把等。 2. 整理活动：牵拉、放松、按摩、心理调整。 3. 课堂总结：课的任务完成情况；优点表扬与不足提示；布置课外作业、预习内容等。	教法：圆队形或体操队形教师居中指导。 要求：充分放松。
伤病学生安排		根据见习生的身体情况适当参与练习	运动量 大—中 小 强 度 大 中—小
课后小节			

训练课周次 _7_ 周 ___次 授课对象_____ 日 期_____ 气温_____

课的任务 1. 提高垫传技术的串联能力及配合水平；2. 初步学习短平快和背飞扣球，了解不同的战术进攻；
3. 培养学生之间相互配合、相互帮助的作风。

部分	时间	训练内容及训练量		组织教法、要求（图示）
准备部分	15分钟	1. 课堂常规：检查出勤，队列。 2. 课的任务、要求，提问，见习安排。 3. 准备活动： （1）徒手操 头部运动－肩部运动－扩胸运动－体转运动－腰部运动－腹背运动－弓箭步压腿－膝关节运动－踝关节 （2）"背人接力"赛	12分	队形： 要求：快、静、齐。 教法：围成圆圈每人带一节进行练习。 要求：动作幅度要舒展用力，使身体充分活动开。 游戏图例：
基本部分	70分钟	1. 基本传垫球练习 连续近距对传球　　　　100次 连续近距对垫球　　　　100次 连续中距自传出球　　　50次 连续中距垫球　　　　　100次 2. 防调练习 （1）4号位扣球练习 （2）三人防调练习 3. 战术进攻练习 （1）"背飞"进攻练习 （2）"短平快"进攻练习	15分 25分 30分	教法：如图 要求：保持传垫距离和击球的连续性。 教法：先进行扣球练习，再加3人防调练习。 要求：注意防守阵型的转换。 教法：教师先演示战术扣球，然后传球组织进攻。 要求：认真体会不同战术进攻的助跑和起跳点。
结束部分	5分钟	1. 整理器材：练习球、摇把等。 2. 整理活动：牵拉、放松、按摩、心理调整。 3. 课堂总结：课的任务完成情况；优点表扬与不足提示；布置课外作业、预习内容等。		教法：圆队形或体操队形教师居中指导。 要求：充分放松。
伤病学生安排		根据见习生的身体情况适当参与练习		运动量　　　大　中　小
				强　度　　　大　中—小
课后小节				

训练课周次__8__周　　___次　授课对象_____　日　期_____　气温_____

课的任务　1. 跳跃练习，提高弹跳力；2. 小器械练习，提高爆发力和力量耐力；3. 通过力量训练，培养学生吃苦耐劳的精神。

部分	时间	训练内容及训练量	组织教法、要求（图示）
准备部分	15分钟	1. 课堂常规：检查出勤，队列。 2. 报告课的任务、提出要求，安排见习生。 3. 安全提示。 4. 准备活动：　　　　　　　　　12分 （1）徒手操 头部运动－肩部运动－扩胸运动－体转运动－腰部运动－腹背运动－弓箭步压腿－膝关节运动－踝关节 （2）"拉网捕鱼"游戏	队形： 要求：快、静、齐。 教法：围成圆圈每人带一节进行练习。 要求：动作幅度要舒展用力，使身体充分活动开。 游戏图例：教师指定一人开始抓人，抓到后再一起抓下一人。 要求：拉起的手不能松开。
基本部分	70分钟	1. 跳跃练习　　　　　　　　　　　20分 （1）沙场连续收腹跳　　9米×3组 （2）两级跳远　　　　　6组 （3）原地纵跳　　　　　30次×3组 2. 耐力练习　　　　　　　　　　　30分 3. 跳绳练习　　　　　　　　　　　15分 "双摇"练习　　　　　20次×5组 4. 放松跑　　　　　　　　　　　　5分 　　　　　　　　　　400米	教法：教师指导动作。 要求：动作幅度大，动作到位。 教法：一路纵队，每人领跑一圈，最后一圈不排队冲刺跑。 要求：不能掉队，冲刺跑进全力。 教法：每人一绳，"双摇"连续20次一组。 要求：每组练习完，积极拉伸，每组休息30秒。 教法：一路纵队，慢跑400米。 要求：全身放松，调整呼吸。
结束部分	5分钟	1. 整理器材：杠铃、平沙铲等。 2. 整理活动：牵拉、放松、按摩、心理调整。 3. 课堂总结：课的任务完成情况；优点表扬与不足提示；布置课外作业、预习内容等。	教法：圆队形或体操队形教师居中指导。 要求：充分放松。
伤病学生安排		根据见习生的身体情况适当参与练习	运动量　　　　　大　中　小 强　度　　　　　大　中—小
课后小节			

训练课周次　9　周　　　次　授课对象　　　　　　　　　日　期　　　　　气温　　　　

课的任务　1. 复习基本技术，提高技术的稳定性；2. 拦、防练习，加强拦防配合能力及个人扣球突破能力；3. 四对四比赛，培养队员的场上意识及技术运用能力。

部分	时间	训练内容及训练量	组织教法、要求（图示）
准备部分	15分钟	1. 课堂常规：检查出勤，队列。 2. 课的任务、要求，提问，见习安排。 3. 准备活动：　　　　12分 （1）徒手操 （2）各种步伐跑跳 小步跑－高抬腿－后蹬跑－跨步跳－侧滑步－双足跳－转髋－向前、后一步跨跳——冲刺	队形： 要求：快、静、齐。 教法：围成圆圈每人带一节进行练习。 要求：动作幅度要舒展用力，使身体充分活动开。 教法：行进间各种跑跳，分别完成两趟。 要求：根据动作规格，要认真完成。
基本部分	70分钟	1. 两人打防练习　　　　10分 2. 拦防练习　　　　30分 （1）徒手移动交叉步、并步练习 （2）传＋拦练习　　6次×3组 （3）拦防对方2、3、4号位进攻 3. 四对四教学比赛　　　　30分	教法：如图 要求：打出上旋球，体会挥臂和击球动作。 教法：网前轮流进行徒手拦网练习。 要求：有节奏，步法清楚，不许碰网。 教法：1人传球到网上，另1人跳起拦网。 要求：把握好起跳时机，传球尽量到位。 教法：6人一组，3人网前拦网，3人后排防守，其他人隔网进行各点进攻。二传分配球。 要求：控制好身体重心，不要过中线。 教法：每局15分，输者下场，赢者继续比赛。 要求：不许吊球在对方进攻线内。
结束部分	5分钟	1. 整理器材：练习球、摇把等。 2. 整理活动：牵拉、放松、按摩、心理调整。 3. 课堂总结：课的任务完成情况；优点表扬与不足提示；布置课外作业、预习内容等。	教法：体操队形教师居中指导。 要求：充分放松。
伤病学生安排		根据见习生的身体情况适当参与练习	运动量　　　大—中　小
			强　度　　　大　中—小
课后小节			

训练课周次 __10__ 周 ____次 授课对象_____ 日 期_____ 气温_____

课的任务 1. 准备学校联赛，提高接发球组织进攻的配合能力及熟练程度；2. 提高发球的攻击性及一传成功率；3. 培养队员之间相互配合的能力。

部分	时间	训练内容及训练量	组织教法、要求（图示）
准备部分	15分钟	1. 课堂常规：检查出勤，队列。 2. 课的任务、要求，提问，见习安排。 3. 准备活动：　　　　　　　　　　12分 （1）徒手操 头部运动－肩部运动－扩胸运动－体转运动－腰部运动－腹背运动－弓箭步压腿－膝关节运动－踝关节 （2）游戏"火车赛跑"	队形： 要求：快、静、齐。 教法：围成圆圈每人带一节进行练习。 要求：动作幅度要舒展用力，使身体充分活动开。 游戏图例：
基本部分	70分钟	1. 基本击球手法练习1.5分 （1）两人对传、对垫练习　　　　100次 （2）对墙扣球练习。 2. 接发球一攻练习　　　　　　　35分 六个轮次的接发球进攻 各轮次组织5次有效进攻 3. 接发球练习　　　　　　　　20分	教法：两人一组，垂直网站立。 要求：提高控制球能力，二传队员专门练习。 教法：以主力阵容练习为主。 要求：二传积极接应一传，攻手弥补二传。 教法：根据上一练习完成时间，安排此练习。 要求：发球线路明确，接发球至2号位。
结束部分	5分钟	1. 整理器材：练习球、摇把等。 2. 整理活动：牵拉、放松、按摩、心理调整。 3. 课堂总结：课的任务完成情况；优点表扬与不足提示；布置课外作业、预习内容等。	教法：圆队形或体操队形教师居中指导。 要求：充分放松。
伤病学生安排		根据见习生的身体情况适当参与练习	运动量　　　大　中　小
			强　度　　　大　中　小
课后小节			

训练课周次 __11__ 周 ____次 授课对象_____ 日 期_____ 气温_____

课的任务 2006~2007 年度秋季 排球 联赛（甲组） 体 05 男 vs 研究生队

部分	时间	训练内容及训练量	组织教法、要求（图示）
准备部分	25分钟	1. 提出比赛要求。 5分 2. 比赛常规： 20分 （1）准备活动操 （2）两人打防 （3）扣球 （4）发球	队形： 要求：快、静、齐。 教法：（1）围成圈，每人带一节体操。 （2）学生自愿组合，以主力队员用场地为主。 （3）（4）裁判组织 要求：充分活动开，主动控制球。

基本部分	60分钟	3. 正式比赛 60分	以平时练习的第一阵容先上场。
			要求：摆正心态，不把胜负放第一位；
			      进攻以我为主；
			      防守注意"乱球"；
			      发球注意稳定性，减少失误；
			      队长耐心带领大家打好每一个球

结束部分	5分钟	1. 整理活动：牵拉、放松、按摩、心理调整。 2. 比赛小结：技术、心理、状态等 3. 安排下场比赛的准备会	教法：教师带领进行，启发学生相互交流。 要求：积极发言，充分总结，有利于再战。

伤病学生安排	无	运动量	大 中 小
		强 度	大—中 小

课后小节	

训练课周次___12___周 ____次 授课对象_____ 日 期_____ 气温_____

课的任务 1. 针对比赛中的问题进行练习，2. 改进扣球手法，提高扣球的攻击性；3. 提高弹跳和协调身体素质。

部分	时间	训练内容及训练量	组织教法、要求（图示）
准备部分	15分钟	1. 课堂常规：检查出勤，队列。 2. 课的任务、要求，提问，见习安排。 3. 准备活动： 12分 （1）徒手操 头部运动－肩部运动－扩胸运动－体转运动－腰部运动－腹背运动－弓箭步压腿－膝关节运动－踝关节 （2）游戏"火车赛跑"	队形： 要求：快、静、齐。 教法：围成圆圈每人带一节进行练习。 要求：动作幅度要舒展用力，使身体充分活动开。 游戏图例： 要求：动作协调。
基本部分	70分钟	1. 传垫练习 20分 （1）两人对传、对垫 各100次 （2）三人防调扣 扣15次×2组/每人 2. 扣球练习 35分 （1）4号位扣一般球 （2）3人一组扣抛球 30次×2组 3. 跳绳练习 15分 双摇20×3组	教法：两人一组，连续传垫球，先传球后垫球。 要求：连续进行，不间断。 教法：3人一组，连续防、调、扣练习。 调 打 垫 要求：尽量增加连续次数，扣球人逐渐加力。 教法：二传传球，自己上球。 教法：4号位教师连续抛球，3人不间断扣球。 要求：全手掌包满球，打出上旋球，找好起跳时机的起跳点，保持好人与球关系。 教法：2人一组交替进行。
结束部分	5分钟	1. 整理器材：练习球、摇把等。 2. 整理活动：牵拉、放松、按摩、心理调整。 3. 课堂总结：课的任务完成情况；优点表扬与不足提示；布置课外作业、预习内容等。	教法：圆队形或体操队形教师居中指导。 ×　×　×　×　×　×　× ×　×　×　×　×　×　× ● 要求：充分放松。
伤病学生安排		根据见习生的身体情况适当参与练习	运动量　　大　中　小 强　度　　大－中　小
课后小节			

训练课周次 __13__ 周 ____ 次 授课对象 _____ 日 期 _____ 气温 _____

课的任务 1. 加强二传与攻手之间的配合能力；2. 改进接发球技术，提高一传稳定性及发球进攻性；3. 培养队员团结协作的精神。

部分	时间	训练内容及训练量	组织教法、要求（图示）
准备部分	15分钟	1. 课堂常规：检查出勤，队列。 2. 课的任务、要求，提问，见习安排。 3. 准备活动： 12分 （1）徒手操 头部运动－肩部运动－扩胸运动－体转运动－腰部运动－腹背运动－弓箭步压腿－膝关节运动－踝关节 （2）游戏"绞力"比赛	队形： 要求：快、静、齐。 教法：由队长领做。 要求：动作幅度要舒展用力，使身体充分活动开。 游戏图例：两人一组，听教师口令后开始。
基本部分	70分钟	1. 两人扣、防练习 15分 　　扣、防起再传出 15次×2组 2. 徒手网前移动拦网练习 10分 　　　　并步、交叉步各2个来回 3. 扣球练习 25分 4. 接发球练习 20分 　　30个好球×2组	教法：两人一组，一人扣球，一人防起后再将球传给同伴，连续进行。 要求：防守积极，注意缓冲，扣球准确。 教法：单人，从场地一侧移动拦网到另一侧。 要求：控制身体重心不要触网。 教法：先4号再3号后2号位 要求：控制好扣球节奏，加强配合。 教法：3发3接，两边场地同时练习。 要求：注意腿部和腰部动作，把球垫到位。
结束部分	5分钟	1. 整理器材：练习球、摇把等。 2. 整理活动：牵拉、放松、按摩、心理调整。 3. 课堂总结：课的任务完成情况；优点表扬与不足提示；布置课外作业、预习内容等。	教法：圆队形或体操队形教师居中指导。 ×××××××× ×××××××× ● 要求：充分放松。
伤病学生安排		根据见习生的身体情况适当参与练习	运动量　　　大　中　小 强　度　　　大　中　小
课后小节			

训练课周次 ___14___ 周 ___ 次 授课对象_____ 日 期_____ 气温_____

课的任务 1. 提高基本技术熟练程度及控制球能力；2. 提高扣球的节奏感，以及二传与攻手的配合能力；3. 培养队员的团结协作精神；4. 发展速度、灵敏素质。

部分	时间	训练内容及训练量	组织教法、要求（图示）
准备部分	15分钟	1. 课堂常规：检查出勤，队列。 2. 报告课的任务、提出要求，安排见习生。 3. 安全提示。 4. 准备活动： 12分 （1）徒手操 头部运动－肩部运动－扩胸运动－体转运动－腰部运动－腹背运动－弓箭步压腿－膝关节运动－踝关节 （2）每人拿一只排球在手，根据教师的信号，在跑步中运球。 ①左右手高运球 ②左右手低运球 （3）"抢球打球"游戏	队形： 要求：快、静、齐。 教法：由教师领做。 要求：动作幅度要舒展用力，使身体充分活动开。 教法：绕场地进行，一路纵队，教师站场地中间。 游戏规则：两人一组，每人自己运球，并同时想办法将对方运的球打掉，而自己不失误，成功一次得1分。
基本部分	70分钟	1. 传、垫球练习 15分 （1）两人对传/自传转体/下蹲/跳传 （2）两人打防练习 2. 一般扣球 35分 （1）4号位一般扣球。 （2）3号位快球 3. 身体素质练习 20分 （1）站立式起跑9m冲刺 （2）原地踏足跑 （3）背向坐地跑	教法：如图。 要求：连续不间断。 教法：（1）教师抛球 学生分组练习 （2）如图，二传传球 要求：掌握好起跳节奏，控制好扣球路线。 教法：排球半场区跑步练习，过网后放松跑。 要求：听教师口令，尽全力跑动。
结束部分	5分钟	1. 整理器材：练习球、摇把等。 2. 整理活动：牵拉、放松、按摩、心理调整。 3. 课堂总结：课的任务完成情况；优点表扬与不足提示；布置课外作业、预习内容等。	教法：圆队形或体操队形教师居中指导。 要求：充分放松。
伤病学生安排		根据见习生的身体情况适当参与练习	运动量 | 大 中－小
			强 度 | 大 中－小
课后小节			

训练课周次__15__周 ____次 授课对象_____ 日 期_____ 气 温_____

课的任务：1. 模拟专项技术考核；2. 模拟专项素质考核

部分	时间	训练内容及训练量	组织教法、要求（图示）
准备部分	15分钟	1. 课堂常规：检查出勤，队列。 2. 报告课的任务、提出要求，安排见习生。 3. 练习安全提示。 4. 准备活动： 12分 （1）各种跑步：一路纵队沿球场外沿跑－左右侧滑步——左右交叉步——后踢腿跑——跳步——左右手交换触脚内、外侧。 （2）游戏："叫号"	队形： （图示） 要求：快、静、齐。 教法：延场地线跑动，教师统一换步法。 要求：动作舒展、用力，使身体充分活动开。 游戏图例： （图示） 要求：单手接球。
基本部分	70分钟	1. 网前二传练习 15分 （1）两人对传 100次 （2）网前二传 15次 （3）模拟考试，检查测验 2. 发接对抗 20分 （1）端线发球练习 （2）两人接发球对抗练习 （3）模拟考试，检查测验 3. 4号位扣球 20分 （1）连续四号位扣调整球 （2）模拟考试，检查测验 4. 素质练习 15分 （1）米字移动 （2）助跑摸高	教法：（2）两边场地同时练习，相互抛球。 （3）教师抛球，轮流在网前传球，连续5个好球交换。 要求：传球要有高度。 教法：（2）两人一组，9米距离，一发一接。 要求：发球要稳定，接发球到位。 教法：4人一组顺序扣抛球。 要求：扣球过网，不能失误。 教法：（1）每人2次移动，轮流练习。 （2）助跑摸篮板 要求：全力以赴。
结束部分	5分钟	1. 整理器材：练习球、摇把等。 2. 整理活动：牵拉、放松、按摩、心理调整。 3. 课堂总结：课的任务完成情况；优点表扬与不足提示；布置课外作业、预习内容等。	教法：圆队形或体操队形教师居中指导。 × × × × × × × ● 要求：充分放松。
伤病学生安排		无	运动量　大　中—小
			强　度　大　中—小
课后小节			

第四学期教案：

训练课周次 __1__ 周 ____次 授课对象_____ 日 期_____ 气温_____

课的任务 1. 恢复并改进发、垫、传、扣、拦等基本技术；2. 提高队员防、调、扣的控制球能力；3. 小力量的身体素质练习，恢复体能。

部分	时间	训练内容及训练量	组织教法、要求（图示）
准备部分	15分钟	1. 课堂常规：检查出勤，队列。 2. 课的任务、要求，提问，见习安排。 3. 准备活动： （1）徒手操　　　　　　　　　12分 头部运动－肩部运动－扩胸运动－体转运动－腰部运动－腹背运动－弓箭步压腿－膝关节运动－脚踝运动 （2）游戏："拉网捕鱼"	队形： 要求：快、静、齐。 教法：围成圆圈每人带一节进行练习。 要求：动作幅度要舒展用力，使身体充分活动开。 游戏图例： 要求：积极跑动，防止受伤。
基本部分	70分钟	1. 基本击球手法　　　　　　　15分 （1）两人传、垫球练习 连续中距传球　　　　100次 连续近距垫球　　　　100次 连续中距垫球　　　　100次 两人对传、对垫　　　各100次 （2）两人扣、防、调练习　　　10分 2. 扣球练习　　　　　　　　　25分 （1）2、4号位扣一般球 （2）3号位扣半高球 （3）3号位扣近体快球 3. 素质练习　　　　　　　　　20分 （1）腹、背肌　　30次×5组 （2）提踵　　　　50次×3组 （3）双摇跳绳　　20次×5组	要求：提高球感，熟悉球性；提高传球手指、指腕控制球能力，垫球手臂感觉。 教法：两人一组，连续扣、防、调。扣球后准备接应同伴的防守传球，传球后准备防守。 要求：防守控制好手臂的力量。 教法：如图，二传传球，进行各位置扣球练习。
结束部分	5分钟	1. 整理器材：练习球、摇把、跳绳等。 2. 整理活动：牵拉、放松、按摩、心理调整。 3. 课堂总结：课的任务完成情况；优点表扬与不足提示；布置课外作业、预习内容等。	教法：圆队形或体操队形教师居中指导。 要求：充分放松。

伤病学生安排	根据见习生的身体情况适当参与练习	运动量	大　中　小
		强　度	大　中　小

课后小节	

训练课周次 __2__ 周 ____次 授课对象_____ 日 期_____ 气温_____

课的任务 1. 进一步恢复发、垫、传、扣、拦等基本技术手法；2. 提高队员发球的准确性和接发球的控制球能力；3. 恢复体能，锻炼队员的心肺功能。

部分	时间	训练内容及训练量	组织教法、要求（图示）
准备部分	15分钟	1. 课堂常规：检查出勤，队列。 2. 宣布课的任务、要求，提问，见习安排。 3. 准备活动： 13分 （1）徒手操 头部运动 - 肩部运动 - 扩胸运动 - 体转运动 - 腰部运动 - 腹背运动 - 弓箭步压腿 - 膝关节运动 - 踝关节 （2）各种步伐跑跳 小步跑 - 高抬腿 - 后蹬跑 - 跨步跳 - 侧滑步 - 双足跳 - 转髋 - 向前、后一步跨跳——冲刺	队形： 要求：快、静、齐。 教法：围成圆圈每人带一节进行练习。 教法：行进间各种步伐跑跳，各种跳越分别两趟完成。 要求：根据动作规格，要认真完成。
基本部分	70分钟	1. 基本击球手法 20分 对墙连续近、远距传球 各50次 对墙连续近、远距垫球 各50次 两人打防练习 2 拦网练习 20分 （1）徒手网前移动拦网练习 （2）2，4号位拦网练习 3. 发球接发球练习 20分 （1）分组隔网发、接练习 15次×2组（直、斜线） （2）发、接对抗练习 10个球 4. 素质练习 10分 跑步练习 排球场10圈 尽全力	教法：两人一组，自愿组合。 要求：手包满球，掌握好击球点。 教法：二传传一般球组织进攻，拦网队员根据预判进行拦网，掌握起跳时机及控制拦网手型。 要求：脚下移动要迅速。 教法：（1）分成4人一组，做隔网练习。 （2）分组同上，4人接发球+处理球，其他组发球。要求：接发球不能失误2个以上。
结束部分	5分钟	1. 整理器材：练习球、摇把等。 2. 整理活动：牵拉、放松、按摩、心理调整。 3. 课堂总结：课的任务完成情况；优点表扬与不足提示；布置课外作业、预习内容等。	教法：圆队形或体操队形教师居中指导。 要求：充分放松。
伤病学生安排		根据见习生的身体情况适当参与练习	运动量 　大 中—小 强　度 　大 中 小
课后小节			

训练课周次___3___周 ____次 授课对象_____ 日 期_____ 气温_____

课的任务 1. 逐步提高发、垫、传、扣、拦等基本技术的控制球能力；2. 提高队员拦网判断及把握起跳时机的能力；3. 恢复体能，提高弹跳能力和心肺功能。

部分	时间	训练内容及训练量	组织教法、要求（图示）
准备部分	15分钟	1. 课堂常规：检查出勤，队列。 2. 课的任务、要求，提问，见习安排。 3. 准备活动： 12分 （1）徒手操 　　头部运动－肩部运动－扩胸运动－体转运动－腰部运动－腹背运动－弓箭步压腿－膝关节运动－脚踝运动 （2）游戏："拉网捕鱼"	队形： 要求：快、静、齐。 教法：围成圆圈每人带一节进行练习。 要求：动作幅度要舒展用力，使身体充分活动开。 游戏图例：
基本部分	70分钟	1. 基本击球手法 25分 （1）三人传、垫球练习 连续传球　顺时针、逆时针各50次 连续垫球　顺时针、逆时针各50次 连续扣、垫、传　20次×3人×1组 2. 扣球练习 20分 （1）3，4号位专位扣球练习 （2）防调扣练习 3. 拦网练习 15分 （1）徒手网前移动拦网练习 （2）专位2、3、4号位拦网练习 4. 素质练习 10分 （1）双摇跳绳　　15次×5组 （2）双足连续跳障碍　8组	教法：3人一组，站成三角形。 要求：防守控制好手臂的力量。 教法：如图。 要求：防、扣衔接要快速。 教法：专位拦网练习 教法：两人一组，网上练习一人传球至网口，另一人做拦网或扣球练习。 要求：掌握起跳时机及控制拦网手型。 要求：动作到位，认真完成。
结束部分	5分钟	1. 整理器材：练习球、摇把等。 2. 整理活动：牵拉、放松、按摩、心理调整。 3. 课堂总结：课的任务完成情况；优点表扬与不足提示；布置课外作业、预习内容等。	教法：圆队形或体操队形教师居中指导。 要求：充分放松。
伤病学生安排		根据见习生的身体情况适当参与练习	运动量　　　大　中—小 强　度　　　大　中　小
课后小节			

训练课周次　__4__ 周　____次　授课对象_____　日　期_____　气温_____

课的任务　1. 三人防调扣串联练习，培养并提高小组间的配合意识；2. 专位防守练习，加强判断、移动能力；3. 恢复体能，增加腿部力量。

部分	时间	训练内容及训练量	组织教法、要求（图示）
准备部分	15分钟	1. 课堂常规：检查出勤，队列。 2. 课的任务、要求，提问，见习安排。 3. 准备活动：　　　　　　12分 （1）两臂侧平举、作以肩、肘、腕为轴的向内、外绕环；左足前击一步臂上举、踢右腿手触足尖、还原成立正姿势；腰腹运动，如图4前后左右弓箭步压腿下振；打"旋子"扫荡腿，双足高跳－在空中扭转髋关节。 （2）游戏："传球追触"	要求：快、静、齐。 教法：由队长领做徒手操，由上至下。 游戏图例：
基本部分	70分钟	1. 基本击球手法　　　　20分 （1）传、垫球练习 自传、自垫球　　　各30次×3组 两人对传、垫后下蹲触地　各100次 （2）3人扣、防、调练习 2. 专位防守练习　　　　20分 3. 扣球练习　　　　　　20分 （1）3，4号位专位扣球练习 （2）防调扣练习 4 素质练习　　　　　　10分 （1）负重蹲人　　　15次×5组 （2）五级蛙跳　　　　　5组	教法：如图 要求：控制好手臂力量。 教法：如图 要求：防守控制好手臂的力量。 教法：单人半场防守，教师网前扣球或吊球。 要求：每个球之间的衔接要快。 教法：如图。 要求：防、扣衔接要快速。 要求：蛙跳要连续不间断。
结束部分	5分钟	1. 整理器材：练习球、摇把等。 2. 整理活动：牵拉、放松、按摩、心理调整。 3. 课堂总结：课的任务完成情况；优点表扬与不足提示；布置课外作业、预习内容等。	教法：圆队形或体操队形教师居中指导。 要求：充分放松。
伤病学生安排		根据见习生的身体情况适当参与练习	运动量：　大　中—小 强　度：　大　中　小
课后小节			

训练课周次 __5__ 周 ____次 授课对象_____ 日 期_____ 气温_____

课的任务 1. 提高发、垫、传、扣、拦等基本技术稳定性；2. 通过教学比赛，提高场上意识与相互之间的配合；3. 提高腹背肌力量。

部分	时间	训练内容及训练量	组织教法、要求（图示）
准备部分	15分钟	1. 课堂常规：检查出勤，队列。 2. 课的任务、要求，提问，见习安排。 3. 准备活动：　　　　　　　　　12分 （1）徒手操 （2）各种步伐跑跳 小步跑－高抬腿－后蹬跑－跨步跳－侧滑步－双足跳－转髋－向前、后一步跨跳——冲刺 （3）游戏："火车赛跑"	队形： 要求：快、静、齐。 教法：围成圆圈每人带一节进行练习。 教法：行进间各种步伐跑跳，各种跳越两趟完成。 游戏图例：
基本部分	70分钟	1. 基本击球手法　　　　　　　10分 三角传球　　　100次不间断 三角垫球　　　100次不间断 2. 扣拦练习　　　　　　　　　20分 （1）徒手网前移动练习 （2）4号位扣一般球＋双人拦网练习 （3）3号位扣近体快球＋单人拦网练习 3. 教学比赛　　　　　　　　　30分 六对六教学比赛 每局15分 两局比赛 4. 素质练习　　　　　　　　　10分 腹、背肌　　30次×2组	要求：提高球感，熟悉球性；提高传、垫、扣的控制球能力。 教法：两人4号位拦网练习和单人3号位拦网练习，其余人扣球。 要求：控制好起跳时机和身体重心。 阵容： | 　　刘振
段重德　黄萧
崔哲　　朱明明
王春游
胡永君
马钰　韩超
马腾　　唐志强
刘世超	
结束部分	5分钟	1. 整理器材：练习球、摇把等。 2. 整理活动：牵拉、放松、按摩、心理调整。 3. 课堂总结：课的任务完成情况；优点表扬与不足提示；布置课外作业、预习内容等。	教法：圆队形或体操队形教师居中指导。 ××　××　××　×× ● 要求：充分放松。
伤病学生安排		根据见习生的身体情况适当参与练习	运动量　　　大 中 小
			强　度　　　大 中 小
课后小节			

训练课周次 __6__ 周 ____次 授课对象_____ 日 期_____ 气 温_____

课的任务 1.三人防调扣串联练习，提高小组间的配合意识及手上控制球的能力；2.提高二传传球准确性和稳定性；3.提高队员下肢力量和协调能力。

部分	时间	训练内容及训练量	组织教法、要求（图示）
准备部分	15分钟	1. 课堂常规：检查出勤，队列。 2. 课的任务、要求，提问，见习安排。 3. 准备活动： 12分 （1）徒手操 头部运动－肩部运动－扩胸运动－体转运动－腰部运动－腹背运动－弓箭步压腿－膝关节运动－踝关节 （2）网前步法练习 连续徒手扣球拦网移动步伐练习 （3）游戏：3人垫两球	队形： 要求：快、静、齐。 教法：围成圆圈每人带一节进行练习。 教法：扣拦转换步伐练习。 要求：注意脚下移动步伐，要认真完成。 游戏图例：
基本部分	70分钟	1. 基本击球手法 5分 3人连续传球 100次不间断 3人连续垫球 100次不间断 2. 扣、防、调练习 15分 二传专门传球 3. 扣球练习 30分 （1）羽毛球掷远 （2）2、3、4号位专位扣球 4. 素质练习 20分 （1）负重提踵练习 50次×3组 （2）双摇跳绳练习 20次×5组	要求：提高球感，熟悉球性；提高垫球前臂控制球能力。 教法：3人一组，连续扣、防、调传。 调 打 → 垫 教法：二传队员网前移动传球。要求尽量传到位 教法：手持羽毛球对挡网练习扣球动作。 教法：先教师抛扣，后二传传扣。 要求：变换扣球路线。 要求：不中断，速度快。
结束部分	5分钟	1. 整理器材：练习球、摇把等。 2. 整理活动：牵拉、放松、按摩、心理调整。 3. 课堂总结：课的任务完成情况；优点表扬与不足提示；布置课外作业、预习内容等。	教法：圆队形或体操队形教师居中指导。 ×××××××× ×××××××× 要求：充分放松。
伤病学生安排		根据见习生的身体情况适当参与练习	运动量 大—中 小 强 度 大 中 小
课后小节			

训练课周次 __7__ 周 ____次 授课对象_____ 日 期_____ 气 温_____

课的任务 1. 专位防守，提高队员连续防守能力；2. 拦网练习，巩固拦网手型并提高队员对来球的判断能力；3. 发球练习，提高发球的稳定性及攻击性。

部分	时间	训练内容及训练量	组织教法、要求（图示）
准备部分	15分钟	1. 课堂常规：检查出勤，队列。 2. 课的任务、要求，提问，见习安排。 3. 准备活动：　　　　　　　　　12分 （1）徒手操 （2）速度、灵敏练习 快速反应跑练习 （3）游戏："蟹捉虾"	队形： 要求：快、静、齐。 教法：围成圆圈每人带一节进行练习。 教法：教师给口令学生快速反应跑。 要求：尽全力快速跑。 游戏图例：
基本部分	70分钟	1. 基本击球手法练习　　　　　　15分 （1）对墙连续中距传球　　50次 （2）对墙连续中距垫球　　50次 （3）两人对传、对垫　　　各50次 2. 防守练习　　　　　　　　　25分 （1）两人扣防练习 （2）专位防守练习 3. 拦网练习　　　　　　　　　25分 （1）徒手网前移动拦网练习 （2）扣拦练习 4. 发球练习　　　　　　　　　5分	要求：弧度合适。 教法：两人一扣一防练习。 教法：图为主攻防守练习，先在5号位防重扣再防2号位吊球。另副攻和二传分别在6号位和1号位防守，并防2号位吊球。 要求：防重扣后快速起动防吊球。 教法：如图。 要求：控制身体重心。 教法：发球区发球练习。 要求：线路明确，且有一定的攻击性。
结束部分	5分钟	1. 整理器材：练习球、摇把等。 2. 整理活动：牵拉、放松、按摩、心理调整。 3. 课堂总结：课的任务完成情况；优点表扬与不足提示；布置课外作业、预习内容等。	教法：圆队形或体操队形教师居中指导。 要求：充分放松。

伤病学生安排	根据见习生的身体情况适当参与练习	运动量	大　中　小
		强 度	大　中　小

课后小节	

训练课周次 __8__ 周 ____ 次 授课对象_____ 日 期_____ 气温_____

课的任务 1. 单人半场防守练习，提高队员连续防守能力；2. 一攻练习，提高队员各项技术的串联能力；3. 通过防守练习，培养队员团结协作和吃苦耐劳的精神。

部分	时间	训练内容及训练量	组织教法、要求（图示）
准备部分	15分钟	1. 课堂常规：检查出勤，队列。 2. 报告课的任务、提出要求，安排见习生。 3. 练习的安全提示 4. 准备活动： 12分 （1）双人徒手操 双人体操：双臂对抗互推－压高下振－拉手转腰－背对背拉手体侧屈－背靠背挎肘互背－拉手蹲跳 （2）协调、灵敏练习 听教师口令做各种移动步伐练习 （3）游戏："转绣球"	要求：快、静、齐。 教法：由教师领做。 要求：动作幅度要舒展用力，使身体充分活动开。 教法：先正口令，后反口令练习。 要求：仔细听口令，快速反应移动。 游戏图例：
基本部分	70分钟	1. 传垫练习 15分 （1）两人对传、对垫 100次 （2）连续打防练习 连续扣15个×2组 2. 专位防守练习 15分 3. 扣球练习 15分 （1）2、4号位扣一般高球 （2）个人战术进攻 4. 一攻练习 每轮次组织5个好球 25分	 教法：两人一组，连续扣防。 教法：单人半场防守，教师在网前扣球或吊球。 要求：每个球之间的衔接要快。 教法：二传传球，后面学生抛球给二传。 要求：加强与二传的配合，减少失误 教法：按照比赛阵容，每组六人进行一攻练习，其他队员发球区发球。 要求：接发球降低重心，积极判断取位，二传组织不同的进攻。
结束部分	5分钟	1. 整理器材：练习球、摇把等。 2. 整理活动：牵拉、放松、按摩、心理调整。 3. 课堂总结：课的任务完成情况；优点表扬与不足提示；布置课外作业、预习内容等。	教法：圆队形或体操队形教师居中指导。 要求：充分放松。
伤病学生安排		根据见习生的身体情况适当参与练习	运动量 大 **中** 小
			强 度 大 **中** 小
课后小节			

训练课周次 __9__ 周 ____次 授课对象 _____ 日 期 _____ 气温 _____

课的任务 1. 半场防调练习，提高场上的集体配合意识；2. 通过防守练习，培养队员团结协作和吃苦耐劳的精神；3. 通过教学比赛，提高队员之间的配合及灵活运用各种技战术的能力。

部分	时间	训练内容及训练量	组织教法、要求（图示）
准备部分	15分钟	1. 课堂常规：检查出勤，队列。 2. 课的任务、要求，提问，见习安排。 3. 准备活动：　　　　　　　　　12分 （1）徒手操 （2）各种步伐跑跳 小步跑－高抬腿－后蹬跑－跨步跳－侧滑步－双足跳－转髋－向前、后一步跨跳——冲刺 （3）游戏：跳长绳	要求：快、静、齐。 教法：由队长领做。 要求：动作幅度要舒展用力，使身体充分活动开。 教法：一路纵队，绕场地跑跳，依次换项练习。 游戏图例：
基本部分	70分钟	1. 基本击球手法练习　　　　　　10分 （1）隔网远距离传球　　　100次 （2）隔网远距离垫球　　　100次 2. 防、调、扣练习　　　　　　　20分 （1）扣、防、调　　5分钟交换角色 （2）半场防、调＋处理球（扣球） 3. 教学比赛　　　　　　　　　　40分 　　　6对6教学比赛	教法：5人一组，网上3组同时练习。 要求：提高、手臂的控制球能力。 教法：（1）3人一组，固定角色扣防调；（2）同上3人组，3个3人组轮流练习，其他组捡球递球，然后交换。3人半场防调并扣球，教师网前扣球。防调扣结束从边线外退场，后一组上场。 要求：传球不到位时，将球处理过网，串联快。 　　　刘振　　　　　　　　　胡永君 段重德　黄萧　　　　　　马钰　韩超 崔哲　　朱明明　　　　马腾　唐志强 　　王春游　　　　　　　　刘世超
结束部分	5分钟	1. 整理器材：练习球、摇把、跳绳等。 2. 整理活动：牵拉、放松、按摩、心理调整。 3. 课堂总结：重点小结比赛中表现出来的好的技术运用及战术配合，分析存在的问题。	教法：启发学生自己小结比赛情况，并予归纳。 ×××××××× ×××××××× ● 要求：积极发言。
伤病学生安排		根据见习生的身体情况适当参与练习	运动量　　大—中　小
			强度　　　大　中　小
课后小节			

训练课周次 __10__ 周 ____ 次 授课对象_____ 日 期_____ 气温_____

课的任务 1. 专位防守练习，提高队员的判断意识和手上控制球的能力；2. 加强双人拦网配合的默契程度；3. 提高一传的稳定性，培养队员的自信心。

部分	时间	训练内容及训练量	组织教法、要求（图示）
准备部分	15分钟	1. 课堂常规：检查出勤，队列。 2. 课的任务、要求，提问，见习安排。 3. 准备活动： 12分 （1）徒手操： （2）各种跑步：一路纵队沿球场外沿跑－小步跑－左右侧滑步－左右交叉步－后踢腿跑－跳步－左右手交换触脚内、外侧－左右跨步跳。 （3）游戏："绕人追击"	队形： 要求：快、静、齐。 教法：围成圆圈每人带一节进行练习。 教法：沿球场慢跑3圈，根据教师口令改变步法。 游戏图例：
基本部分	70分钟	1. 专位防守练习 15个好球×2组 20分 2. 双人拦网练习 20分 （1）双人徒手网前移动拦网练习 （2）扣拦练习 3. 接发球练习 30分 （1）一发一接，垫球后将球传给发球人 15次×2组 （2）连续接发球 20次×3组	教法：半场专位防守，主攻＋副攻、二传＋副攻。 要求：脚下保持微动，球直接落地则倒地一次。 教法：如图。要求：控制好身体重心，避免前冲。 教法：2人分别站在两边线外练习。 要求：发球准确，接发球缓冲并迅速移动传球。
结束部分	5分钟	1. 整理器材：练习球、摇把等。 2. 整理活动：牵拉、放松、按摩、心理调整。 3. 课堂总结：课的任务完成情况；优点表扬与不足提示；布置课外作业、预习内容等。	教法：圆队形或体操队形教师居中指导。 × × × × × × × × 要求：充分放松。
伤病学生安排		根据见习生的身体情况适当参与练习	运动量 大 中 小
			强度 大 中—小
课后小节			

训练课周次　11　周　　　次　授课对象　　　　　　　　　日　期　　　　　　气温　　　

课的任务　2006～2007年度春季 排球 联赛（甲组）　教育学院2005级男排 vs 教育学院2006级

部分	时间	训练内容及训练量		组织教法、要求（图示）
准备部分	25分钟	1. 提出比赛要求 2. 比赛常规练习 （1）准备活动操 （2）两人打防 （3）扣球 （4）发球	5分 20分	要求：场上积极拼抢。 教法： 围成圆圈，每人带一节进行练习。 要求：动作幅度要舒展用力，使身体充分活动开。
基本部分	60分钟	3. 比赛	60分	教法：第一阵容先上场，根据比分情况，适时换替补队员上场锻炼。以替换攻手为主。 要求： 1. 不轻视对手，认真对待每一个球。 2. 发球减少失误，让对方组织一攻，然后练习我们的防守反击能力，尤其是学会运用基本防反阵型。 3. 防守时重点拦防对方的海南两位学生，防守其他人的扣球时，脚下放松，注意乱球。 4. 尽可能组织接发球进攻，并且尝试对点进攻。 5. 对方打"疯"时不着急，相信自己能渡过难关，减少失误，把失误留给对方。
结束部分	5分钟	1. 整理活动：牵拉、放松、按摩、心理调整。 2. 比赛小结：技术、心理、状态等。 3. 安排下场比赛的准备会。		教法：教师带领进行。 要求：充分放松。
伤病学生安排		无		运动量　　　大　中—小 强　度　　　大—中　小
课后小节				

训练课周次　12　周　　　次　授课对象　　　　　　　　日　期　　　　　　气温　　　　　

课的任务　1. 半场防守练习，提高队员预判能力及防守意识；2. 学习吊球手法及各种吊球的运用；3. 小力量练习，提高队员腰腹力量。

部分	时间	训练内容及训练量	组织教法、要求（图示）
准备部分	15分钟	1. 课堂常规：检查出勤、队列。 2. 课的任务、要求，提问，见习安排。 3. 准备活动：　　　　　　　　　12分 （1）徒手操 （2）各种步伐跑跳 小步跑－高抬腿－后蹬跑－跨步跳－侧滑步－双足跳－转髋－向前、后一步跨跳——冲刺 （3）游戏："叫号"	队形： 要求：快、静、齐。 教法：围成圈，每人带一节体操。 教法：行进间各种跑跳，各完成2组。 要求：根据动作规格，要认真完成。 游戏图例：
基本部分	70分钟	1. 基本击球手法练习　　　　　　20分 对墙连续中距传、垫球　　　各50次 两人对传、对垫　　　　　100次 两人打防 二传队员专门练习。 2. 半场防守练习　　1组　　　15分 3. 扣球练习　　　　　　　　　25分 （1）主攻4号位扣球 （2）副攻3号位扣球 （3）后排攻 （4）吊球练习 4. 腹肌、背肌练习各30个×3组　10分	教法：先完成对墙传垫者结合成两人一组，垂直网站立，进行对传垫和打防练习。 网前，教师抛球练习二传的移动传球。 要求：提高控制球能力，打出上旋球。 教法：3人一组，防教师抛扣或吊球。 要求：3人分工明确。 教法：二传网前传各种战术球。 要求：保持好人与球的位置关系。 教法：如图，吊球到阴影区域。 要求：吊球时不要持球。 教法：两人一组，配合练习。
结束部分	5分钟	1. 整理器材：练习球、摇把等。 2. 整理活动：牵拉、放松、按摩、心理调整。 3. 课堂总结：课的任务完成情况；优点表扬与不足提示；布置课外作业、预习内容等。	教法：圆队形或体操队形教师居中指导。 要求：充分放松。
伤病学生安排		根据见习生的身体情况适当参与练习	运动量　　大　中　小 强　度　　大　中　小
课后小节			

训练课周次 __13__ 周 _____ 次 授课对象 _____ 日 期 _____ 气 温 _____

课的任务 1. 进一步提高队员的防守判断意识及手臂控制能力；2. 提高队员的拦、防对抗意识和配合能力；3. 素质练习，提高队员的心肺能力。

部分	时间	训练内容及训练量	组织教法、要求（图示）
准备部分	15分钟	1. 课堂常规：检查出勤，队列。 2. 课的任务、要求，提问，见习安排。 3. 准备活动：　　　　　　　12分 （1）徒手操 （2）各种步伐跑跳 小步跑—高抬腿—后蹬跑—跨步跳—侧滑步—双足跳—转髋—向前、后一步跨跳——冲刺 （3）游戏："搬运球比赛"	队形： 要求：快、静、齐。 教法：围成圆圈每人带一节进行练习。 教法：行进间各种跑跳。 游戏图例：如图四路纵队进行搬运球比赛 要求：中途球不要落地。
基本部分	70分钟	1. 基本击球手法练习　　　　13分 （1）两人对传 （2）调传练习 2. 专位防守练习　　　　　　20分 每组起10次好球交换 3. 扣防练习　　　　　　　　25分 防守起球5次，换3人防守。 4. 素质练习　　　　　　　　12分 12分钟跑	要求：距离6米以上。 教法：后场自抛传球上网，并接住球回至队尾。 要求：全身协调用力伴送球，传球高吊、近网。 教法：教师网前抛、扣球，3人半场防守，不防守的人调整传球。 要求：尽量保持连续起球，加强接应串联。 教法：如图 3. 人半场防守，其他人由二传组织扣球，先4号位再2号位。 要求：扣球不能失误。 教法：两路纵队，绕排球场地跑。 要求：一人领跑两圈，不能掉队。
结束部分	5分钟	1. 整理器材：练习球、摇把等。 2. 整理活动：牵拉、放松、按摩、心理调整。 3. 课堂总结：课的任务完成情况；优点表扬与不足提示；布置课外作业、预习内容等。	教法：圆队形或体操队形教师居中指导。 要求：充分放松。
伤病学生安排		根据见习生的身体情况适当参与练习	运动量　　大　中—小 强　度　　大　中—小
课后小节			

训练课周次 __14__ 周 ____次 授课对象_____ 日 期_____ 气 温_____

课的任务 1. 改进发、垫、传、扣、拦等技术的动作规格；2. 提高下肢肌肉的基础力量及连续弹跳能力；3. 做好考前调整和准备。

部分	时间	训练内容及训练量	组织教法、要求（图示）
准备部分	15分钟	1. 课堂常规：检查出勤，队列。 2. 课的任务、要求，提问，见习安排。 3. 准备活动： 12分 （1）徒手操 （2）各种步伐跑跳 小步跑－高抬腿－后蹬跑－跨步跳－侧滑步－双足跳－转髋－向前、后一步跨跳——冲刺 （3）游戏：跳长绳	队形： （图） 要求：快、静、齐。 教法：围成圈，每人带一节徒手体操。 要求：动作幅度要舒展用力，使身体充分活动开。 教法：行进间各种跑跳。 要求：根据动作规格，要认真完成。 游戏图例： （图）
基本部分	70分钟	1. 基本击球手法 15分 （1）自传球　　　30次×3组 （2）自垫球　　　30次×3组 （3）两人传球垫球　各100次 2. 扣球练习 20分 各位置扣一般高球 3. 拦网练习 20分 （1）徒手网前移动拦网练习 （2）传＋拦练习 4. 素质练习 15分 （1）负重半蹲　　10次×4组 （2）双摇跳绳　　15次×5组	教法：（1）（2）全场散开练习，连续自传、自垫的过程中看教师手势报数。传垫交替练习。 （3）两人对传对垫，距离6米左右，连续。 要求：自己检查动作，相互检查动作。 （图） 教法：两人一组，一人贴网站立准备拦网，一人隔网进攻线附近向网口传球。 要求：把握好起跳时机。 教法：两人一组按要求完成。 要求：认真，防止受伤。
结束部分	5分钟	1. 整理器材：练习球、摇把、跳绳等。 2. 整理活动：牵拉、放松、按摩、心理调整。 3. 课堂总结：课的任务完成情况；优点表扬与不足提示；布置课外作业、预习内容等。	教法：圆队形或体操队形教师居中指导。 （图） 要求：充分放松。
伤病学生安排		根据见习生的身体情况适当参与练习	运动量 大 中—小
			强 度 大 中—小
课后小节			

训练课周次 __15__ 周 ____次 授课对象_____ 日 期_____ 气温_____

课的任务 1. 模拟专项技术考核；2. 模拟专项素质考核。

部分	时间	训练内容及训练量	组织教法、要求（图示）
准备部分	15分钟	1. 课堂常规：检查出勤，队列。 2. 课的任务：要求，提问，见习安排。 3. 练习的安全提示 4. 准备活动： 12分 （1）徒手操：头部运动－肩部运动－扩胸运动－体转运动－腰部运动－腹背运动－压腿－膝关节运动－脚踝运动。 （2）各部位静力牵拉练习	要求：快、静、齐。 提示：注意训练中脚下滚动球，队员间相互提醒。 教法：由教师领做。 要求：动作幅度要舒展用力，使身体充分活动开。
基本部分	70分钟	1. 基本技术练习 25分 （1）两人传、垫球 （2）两人打防练习 2. 扣拦练习 30分 （1）扣散球练习 （2）扣快球练习 （3）拦网练习 3. 素质练习 15分 （1）米字移动 2次机会 （2）助跑摸高 5次起跳	教法：（1）中远距离，不间断传垫。 （2）两人一组，连续打防10个。 要求：根据考试要求进行练习。 教法：（1）练习2、4号位一般扣球； （2）同侧网两点扣快球和战术扣球； （3）练习拦半高球。 要求：扣球挥臂速度要快，找点，拦网找好起跳时机。 教法：（1）如图 要求：移动中要保持面朝网。
结束部分	5分钟	1. 整理器材：练习球、摇把等。 2. 整理活动：放松、调整。 3. 课堂总结：课的任务完成情况；优点表扬与不足提示；布置课外作业等。	教法：圆队形或体操队形教师居中指导。 要求：充分放松。
伤病学生安排		根据见习生的身体情况适当参与练习	运动量 大 中—小
			强 度 大 中—小
课后小节			

第五学期教案：

训练课周次___1___周　　___次　授课对象_____　日　期_____　气温_____

课的任务　1. 发、垫、传、扣、拦基本技术练习，恢复基本技术的控制球能力；2. 恢复体能及下肢肌肉力量；3. 培养队员团队协作精神。

部分	时间	训练内容及训练量	组织教法、要求（图示）
准备部分	15分钟	1. 课堂常规：检查出勤，队列。 2. 课的任务、要求，提问，见习安排。 3. 准备活动：　　　　　　12分 （1）徒手操 （2）各种步伐跑跳 小步跑－高抬腿－后蹬跑－跨步跳－侧滑步－双足跳－转髋－向前、后一步跨跳——冲刺 （3）游戏：跳长绳	队形： 要求：快、静、齐。 教法：围成圆圈每人带一节进行练习。 要求：动作幅度要舒展用力，使身体充分活动开。 教法：行进间各种跑跳，各种跳跃两趟完成。 要求：根据动作规格，要认真完成。 游戏图例：
基本部分	70分钟	1. 基本击球手法　　　　　20分 （1）自传球　　　30次×3组 （2）自垫球　　　30次×3组 （3）两人传球垫球　各100次 2. 扣球练习　　　　　　　15分 各位置扣一般高球 3. 拦网练习　　　　　　　20分 （1）徒手网前移动拦网练习 （2）传＋拦练习 4. 发球练习　　　　　　　10分 5. 素质练习　　　　　　　15分 （1）负重半蹲　　10次×4组 （2）双摇跳绳　　15次×5组	教法：自传、自垫均一组低球、一组高球、一组高低球交替。对传、垫球距离6米以上。 要求：主动控制球。 教法：学生轮流传球，每人传6次好球。 教法：（1）网前单人移动拦网，从一侧边线到另一侧边线，（2）两人一组，一人贴网站立准备拦网，一人隔网进攻线附近向网口传球。 要求：把握好起跳时机。 教法：发球区发球练习。 要求：尽量减少失误。 要求：认真，防止受伤。
结束部分	5分钟	1. 整理器材：练习球、摇把、跳绳等。 2. 整理活动：牵拉、放松、按摩、心理调整。 3. 课堂总结：课的任务完成情况；优点表扬与不足提示；布置课外作业、预习内容等。	教法：圆队形或体操队形教师居中指导。 × × × × × × × × × × × × × × × × 要求：充分放松。
伤病学生安排		根据见习生的身体情况适当参与练习	运动量　　大　中　__小__
			强度　　　大　中　__小__
课后小节			

训练课周次__2__周　____次　授课对象_____　日　期_____　气温_____

课的任务　1. 进一步恢复传、垫、扣等基本技术的球感；2. 通过防、调、扣练习，提高队员手上的控制球能力及串联意识；3. 进一步恢复体能和腹背肌肉力量。

部分	时间	训练内容及训练量	组织教法、要求（图示）
准备部分	15分钟	1. 课堂常规：检查出勤，队列。 2. 课的任务、要求，提问，见习安排。 3. 准备活动：　　　　　　　　12分 （1）徒手操 （2）游戏"地滚球"比赛	队形： 要求：快、静、齐。 教法：围成圆圈每人带一节进行练习。 要求：动作幅度要舒展用力，使身体充分活动开。 游戏规则：必须单手触球，球不得拿起离地，可传，滚动射门得1分，可有身体阻挡但不得推拉打等犯规行为，规定时间内得分多为胜。
基本部分	70分钟	1. 基本击球手法　　　　　　　15分 （1）传、垫球练习 连续对墙中距传球　　　50次 连续对墙中距垫球　　　50次 两人对传、对垫　　　100次 （2）扣、防、调练习 2. 扣球练习　　　　　　　　20分 （1）扣2、4号位一般高球 （2）扣3号位近体快球 3. 拦网练习　　　　　　　　20分 （1）徒手网前移动拦网 （2）扣拦练习 4. 素质练习　　　　　　　　15分 腹、背肌　　　　30次×5组	教法：每人一球对墙练习，先完成的学生自动组成2人组进行对传对垫练习。 要求：认真体会手指手臂触球的感觉，主动控制球，相互纠正动作。 教法：两人一组，连续扣、防、调传。 要求：防守控制好力量。 教法：（1）教师抛球练习，学生分成2组，一组扣球，一组捡球、递球。（2）二传传球。 要求：互相纠正动作，交流体会。 教法：（2）教师和二传传球，两边4号位扣球，每边一人拦网，有效拦网1次或起跳6次交换。 要求：把握好起跳时机。 要求：动作到位，认真完成。
结束部分	5分钟	1. 整理器材：练习球、摇把等。 2. 整理活动：牵拉、放松、按摩、心理调整。 3. 课堂总结：课的任务完成情况；优点表扬与不足提示；布置课外作业、预习内容等。	教法：圆队形或体操队形教师居中指导。 × × × × × × × ● 要求：充分放松。
伤病学生安排		根据见习生的身体情况适当参与练习	运动量 大 中—小 强　度 大 中—小
课后小节			

训练课周次 __3__ 周 ____次 授课对象_____ 日 期_____ 气 温_____

课的任务 1. 提高扣球和防守的手上控制球能力并培养小组配合意识；2. 改进拦网动作，提高把握起跳时机的能力；3. 提高队员的弹跳力及连续起跳能力。

部分	时间	训练内容及训练量	组织教法、要求（图示）
准备部分	15分钟	1. 课堂常规：检查出勤，队列。 2. 报告课的任务、提出要求，安排见习生。 3. 准备活动： 12分 （1）徒手操 （2）各种步伐跑跳 小步跑－高抬腿－后蹬跑－跨步跳－侧滑步－双足跳－转髋－向前、后一步跨跳－三步手触地－冲刺 （3）游戏：闯三关	队形： 要求：快、静、齐。 教法：围成圆圈每人带一节进行练习。 要求：动作幅度要舒展用力，使身体充分活动开。 教法：行进间各种跑跳，各种跳跃完成2组。 要求：根据动作规格，要认真完成。 游戏图例：
基本部分	70分钟	1. 传、垫球练习 20分 （1）三人三角传、垫球 各100次 （2）三人扣、防、调练习 15次×2组 2. 拦网练习 15分 （1）徒手网前移动拦网 （2）扣＋拦对抗练习 3. 扣球练习 20分 （1）隔网原地抛扣 （2）2、4号位扣一般高球 4. 素质练习 15分 双摇跳绳 15次×5组	要求：提高传球手臂、指腕控制球能力；提高垫球前臂控制球能力；熟悉球性； 教法：3人一组，连续扣、防、调传。 要求：防守控制好手臂的力量。 教法：（1）并步移动拦网、交叉步移动拦网。 （2）两人一组，1人自抛扣球，1人网前拦网。 要求：掌握好起跳时机。 教法：（1）低网，原地自抛扣球，球网同侧练习，所有球扣完，换到另半场捡球再练习。 （2）球网同侧扣球，一边二传传球，一边学生轮流传球，然后交换二传传球位置。 要求：手包满球，打出上旋球。 要求：认真、努力。
结束部分	5分钟	1. 整理器材：练习球、摇把等。 2. 整理活动：牵拉、放松、按摩、心理调整。 3. 课堂总结：课的任务完成情况；优点表扬与不足提示；布置课外作业、预习内容等。	教法：圆队形或体操队形教师居中指导。 × × × × × × × × ● 要求：充分放松。

伤病学生安排	根据见习生的身体情况适当参与练习	运动量	大 中—小
		强 度	大 中—小

课后小节	

训练课周次__4__周 ____次 授课对象_____ 日 期_____ 气 温_____

课的任务 1. 提高队员的扣拦对抗能力；2. 通过4对4教学比赛，培养队员的场上攻防转换意识；3. 提高队员的上肢力量和速度耐力。

部分	时间	训练内容及训练量	组织教法、要求（图示）
准备部分	15分钟	1. 课堂常规：检查出勤，队列。 2. 课的任务：要求，见习安排。 3. 准备活动：　　　　　　　12分 （1）行进间徒手体操 （2）跑步和起跳练习	队形： 要求：快、静、齐。 一路纵队沿球场行进。 一路纵队沿球场放松慢跑步 – 从排尾开始逐个从队中行穿，加速跑至排头，每人重复两次。 5人一组，横队放松跑至网前作两步助跑起跳，从网下钻过快速跑至对面端线（冲刺9米）。 要求：全力以赴。
基本部分	70分钟	1. 基本技术练习　　　　　　10分 （1）扣、防、调练习　　15次×2组 2. 扣、拦练习　　　　　　　10分 （1）徒手网前移动拦网练习 （2）2、4号位扣球练习＋单人拦网 3. 教学比赛　　　　　　　　35分 4. 素质练习　　　　　　　　15分 （1）俯卧撑练习　　10~15次/4组 （2）跑步　　　绕排球场10圈	教法：1人扣，2人防守，不防守学生调整传球。 要求：扣球人逐渐加大力量。 教法：（1）单人并步移动拦网，交叉步移动拦网。（2）2、4号位扣球＋单人拦网。 要求：随时注意拦网手型。 教法：教师把学生分成实力相当的2组，15分一局，根据时间打局数。 要求：场上积极跑动，加强队员之间的配合，增强场上攻防转换意识。 要求：动作认真规范。 教法：不计时，要求尽70%~80%的力跑。
结束部分	5分钟	1. 整理器材：练习球、摇把等。 2. 整理活动：牵拉、放松、按摩、心理调整。 3. 课堂总结：课的任务完成情况；优点表扬与不足提示；布置课外作业、预习内容等。	教法：圆队形或体操队形教师居中指导。 × × × × × × × × ● 要求：充分放松。
伤病学生安排		根据见习生的身体情况适当参与练习	运动量　　大 中 小 强 度　　大 中 小
课后小节			

训练课周次 __5__ 周 ____次 授课对象_____ 日 期_____ 气温_____

课的任务 1. 通过两人防调练习，提高学生控制球能力；2. 巩固完整技术动作，提高个人的扣球成功率；3. 通过防守练习，培养学生团结协作和吃苦耐劳的精神。

部分	时间	训练内容及训练量	组织教法、要求（图示）
准备部分	15分钟	1. 课堂常规：检查出勤，队列。 2. 报告课的任务、提出要求，安排见习生。 3. 准备活动：　　　　　　　　　　12分 （1）徒手操 （2）网前各种移动步法练习 滑步－交叉步－跨步 （3）游戏：老鹰捉小鸡	队形： 要求：快、静、齐。 教法：围成圆圈每人带一节进行练习。 教法：听口令行进间各种步伐各个方向移动。 游戏规则：将学生分成两组，分别在两半场游戏。抓到后换"老鹰"和"母鸡"。
基本部分	70分钟	1. 传、垫练习　　　　　　　　　15分 （1）两人对传、对垫　　各100次 （2）扣、防、调练习　　15次×2组 2. 两人防调练习　　　　　　　　25分 3. 扣球练习　　　　　　　　　　15分 （1）4号位高球抛扣　　30次×2组 （2）3号位半高球抛扣　30次×2组 4. 素质练习　　　　　　　　　　15分 （1）腹、背肌　　　　30次×5组 （2）羽毛球掷远　　　25次/左右手	教法：（1）距离5米左右，传垫球后手摸地。 （2）按轮次3人一组，二传（接应）防守、传球；主攻组扣防传；副攻组扣球、防守。 要求：扣球控制落点，防守注意缓冲。 教法：将学生分成2大组，一组两两练习，一组捡球。教练网前扣球，两人一组，分别站在1、5号位，1号防守、5号调整，5号防守、1号传球。 要求：防守起高球并防到中场，传球跑动接应并传到网前且高度合适。 教法：后面给二传抛球，攻手准备扣球。 要求：4号位外绕上步，手包满球，打出力量。3号位掌握起跳节奏，扣出两条线。 2. 人一组，压腿起上身，手抱头。 2. 人一组轮流练习。 要求：速度快。
结束部分	5分钟	1. 整理器材：练习球、摇把等。 2. 整理活动：牵拉、放松、按摩、心理调整。 3. 课堂总结：课的任务完成情况；优点表扬与不足提示；布置课外作业、预习内容等。	教法：圆队形或体操队形教师居中指导。 × × × × × × × × × × × × ● 要求：充分放松。
伤病学生安排		根据见习生的身体情况适当参与练习	运动量　　　大　中　小 强　度　　　大　中　小
课后小节			

训练课周次 __6__ 周 ___次 授课对象_____ 日 期_____ 气温_____

课的任务 1. 提高扣球的突破能力；2. 提高一传到位率及学生接发球的自信心；3. 提高学生全身爆发力和连续起跳能力。

部分	时间	训练内容及训练量	组织教法、要求（图示）
准备部分	15分钟	1. 课堂常规：检查出勤，队列。 2. 报告课的任务、提出要求，安排见习生。 3. 准备活动：　　　　　　　　　　12分 （1）徒手操 （2）各种步伐跑跳 小步跑－高抬腿－后蹬跑－跨步跳－侧滑步－双足跳－转髋－向前、后一步跨跳——冲刺 （3）游戏：绕人追击	队形： （人形队列图示） 要求：快、静、齐。 教法：围成圆圈每人带一节进行练习。 要求：动作幅度要舒展用力，使身体充分活动开。 教法：行进间各种跑跳，各种跳跃完成2组。 要求：根据动作规格，要认真完成。 游戏图例： （圆圈追击游戏图示）
基本部分	70分钟	1. 基本功练习　　　　　　　　　　15分 （1）对墙传球、垫球　　各连续100次 （2）对墙扣球　　　　　50次 2. 扣球练习　　　　　　　　　　　15分 （1）4号位扣一般球 （2）4号位扣球＋双人拦网对抗 3. 接发球练习　　　　　　　　　　25分 （1）一发一接　　　　每人15×2组 （2）隔网接发球　　　每人发10次好球 4. 素质练习　　　　　　　　　　　15分 （1）连续纵跳　　　　30次×3组 （2）五级蛙跳　　　　3组	教法：（1）距离2米左右，高度3米左右。 （2）原地自抛一般球10次，原地高抛球10次×2组，自抛跳起扣球10次×2组。 教法：（1）直、斜线各扣3次好球。 （2）双人拦网阻挡4号位扣球 要求：攻手观察拦网手，力争突破。 教法：（1）距离9米，不隔网，接球后移动将球传给发球人。（2）3组学生，每组1人发球，其他人轮流接发球。 要求：发球准确，接发球移动并控制球。 教法：中线往端线处跳，比远度。
结束部分	5分钟	1. 整理器材：练习球、摇把等。 2. 整理活动：牵拉、放松、按摩、心理调整。 3. 课堂总结：课的任务完成情况；优点表扬与不足提示；布置课外作业、预习内容等。	教法：圆队形或体操队形教师居中指导。 ××　××　××　×× ● 要求：充分放松。
伤病学生安排		根据见习生的身体情况适当参与练习	运动量　　　大—中　小 强度　　　　大　中　小
课后小节			

训练课周次 __7__ 周 ____次 授课对象 _____ 日 期 _____ 气 温 _____

课的任务 1. 改进扣球手法，提高扣球的控制球能力，学会区分强攻技术动作，提高后排扣球成功率；2. 提高后场防调的串联配合意识机能力；3. 提高移动速度和变向能力。

部分	时间	训练内容及训练量	组织教法、要求（图示）
准备部分	15分钟	1. 课堂常规：检查出勤，队列。 2. 报告课的任务、提出要求，安排见习生。 3. 安全提示。 4. 准备活动：　　　　　　　　12分 （1）徒手操 （2）沿球场界线作折线跑步，横排从端线上起跑前进，凡过到场上划线处，双手摸地倒退至起点线，再前进时，跨过第一条线从第二条线退至第一条线直至对场端线为心。 （3）游戏：跳长绳	队形： 要求：快、静、齐。 教法：围成圆圈每人带一节进行练习。 要求：动作幅度要舒展用力，使身体充分活动开。 游戏图例：
基本部分	70分钟	1. 传垫练习　　　　　　　　15分 （1）三角传球，垫球　　100次 （2）3人防调扣练习　　15次×2组 2. 串联练习　　　　　　　　25分 3人半场防、调　　15次球交换 3. 扣球练习　　　　　　　　20分 （1）4号位一般扣球 （2）5、6号区后排攻 4. 米字移动　　　　　　　　10分 　　　　　　　　　　4次/每人	教法：如图 要求：连续不间断，注意动作。 教法：按轮次分组，两半场同时进行。1组后排防守，1组前排2、4号位原地扣球，组织防守。 要求：防守降低重心，调整脚下快速移动取位。 教法：前排扣球与后排扣球交替进行。两边场地同时进行，二传传球，中场抛球。 要求：细心体会前排扣球与后排扣球动作的区别，注意人与球网的关系。 教法：两边场地同时练习。 要求：脚步灵活，变向快。
结束部分	5分钟	1. 整理器材：练习球、摇把等。 2. 整理活动：牵拉、放松、按摩、心理调整。 3. 课堂总结：课的任务完成情况；优点表扬与不足提示；布置课外作业、预习内容等。	教法：圆队形或体操队形教师居中指导。 要求：充分放松。
伤病学生安排		根据见习生的身体情况适当参与练习	运动量　　　大—中　小 强度　　　大　中　小
课后小节			

训练课周次 __8__ 周 ____次 授课对象_____ 日 期_____ 气 温_____

课的任务 1. 提高学生的个人防守能力和吃苦精神；2. 提高学生的专位扣球能力；3. 提高学生的上下肢基础力量。

部分	时间	训练内容及训练量	组织教法、要求（图示）
准备部分	15分钟	1. 课堂常规：检查出勤，队列。 2. 报告课的任务、提出要求，安排见习生。 3. 安全提示。 4. 准备活动 12分 （1）双人体操：双臂对抗互推－压高下振－拉手转腰－背对背拉手体侧屈－背靠背挎肘互背－拉手蹲跳 （2）助跑起跳摸高练习 （3）游戏："摇船过河"	要求：快、静、齐。 教法：由教师领做。 要求：动作幅度要舒展用力，使身体充分活动开。 教法：助跑起跳摸篮筐，尽全力跳。 要求：跑、跳动作到位。 游戏图例：
基本部分	70分钟	1. 基本功练习 15分 （1）三人移动传、垫球 各20次×2组 （2）三人扣防练习 15次2组/每人 2. 防守练习 20分 单兵防守 10个球×2组 3. 专位扣球练习 10分 4. 力量练习 25分 （1）负重半蹲 15次×4组 （2）俯卧撑 12次×4组 （3）负重脚弓 25次×5组 （4）推小车 2组	教法：（1）3人一组，2人定位传球，1人左右移动传球、垫球，距离2米左右。 （2）2人扣球，1人防守，防15次交换。 要求：注意基本动作，主动控制球。 教法：学生分成两大组，1组由教师抛球单兵防守，1组在另半场继续3人扣防，然后交换。 要求：勇敢顽强，注重起球效果。 教法：球网同侧进行。主攻、接应：后排攻；副攻：短平扣球、近体快、背飞扣球。 要求：把握好起跳点和起跳时机。 教法：两人一组，根据体重组成。要求动作到位，避免受伤。
结束部分	5分钟	1. 整理器材：练习球、摇把等。 2. 整理活动：牵拉、放松、按摩、心理调整。 3. 课堂总结：课的任务完成情况；优点表扬与不足提示；布置课外作业、预习内容等。	教法：圆队形或体操队形教师居中指导。 × × × × × × × × ● 要求：充分放松。
伤病学生安排		根据见习生的身体情况适当参与练习	运动量 大—中 小 强 度 大 中 小
课后小节			

训练课周次 __9__ 周 ____ 次 授课对象_____ 日 期_____ 气 温_____

课的任务 1. 提高学生的专位防守意识和能力；2. 提高学生接发球进攻中技术的运用和串联能力，形成一攻战术打法；3. 培养学生团结协作和吃苦耐劳的精神。

部分	时间	训练内容及训练量	组织教法、要求（图示）
准备部分	15分钟	1. 课堂常规：检查出勤，队列。 2. 报告课的任务、提出要求，安排见习生。 3. 安全提示。 4. 准备活动： 12分 （1）徒手操 （2）各种步伐跑跳 小步跑－高抬腿－后蹬跑－跨步跳－侧滑步－双足跳－转髋－向前、后一步跨跳——冲刺 （3）游戏："背人接力"	队形： （图示） 要求：快、静、齐。 教法：围成圆圈每人带一节进行练习。 要求：动作幅度要舒展用力，使身体充分活动开。 教法：行进间各步伐跑跳，各种跳越两趟完成。 要求：根据动作规格，要认真完成。 游戏图例： （图示）
基本部分	70分钟	1. 传垫扣基本练习 15分 （1）两人远距离对传、对垫 各100次 （2）连续打防练习 2. 专位防守练习 20分 15次×2组 3. 战术扣球练习 15分 （1）个人战术进攻 （2）按轮次战术配合扣球 4. 接发球进攻练习 20分 每轮次组织5个好球	教法：3组学生隔网对传，3组学生后场对垫，然后交换，距离均为6米。 要求：全身协调发力，控制球。 教法：在自己的专位上进行单兵防守，教师在网前扣球或吊球。另半场安排2人扣防，两组交换。 要求：起球尽量到位，坚持救起每一个球。 教法：（1）球网同侧，两个二传，2点扣球。 （2）3人一轮配合扣球，教师给二传抛球。 要求：注意战术扣球的节奏，通过手势联系战术，减少配合失误。 教法：按照比赛阵容，每组6个人进行一攻练习，其他队员发球区发球。 要求：接发球积极判断取位并力争垫到位，二传大胆组织不同的进攻。
结束部分	5分钟	1. 整理器材：练习球、摇把等。 2. 整理活动：牵拉、放松、按摩、心理调整。 3. 课堂总结：课的任务完成情况；优点表扬与不足提示；布置课外作业、预习内容等。	教法：圆队形或体操队形教师居中指导。 × × × × × × × × × × × × ● 要求：充分放松。

伤病学生安排	根据见习生的身体情况适当参与练习	运动量	大—中 小
		强 度	大 中 小

课后小节	

训练课周次　__10__周　　____次　授课对象_____　日　期_____　气温_____

课的任务　1. 巩固拦网手型，改进拦网起跳时机；2. 通过教学比赛，检验训练成效，提高队员之间的配合，培养比赛意识；3 培养团结协作精神，提高默契程度。

部分	时间	训练内容及训练量	组织教法、要求（图示）
准备部分	15分钟	1. 课堂常规：检查出勤，队列。 2. 报告课的任务、提出要求，安排见习生。 3. 安全提示。 4. 准备活动：　　　　　　　12分 （1）双人体操：双臂对抗互推－压高下振－拉手转腰－背对背拉手体侧屈－背靠背挎肘互背－拉手蹲跳 （2）快速反应跑跳 听教师口令快速做各种步伐跑跳：小步跑－高抬腿－后蹬跑－跨步跳－侧滑步－双足跳－冲刺跑	要求：快、静、齐。 教法：由教师领做。 要求：动作幅度要舒展用力，使身体充分活动开。 教法：先正口令，后反口令变换方向跑。 要求：跑跳动作到位，尽全力，快速反应。
基本部分	70分钟	1. 基本传垫扣练习　　　　　10分 （1）两人对传、对垫　　　各100次 （2）两人扣防　　　15次×2组/每人 2. 徒手移动拦网练习　　　　10分 （1）单人网前移动拦网练习 （2）移动组成双人拦网练习 3. 赛前常规练习　　　　　　10分 （1）各位置扣球练习 （2）发球练习 4. 6对6教学比赛　　　　　　40分	教法：按固定分组进行练习。 要求：扣防增加连续次数，扣球人逐渐加力。 教法：（2）图示。 要求：两人之间不要漏球，控制好身体重心。 教法：25分一局，阵容如下： 刘振 段重德　黄萧 崔哲　　朱明明 王春游 胡永君 马钰　韩超 马腾　　唐志强 刘世超 要求：多组织战术进攻。
结束部分	5分钟	1. 整理器材：练习球、摇把等。 2. 整理活动：牵拉、放松、按摩、心理调整。 3. 课堂总结：课的任务完成情况；优点表扬与不足提示；布置课外作业、预习内容等。	教法：圆队形或体操队形教师居中指导。 ×　×　×　×　×　×　×　× ×　×　×　×　×　×　×　× ● 要求：充分放松。
伤病学生安排		根据见习生的身体情况适当参与练习	运动量　　　大—中　小 强　度　　　大　中　小
课后小节			

训练课周次___11__周 _____次 授课对象_____ 日 期_____ 气温_____

课的任务 1.扣拦专位练习，提高扣拦技术的运用能力，培养对抗意识；2.增强攻手与二传的默契程度；3.提高拦网及拦防配合能力。

部分	时间	训练内容及训练量	组织教法、要求（图示）
准备部分	15分钟	1. 课堂常规：检查出勤，队列。 2. 报告课的任务、提出要求，安排见习生。 3. 安全提示。 4. 准备活动：　　　　　　　　12分 （1）双人体操：双臂对抗互推－压高下振－拉手转腰－背对背拉手体侧屈－背靠背挎肘互背－拉手蹲跳 （2）游戏："闯三关"	要求：快、静、齐。 教法：由教师领做。 要求：动作幅度要舒展用力，使身体充分活动开。 游戏图例：
基本部分	70分钟	1. 基本传垫扣练习　　　　　　20分 （1）3人传、垫球　　100次 （2）3人防调扣　　15次×2组/每人 2. 拦网练习　　　　　　　　　10分 有效拦网3次换组 3. 专位扣球练习　　　　　　　15分 4. 攻防对抗练习　　　　　　　25分	教法：（1）3人一组，三角站位。顺、逆时针各50次传垫。（2）调整往两个方向传球。 要求：3个角色均积极移动，主动控制球。 教法：教师抛球，二传组织2、4号位扣球，按轮次3人在对方网前拦网，组成双人拦网。 要求：积极形成双人拦网，避免扣拦犯规，扣球减少失误。 教法：球网同侧，2名二传组织进攻，学生自己选择进攻点。 要求：加强攻手与二传的配合，减少失误。 教法：2个阵容进行对抗，多余的学生发球。每发5次球轮转一个位置，10次球记比分。进攻犯规算对方得1分。 要求：积极组织进攻并减少犯规失误，加强拦防配合和弥补。
结束部分	5分钟	1. 整理器材：练习球、摇把等。 2. 整理活动：牵拉、放松、按摩、心理调整。 3. 课堂总结：课的任务完成情况；优点表扬与不足提示；布置课外作业、预习内容等。	教法：圆队形或体操队形教师居中指导。 要求：充分放松。
伤病学生安排		根据见习生的身体情况适当参与练习	运动量　　大—中　　小
			强　度　　大—中　　小
课后小节			

训练课周次 __12__ 周 ____次 授课对象_____ 日 期_____ 气温_____

课的任务 1. 提高调整进攻的能力；2 提高防守起球效果及攻防转换意识；3. 提高上肢力量和身体协调性。

部分	时间	训练内容及训练量	组织教法、要求（图示）
准备部分	15分钟	1. 课堂常规：检查出勤，队列。 2. 报告课的任务、提出要求，安排见习生。 3. 安全提示。 4. 准备活动： 　　　　　　　　　12分 （1）徒手操：头部运动－肩部运动－扩胸运动－体转运动－腰部运动－腹背运动－压腿－膝关节运动－脚踝运动 （2）各种跑跳：小步跑－高抬腿－后蹬跑－跨步跳－侧滑步－双足跳－转髋－向前、后一步跨跳——冲刺	要求：快、静、齐。 教法：由教师领做。 要求：动作幅度舒展用力，使身体充分活动开。 要求：跑跳动作到位。
基本部分	70分钟	1. 基本传垫扣练习　　　　　15分 （1）4人跑动传球　　 累计100次 （2）4人扣防、调传　　5分钟换位 2. 扣防练习　　　　　　　　15分 （1）扣调整球 （2）扣调整球＋防守 3. 4对4攻防对抗　　　　　　30分 每边5次球轮转，然后换组 4. 素质练习　　　　　　　　10分 （1）手倒立　　　　 30秒×2组 （2）推小车　　　　 9米×2组	教法：（1）4人分站2、4、1、5号位，后场对角线传到网前，前排直线传到后场，连续进行。 （2）1人扣、2人防守、1人接应传球。 要求：扣出两条线，防调控制球到位。 教法：（1）两边场地同时进行，传扣球。 （2）半场扣球，半场3人防守。 要求：控制重心，避免前冲，保持好人球关系。 教法：4人一组防、调、扣。教师场边抛球。 每边4人，不固定专位，轮转攻防。 要求：积极防守，加强串联与进攻组织，提高进攻威力。 教法：2人一组，相互配合、保护。
结束部分	5分钟	1. 整理器材：练习球、摇把等。 2. 整理活动：牵拉、放松、按摩、心理调整。 3. 课堂总结：课的任务完成情况；优点表扬与不足提示；布置课外作业、预习内容等。	教法：圆队形或体操队形教师居中指导。 ×　×　×　×　×　×　×　× 要求：充分放松。
伤病学生安排		根据见习生的身体情况适当参与练习	运动量　　大　中　小
			强　度　　大　中　小
课后小节			

训练课周次　13　周　　　　次　授课对象　　　　　　　日　期　　　　　　气温　　　　　

课的任务　1. 提高传垫扣的控制球能力，培养保护意识；2. 提高拦网和防守的配合意识和配合能力；3. 培养网上对抗能力，以及进攻的突破能力。

部分	时间	训练内容及训练量	组织教法、要求（图示）
准备部分	15分钟	1. 课堂常规：检查出勤，队列。 2. 课的任务：要求；见习安排；练习安全提示。 3. 准备活动　　　　　　12分 （1）热身跑 （2）徒手操： （3）各种步伐跑跳：小步跑–高抬腿–后蹬跑–跨步跳–侧滑步–双足跳–转髋–向前、后一步跨跳—冲刺。	队形： 要求：快、静、齐。 教法：1场地跑3圈；2围成圈做徒手操，每人带一节。 要求：动作幅度要舒展用力，使身体充分活动开。 要求：认真，努力。
基本部分	70分钟	1. 基本传垫技术练习　　　10分 （1）直线跑动传球　　累计100次 （2）三角垫球加保护动作　累计100次 2. 半场防调　　　　　　20分 　　　10次×2组/每人 3. 攻防对抗练习　　　　25分 　　　5个好球×2组 4. 力量练习　　　　　　15分 （1）负重半蹲　　　15次×4组 （2）俯卧撑　　　　12次×4组 （3）提踵　　　　　25次×5组	教法：学生分成5人一组（1）每边2~3人，距离6米左右，传球后随跑动到对面的队尾。（2）三角垫球，垫球后移动到球的落点处做保护动作，降低重心。 教法：5人半场，3人后排防调，2人前排扣球。两个半场同时进行。 要求：积极防守，加强接应，扣球注意选择线路。 教法：集体攻防对抗练习，教师场外抛球，一组进攻，另一组拦防并反攻。 要求：两人拦网尽量并紧，防守积极判断拦网的空当进行取位，并努力起球。 两人一组，骑人半蹲起。 窄撑 站凳子上，踝部充分蹬伸
结束部分	5分钟	1. 整理器材：练习球、摇把等。 2. 整理活动：放松、心理调整。 3. 课堂总结：课任务完成情况；优点表扬与不足提示等。	教法：圆队形或体操队形教师居中指导。 要求：充分放松。
伤病学生安排		根据见习生的身体情况适当参与练习	运动量　　　大　中—小 强　度　　　大　中—小
课后小节			

训练课周次 __14__ 周 ____次 授课对象_____ 日 期_____ 气温_____

课的任务 1. 改进传垫基本技术，提高其熟练程度；2. 提高扣球的适应球能力；3. 提高协调灵敏素质；4. 做好考前调整、准备。

部分	时间	训练内容及训练量	组织教法、要求（图示）
准备部分	15分钟	1. 课堂常规：检查出勤，队列。 2. 报告课的任务、提出要求，安排见习生。 3. 安全提示。 4. 准备活动： 12分 （1）徒手操 头部运动－肩部运动－扩胸运动－体转运动－腰部运动－腹背运动－弓箭步压腿－膝关节运动－踝关节 （2）每人一球，根据教师的信号，在跑步中运球。 左右手高运球、左右手低运球 （3）"抢球打球"游戏	队形： 要求：快、静、齐。 教法：由教师领做。 要求：动作幅度要舒展用力，使身体充分活动开。 教法：绕场地进行，一路纵队，教师站场地中间。 游戏规则：两人为一个对抗小组，开始后每人自己运球，并同时想办法，将对方运的球打掉，而自己不失误，成功一次得1分。
基本部分	70分钟	1. 传、垫球练习 20分 （1）两人对传、自传移动传、下蹲传、跳传等 （2）两人打防练习 2. 一般扣球 25分 （1）4号位一般扣球。 （2）教师抛球，队员专位扣球 3. 身体素质练习 25分 （1）站立式起跑9m冲刺 （2）原地踏足跑 （3）背向坐地跑	教法：如图 要求：连续不间断。 教法：二传传球，自己上球。 要求：控制好扣球路线。 教法：先扣4号位，再扣3号位，再扣2号位。 要求：控制好人球距离。 教法：排球半场区跑步练习，过网后放松跑。 要求：听教师口令，尽全力跑动。
结束部分	5分钟	1. 整理器材：练习球、摇把等。 2. 整理活动：牵拉、放松、按摩、心理调整。 3. 课堂总结：课的任务完成情况；优点表扬与不足提示；布置课外作业、预习内容等。	教法：圆队形或体操队形教师居中指导。 要求：充分放松。

伤病学生安排	根据见习生的身体情况适当参与练习	运动量	大 中—小
		强 度	大 中—小

课后小节	

训练课周次　15　周　　　　次　授课对象　　　　　　　　日　期　　　　　　　气温　　　　　

课的任务　1. 模拟专项技术考核；2. 模拟专项素质考核

部分	时间	训练内容及训练量	组织教法、要求（图示）
准备部分	15分钟	1. 课堂常规：检查出勤，队列。 2. 课的任务：要求，提问，见习安排。 3. 安全提示。 4. 准备活动：　　　　　　　　12分 （1）徒手操：头部运动－肩部运动－扩胸运动－体转运动－腰部运动－腹背运动－压腿－膝关节运动－脚踝运动。 （2）各部位静力牵拉练习	要求：快、静、齐。 提示：注意训练中脚下滚动球，队员间相互提醒。 教法：由教师领做。 要求：动作幅度要舒展用力，使身体充分活动开。
基本部分	70分钟	1. 基本技术练习　　　　　　　15分 （1）两人传垫球练习 （2）两人打防练习 2. 两人防调扣练习　　　　　　15分 3. 扣球练习　　　　　　　　　15分 （1）扣散球练习 （2）扣战术攻练习 4. 四对四对抗练习　　　　　　15分 5 素质练习　　　　　　　　　10分 （1）米字移动 （2）助跑摸高	教法：两人一组，先传垫球，然后连续扣防中间不能有间断，连续打防10个。 要求：根据考试要求进行练习。 教法：2人一组，在4号区，教师在2号区扣球，按考试要求进行防守、传球、扣球串联。 要求：防守、传球到位，扣球减少失误。 教法：（1）各位置的基本战术扣球。 （2）2人组配合战术攻。 要求：扣球挥臂速度要快，配合跑动要逼真。 教法：4人一组，远网进攻的攻防对抗。 要求：发球要减少失误，场上移动要快速取位。 教法：图示 要求：移动中要保持面朝网。
结束部分	5分钟	1. 整理器材：练习球、摇把等。 2. 整理活动：放松、调整。 3. 课堂总结：课的任务完成情况；优点表扬与不足提示；布置课外作业等。	教法：圆队形或体操队形教师居中指导。 × × × × × × × × × × × × × × × × ● 要求：充分放松。
伤病学生安排		根据见习生的身体情况适当参与练习	运动量　　　大　中—小
			强　度　　　大　中—小
课后小节			

第六学期教案：

训练课周次 __1__ 周 __1__ 次 授课对象 _____ 日 期 _____ 气温 _____

课的任务 1. 恢复发、垫、传、扣等基本技术手感；2. 逐步提高各项技术的控制球能力；3. 恢复体能，以及下肢和躯干的基础力量。

部分	时间	训练内容及训练量	组织教法、要求（图示）
准备部分	15分钟	1. 课堂常规：检查出勤，队列。 2. 课的任务、要求，提问，见习安排。 3. 准备活动：　　　　　　　　　12分 （1）徒手操 （2）折返跑 （3）游戏："跳长绳"	队形： 要求：快、静、齐。 教法：围成圆圈每人带一节进行练习。 要求：动作幅度要舒展用力，使身体充分活动开。 教法：在两边线之间来回折返跑，5个来回3次。 要求：折返速度要快，认真完成。 游戏图例：
基本部分	'70分钟	1. 基本击球练习　　　　　　　　20分 （1）自传、自垫练习 连续自传低球、高球　　　各50次 连续自垫低球、高球　　　各50次 （2）两人扣、防、调练习 2. 扣球练习　　　　　　　　　　25分 各位置扣一般高球，先2、4号位，后3号位 3. 发球练习　　　　　　　　　　10分 4. 素质练习　　　　　　　　　　15分 （1）腹、背肌　　　各30次×5组 （2）静蹲　　　1分30，2分，2分共3组	 教法：两人一组，连续扣、防、调传。 要求：扣球中等力量，控制球，增加来回球。 教法：如图示。 要求：中等力量扣球，适当注意线路。 教法：发球区发球练习。 要求：加强发球攻击性。 教法：两个练习交替进行。 （1）两人一组，压腿，起上身，手抱头 （2）膝角100度左右。
结束部分	5分钟	1. 整理器材：练习球、摇把等。 2. 整理活动：牵拉、放松、按摩、心理调整。 3. 课堂总结：课的任务完成情况；优点表扬与不足提示；布置课外作业、预习内容等。	教法：圆队形或体操队形教师居中指导。 要求：充分放松。
伤病学生安排		根据见习生的身体情况适当参与练习	运动量　　　大 中 小
			强　度　　　大 中—小
课后小节			

训练课周次　2　周　　　　次　授课对象＿＿＿＿＿　日　期＿＿＿＿＿＿　气　温＿＿＿＿

课的任务　1. 进一步恢复基本技术球感；2. 改进发球技术动作，提高其准确性；3. 增加接一般发球的手臂感觉；4. 改进拦网手法，掌握起跳时机；5. 锻炼学生的心肺功能。

部分	时间	训练内容及训练量	组织教法、要求（图示）
准备部分	15分钟	1. 课堂常规：检查出勤，队列。 2. 课的任务、要求，提问，见习安排。 3. 准备活动：　　　　　　　12分 （1）徒手操 （2）各种步伐跑跳 小步跑－高抬腿－后蹬跑－跨步跳－侧滑步－双足跳－转髋－向前、后一步跨跳－冲刺 （3）游戏：背人接力	队形： 要求：快、静、齐。 教法：围成圆圈每人带一节进行练习。 教法：行进间各种跑跳，完成两个循环。 要求：要认真完成，动作到位。 游戏图例：
基本部分	70分钟	1. 基本技术手法　　　　　　15分 对墙连续近、远距传球　各50次 对墙连续近、远距垫球　各50次 两人对传、对垫　　100次 2. 两人打防传练习　　　　　10分 　　　　　　10次×3组 3. 拦网练习　　　　　　　　15分 （1）徒手网前移动拦网练习 （2）拦高台扣球　10次换扣球人 4. 发球接发球练习　　　　　25分 （1）分组隔网发、接练习　10次×2组 （2）发、接对抗练习　10个球×4轮交换 5. 素质练习　　　　　　　　5分 耐力跑练习　排球场10圈　尽全力	教法：2人一组，用一个球，轮流练习，相互纠正动作。 要求：传垫球的高度合适。 教法：防守起球后，传给扣球人。 要求：手包满球，掌握好击球点。 教法：（1）球网两侧同时，从场地一边到另一边，并步移动，交叉步移动。 （2）按专位分成3组，每组1人高台扣球，其他人轮流拦网。在球网同侧进行。 要求：相互纠正拦网手法，注意起跳时机。 教法：（1）学生分成4组，每场地2组，各组1人端线发球，其他人轮流接发球。 （2）分组同上，两两对抗。1组在半场内4人接发球，1组端线外轮流发球，教师鸣哨发球。 要求：认真发球、接发球 教法：听哨声，一个一个出发。
结束部分	5分钟	1. 整理器材：练习球、摇把等。 2. 整理活动：牵拉、放松、按摩、心理调整。 3. 课堂总结：课的任务完成情况；优点表扬与不足提示；布置课外作业、预习内容等。	教法：圆队形或体操队形教师居中指导。 × × × × × × × 要求：充分放松。
伤病学生安排		根据见习生的身体情况适当参与练习	运动量　大　中　小 强　度　大　中　小
课后小节			

训练课周次__3__周　____次　授课对象_____　日　期_____　气温_____

课的任务　1.提高扣垫控制球能力，增加两人连续扣防次数；2.提高防调串联能力和处理球意识；3.提高发球准确性和接发球控制能力。

部分	时间	训练内容及训练量	组织教法、要求（图示）
准备部分	15分钟	1. 课堂常规：检查出勤，队列。 2. 课的任务：要求，提问，见习安排。 3. 准备活动：　　　　　　　　12分 （1）徒手操 两臂配合脚步前后绕环－两臂胸前平层扩胸直臂后振－跨大步前进，上体左右转体－左右转身，前后弯腰两臂上伸前弯时摸地－双手插腰，单腿前上踢－"兔跳" （2）游戏："绕人追击"	队形： 要求：快、静、齐。 教法：围成圈，教师带领练习。 要求：动作幅度要舒展用力，使身体充分活动开。 游戏图例：
基本部分	70分钟	1. 基本技术练习　　　　　　　15分 （1）对墙传球、垫球　　各100次 （2）对墙连续扣球　　　　30次 （3）两人防调扣练习 2. 防调＋吊球练习　　　　　20分 3. 发接练习　　　　　　　　20分 （1）一发一接　　　　15×2组 （2）连续接发球给二传　每人15×3组 4. 素质练习　　　　　　　　15分 耐力跑练习　　　　400米×5圈	教法：（1）连续50次一组，传垫交替练习 （2）连续扣20次，高抛扣20次，跳起扣10次。 （3）每人两次机会为一组，轮流扣防 要求：所有练习注意动作，主动控制球，连续扣防争取10次左右。 教法：教练网前2、4号位扣球，学生1、5号位防调，防守后上步吊球至场地阴影部。如图 要求：防守低重心，控制好防起球至3米线附近。 教法：（1）边线间发接，接球后将球传给发球人。（2）3组学生，教师（学生）发球，两组练习，一组捡球、递球 要求：注意力保持高度集中。
结束部分	5分钟	1. 整理器材：练习球、摇把等。 2. 整理活动：牵拉、放松、按摩、心理调整。 3. 课堂总结：课的任务完成情况；优点表扬与不足提示；布置课外作业、预习内容等。	教法：圆队形或体操队形教师居中指导。 要求：充分放松。
伤病学生安排		根据见习生的身体情况适当参与练习	运动量　　大　中—小
			强　度　　大　中　小
课后小节			

训练课周次__4__周　____次　授课对象_____　日　期_____　气温_____

课的任务　1. 三人防调扣串联以加强配合意识和控制球能力；2. 提高个人拦网起跳时机的掌握能力；3. 提高连续跳跃能力和协调性，培养吃苦耐劳精神。

部分	时间	训练内容及训练量	组织教法、要求（图示）
准备部分	15分钟	1. 课堂常规：检查出勤，队列。 2. 报告课的任务、提出要求，安排见习生。 3. 准备活动：　　　　　　　　　12分 （1）徒手操 （2）网前步法练习 连续徒手扣球拦网移动练习	队形： 要求：快、静、齐。 教法：围成圆圈每人带一节进行练习。 要求：动作幅度要舒展用力，使身体充分活动开。 教法：扣拦转换步伐练习。 要求：注意脚下移动步伐，要认真完成。
基本部分	70分钟	1. 基本技术练习　　　　　　　　20分 （1）两人近距离对传，对垫　各100次 （2）两人远距离对传，对垫　各100次 （3）3人扣、防、调练习　15次×2组 2. 拦网练习　　　　　　　　　15分 　　　传＋拦练习 3. 扣、拦、防练习　　　　　　25分 　　拦、防方5次有效球即换人 4. 素质练习　　　　　　　　　10分 双摇跳绳　　　　　　　15次×5组	教法：学生自愿组合，近距离4米左右，远距离6米以上。 要求：提高传球手指、指腕控制球能力；提高垫球前臂控制球能力；熟悉球性。 教法：3人一组，固定角色，扣15次球交换。 教法：两人一组，网上练习，一人传球至网口，另一人做拦网或扣球练习。 教法：如图。 要求：扣球队员手包满球，打出力量，拦网队员控制好手型。 要求：拦网判断掌握起跳时机，扣球减少失误，防守积极起球。 要求：成功第一位，然后是速度。
结束部分	5分钟	1. 整理器材：练习球、摇把、跳绳等。 2. 整理活动：牵拉、放松、按摩、心理调整。 3. 课堂总结：课的任务完成情况；优点表扬与不足提示；布置课外作业、预习内容等。	教法：圆队形或体操队形教师居中指导。 要求：充分放松。
伤病学生安排		根据见习生的身体情况适当参与练习	运动量　　　　大　中—小
			强度　　　　　大　中—小
课后小节			

训练课周次　5　周　　　　次　授课对象　　　　　　　　日　期　　　　　　气温　　　　　

课的任务　1. 提高扣垫控制球能力，增加扣防系数；2 培养团结协作、互相弥补和吃苦耐劳的精神；3. 提高后排防调能力以及扣球的适应能力；4. 发展躯干力量。

部分	时间	训练内容及训练量	组织教法、要求（图示）
准备部分	15分钟	1. 课堂常规：检查出勤，队列。 2. 报告课的任务、提出要求，安排见习生。 3. 准备活动：　　　　　　　　　　12分 （1）徒手操 （2）各种步伐跑跳 小步跑－高抬腿－后蹬跑－跨步跳－侧滑步－双足跳－转髋－向前、后一步跨跳——冲刺 （3）游戏："老鹰捉小鸡"	队形： 要求：快、静、齐。 教法：围成圆圈每人带一节进行练习。 要求：动作幅度要舒展用力，使身体充分活动开。 教法：行进间各种跑跳，分别完成两趟。 要求：动作到位，认真完成。 游戏图例：
基本部分	70分钟	1. 基本传垫练习　　　　　　　　　10分 （1）行进间自传、自垫球　　各2圈 （2）扣、防练习　　　　　15次×2组 2. 3人半场防调练习　　　　　　　20分 　　防调有效10次换组×2组 3. 4对4教学比赛　　　　　　　　30分 4. 素质练习　　　　　　　　　　　10分 （1）腹、背肌　　　　各30次×5组 （2）立卧撑　　　　　　15次×3组	教法：（1）绕全场，传垫分别练习。 （2）固定两人组，连续扣防争取15次。 要求：扣防加强配合。 教法：3人一组，教练网前扣球。一组练习，其他组捡球、加油。另半场学生组织防调练习。 延时轮换 要求：防守起高，二传积极跑动接应，动作连贯。 教法：3组学生，进行单循环比赛，15分一局，第一局输者下场。轮转担任角色，远网扣球。 要求：运用防调练习的配合，扣球主动适应二传。 教法：两人一组协助，腹背都是举腿练习。 要求：动作到位，认真完成。
结束部分	5分钟	1. 整理器材：练习球、摇把等。 2. 整理活动：牵拉、放松、按摩、心理调整。 3. 课堂总结：课的任务完成情况；优点表扬与不足提示；布置课外作业、预习内容等。	教法：圆队形或体操队形教师居中指导。 要求：充分放松。
伤病学生安排		根据见习生的身体情况适当参与练习	运动量　　　　大—中　小
			强　度　　　　大　中　小
课后小节			

训练课周次 __6__ 周 ____ 次 授课对象_____ 日 期_____ 气温_____

课的任务 1. 提高一传的判断、配合水平以及到位率；2. 提高二传的移动能力和传球的准确性；3. 提高队员下肢基础力量。

部分	时间	训练内容及训练量	组织教法、要求（图示）
准备部分	15分钟	1. 课堂常规：检查出勤，队列。 2. 报告课的任务、要求，提问，见习安排。 3. 准备活动： 12分 （1）徒手操 头部运动－肩部运动－扩胸运动－体转运动－腰部运动－腹背运动－弓箭步压腿－膝关节运动－脚踝运动 （2）游戏："缩小包围圈"	要求：快、静、齐。 教法：由队长领做徒手操，由上至下。 要求：动作幅度要舒展用力，使身体充分活动开。 游戏图例：
基本部分	70分钟	1. 基本功练习 15分 （1）半场调整传球 15次×3组 （2）羽毛球掷远 20次/左右手各 2. 发、接练习 25分 （1）分组隔网发、接练习 15次×2组/直斜线 （2）三人半场接发球 （3）二传的专位练习（教练带领） 3. 传扣配合练习 15分 （1）各位置扣一般高球 （2）战术扣球 4. 力量练习 15分 （1）负重半蹲 15次×4组 （2）俯卧撑 12次×4组 （3）负重脚弓 25次×5组	教法：（1）后场往2、4号位调整传球。 教法：（1）分成两组，做隔网练习；5人接发球，其他人发球、网前接球、捡球。完成数量交换。 （2）两大组学生，两半场同时进行。按轮次，3人接发球，其他人发球，每发10次球轮转。 要求：接发球应注意力集中，减少失误。 教法：（1）教师给二传抛乱球，令其移动传球。 （2）教师抛到位球，二传传球。 要求：掌握好起跳时机，找好起跳点，配合节奏。 教法：（1）固定两人组。（2）窄撑。（3）登上。 要求：动作到位，认真完成
结束部分	5分钟	1. 整理器材：练习球、摇把等。 2. 整理活动：牵拉、放松、按摩、心理调整。 3. 课堂总结：课的任务完成情况；优点表扬与不足提示；布置课外作业、预习内容等。	教法：圆队形或体操队形教师居中指导。 × × × × × × × × × ● 要求：充分放松。
伤病学生安排		根据见习生的身体情况适当参与练习	运动量 大—中 小
			强 度 大 中—小
课后小节			

训练课周次　7　周　　　次　授课对象　　　　　　　　　日　期　　　　　　气温　　　　

课的任务　1. 提高后排防守和接应能力，培养防调串联配合意识；2. 逐步提高攻手与二传之间的配合默契程度；3. 提高移动速度和耐力。

部分	时间	训练内容及训练量	组织教法、要求（图示）
准备部分	15分钟	1. 课堂常规：检查出勤，队列。 2. 报告课的任务、提出要求，安排见习生。 3. 安全提示。 4. 准备活动：　　　　　　　　　12分 （1）徒手操 （2）快速反应跑 （3）游戏：迎面接力	队形： 要求：快、静、齐。 教法：围成圆圈每人带一节进行练习。 教法：听教师口令，先正口令后反口令 要求：认真听口令，迅速反应启动。 游戏图例：
基本部分	70分钟	1. 基本传垫扣练习　　　　　　15分 （1）三人传、垫　　　各100次 （2）三人防调　　15次×2组/每人 2. 3人半场防、调、扣　　　20分 3. 扣球练习　　　　　　　　20分 （1）副攻：近体快、短平快、背飞 （2）主攻：平拉开、后排攻 4. 36米移动　　　　　　　　15分 　　　3次/每人	教法：按轮次分组，二传以接应传球为主。 要求：注意全身协调发力动作，主动控制球，尽量连续击球，不让球落地。 教法：半场教练（技术好队员）网前扣球。专位防守、调整、扣球。 要求：防守降低重心，调整脚下快速移动取位，扣球减少失误，学会处理球。 教法：球网同侧，两个二传分别组织进攻。 要求：快攻注意上步节奏和手臂动作，后排进攻注意起跳点，防止违例。 教法：如图。 要求：全力以赴。
结束部分	5分钟	1. 整理器材：练习球、摇把等。 2. 整理活动：牵拉、放松、按摩、心理调整。 3. 课堂总结：课的任务完成情况；优点表扬与不足提示；布置课外作业、预习内容等。	教法：圆队形或体操队形教师居中指导。 ×××××××× 要求：充分放松。
伤病学生安排		根据见习生的身体情况适当参与练习	运动量　　大—中　小 强　度　　大—中　小
课后小节			

训练课周次　8　周　　　　次　授课对象　　　　　　　日　期　　　　　　　气温　　　　　

课的任务　1. 改进拦网的手型和起跳时机，提高扣拦对抗能力；2. 提高专位扣球能力以及攻手与二传的默契程度；3. 检查学生技术掌握情况，培养比赛意识和团结精神。

部分	时间	训练内容及训练量	组织教法、要求（图示）
准备部分	15分钟	1. 课堂常规：检查出勤，队列。 2. 报告课的任务、提出要求，安排见习生。 3. 安全提示。 4. 准备活动　　　　　　　12分 （1）双人体操：双臂对抗互推－压高下振－拉手转腰－背对背拉手体侧屈－背靠背挎肘互背－拉手蹲跳 （2）游戏："双人跳绳赛"	要求：快、静、齐。 教法：由教师领做。 要求：动作幅度要舒展用力，使身体充分活动开。 游戏图例：
基本部分	70分钟	1. 基本传垫扣练习　　　　　15分 （1）调整传球　　　50次 （2）三人防调扣　　15次×2组/每人 2. 拦网练习　　　　　　　　10分 （1）徒手网前移动拦网 （2）扣拦练习 3. 专位扣球练习　　　　　　10分 （1）副攻：近体快、短平快、背飞 （2）主攻：平拉开、后排攻 4. 教学比赛　　　　　　　　35分 　　　每局15分，三局两胜制	教法：（1）半场4角跑动传球，二传专门练习。 （2）按轮次分组 要求：尽量增加连续次数，扣球人逐渐加力。 教法：（1）场地一侧移动到另一侧，不同步法。 （2）二传组织2、4号位的扣拦，对方网前3人移动配合组成双人拦网，不拦网下撤防守。 要求：掌握好起跳时机，四只手配合好。 教法：球网同侧，两个二传分别组织进攻。 要求：快攻注意上步节奏和手臂动作，后排进攻注意起跳点，防止违例。 教法：根据两个阵容分组，各组自行商量战术。场下学生裁判比赛。 要求：场上多用语言沟通，二传多组织战术进攻。
结束部分	5分钟	1. 整理器材：练习球、摇把等。 2. 整理活动：牵拉、放松、按摩、心理调整。 3. 课堂总结：课的任务完成情况；优点表扬与不足提示；布置课外作业、预习内容等。	教法：圆队形或体操队形教师居中指导。 要求：充分放松。
伤病学生安排		根据见习生的身体情况适当参与练习	运动量　　　　大—中　小
			强　度　　　　大—中　小
课后小节			

训练课周次 __9__ 周 ___次 授课对象_____ 日 期_____ 气温_____

课的任务 1. 提高学生的专位防守能力和连续防守能力；2. 提高战术配合的稳定性及成功率；3. 提高发球的进攻性；4. 发展上肢力量和协调性。

部分	时间	训练内容及训练量	组织教法、要求（图示）
准备部分	15分钟	1. 课堂常规：检查出勤，队列。 2. 报告课的任务、提出要求，安排见习生。 3. 安全提示。 4. 准备活动：　　　　　　　　12分 （1）徒手操 两臂配合脚步前后绕环–两臂胸前平层扩胸直臂后振–跨大步前进，上体左右转体–左右转身，前后弯腰两臂上伸前弯时摸地–双手插腰，单腿前上跑–"兔跳" （2）游戏："打野鸭"	队形： 要求：快、静、齐。 教法：教师领做。 要求：动作幅度要舒展用力，使身体充分活动开。 游戏图例：
基本部分	70分钟	1. 基本传垫扣练习　　　　　　15分 （1）三人传、垫球　　　各50次 （2）三人防调扣　　15次×2组/每人 2. 防守练习　　　　　　　　　20分 （1）主攻5号位防守 （2）副攻6号位防守 （3）二传1号位防守 3. 扣球练习　　　　　　　　　17分 （1）各位置扣一般高球 （2）两人战术攻配合 4. 发球练习　　　　　　　　　8分 5 身体素质练习　　　　　　　10分 　　　两人"推小车"　　　3组	教法：按专位分组，传垫球练习时，击球后跟进到球的落点做保护动作。扣防调练习，扣球15次后换角色。 教法：3人一组防教师抛、扣球，并传球上网。 要求：脚下移动快速，击球效果好。 教法：两人练习4、3号位和3、2号位间的配合。 要求：加强交流，减少失误。 教法：每人发10次攻击性球。 教法：边线间9米往返为一组，交替进行。
结束部分	5分钟	1. 整理器材：练习球、摇把等。 2. 整理活动：牵拉、放松、按摩、心理调整。 3. 课堂总结：课的任务完成情况；优点表扬与不足提示；布置课外作业、预习内容等。	教法：圆队形或体操队形教师居中指导。 ×××××××× ×××××××× ● 要求：充分放松。

伤病学生安排	根据见习生的身体情况适当参与练习	运动量	大 中 小
		强 度	大 中 小

课后小节	

训练课周次___10___周　_____次　授课对象_____　日　期_____　气温_____

课的任务　1.提高攻手扣调整球能力以及适应球的能力；2.提高攻防转换能力、技术串联能力以及传扣配合默契程度；3.发展下肢基础力量。

部分	时间	训练内容及训练量	组织教法、要求（图示）
准备部分	15分钟	1. 课堂常规：检查出勤，队列。 2. 课的任务：要求，提问，见习安排。 3. 安全提示。　　12分 4. 准备活动： （1）徒手操 （2）各种步伐跑跳 小步跑－高抬腿－后蹬跑－跨步跳－侧滑步－双足跳－转髋－向前、后一步跨跳——冲刺 （3）游戏：跳"山羊"接力	队形： （图示） 要求：快、静、齐。 教法：围成圆圈每人带一节进行练习。 要求：动作幅度舒展有力，使身体充分活动开。 教法：行进间各种跑跳。 要求：根据动作规格，要认真完成 游戏图例： （图示）
基本部分	70分钟	1. 基本技术练习　　10分 （1）两人对传、对垫　　各100次 （2）两人打防 2. 防调扣练习　　20分 3. 攻防对抗练习　　25分 4. 素质练习　　15分 （1）负重半蹲　　10次×5组 （2）负重提踵　　25次×5组	教法：如图 （图示） 要求：连续打防15次。 教法：副攻防守，主攻扣球，二传、接应传球。主攻防守，二传传球，接应、副攻扣球。 要求：找好起跳点，减少扣球失误。 教法：按两个阵容分组对抗，教师场外抛、扣球。进攻连续失误2次算对方得1分。防守连续失误3次算攻方得1分。 要求：攻防转换迅速，加强中间环节，减少失误。 （图示） 教法：两人一组。 要求：动作到位。
结束部分	5分钟	1. 整理器材：练习球、摇把等。 2. 整理活动：放松、调整。 3. 课堂总结：课的任务完成情况；优点表扬与不足提示；布置课外作业、预习内容等。	教法：圆队形或体操队形教师居中指导。 （图示） 要求：充分放松。
伤病学生安排		根据见习生的身体情况适当参与练习	运动量　　　大　中—小 强　度　　　大　中—小
课后小节			

训练课周次__11__周 ____次 授课对象_____ 日 期_____ 气 温_____

课的任务 1. 单人半场防守以提高连续防守能力；2. 提高接发球进攻的组成率，加强传扣配合；3. 培养吃苦耐劳、团结协作的精神。

部分	时间	训练内容及训练量	组织教法、要求（图示）
准备部分	15分钟	1. 课堂常规：检查出勤，队列。 2. 报告课的任务、提出要求，安排见习生。 3. 安全提示。 4. 准备活动： 12分 （1）徒手操 （2）各种步伐跑跳 小步跑－高抬腿－后蹬跑－跨步跳－侧滑步－双足跳－转髋－向前、后一步跨跳——冲刺 （3）游戏："叫号"	队形： 要求：快、静、齐。 教法：围成圆圈每人带一节进行练习。 教法：行进间各种跑跳。 要求：根据动作规格，要认真完成。 游戏图例：
基本部分	70分钟	1. 基本技术练习 10分 （1）两人对传、对垫 各100次 （2）两人连续打防练习 2. 专位防守练习 15分 　　　15次好球×2组 3. 扣球练习 20分 （1）2、4号位扣一般高球 （2）个人战术进攻 4. 一攻练习 25分 　　每轮次组织5个好球	教法：固定组合，完成传垫球即进行连续扣防。 要求：争取连续15次并逐渐加大扣球力量。 教法：单人半场防守练习，教师在网前扣或吊球。另半场继续两人扣防练习。 教法：如图。 要求：保持好人球的位置关系。 教法：按照比赛阵容，每组6个人进行一攻练习，其他队员发球区发球。防守方组织反攻。 要求：防守要降低重心，积极判断取位，二传组织不同的进攻。
结束部分	5分钟	1. 整理器材：练习球、揢把等。 2. 整理活动：牵拉、放松、按摩、心理调整。 3. 课堂总结：课的任务完成情况；优点表扬与不足提示；布置课外作业、预习内容等。	教法：圆队形或体操队形教师居中指导。 要求：充分放松。
伤病学生安排		根据见习生的身体情况适当参与练习	运动量 大 **中** 小 强　度 大 **中** 小
课后小节			

训练课周次　12　周　　　　次　授课对象　　　　　　　　　日　期　　　　　　　气温　　　　　

课的任务　1. 提高攻手的适应球能力，以及动作的连贯性；2. 提高个人防守的起球效果及后排防守间的配合；3. 提高上肢力量及身体协调性。

部分	时间	训练内容及训练量	组织教法、要求（图示）
准备部分	15分钟	1. 课堂常规：检查出勤、队列。 2. 报告课的任务、提出要求，安排见习生。 3. 安全提示。 4. 准备活动：　　　　　　　　12分 （1）徒手操：头部运动－肩部运动－扩胸运动－体转运动－腰部运动－腹背运动－压腿－膝关节运动－脚踝运动 （2）各种步伐跑跳：小步跑－高抬腿－后蹬跑－跨步跳－侧滑步－双足跳－转髋－向前、后一步跨跳——冲刺	要求：快、静、齐。 教法：由教师领做。 要求：动作幅度要舒展用力，使身体充分活动开。 要求：跑跳动作到位。
基本部分	70分钟	1. 基本传垫扣练习　　　　　　10分 （1）两人传、垫球　　　　各100次 （2）两人打防 2. 扣防练习　　　　　　　　　20分 （1）扣调整球 （2）防守＋扣调整球 　　　2、4号位轮换练习 3. 攻防串联练习　　　　　　　25分 　　防反8次好球换4人防反 4. 素质练习　　　　　　　　　15分 （1）倒立　　　　　　　30秒×2组 （2）推小车　　　　　　　　　2组	教法：固定分组，垂直网站位练习。 要求：保持连续性，逐步加大扣球的力量。 教法：（1）学生轮流调整传球。（2）教师抛球，学生防守后转为扣球，仍由学生轮流传球。 要求：防守把球起高，起球后根据传球效果积极上步，保持好人球关系。 教法：四人一组半场防反，另半场调整进攻。 要求：扣球减少失误，防守积极起球并加强配合。 教法：（1）2人一组，相互保护。 （2）2人一组，9米往返。
结束部分	5分钟	1. 整理器材：练习球、摇把等。 2. 整理活动：牵拉、放松、按摩、心理调整。 3. 课堂总结：课的任务完成情况；优点表扬与不足提示；布置课外作业、预习内容等。	教法：圆队形或体操队形教师居中指导。 ××　×　×　×　×　×　× ● 要求：充分放松。
伤病学生安排		根据见习生的身体情况适当参与练习	运动量　　大　中　小
			强度　　　大　中　小
课后小节			

训练课周次＿＿13＿周 ＿＿＿次 授课对象＿＿＿＿＿＿＿＿ 日 期＿＿＿＿＿＿ 气温＿＿＿＿＿

课的任务 2007～2008 年度春季 排球 联赛（甲组） 教育学院 2005 级男排 vs08 级男排

部分	时间	训练内容及训练量	组织教法、要求（图示）
准备部分	25分钟	1. 提出比赛要求　　　　　　　　　5分 2. 比赛常规：　　　　　　　　　20分 （1）准备活动操 （2）两人打防 （3）扣球 （4）发球	要求：场上积极拼抢。 教法： 1围成圆圈每人带一节进行练习。 要求：动作幅度要舒展用力，使身体充分活动开。
基本部分	60分钟	3. 比赛　　　　　　　　　　　　60分	要求：认真、努力。 第二阵容先上场比赛，根据比赛情况替换队员。 要求： 1. 重视对手。 2. 发球不拼攻击性，争取机会锻炼防守反击。 3. 接发球加强分工与配合，争取一攻多组织战术。 4. 拦网盯住重点人，后排防守弥补前排拦网，形成防守整体。
结束部分	5分钟	1. 整理活动：牵拉、放松、按摩、心理调整。 2. 比赛小结：技术、心理、状态等。 3. 安排下场比赛的准备会。	教法：教师带领进行。 要求：充分放松。

比赛表（基本部分内）：

队名＼局数	一	二	三	四	五
教育05级男排					
教育08级男排					
比赛结果					

伤病学生安排	无	运动量	大—中　小
		强　度	大—中　小

课后小节	

训练课周次 __14__ 周 ____次 授课对象_____ 日 期_____ 气 温_____

课的任务 1. 改进发、垫、传、扣、拦等基本技术动作规格；2. 发展腰腹力量及身体协调性；3. 进行联赛后调整、做好考前准备。

部分	时间	训练内容及训练量	组织教法、要求（图示）
准备部分	15分钟	1. 课堂常规：检查出勤，队列。 2. 课的任务、要求，提问，见习安排。 3. 准备活动： 12分 （1）徒手操 头部运动－肩部运动－扩胸运动－体转运动－腰部运动－腹背运动－弓箭步压腿－膝关节运动－脚踝运动 （2）游戏：拉网捕鱼	队形： 要求：快、静、齐。 教法：围成圆圈每人带一节进行练习。 要求：动作幅度要舒展用力，使身体充分活动开。 游戏图例：
基本部分	70分钟	1. 基本击球手法练习 20分 （1）传、垫球练习 对墙连续中距传球 100次 对墙连续近距垫球 100次 对墙连续中距垫球 100次 两人对传、对垫 各100次 （2）扣、防、调练习 2. 扣球练习 30分 （1）2、4号位扣一般球 （2）3号位扣半高球 （3）3号位扣近体快球 3. 素质练习 20分 （1）腹、背肌 30次×5组 （2）双摇跳绳 20次×5组	教法：2人一组用1个球，50次一组，轮流练习，然后两人对传垫。 要求：用标准规范的技术动作进行练习，并相互提醒、纠正。 教法：3人一组，自愿组合。 要求：防守控制力量，扣球控制落点。 教法：如图，二传传球，进行各位置扣球练习。 教法：个人练习，两头起。 两个练习交替进行。
结束部分	5分钟	1. 整理器材：练习球、摇把、跳绳等。 2. 整理活动：牵拉、放松、按摩、心理调整。 3. 课堂总结：课的任务完成情况；优点表扬与不足提示；布置课外作业、预习内容等。	教法：圆队形或体操队形教师居中指导。 要求：充分放松。
伤病学生安排		根据见习生的身体情况适当参与练习	运动量 大 中—小
			强 度 大 中—小
课后小节			

训练课周次___15___周　　　　次　授课对象_____　日　期_____　气温_____

课的任务　1. 模拟专项技术考核；2. 模拟专项素质考核

部分	时间	训练内容及训练量	组织教法、要求（图示）
准备部分	15分钟	1. 课堂常规：检查出勤，队列。 2. 课的任务：要求，提问，见习安排。 3. 安全提示。 4. 准备活动：　　　　　　　　　　　　12分 （1）徒手操：头部运动－肩部运动－扩胸运动－体转运动－腰部运动－腹背运动－压腿－膝关节运动－脚踝运动。 （2）各部位静力牵拉练习	要求：快、静、齐。 提示：注意训练中脚下滚动球，队员间相互提醒。 教法：由教师领做。 要求：动作幅度要舒展用力，使身体充分活动开。
基本部分	70分钟	1. 基本技术练习　　　　　　　　　　　　15分 （1）两人传垫球练习 （2）两人打防练习 2. 两人防调扣练习　　　　　　　　　　　15分 3. 扣球练习　　　　　　　　　　　　　15分 （1）散扣练习 （2）战术攻练习 4. 4对4对抗练习　　　　　　　　　　　15分 5. 素质练习　　　　　　　　　　　　　10分 （1）米字移动 （2）助跑摸高	教法：两人一组，连续扣防中间不能有间断，连续打防10次。 要求：根据考试要求进行练习。 教法：在4号区练习，教师2号区给球，2人轮流防守、传球、扣球串联。 要求：防守、传球到位，按照考试要求。 教法：（1）先练习各位置的战术扣球。 （2）两人练习战术配合进攻。 要求：挥臂速度快，增加配合默契程度 教法：4人一组，远网进攻，不固定专位，轮转发球。 要求：发球减少失误，防守快速取位，积极组织反攻。 教法：（1）图示，（2）摸篮板。 要求：移动中要保持面朝网。
结束部分	5分钟	1. 整理器材：练习球、摇把等。 2. 整理活动：放松、调整。 3. 课堂总结：课的任务完成情况；优点表扬与不足提示；布置课外作业等。	教法：圆队形或体操队形教师居中指导。 ×　×　×　×　×　×　×　× ● 要求：充分放松。
伤病学生安排		根据见习生的身体情况适当参与练习	运动量　　　　大　中－小 强度　　　　　大　中－小
课后小节			

（二）课训练计划研讨

1. 课任务的制订

确定课的任务要根据周计划的任务和具体情况，提出全队和个人的任务，并突出重点，落实完成任务的具体指标。除了技术、战术的训练任务外，还应包括思想作风、心理训练任务与要求。

2. 训练课教案应该包括的内容

（1）课的任务、内容、负荷、分量与要求。

（2）基本训练内容分量与时间安排；

（3）训练方法和手段的选择与运用；

（4）课的时间分配，课的组织教法工作；

（5）不能忽略整理活动的安排，对学生其他课程的学习，以及下一次课的训练都是必不可少的。要根据负荷量的大小以及主要承担工作的肌肉部位选择方法，并提出严格的要求。

（6）围绕课任务完成的情况进行小结。

3. 训练方法的选择

练习方法要根据课的任务、对象情况和具体条件灵活选择运用，同一练习内容可采取多种练习方法进行。

4. 训练负荷的安排

课的负荷安排应个别对待，适合运动员承受能力，并有不同的节奏。

第二节　普通高校排球选项课教案

一、排球选项课提高班教案

普通高校排球选项课提高班教案

第1次课　　时间：＿＿＿＿＿＿＿

课的任务：1. 了解情况、介绍教材、要求、分小组（或队）；2. 复习并纠正传球、垫球技术；3. 素质练习：5分钟跑

教学内容	时间	组织教法
课前检查：场地及器材		发现场地及器材有问题及时找后勤人员解决
一、准备部分	20分	一、准备部分
1. 全体参加体育课的学生		1. 集合地点：教务处指定分班集合地点
2. 主管教学负责人进行教学安排介绍、教师介绍		在分班和介绍教材等活动后带到排球场
3. 选修排球的学生集合，师生相互问候		四列横队整队
4. 介绍本课教师姓名等简历		2.3.4.5 同上
5. 核对和检查学生名单，说明选课调整控制时间点		
二、基本部分		二、基本部分
（一）介绍教材：		（一）介绍教材：
1. 技术类：以纠正基本技术，提高技术运用能力，学习基础攻防阵型，达到具备基本实战能力和喜欢排球运动的目标		1. 技术类：移动、传球、垫球、发球（男生上手发、女生下手发）、扣球和拦网、接发球五人战位阵型及四二配备进攻阵型（二传插上）
2. 素质类：加强有氧运动对人体健康意义重大的练习，并保持一定的力量和速度素质		2. 素质类：长跑、弹跳和速度
3. 理论类：了解排球运动，掌握基本规则、裁判法、比赛组织与方法		3. 理论类：基本技术分析、排球运动发展史、基本规则及裁判法
4. 考核内容：		4. 考核内容及方法：
（1）技术类：传垫球、发球和扣球计60%		（1）技术类：传球垫球、发球、扣球各20%。
（2）理论：基本排球发展史、技术、规则10%		（2）理论：基本排球发展史、技术、规则10%
（3）素质：长跑和立定跳远/俯卧撑30%		（3）素质：立定跳远或俯卧撑10%，男2000米、女1800米跑共20%
（4）出勤：强调出勤保证上课质量		（4）出勤：旷课减10分，事假减4分，病假、迟到减1分（请假必须出具医院病假证明和学院批准证明材料）
5. 教学及课堂要求：		5. 教学及课堂要求：
（1）积极主动，力争掌握排球基本技术、战术技能，重点掌握五大技术的运用和串联，达到具备基本比赛的能力，同时提高体质健康水平和运动素质水平		（1）要求尽量穿运动服装，必须穿运动鞋，但不能穿足球鞋
（2）开展小集团化教学，发挥团队互帮互助、共同提高的团队力量		（2）课上积极主动，不怕苦、累、痛以及天气凉或酷热

教 学 内 容	时间	组 织 教 法
（二）准备活动： 1. 徒手体操：要求动作副度大、有力、协调，充分拉开肌肉群和主要关节 2. 素质练习： 第一次课，恢复体能，速度可由慢到中等速度	10分	（二）准备活动：集体练习 1. 徒手体操动作：正和侧压腿、下蹲、腰绕环、俯背以及手指、手腕、膝、踝等关节的活动。 教师口令、示范并带操和指导学生动作 2. 素质练习：5分钟持续跑 教师与学生一同跑，并充分讲解有氧跑好处和良好的身体体验，作好动员工作，在思想上达到认同和支持
（三）纠正传球、垫球错误动作： 提高班学生掌握一定的排球基本技术，具备一定比赛能力，但经过基础班教学后，大部分学生没有参加排球活动，技术还不扎实，需对错误动作进行纠正 传球、垫球纠正重点： 击球手型、移动找击球点和用力	20分	（三）纠正传球、垫球错误动作： 1. 自己拿球活动（拍、打、自传垫等），熟悉球性2分钟 2. 2人1组垫球活动，教师观察学生传垫球技术掌握情况和存在的错误动作3分钟 3. 教师讲解基本动作要领，提示重点纠正的错误动作，并请2名学生对传垫球，师生共同分析与纠正动作，5分钟 4. 按纠正提示，2人1组进行传垫球：10分钟 （1）一人拿球高举，一人传固定球，检查和纠正手型和用力 （2）传抛球、垫抛球，体会技术 （3）对传、对垫 教师随各组进行指导、讲解和交换练习方法时提示技术要领及纠正方法
（四）了解学生基本排球水平，分小组比赛： 通过学生的排球比赛，教师重点全面了解学生掌握排球基本技术、战术和简单规则的认识程度，了解和掌握不同的学生群体（有技术基础的学生群体、会一点的群体和有一定体育素质但没有从事过排球运动的群体以及没有体育素质基础也没有从事过排球运动的学生群体），为制定教学方法及确定重点帮助对象提供参考。对根本就没有基础的同学作好转班的动员工作，同时，在小团队练习时重点考虑提示发挥团队力量，技术好的学生要多帮助团队里技术稍差的同学，形成集体力量，对教学十分有意义	30分	（四）了解学生基本排球水平，分小组比赛： 1. 平均分组两块场地中进行比赛 2. 比赛中，教师重点提示：积极动起来，尽量不要让球落地，采用任何击球方法和动作都可以 3. 教师观察学生情况，进行分组/小队策划（各小队负责人、成员、至少2名二传等）
三、结束部分 1. 小结：对学生的基本情况做概述，重点提示进行练习的基本方法和勇于攀登的进取精神，不怕不会，就怕不练和不学习。没有基础的学生需要转至基础班或其他类班 2. 安排课外练习方法和要求，仅仅靠课上时间学习排球技术战术远远不够 3. 安排学生借球顺序和方法，爱护球，不要用脚大力踢球，球出场外要迅速捡回，丢球大家集体赔偿（包括教师） 4. 请学生注意下次课的上课地点：排球场 5. 分组/分队：教师宣布名单，征求学生意见后调整，以后上课，均按此分组进行对抗、比赛或集中练习，队中开展相互帮助、共同进步的活动。 共分4小组/队，每组7～8人，每组里设1～2负责同学（或队长、副队长） 6. 收还器材	10分	三、结束部分 对列队形 小结内容：（课后填写）

第 2 次课　　时间：＿＿＿＿＿＿＿

课的任务：1. 基本技战术分析；2. 比赛欣赏与自我评价；3. 基本规则概念与裁判员手势

课前准备：多媒体教室、录像带/VCD/DVD 排球教学声像资料

教学内容：

1. 播放教学声像资料：各项技战术分析及比赛中精彩集锦：30 分钟，休息 5 分钟

2. 讲解排球欣赏与自我评价：15 分钟

我们在观看排球比赛时，不难发现，在现代排球比赛特点中最显著为球队严密的集体性和运动员技术动作的高度技巧性，欣赏排球比赛只要抓住这两个特点，就能很好地理解排球、看懂排球。

从集体性上主要是观察运动队在比赛中的各个环节是否配合默契，如进攻中通过二传的组织和攻手的跑动进攻来完成，精彩时，出现常常巧妙的配合和二传隐蔽的组织，把对手拦网晃开，形成扣空网球或只有单人拦网的局面，在对手还来不及进行补拦时，紧跟着就是迅雷不及掩耳的扣杀，球落地开花，观众掌声响起。当我们看到这样的扣球效果时，不要忘了，前面一连串的环节都不能出问题，既接发球或防守起球、二传、跑动路线和时机、扣球、进攻保护等，因此，我们也常常看到这样的现象出现，有时竟然会出现二传球没有进攻队员进行扣球，看着皮球落地，让支持的观众干着急，其实这是二传手对攻手布置与进攻队员的意图或联系不相一致造成的，导致配合失误的现象，令人惋惜，由此也可以看出这支球队的整体性水平。中国女排运动员无论在身体条件的各个方面都不及欧美球队（古巴、美国、意大利、德国、俄罗斯、巴西等等），没有多少的优势，但中国女排高水平的整体性、领先各队的快速多变的战术体系却是其他任何一支球队所不能及的，通过球队勇于创新和艰苦的训练使之始终保持领先，这也就是中国女排屡创佳绩的重要法宝。

同时，运动员高超的技术动作使观众时刻对运动员的精彩动作叫好，为之感叹，为之兴奋，更为运动员为获得这样高度技巧的技术动作所付出的辛苦训练而感动，这更成为欣赏排球比赛的主要看点。在排球比赛中这样的精彩表演层出不穷，令人应接不暇，每个位置上的运动员都有精彩的表演，发球时的大力跳发球、看似平常而飘忽不定的轻（长或冲）飘球，尤其是在关键胜负分时，发球更让人担心和激动；扣球时的大力扣球突破对手集体拦网、轻吊巧妙得分令人赞叹和刺激；二传球时狡猾的传球让对手拦网、后排防守布阵无从选择，令人佩服二传手的智慧；防守时运动员不畏重扣防起扣球、腾空飞身鱼跃勇救险球、远距离奔跑冲向广告板救球，令人大饱眼福、令人敬佩运动员顽强的拼搏作风，这样的比赛使观众融入到了比赛中，成为了比赛中的一员。

评价自己掌握排球运动的程度主要是从是否掌握排球的基本技术、基础战术配合和对规则的理解程度来衡量的，为达到大众健身的目的，一般情况下，达到下列基本要求，就能基本胜任排球健身和参加大众排球比赛，拥有相应的能力。

排球技战术自我评价表

序号	位置和技战术	基本要求	易犯错误
1	二传手	1. 掌握正面或背面传出 4 号位或 2 号位高球、3 号位快球和半高球的技术	判断不好、移动不及时 传出球效果不佳
		2. 作为枢纽，具备指挥、联络和组织能力	缺乏联络
2	扣球手	1. 掌握扣 4 号位或 2 号位高球、3 号位快球和半高球的技术	起跳时机不好 击球手法不对
		2. 熟悉二传手的传球特点、基本战术的跑动路线和时机	缺乏联络、跑动路线和时机不对

续表

序号	位置和技战术	基本要求	易犯错误
3	防守技术	1. 具有接好一般性能发球、防起一般力量的扣球和吊球的能力	判断不好、移动不及时、不会控制不同性能的球
		2. 具有顽强的作风、不畏重扣、强烈的防守起球欲望	畏惧，精神不佳
		3. 掌握一般的扣球落点规律和防守位置分工	不知道区域分工和配合
		4. 及时接应	只有二传手接应
4	拦网技术	1. 正确判断进攻点、拦网手上动作正确	被晃、手未伸到对方空间
		2. 拦网配合好，形成严密拦网面积	有漏空、相互冲撞
4	战术配合	1. 明确分工	分工不明确
		2. 熟悉跑动路线和时机	跑动相互影响
		3. 密切联络	信息不畅，各自为战

学习排球应掌握的重点内容：

A：掌握技术中的传球、发球、垫球和扣球等的技术要领

B：掌握排球战术中的接发球、防守与进攻阵型要领

C：在实战中运用基本技术与战术

D：应用基本知识欣赏排球比赛

掌握技术

3. 排球规则：概念讲解并答疑 25 分钟

发球犯规：必须在发球区内将球抛起后，用一只手臂将球击出。运动员踏出（起跳前）发球区、8 秒未将球发出、抛球后未发球、未按发球轮转秩序发球等均属发球犯规。发出的球也必须由标志杆组成的网上过网区进入对方。

四次击球犯规：一个队连续触球 4 次（拦网除外）为四次击球犯规。

持球和连击犯规：没有将球击出，使球产生停滞，为持球犯规。同一人连续击球为连击犯规，但拦网时的连续触球以及全队第一次击球时同一动作击球产生的球连续触及身体部位除外。

过网击球犯规：在对方空间触击球为过网击球犯规，但拦网在对方进攻性击球后触球除外。

过中线犯规：比赛进行中队员整只脚和手掌、身体的其他任何部位越过中线接触对方场区，为过中线犯规。

触网犯规：比赛进行中，队员触及 9 米以内的球网和标志杆，标志带为触网犯规。但队员未试图进行击球轻微触网和被动触网除外。

拦网犯规：有以下几种：从标志杆外进行拦网并触球；当对方队员击球前或击球时，在对方场区空间内触球或妨碍对方击球；后排队员参加拦网并起到拦网作用，包括球触及前排队员。

位置错误：发球击球时，队员未站在上场位置表上指定的位置或轮转位置

后排进攻犯规：后排队员在 3 米限制区内或踏及进攻线及其延长线，将整体高于球网的球击入对方

击发球犯规：在 3 米限制区对发来的、整体高于球网的球进攻性击球（如：扣发球等）为犯规。

自由人进攻性击球犯规：在 3 米限制区内用上手传球方式进行二传球，进攻队员将此高于球网的二传球击入对方，或自由人将高于球网的球击入对方，均为自由人进攻性击球犯规。

4. 裁判员手势展示：教师展示裁判员、司线员手势，讲解手势含义、性质 10 分钟

5. 下次课前布置与安排，课整理教学器材 5 分钟

6. 本次课后教学小结：（课后填写）

第 3 次课　　时间：＿＿＿＿＿＿＿＿＿

课的任务：1. 基本技术复习，纠正发球、扣球技术；2. 结合扣球练习，纠正单人拦网技术；3. 素质练习：多级蛙跳

教学内容	时间	组织教法
课前检查：场地及器材 一、准备部分 1. 集合，师生相互问候 2. 检查考勤，确定最终选课名单 3. 小结上次课教学情况，介绍本次课教学内容、安排及其他要求 4. 准备活动： (1) 行进间体操： 要求动作副度大、有力、协调，充分拉开肌肉群和主要关节 (2) 热身跑：要求速度适中保持在有氧耐力练习中提高身体机能	8 分	发现场地及器材有问题及时找后勤人员解决 一、准备部分 1. 集合地点：排球场，四列横队整队 2. 3. 同上 4. 准备活动：绕排球场外圈一字队行进 (1) 行进间体操：正压腿步走、走两步加一腰绕环、走一步加俯背、下蹲走；教师口令、带示范操和指导学生动作 (2) 热身跑：各种跑—小步跑、踢腿跑、交叉步跑、侧身跑、单腿跳、加速跑（每一跑法 10 米＊2 组后，变放松慢跑－教师示范下一跑法）
二、基本部分 (一) 基本技术复习，纠正发球、扣球技术： 纠正重点： 发球：抛球靠后、太高 击球手型不固定，击球面积小 挥臂击球速度不够 扣球：手法不正确，手掌包不好球 摆臂后扣球臂肘关节过低 挥臂未向前上方，击球点太低 挥臂僵硬，不能形成鞭甩 助跑起跳时机不对，或早跳或晚跳	35 分	二、基本部分 (一) 基本技术复习，纠正发球、扣球技术： 1. 自传、垫球 100 次/人 2. 两人一组 (1) 一人抛球一人传球、垫球 (2) 距离 3~4 米进行对传球练习 3. 纠正发球、扣球技术 (1) 教师讲解发球易犯的错误动作及纠正方法 (2) 教师做无球示范和有球示范 (3) 抛球练习，加强稳定性抛球 (4) 对挡网/墙发球，自我检查发球错误动作 (5) 隔网发球：累计发球成功 40 次/人，教师对逐一进行纠正指导 (6) 教师讲解扣球易犯错误及纠正方法，示范 (7) 对墙/挡网自抛扣球，体会和复习扣球手法，纠正手法和挥臂动作
(二) 结合扣球，纠正单人拦网技术 纠正重点：起跳时机不正确，过早/晚 手型不正确：过宽或窄 冲网：起跳不正确	35 分 7 分 5 分	(二) 结合扣球纠正单人拦网技术，2.24 米网高 (1) 教师讲解拦网易犯的错误动作及纠正方法 (2) 教师做无球示范和有球示范 (3) 学生网前跳起拦网体会，注意：不触网 (4) 2 人 1 组学生跳起拦对方抛球网 (5) 学生分为 2 组：教师原地抛扣，1 组按先后顺序循环拦网，另 1 组拣球给教师，5 分钟交换；另 2 小组：1 组扣抛球（自己拣球），1 组按先后顺序 4 号位扣高球，5 分钟交换；大组 12 分钟交换 (三) 力量练习：多级蛙跳 9 米/组×5 组/人
(三) 力量练习： 要求全力完成，动作快、连续，加强摆臂，空中强调挺身和收腹的技术动作，提高身体肌肉力量和爆发力 三、结束部分 1. 小结本次课教学事项 2. 对下次课教学前注意事项 3. 收还器材		三、结束部分 队列队形 小结内容：（课后填写）

第4次课　　时间：_____

课的任务：1. 学习4-2配备接发球进攻（二传插上）；2. 教学比赛；3. 素质练习：40米短跑

教学内容	时间	组织教法
课前检查：场地及器材		发现场地及器材有问题及时找后勤人员解决
一、准备部分	20分	一、准备部分
1. 集合，师生相互问候		1. 集合地点：排球场，四列横队整队
2. 检查考勤		2. 3. 同上
3. 小结上次课教学情况，介绍本次课教学内容、安排及其他要求		4. 准备活动：
4. 准备活动：		（1）徒手体操：动作有正和侧压腿、下蹲、腰绕环、俯背以及手指、手腕、膝、踝等关节的活动；教师口令、示范并带操
（1）徒手体操：要求动作副度大、有力、协调，充分拉开肌肉群和主要关节		（2）热身跑步：为短跑作好准备，绕排球场外圈跑2分钟
（2）热身跑：要求速度适中		（3）短跑素质练习：排球场外，40米急加速跑，共5组
（3）短跑素质：提高快速移动能力		
二、基本部分		二、基本部分
（一）复习传球、垫球、接球：	15分	（一）复习传球、垫球、接发球：
通过复习，巩固前面课中错误动作的纠正内容。接发球为第一次练习，逐步适应，尽努力将球接好，判断好来球的路线、性能和落点，采用不同力量的接球、对正来球成为关键。		1. 循环传垫球：一条线上学生传垫球，按出球方向跑动。教师随各组、各人进行指导、讲解和在换练习方法时提示技术要领及纠正方法，5分钟 各组/队二传手网前练习传球 2. 4人1组：发接球、二传练习，接发球尽量接到二传学生的位置上，体会控制出球，10分钟
（二）学习4-2配备接发球进攻（二传插上）	30分	（二）学习4-2配备接发球进攻（二传插上）：
见下图，后排二传手分别从1、6或5位插到网前进行传球，组织并保持前排三点进攻，突破对方的防线。注意：发球时，二传必须在发出球后方可移动"插上"，否则要被判为越位犯规。同时，不要影响其他运动员接球，"插上"队员传球后，应立即对进攻队员进行保护，防拦回球或后撤防守。接发球时，除插上队员外，其余5人采用W型站位		1. 教师画图讲解要领 2. 按2小组/队对阵，教师隔网抛球，一方进行接发球（抛来的球），另一方进行拦网、防守的反击，以单人拦网下的阵型防守，见下图。每隔10分钟小组交换练习，其他组场边观摩或拣球给教师
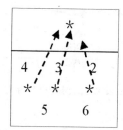		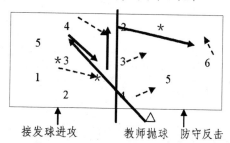接发球进攻　教师抛球　防守反击
（三）教学比赛：以4-2配备接发球进攻阵型来组织进攻和防守，两名二传手应该清楚地知道和有意识地按照防守、插上等要求行动，保持两人之间的联系和默契配合，不能脱节，否则造成没有人去传球的配合失误。	20分	（三）教学比赛：按小组/队间进行比赛，采用4-2配备接发球进攻阵型进行组织，网前采用单人拦网。教师随时进行指导和纠正，对犯规动作进行规则上的说明。
三、结束部分：1. 小结本次课教学事项；2. 对下次课教学前注意事项；3. 收还器材	5分	三、结束部分 队列队形 小结内容：（课后填写）

第 5 次课　　时间：＿＿＿＿＿＿＿＿

课的任务：1. 复习、改进单人拦网下的防守阵型（进攻为高球或半高球）；2. 教学比赛；3. 素质练习：10 分钟长跑

教学内容	时间	组织教法
课前检查：场地及器材		发现场地及器材有问题及时找后勤人员解决
一、准备部分	8 分	一、准备部分
1. 集合，师生相互问候		1. 集合地点：排球场
2. 检查考勤		四列横队整队
3. 小结上次课教学情况，介绍本次课教学内容、安排及其他要求		2. 3. 同上
4. 准备活动：徒手体操		4. 准备活动：
要求动作副度大、有力、协调，充分拉开肌肉群和主要关节		徒手体操：集体练习，动作：正和侧压腿、下蹲、腰绕环、俯背以及手指、手腕、膝、踝等关节的活动，教师口令、示范并带操
二、基本部分		二、基本部分
（一）复习、改进单人拦网下的防守阵型（进攻为高球或半高球）	35 分	（一）复习、改进单人拦网下的防守阵型（进攻为高球或半高球）
这是最基础的防守配套形式，在水平高的比赛中也时常被迫采用。一般情况下，多采用拦对方相应位置的攻手，邻近的队员则后撤保护，也可以由本队一名拦网好的队员专门拦网，不拦网的队员则后撤保护		1. 行进间自传、自垫球 2 分钟
		2. 两人一组相距 5～6 米：对传对垫 2 分钟
		3. 两人一组：发接练习，相距 8～10 米 3 分钟
		4. 两人一组：扣防练习 3 分钟
		5. 2 小组/队分别 2、4 号扣球，另外 2 小组/队分别对 2、4 位进行单人拦网 5 分钟
		6. 教师讲解单人拦网下的防守阵型（画图说明）
单人拦网下的后排防守重点是判断移动，提前判断，取好位置，各守一个区域，拦网人拦住一般线路，其他人取线防守，前排队员重点守吊球和轻打，后排人重点防长线。		7. 3 小组分别 2、3、4 号扣球，教师二传抛球，1 小组/队进行单人拦网下的防守练习，进攻 5 个球轮转 1 个位置，每练习 5 分钟交换防守小组，教师随时暂停下来进行纠正，指导同学的布阵见下图
（二）教学比赛：	30 分	（二）教学比赛：小组/队间进行比赛对抗
要求：积极主动救球，减少本方失误，加强得分机会。防守中尽量按单人拦网下的防守阵型来安排，体会和纠正布阵。		
（三）素质练习：10 分钟长跑	12 分	（三）素质练习：10 分钟长跑
要求速度适中，坚持完成，提高身体机能		绕排球场外圈进行，教师作好动员工作，计时并鼓励学生坚持完成
三、结束部分	5 分	三、结束部分
1. 小结本次课教学事项		队列队形
2. 对下次课教学前注意事项		小结内容：（课后填写）
3. 收还器材		

第 6 次课　　时间：＿＿＿＿＿＿＿＿＿

课的任务：1. 学习双人拦网；2. 学习双人拦网下的防守阵型；3. 素质练习：15 分钟跑

教学内容	时间	组织教法
课前检查：场地及器材 一、准备部分 1. 集合，师生相互问候 2. 检查考勤 3. 小结上次课教学情况，介绍本次课教学内容、安排及其他要求 4. 准备活动： （1）行进间体操： 要求动作副度大、有力、协调，充分拉开肌肉群和主要关节 （2）热身跑：要求速度适中保持在有氧耐力练习中提高身体机能 二、基本部分 （一）学习双人拦网技术 技术要领：见下图 双人拦网应以 1 人为主，拦住直线，另一队员移动过来，拦住斜线 配合：1. 拦网时注意避免身体在空中冲撞 2. 形成的拦网面不能留有大于球的缝隙 3. 拦直线取位要准确，尽量不露直线，以便于后排防守布阵  （二）学习双人拦网下的防守阵型： 由前排 2 人拦网，其他队员组成防守阵型 讲解要点： A. "边跟进"防守阵型：防守队员取位呈半圆，"边"上 1 号位的队员重点防守心和边的吊球。这种阵型有利于防对方的大力扣杀，其弱点是在于防吊球，心的空档太大，为此，便出现了"死跟"和"活跟"的变化。活跟：1 号位队员根据判断来决定是"退守长线"还是"跟	10 分 28 分 30 分	发现场地及器材有问题及时找后勤人员解决 一、准备部分 1. 集合地点：排球场；四列横队整队 2.3. 同上 4. 准备活动：绕排球场外圈一字队行进 （1）行进间体操：正压腿步走、走两步加一腰绕环、走一步加俯背、下蹲走；教师口令、带示范操和指导学生动作 （2）热身跑：各种跑—小步跑、踢腿跑、交叉步跑、侧身跑、单腿跳、加速跑（每一跑法 10 米 x 2 组后，变放松慢跑－教师示范下一跑法） 二、基本部分 （一）学习双人拦网前，复习传球、垫球、扣球和单人拦网： 1. 两人对传、垫球 二传手网前顺网传球 2. 两人一扣一垫 3. 两人尽量做到打防调整，争取连续进行，目标连续作到 2—3 次往返不失误 4. 复习扣球与单人拦网 2. 小组/队 2、4 号位扣球，另 2 小组/队对 2、4 号位进行单人拦网，扣球学生自己拣球，5 分钟交换扣球和拦网角色 （一）学习双人拦网技术： 降低网高至 2.24 米（女网高度） 1. 教师、1 名技术较好的学生进行无球示范 2. 教师讲解技术、配合要领，易犯错误，展示图片 3. 小组/队中两人配合拦网练习（无球）：1 学生取直线另 1 名学生移动靠近，两人起跳拦网 4. 同上，拦抛球 （二）双人拦网下的防守阵型与教学比赛 1. 画图讲解，请 6 名学生排阵示范，对方组织扣球等，防守起球后组织反击。教师随时暂定讲解。 2. 小组间进行双人拦网下的对抗教学比赛： 由 1 组抛球给二传组织进攻，另 1 组组织双人拦网下的防守，如防守起球后，则组织反攻，对方则组织双人拦网下的防守反击。每 10 次抛球进攻后交换优先进攻方

教学内容	时间	组织教法
进防吊"的灵活布置，就是活跟。当前压跟进时，要求6号位队员及时补直线，4、5号位队员积极侧应，前排拦网则要拦住中区。死跟：对方进攻无论是否扣球还是吊球，1或4号位防守直线的队员皆固定跟进防吊球，6号位固定防守直线，就是死跟，其在对方吊球多、对方直线进攻少时运用较多。 双卡：当对手攻击力不强、吊球多时，采取4或2号位前排队员向内后撤，1或5号位队员直线半跟，形成"双卡"防守阵式。 B."心跟进"防守阵形：在本方拦网好，对方运用吊球多的情况下采用，除心跟进队员外，其它队员扼守各自的位置。但因后场只有两人防守，后场中央和两腰容易造成空当，如对方进攻多变，突破点多时，则不宜采用这种防守形式。见下图		对抗比赛中，教师适时进行指导、提示技术运用和纠正错误
（三）素质练习：15分钟长跑 要求速度适中，坚持完成，提高身体机能	17分	（三）素质练习：15分钟长跑 绕排球场外圈进行，教师作好动员工作，计时并鼓励学生坚持完成
三、结束部分 1. 小结本次课教学事项 2. 对下次课教学前注意事项 3. 收还器材	5分	三、结束部分 队列队形 小结内容：（课后填写）

活跟　　死跟　　双卡　　心跟进

第7次课　　时间：＿＿＿＿＿＿＿

课的任务：1. 通过串联练习（2-4人：打、防、调），提高基本技术水平；2. 教学比赛与讲解规则；3. 素质练习：多级蛙跳与俯卧撑

教学内容	时间	组织教法
课前检查：场地及器材		发现场地及器材有问题及时找后勤人员解决
一、准备部分 1. 集合，师生相互问候 2. 检查考勤 3. 小结上次课教学情况，介绍本次课教学内容、安排及其他要求 4. 准备活动：徒手体操： 要求动作副度大、有力、协调，充分拉开肌肉群和主要关节	8分	一、准备部分 1. 集合地点：排球场 四列横队整队 2.3. 同上 4. 准备活动：集体练习 徒手体操动作：正和侧压腿、下蹲、腰绕环、俯背以及手指、手腕、膝、踝等关节的体操活动。 教师口令、示范并带操
二、基本部分 （一）通过串联练习，提高基本技术水平（2-4人的技术串联练习：打、防、调） 讲解要点： 1. 技术的灵活运用方能保证比赛的精彩性 2. 击球前、后均建立准备动作意识 3. 不同角色、不同技术有效串联，对提高击球质量、减少失误起到重要作用	37分	二、基本部分 （一）通过串联练习，提高基本技术水平（2~4人的技术串联练习：打、防、调） 1. 复习基本技术与热身：8分钟 （1）2人对抛扣球 （2）2人传垫球 （3）2人间发接练习（8~9米） 2. 教师讲解技术串联要领与练习方法 3. 打防调练习：4人1组，2人对2人，调整球给双方均可 4. 4对4攻防练习：防守起球后，组织远网进攻：每小组4人：3名后排1、6、5号位防守或进攻，1名做二传进行调整传球，组织后排三人进攻 教师场边指导，安排每5分钟进行换人，共20分钟
（二）教学比赛，规则讲解： 按4-2配备进行，尽量不失误。通过结合比赛对规则进行讲解，使学生明白比赛中犯规的实际情况，以改进技术，提高实战能力	30分	（二）教学比赛：结合比赛讲解规则 小组/队间进行比赛，赛中，教师对不合理的击球和犯规可以随时停下来进行讲解，提示技术动作的要领、技巧和对规则的理解。同时，对技术掌握较差的个别学生在比赛间要换下安排单独练习，尽快提高其技术水平和自信心
（三）素质练习：多级蛙跳和俯卧撑 要求：认真、自觉完成，提高身体力量素质	10分	（三）素质练习：多级蛙跳和俯卧撑 多级蛙跳：10米X6组/人 俯卧撑：男生20个/组，共6组/人 女生10个/组，共5组/人
三、结束部分 1. 小结本次课教学事项 2. 对下次课教学前注意事项 3. 收还器材	5分	三、结束部分 队列队形 小结内容：（课后填写）

第8次课　　时间：＿＿＿＿＿＿＿

课的任务：1. 提高技术串联能力（扣、拦、防、攻），2. 发球和助跑起跳扣球 3. 教学比赛；4. 素质练习：10分钟长跑

教学内容	时间	组织教法
课前检查：场地及器材 一、准备部分 1. 集合，师生相互问候。 2. 检查考勤。 3. 小结上次课教学情况，介绍本次课教学内容、安排及其他要求。 4. 准备活动： （1）徒手体操： 要求动作副度大、有力、协调，充分拉开肌肉群和主要关节 （2）热身跑：练习步法，活动身体	10分	发现场地及器材有问题及时找后勤人员解决 一、准备部分 1. 集合地点：排球场四列横队整队 2. 3. 同上 4. 准备活动：集体练习 （1）徒手体操：正和侧压腿、下蹲、腰绕环、俯背以及手指、手腕、膝、踝等关节的活动 （2）热身跑：慢跑10米交换步法跑（小步快跑、高抬腿跑、后踢腿跑、滑步跑、交叉步跑、单腿跳行进） 教师口令、示范并带操
二、基本部分 （一）提高串联能力（扣、拦、防、攻） 串联要领：扣球击球控制球速、方向，防守学生加强判断，运用合理技术（垫、挡、倒地等）尽可能防起来球，调整同学加快移动，以保证上手传球动作将球传到扣球者附近。一个技术动作完成后，迅速准备下一个动作（即将完成的职责或任务） 通过串联练习，复习并提高技术的熟练性，逐步了解不同技术在比赛中运用的环节、时机和基本配合	48分	二、基本部分 （一）提高串联能力（扣、拦、防、攻） 1. 对挡网或墙自抛自扣，练习扣球手法 2. 2人1组对传垫球、打防练习，5分钟 3. 2、3、4号位的扣拦防攻串联练习，40分钟 （1）教师讲解串联练习方法，提示要点 （2）教师请名学生进行串联示范，教师伴随讲解 （3）练习方法：3对3网前进行：由教师抛球给一方二传组织进攻（扣、吊）开始，对方对位拦网（不拦网队员后退防守）；进攻后，教师球给防守者，防起球后3人组织反攻，进攻方则变拦网方，来回交换进行。按小组/队队内进行练习，5分钟换人，10分钟换组，见下图：
（二）教学比赛： 重点强调技术的串联，比赛环节中正确分配技术，基本掌握技术运用的规律 （三）素质练习：10分钟长跑 要求速度适中，根据个人情况调整速度，坚持完成，保持在有氧耐力练习中提高身体机能，逐步提高有氧耐力，树立克服身体困难的毅力	15分 12分	（二）教学比赛：小组/队间比赛，按4 - 2配备进行，尽量不失误，教师场边重点指导网前拦防转换 （三）素质练习：10分钟长跑 绕排球场外圈进行，教师充分讲解有氧跑的好处和良好的身体体验，作好动员工作，跑中教师：计时、提示注意调节呼吸、加强摆臂
三、结束部分 1. 小结本次课教学事项 2. 对下次课教学前注意事项 3. 收还器材	5分	三、结束部分 队列队形 小结内容（课后填写）

第9次课　　时间：＿＿＿＿＿＿＿＿

课的任务：1. 提高接发球与4-2配备接发球进攻能力；2. 教学比赛；3. 素质练习：多级蛙跳与俯卧撑

教学内容	时间	组织教法
课前检查：场地及器材		发现场地及器材有问题及时找后勤人员解决
一、准备部分 1. 集合，师生相互问候 2. 检查考勤 3. 小结上次课教学情况，介绍本次课教学内容、安排及其他要求 4. 准备活动： （1）徒手体操： 要求动作副度大、有力、协调，充分拉开肌肉群和主要关节 （2）热身跑：练习步法，活动身体	10分	一、准备部分 1. 集合地点：排球场四列横队整队 2. 3. 同上 4. 准备活动： （1）徒手体操：正和侧压腿、下蹲、腰绕环、俯背以及手指、手腕、膝、踝等关节的活动 （2）热身跑：慢跑10米交换步法跑（小步快跑、高抬腿跑、后踢腿跑、滑步跑、交叉步跑、单腿跳行进） 教师口令、示范并带操
二、基本部分 （一）提高接发球与4-2配备接发球进攻能力 讲解要领： 接发球关键在于对来球性能、落点和线路的正确判断，只要同学们加大接发球练习量，就能从中找到规律，增强自信心 提高4-2配备接发球进攻能力的需要正确的站位、清楚的职责区域和配合才能保证有高质量的接发球，也才能有高质量的二传组织进攻。同时，二传手作为枢纽，要指挥大家排兵布阵、进攻调动，自己还需要适时插上、快速移动以保障高质量的二传球，提高大家的信心和兴趣	47分	二、基本部分 （一）提高接发球与4-2配备接发球进攻能力 1. 两人间传垫球：2分钟 2. 两人间发球与接发球（8~10米）：5分钟 3. 教师对4-2配备（插上）接发球阵型及练习方法进行讲解，做出安排 4. 4-2配备接发球与组织进攻（二传插上） 2小组/队一场地：1组专门发球（按秩序），1组专门按4-2配备接发球组织进攻，组织成功3次进攻转一轮，队内自己适时换人，组间10分钟交换角色教师对不同场地内练习进行观察、指导
（二）教学比赛： 重点强调：正确站位，注意两人间的配合，接好一传才能较好地组织起进攻，建立一步一环节的意识，了解比赛中各环节的运行规律	20分	（二）教学比赛： 小组/队间比赛，按4-2配备进行，尽量不失误，教师场边重点指导接发球阵型和接发球技术运用
（三）力量素质练习： 要求全力完成，保证和提高身体力量，提高移动和起跳能力。	8分	（三）力量素质练习：多级蛙跳与俯卧撑 多级蛙跳：5次/组×5组 俯卧撑：男生4组，每组20次/人 女生4组，每组10次/人
三、结束部分 1. 小结本次课教学事项 2. 对下次课教学前注意事项 3. 收还器材	5分	三、结束部分 队列队形 小结内容（课后填写）

第10次课　　时间：＿＿＿＿＿＿＿＿

课的任务：1. 结合4-2配备接发球进攻，提高单人或双人拦网下的防守和反攻串联能力；2. 教学比赛；3. 素质练习：15分钟健身跑

教学内容	时间	组织教法
课前检查：场地及器材 一、准备部分 1. 集合，师生相互问候。 2. 检查考勤。 3. 小结上次课教学情况，介绍本次课教学内容、安排及其他要求。 4. 准备活动：徒手体操 要求动作副度大、有力、协调，充分拉开肌肉群和主要关节。	8分	发现场地及器材有问题及时找后勤人员解决 一、准备部分 1. 集合地点：排球场 四列横队整队 2. 3. 同上 4. 准备活动：集体练习 徒手体操动作正和侧压腿、下蹲、腰绕环、俯背以及手指、手腕、膝、踝等关节的体操活动。教师口令、示范并带操
二、基本部分 （一）结合4-2配备接发球进攻，提高单人或双人拦网下的防守和反攻串联能力 讲解要点： 非常接近实战的攻守专门练习，重点强调掌握各关节的比赛规律和技术运用、技术运用的稳定性和效果性，使学生们认识到一环接一环、环环相扣的意识，逐步建立起团队意识，加强团队配合、联系、保护等才能较好地发挥个人与团队的力量	40分	二、基本部分 （一）结合4-2配备接发球进攻，提高单人或双人拦网下的防守和反攻串联能力 1. 两人间传垫球、打防练习 2. 4号位扣球练习（二传） 3. 串联练习： （1）教师讲解练习方法与要领 （2）教师端线外发球，2小组/队对抗练习：1组接发球后（4-2配备、二传插上），组织进攻，另1组拦网、后排防守，防守起球后反攻，连续进行，教师5分钟交换发球方，小组得3分轮转1次，期间，队内适时安排换人 其他小组/队一部分人负责拣球给教师，另一部分场边观摩，15分钟后交换场上
（二）教学比赛： 要求：减少发球失误，比赛中集中注意力，二传手插上快，进攻击球保证稳定，相互提醒和鼓励	20分	（二）教学比赛 1. 4小组/队分别于两块场地中同时进行，不安排裁判 2. 10分钟时换人，力争全部学生均上场 3. 教师场边指导
（三）素质练习：15分钟长跑 坚持完成，为长跑考试做好身体准备，提高有氧耐力	17分	（三）素质练习：15分钟长跑 1. 绕排球场外圈进行 2. 教师计时，提示剩余时间、鼓励坚持完成
三、结束部分 1. 小结本次课教学情况 2. 对下次课教学前注意事项 3. 收还器材	5分	三、结束部分 队列队形 小结内容：（课后填写）

第 11 次课　　时间：＿＿＿＿＿＿

课的任务：1. 复习打、防、调、扣球、接发球等技术；2. 教学比赛；3. 素质：15 分钟长跑

教学内容	时间	组织教法
课前检查：场地及器材		发现场地及器材有问题及时找后勤人员解决
一、准备部分	8分	一、准备部分
1. 集合，师生相互问候		1. 集合地点：排球场；四列横队
2. 检查考勤		2. 3. 同上
3. 小结上次课教学情况，介绍本次课教学内容、安排及其他要求		4. 准备活动：集体练习，动作有正和侧压腿、下蹲、腰绕环、俯背以及手指、手腕、膝、踝等关节的活动，教师口令、示范并带操和指导学生动作
4. 准备活动：徒手体操		
要求动作副度大、有力、协调，充分拉开肌肉群和主要关节		
二、基本部分		二、基本部分
（一）复习打、防、调、扣球、接发球等技术	40分	（一）复习打、防、调、扣球、接发球等技术
通过复习，巩固传垫球技术，提高扣球手法、防守、接发球能力，为进一步提高技术的正确性和技术在比赛中的运用能力打下基础		1. 教师安排练习方法，讲解练习要求
		2. 2人1组相距5～6米原地自抛扣2分钟
		3. 同上对传、对垫3分钟
		4. 同上抛扣垫球：一人抛扣，一人方2分钟
		5. 同上打防练习5分钟
		6. 结合发球进行接发球练习：5人W型接发球练习10分钟
		7. 打防调练习15分钟
		教师网前扣、吊等，学生分成2人一组防守垫球，二传调整传球给教师。各组防守2球，如不失误连续进行，各组排队循环练习和拣球给教师，见下图：
（二）教学比赛：	20分	（二）教学比赛
要求：减少发球失误，比赛中集中注意力，二传手插上快，进攻击球保证稳定，相互提醒和鼓励		1. 4小组/队分别于两块场地中同时进行，不安排裁判
		2. 10分钟时换人，力争全部学生均上场
		3. 教师场边指导
（三）素质练习：15分钟长跑	17分	（三）素质练习：15分钟长跑
坚持完成，为长跑考试做好身体准备，提高有氧耐力		1. 绕排球场外圈进行
		2. 教师计时，提示剩余时间、鼓励坚持完成
三、结束部分	5分	三、结束部分
1. 小结本次课教学情况		队列队形
2. 对下次课教学前注意事项：上课地点，多媒体教室		小结内容：（课后填写）
3. 收收还器材		

第12次课　　时间：_____

课的任务：理论课：排球比赛裁判法及竞赛组织

课前准备：多媒体教室及设备

教学内容：

1. 讲解并示范裁判法，答疑：40分钟 休息5分钟

裁判员工作职责、工作内容与法定手势

裁判员	职责权利	工作内容	法定手势
第一裁判员：比赛的组织者、管理和行使权利者、领导者	1. 最终判定权 2. 对错判的改判权 3. 对不称职裁判员的撤换权 4. 规则及执行的解释与处理权 5. 判罚权 6. 对辅助人员管理	1. 赛前检查（器材、服装用具） 2. 主持挑边，掌握准备活动 3. 主持入场仪式 4. 赛中组织、判定、判罚 5. 赛后主持退场，督促队长签字、签字、器材回收、总结	1. 应发球队 2. 犯规性质 3. 犯规队员 当双方犯规时： 1. 重新发球 2. 犯规性质 2. 犯规队员 3. 应发球队
第二裁判员：第一裁判员的助手	1. 需要时，代替第一裁判员工作 2. 掌管记录员工作 3. 监督替补和成员行为 4. 主持换人、暂停 5. 人员与比赛条件管理 6. 位置表的检查与核对位置 7. 发现不良行为报告一裁 8. 犯规判断：位置错误、触网、过中线、球从过网区外过网、球触障碍物 9. 手势提示一裁（上8之外）的犯规，不鸣哨	1. 协助一裁完成赛前工作 2. 位置表对位核对 3. 控制、指挥拣球员、擦地板员 4. 观察接发球队位置（是否位置错误） 5. 比赛控制区管理 6. 职责7.8.9的执行 7. 协助一裁完成赛后工作	1. 鸣哨 2. 犯规性质 3. 犯规队员 4. 随一裁指出发球队
司线员	1. 界内、外 2. 球触手 3. 球从过网区外过网 4. 发球队员脚部犯规 5. 队员和球触标志杆 6. 接受一裁询问，并重复旗示	1. 协助第一、二裁判员工作 2. 完成职责的判断、旗示	判断的性质
记录员（省略）			

第一、二裁判员赛中配合程序

	第一裁判员	第二裁判员	司线员
发球	看发球队一方是否有位置错误、发球犯规等	看接发球队一方是否有位置错误	1. 发球犯规 2. 界内外、过网区
球网附近	看进攻一方：触网、过网击球、拦网、击球等	看拦网一方：网下部分触网、过中线、靠近一侧的打手、标志杆等	标志杆、触手
后排进攻	限制线、击球、击球高度、过网	限制线	

2. 讲解比赛组织：40分钟

（1）赛前组织

场地器材准备与检查：安装器材，分别检查高度、网的松紧度、标志杆/带的位置和牢固、裁判台（稳固，调节高度）、运动员席、换人牌、辅助人员到位、广告版

热身：双方运动员场上热身，裁判员检查服装和号码，教练员填写运动员名单并签字；裁判员发放位置表

挑边：裁判员赛前16分钟组织双方队长挑边，选择发球、接发球或场区，然后签字

上网热身：10分钟热身练习：上网扣球或发球等，裁判员收回位置表交记录员登记

入场仪式：赛前4分钟，裁判员组织双方运动员于运动员席前边线排列，鸣哨后入场至场地中间，后转面向记录台，一裁鸣哨示意双方运动员握手

介绍裁判员、运动员：赛前2.5分钟，记录台播音员分别介绍裁判员姓名、等级、地区；技术代表姓名、地区；双方运动员号码、姓名、自由人、教练员等，运动员上场站位。

（2）赛中组织：

开始比赛：第二裁判员、记录员检查上场队员位置，如有错误，及时纠正或换人等，检查结束后，掷球给先发球队发球队员，举手向一裁示意，一裁鸣哨发球，比赛开始

赛中：暂停、换人、交换场区、决胜局挑边、决胜局中的交换场区与位置检查等程序执行，比分与发球顺序检查等

（3）赛后组织：

两队运动员端线站好，一裁鸣哨，运动员到中场握手后，退场时再与裁判员握手致谢。

双方队长签字

记录员完成记录表

裁判员签字

3. 竞赛制度、基本编排方法和成绩计算方法

（1）循环制：单循环、双循环、分组循环

编排：常规固定左上角号、其余号逆时针移动

轮次：单数队时为队伍数，双数队时为队伍数减1

场次计算：单循环场次＝队数×（队数－1）/2

双循环场次＝单循环场次×2

分组循环场次＝各组场次相加

成绩计算：胜1场得2分，负1场得1分，弃权得0分

名次确定：累计得分高者名次靠前；得分相等时：计算总得分/总失分＝Z值，Z值高者名次靠前；Z值再相等时：计算总胜局数/总负局数＝C值，C值高者名次靠前

（2）淘汰制：单败制（双败制：简单说明）

编排：设种子队，抽签对阵，再按轮次交叉对阵直至最后一场

轮次：队伍数为2的乘方时，轮次＝2为底的幂，如16队轮次＝2为底的幂4（即2^4）

当队伍数不是2的乘方时，按下一个2的乘方计算，如为6队时，则按8队计算，6队轮次数＝2为底的幂3（即2^3）

场次计算：队数减1

（3）混合制：同时采用循环制、淘汰制，一般第一阶段采用分组循环制，第二采用淘汰制

（4）编排原则：合理安排种子队、场地和轮空休息

精彩比赛、决赛安排的最佳时间、场地

同一单位队尽可能避开同组

4. 下次课前布置与安排，课整理教学器材后 5分钟

5. 本次课后教学小结：（课后填写）

第 13 次课　　时间：＿＿＿＿＿＿＿＿＿

课的任务：1. 比赛组织、方法与实践；2. 素质练习：30 米短跑

教学内容	时间	组织教法
课前检查：场地及器材（增加器材：口哨、比赛中文记录表、位置表、比分牌、司线旗、笔）		发现场地及器材有问题及时找后勤人员解决
一、准备部分 1. 集合，师生相互问候 2. 检查考勤 3. 小结上次课教学情况，介绍本次课教学内容、安排及其他要求 4. 准备活动： （1）徒手体操： 要求动作副度大、有力、协调，充分拉开肌肉群和主要关节。 （2）短跑： 要求速度由慢到快，逐步加速，充分跑热身体，提高快速能力	15分	一、准备部分 1. 集合地点：排球场 四列横队整队 2. 3. 同上 4. 准备活动：集体练习 （1）徒手体操：动作有正和侧压腿、下蹲、腰绕环、俯背以及手指、手腕、膝、踝等关节的体操活动 教师口令、示范并带操和指导学生动作 （2）短跑步：多组30米跑 共6组：第1. 2组中等速度完成 第3-6组快速起跑-加速完成 地点：排球场外圈直线距离内
二、基本部分：比赛组织、方法与实践 组织要领： 场地准备与检查：检查高度、网的松紧度、标志杆/带的位置和牢固、裁判台（稳固，调节高度）、运动员席、换人牌、记录人员到位 热身：双方运动员场上热身，裁判员检查服装和号码，教练员填写运动员名单并签字 挑边：裁判员赛前10分钟组织双方队长挑边，选择发球、接发球或场区，然后签字 上网热身：上网热身练习扣球或发球 入场仪式：裁判员组织双方运动员于运动员席前边线排列，鸣哨后入场至场地中间，后转面向记录台，一裁鸣哨示意双方运动员握手 介绍裁判员、运动员：介绍裁判员姓名、等级、地区；技术代表姓名、地区；双方运动员号码、姓名、自由人、教练员等 开始比赛：第二裁判员、记录员检查上场队员站位位置，一裁鸣哨发球，比赛开始 比赛结束：运动员、裁判员握手握手致谢；队长签字，记录员完成记录表；裁判员签字	70分	二、基本部分：比赛组织、方法及实践 1. 教师课前比赛安排计划，指定第一、第二裁判员、两名司线员、记录员、播音员兼翻分员，并安排中间裁判员换人计划，准备比赛用表格及器材 2. 分队，比赛安排5局，最后进行决胜局比赛，教师控制每局比赛调整，最终完成5局比赛实践 3. 教师讲解比赛流程、裁判员组织方法 4. 裁判员开始赛前准备工作 两小队队长组织赛前热身系列活动：传垫球、二传球、打防练习 5. 裁判员在教师指导下：组织挑边 两队上网热身（5分钟：2、3、4号位扣球练习、发球练习） 6. 裁判员组织入场仪式、检查位置、比赛开始 7. 第一、二裁判员组织比赛开始程序 8 赛中：教师可以暂定比赛进行讲解；每局结束后，进行裁判员换人，换下的学生，参加比赛 9. 执行赛后程序
三、结束部分 1. 小结本次课考试情况 2. 对下次课进行安排 3. 收还器材	5分	三、结束部分 队列队形 小结内容：（课后填写）

第14次课　　时间：＿＿＿＿＿＿＿＿＿

课的任务：1. 复习考试技术；2. 教学比赛；3. 素质考试：俯卧撑或蛙跳

教学内容	时间	组织教法
课前检查：场地及器材（准备皮尺）		发现场地及器材有问题及时找后勤人员解决 考试地点准备： 1. 场外无障碍区，清理干净俯卧撑考试地面，立定跳远区画出起跳限制线、直线距离标尺（重点标出60、80分、90、100分标志） 2. 课前画出发球考试有效区标线
一、课的准备部分 1. 集合，师生相互问候 2. 检查考勤 3. 小结上次课教学情况，介绍本次课教学内容、安排及其他要求 4. 准备活动： （1）徒手体操： 要求动作副度大、有力、协调，充分拉开肌肉群和主要关节 （2）热身跑： 要求速度适中，尽量跑热跑出汗	15分	一、课的准备部分 1. 集合地点：排球场 四列横队整队 2.3. 同上 4. 准备活动：集体练习 （1）徒手体操：动作有正和侧压腿、下蹲、腰绕环、俯背以及手指、手腕、膝、踝等关节的体操活动 教师口令、示范并带操和指导学生动作 （2）热身跑步：绕排球场外圈，跑4圈
二、基本部分 （一）复习考试技术：传垫球、发球和扣球 要领：传垫球：积极移动对正来球；手型合理正确；主动用力 发球：保持稳定抛球、击球点靠前，击准球重心部位，控制力量，保证击球稳定性和飞行路线。 扣球：准确判断二传，助跑时机和起跳时机准确，手掌包满球，放松挥臂，控制身体减少前冲。 （二）（三）教学比赛和素质考试（俯卧撑或立定跳远）： 要求：学生们合理地应用技术、积极主动、跑动快速，击球讲究稳定，出球效果好，同时随时准备、协调保护，连续性决定快乐体验，对培养体育习惯取到重要作用 素质考试：学生任意选取俯卧撑或立定跳远一项进行考试，成绩标准见教学计划成绩对照表	70分	二、基本部分 （一）复习考试技术：传垫球、发球和扣球 1. 对墙或档网自抛自扣球50次 2. 2人对传垫球 3. 2人打防练习 4. 2人发球与接发球练习（不隔网） 5. 发球：累计30个成功球的发球练习 6. 2、4号位扣二传球，各组二传学生传球 （二）、（三）教学比赛和素质考试： 1. 各小组/队轮流进行考试，1组考试，其他组安排教学比赛，轮流交换 2. 严格考试纪律和要求
三、结束部分 1. 小结本次课考试情况 2. 对下次课进行安排 3. 收还器材	5分	三、结束部分 队列队形 小结内容：（课后填写）

第 15 次课　　时间：＿＿＿＿＿＿＿＿＿

课的任务：1. 技术考试：传垫球；2. 复习考试技术：扣高球、发球；3. 素质练习：2800 米跑

教学内容	时间	组织教法
课前检查：场地及器材		发现场地及器材有问题及时找后勤人员解决 课前画出发球考试有效区标线
一、课的准备部分 1. 集合，师生相互问候。 2. 检查考勤。 3. 小结上次课教学情况，介绍本次课教学内容、安排及其他要求。 4. 准备活动： （1）徒手体操： 要求动作副度大、有力、协调，充分拉开肌肉群和主要关节。 （2）热身跑： 天气较冷，尽量跑热、跑出汗，速度适中	10 分	一、准备部分 1. 集合地点：排球场 四列横队整队 2.3. 同上 4. 准备活动： （1）徒手体操：正和侧压腿、下蹲、腰绕环、俯背以及手指、手腕、膝、踝等关节活动 教师口令、示范并带操和指导学生动作 （2）热身跑：绕排球场外圈，跑 4 圈
二、基本部分 （一）复习考试技术：传垫球 传球：移动对正来球的基础；手型合理正确是保证；手感控制准确是关键 垫球：两臂夹紧插球下，提高送臂腕下压、蹬地跟腰前臂垫，轻球重球有变化；撤臂缓冲接重球，轻球主动抬臂击。	15 分	二、基本部分 （一）复习考试技术：传垫球 1. 教师讲解考试标准和要求、方法、技巧 2. 学生练习：2 人 1 组的对传球、对垫球 教师逐一进行指导帮助
（二）传垫技术考试 传垫球：来回 15 个球为达标 60 分，技术评价分——根据移动、判断、动作、用力和出球效果进行综合评价 40 分	30 分	（二）传垫技术考试 1. 按照点名册顺序进行考试 2. 两人组合自由搭配，不限男女 3. 考试前进行 20 秒练习后正式计数和评价 教师可以适当进行指导帮助
（三）复习考试项目：扣球和发球 要求：强调稳定性，保持良好心理	30 分	（三）复习考试项目：扣球和发球 1. 一场地考试结束的学生按发球考试区域进行发球练习 2. 另一场地进行扣球练习：固定骨干学生进行抛球，其他学生拣球按排队顺序进行扣球 3. 收球、收还器材，教师带队至田径场
（四）素质练习：2800 米跑 教师考前做好跑前说明和动员，鼓励学生坚持完成		（四）素质练习：2800 米跑 1. 教师随时向学生报时、报圈鼓励或技巧提示 2. 跑后：教师提示学生继续慢跑、行走等放松休息
三、结束部分 1. 小结本次课考试情况 2. 对下次课进行安排	5 分	三、结束部分 队列队形 小结内容：（课后填写）

第16次课　　时间：_____

课的任务：1. 技术考试：扣高球（2或4号位）；2. 复习考试技术：发球；3. 素质考试：男生2000米、女生1800米跑

教学内容	时间	组织教法
课前检查：场地及器材		发现场地及器材有问题及时找后勤人员解决 课前画出发球考试有效区标线
一、课的准备部分 1. 集合，师生相互问候 2. 检查考勤 3. 小结上次课教学情况，介绍本次课教学内容、安排及其他要求 4. 准备活动： （1）徒手体操： 要求动作副度大、有力、协调，充分拉开肌肉群和主要关节。 （2）热身跑步： 天气较冷，尽量跑热、跑出汗，要求速度适中	10分	一、课的准备部分 1. 集合地点：排球场 四列横队整队 2.3. 同上 4. 准备活动： （1）徒手体操：正和侧压腿、下蹲、腰绕环、俯背以及手指、手腕、膝、踝等关节活动。 教师口令、示范并带操和指导学生动作 （2）热身跑步：绕排球场外圈，跑4圈
二、基本部分 （一）复习考试技术：扣高球 复习要领： 判断来球，决定助跑线路、速度和起跳时机手掌包满球，控制力量，使球落于界内	15分	二、基本部分 （一）复习考试技术：扣高球 1. 教师讲解考试标准和要求、方法、技巧 2. 学生练习：对档网或墙自抛自扣 3. 教师抛球进行2、4号位扣球，5分钟 4. 分组，教师或骨干二传球进行2、4号位扣球，5分钟
（二）扣球技术考试 扣球：扣10个球，扣中4个球为达标60分，技术评价分—助跑起跳时机、手法、出球效果综合评价40分	30分	（二）扣球技术考试 1. 按照点名册顺序3人1组进行考试 2. 学生骨干抛球给教师传二传球（稍远网） 3. 考试前进行30秒练习后正式计数和评价 教师可以适当进行指导帮助
（三）复习考试项目：发球 要求：强调稳定性，保持良好心理	30分	（三）复习考试项目：发球 1. 考试结束的学生按发球考试区域进行发球练习 2. 收还器材，教师带至田径场
（四）素质考试：男生2000米、女生1800米跑 要求：严格考试纪律，教师考前做好考试要求等的说明和动员，并将标准再次告知学生，鼓励学生		（四）素质考试：长跑 1. 2小组一次考试，另2小组休息 2. 教师按名次计时，到达终点时教师告知学生的名次，间隔1组考试时间后，按名次对照学生姓名登记成绩。跑中，教师随时向学生报时、报圈鼓励或技巧提示 3. 跑后：提示学生继续慢跑、行走等放松休息
三、结束部分 1. 小结本次课考试情况 2. 对下次课进行安排	5分	三、结束部分 队列队形 小结内容：（课后填写）

第17次课　　时间：＿＿＿＿＿＿

课的任务：1. 技术考试：发球；2. 发放理论考试；3. 教学比赛

教 学 内 容	时间	组 织 教 法
课前检查：场地及器材		发现场地及器材有问题及时找后勤人员解决 考试地点准备： 1. 画出发球考试有效区标线 2. 场外无障碍区，清理干净俯卧撑考试地面，立定跳远区画出起跳限制线、直线距离标尺（重点标出60、80分、90、100分标志）
一、准备部分 1. 集合，师生相互问候 2. 检查考勤 3. 小结上次课教学情况，介绍本次课教学内容、安排及其他要求 4. 准备活动： （1）徒手体操： 要求动作副度大、有力、协调，充分拉开肌肉群和主要关节。 （2）热身跑： 天气较冷，尽量跑热，为考试做好热身准备，由慢到快。	10分	一、准备部分 1. 集合地点：排球场四列横队整队 2. 3. 同上 4. 准备活动：集体练习 （1）徒手体操：正和侧压腿、下蹲、腰绕环、俯背以及手指、手腕、膝、踝等关节体操，教师口令、示范并带操和指导学生动作 （2）热身跑： 教师指挥学生围绕排球场进行各种跑（慢跑、小步跑、跨步跑和加速跑）
二、基本部分 （一）复习考试项目：发球 发球：考试抓住要点－抛球稳定（高度和位置合适）、击球准（球的中下部位和手掌部位准确）、大胆用力、调整发球站位（适合个人特点）、自信心强	15分	二、基本部分 （一）复习考试项目：发球 1. 教师讲解考试要求，提示发好球的基本技巧 2. 学生发球练习：10分钟 教师对每个学生进行检查和指导，对个别较差的学生进行重点辅导。
（二）发球考试： 考试方法：每人发球10次，发入有效区发球4个60分、5个70分、6个80分、7个90分、8个100分（男、女生发球的不限上手下手发球占考试中成绩的20%）	55分	（二）发球考试： 1. 考试按点名册顺序进行 2. 考试：第一个发球为试发球，从第二个发球开始计算成绩 3. 发球考试有效区：发球过网、落在幅度线与端线构成的区域即为有效，详见教学计划考试方法与说明
（三）教学比赛和有考试不及格的学生复习补考内容 要求：尽量按正式比赛的要求进行，争取做到将比赛进行连续和精彩，这要求学生们合理地应用技术、积极主动、跑动快速，击球讲究稳定，出球效果好，同时随时准备、协调保护，充分发挥每个人的力量才能打好比赛。		（三）教学比赛和有补考任务的学生复习补考技术： 1. 发球考试结束的学生（无补考任务）分组进行教学比赛 2. 补考技术复习：教师逐一进行指导，帮助学生找到问题所在和纠正
三、结束部分 1. 小结本次课考试情况 2. 对下次课补考进行安排 3. 发放理论考试卷子，下周完交回 4. 收还器材	10分	三、结束部分 队列队形 小结内容：（课后填写）

第 18 次课　　时间：_____

课的任务：1. 补考；2. 教学比赛；3. 收理论考试卷

教学内容	时间	组织教法
课前检查：场地及器材		发现场地及器材有问题及时找后勤人员解决 考试地点准备： 1. 场外无障碍区，清理干净俯卧撑考试地面，立定跳远区画出起跳限制线、直线距离标尺（重点标出60、80分、90、100分标志） 2. 画出发球考试有效区标线
一、课的准备部分 1. 集合，师生相互问候。 2. 检查考勤。 3. 小结上次课教学情况，介绍本次课教学内容、安排及其他要求。 4. 准备活动： （1）徒手体操： 要求动作副度大、有力、协调，充分拉开肌肉群和主要关节。 （2）热身跑： 要求速度适中，天气较冷，尽量跑热，提高身体抗击寒冷的能力	10分	一、课的准备部分 1. 集合地点：排球场 四列横队整队 2. 3. 同上 4. 准备活动： （1）徒手体操： 安排动作：正和侧压腿、下蹲、腰绕环、俯背以及手指、手腕、膝、踝等关节的体操活动。 教师口令、示范并带操和指导学生动作 （2）热身跑步：2分钟跑 绕排球场外圈进行，教师与学生一同跑，并鼓励同学坚持完成
二、基本部分 （一）复习补考项目、准备和教学比赛练习： 技术补考的学生进行复习，抓住技术要领：传球和垫球前的判断、移动和找好落点很重要，同时，摆好手型（传球张开手掌、垫球伸直两臂），降低一些重心，出球高一些，才能较好地完成；而发球则作到抛球稳定、抛球不宜太高、击准球的中下部位、大胆用力是关键	20分	二、基本部分 （一）复习补考项目、准备和教学比赛练习：1. 两人对传垫球练习 2. 两人进行打防调练习 3. 上网扣球 4. 发球 教师重点对有补考任务的学生进行辅导。同时安排好参加比赛学生的练习方式。
（二）补考： 1. 技术考试：严格按照考试标准和要求进行，对努力练习上进的学生可以适当放宽尺度。 2. 素质补考：充分作好准备活动，要有坚强的信心，不要气馁		（二）补考顺序： 1. 传垫球 2. 扣球 3. 发球 4. 立定跳远或俯卧撑 5. 男生2000米或女生1800米
（三）教学比赛： 无补考任务的学生进行比赛，按正式比赛的进程和模式，加强要求：比赛的连续性、精彩性，体会排球运动给学生带来的快乐感受，体会对健身、对健康带来的好处 教学比赛前的练习：按照正式比赛前的准备活动进行练习，作好比赛前的充分准备	45分	（三）教学比赛： 1. 安排学生裁判员：一、二裁判员 2. 正式比赛，每队8人，其中两人做为替补，比赛中进行换人，使每个学生都有上场的机会，得到锻炼和实践，体会比赛 3. 发挥骨干学生的力量，把比赛组织好和维持好

教 学 内 容	时间	组 织 教 法
三、结束部分 1. 小结补考和比赛情况，对学生们一学期来的努力学习和刻苦练习表示认同，对学生对体育课的积极态度和配合表示感谢 2. 作好继续体育健身以提高体质健康水平的动员工作，一辈子不忘健身 3. 回收理论考试卷 4. 小结本学期学习情况、效果和心得 5. 收还器材 理论考试题： 1. 简述排球比赛的组织。 2. 简述传球、垫球、扣球、发球易犯的错误动作。 3. 列举 5 种犯规动作。 4. 叙述第一、二裁判员的工作职责、工作内容与配合。 5. 谈谈如何欣赏排球比赛。	15分	三、小结部分 队列队形 小结内容：（课后填写）

二、普通高校排球选项课高级班教案

普通高校排球选项课高级班教案

第1次课　　时间：＿＿＿＿＿＿＿＿

课的任务：1. 了解情况、介绍教材、要求、分小组（或队）；2. 通过教学比赛，了解学生掌握技战术情况；3. 素质练习：5分钟跑

教学内容	时间	组织教法
课前检查：场地及器材 一、准备部分 1. 全体参加体育课的学生 2. 主管教学负责人进行教学安排介绍、教师介绍，组织分班 3. 选修排球高级班的学生集合，师生相互问候 4. 介绍本课教师姓名等简历 5. 核对和检查学生名单，说明选课调整控制时间点	20分	发现场地及器材有问题及时找后勤人员解决 一、准备部分 1. 集合地点：教务处指定分班集合地点 在分班和介绍教材等活动后带到排球场 四列横队整队 2.3.4.5 同上
二、基本部分 （一）介绍教材： 1. 技术类：比赛为主线，以提高技术运用能力、整体技战术水平为主，学习基本进攻与防守战术，实现具备实战能力和喜欢排球运动的目标 2. 素质类：加强有氧运动对人体健康意义重大的练习，并保持一定的专项体能（力量和速度素质） 3. 理论类：学习排球技战术理论，排球俱乐部的研讨和发展 4. 考核内容： （1）技术类：打防、发球/二传、接发球、扣球、比赛能力计60% （2）理论：技战术分析、规则10% （3）素质：长跑、立定跳远/俯卧撑30% （4）出勤：强调出勤保证上课质量 5. 教学及课堂要求： （1）积极主动，以基本战术为主线进行教学，其中以赛代练、配合战术和强化个人能力为重点教学内容。进一步提高实战水平，通过排球提高班的学习，使学生成为具有一定排球比赛能力的爱好者 （2）开展小集团化教学，组成4个小队，培养学生团队意识与组织能力，发挥团队互帮互助、共同提高的团队力量 （3）选课说明：排球高级班选课对象及要求：经过排球提高班课程学习并成绩及格的学生、学校学生排球协会/俱乐部的会员学生、掌握一定排球技术的本科生和研究生；按时间在教务处公布的体育课选课窗口进行选课，并请仔细阅读相关注意事项	10分	二、基本部分 （一）介绍教材： 1. 技术类：复习与提高基本技术，学习二传技术、不同扣球技术、5-1配备阵型、提高接发球和拦网技术、比赛能力 2. 素质类：长跑、弹跳和速度 3. 理论类：基本战术分析、排球比赛解读、俱乐部发展研讨 4. 考核内容及方法： （1）技术类：接发球、发球、扣球/二传、比赛能力各10%，打防20% （2）理论：基本战术、规则与组织10% （3）素质：立定跳远或俯卧撑10%，男2000米、女1800米跑共20% （4）出勤：旷课减10分，事假减4分，病假、迟到减1分 （请假必须按规定） 5. 教学及课堂要求： （1）要求尽量穿运动服装，必须穿运动鞋，但不能穿足球鞋 （2）课上积极主动，不怕苦、累、痛以及天气凉或酷热 （3）不具备能力和技术的学生需按调课要求进行调课，第1次课教师根据学生基本情况、课程班级人数要求进行动员和指导调课（第3次课前） （4）说明和动员大家参加俱乐部活动，课上、课下形成一体化互补，对提高技战术水平、身体素质、团结协作的整体能力大有益处

教学内容	时间	组织教法
说明：掌握一定排球技术是指基本掌握接发球、扣球、拦网技术，了解基本竞赛规则和比赛方法，具有一定的比赛能力、经验或中学阶段为学校学生代表队队员。通过第 1 次课教学，教师对不具备上述条件和能力的学生进行调换课动员，并说明调换课须知 （4）参加排球俱乐部活动动员：仅靠课上教学时间，较难完成教学目标，尤其是基础稍弱的同学，必须抽时间参加课外排球活动，增加练习量。同时，通过俱乐部活动，广泛开展和吸引学生参加俱乐部活动，健身健心，学校将以其为基础，选拔学生代表学校出战		
（二）准备活动： 1. 徒手体操：要求动作副度大、有力、协调，充分拉开肌肉群和主要关节 2. 素质练习：5 分钟长跑 第一次课，恢复体能，速度可由慢到中等速度	20 分	（二）准备活动：集体练习 1. 徒手体操动作：正和侧压腿、下蹲、腰绕环、腹背以及手指、手腕、膝、踝等关节的活动 教师口令、示范并带操和指导学生动作 2. 素质练习：5 分钟持续跑 教师与学生一同跑，并充分讲解有氧跑好处和良好的身体体验，作好动员工作，在思想上达到认同和支持
（三）了解学生基本排球水平，分小组比赛： 通过学生们热身与比赛，教师重点全面了解学生掌握排球技术、战术和比赛规则的认识程度，了解技术掌握层次不同的学生群体，为制定教学方法及确定重点帮助对象提供参考。对达不到选课要求的同学作好转班的动员工作，同时，研究各团队的组成成员，在以后的教学中充分发挥团队力量，形成集体力量，对教学十分有意义	30 分	（三）了解学生基本排球水平，分小组比赛： 1. 自己拿球活动（拍、打、自传垫等），熟悉球性 2 分钟 2. 2 人 1 组传垫球、打防活动，教师观察学生传垫球技术掌握情况 3 分钟 3. 上网扣球，10 分钟 4. 平均分组两块场地中进行比赛。分组平均人数（女生平均分到各组），不安排裁判员，各队根据比赛情况中断比赛（4 球或犯规）、也可进行暂停或换人，由此了解学生对规则了解情况 比赛中，教师重点提示：积极动起来，正确运用基本技术，同时，教师观察学生情况，进行分队策划（配置各小队负责人、成员、至少 2 名二传等）
三、结束部分 1. 小结：对学生的基本情况做概述，重点提示进行练习的基本方法和勇于攀登的进取精神，不怕不会，就怕不练和不学习。基础差的学生需要转至基础班或其他类班 2. 安排课外练习方法和要求，仅仅靠课上时间学习排球技术战术远远不够 3. 安排学生借还器材顺序和方法，爱护球，不要用脚大力踢球，球出场外要迅速捡回，丢球大家集体赔偿（包括教师） 4. 请学生注意下次课的上课地点：排球场 5. 收还器材	10 分	三、结束部分 分队：教师宣布名单，征求学生意见后调整，以后上课，均按此分队进行对抗、比赛或集中练习，队中开展相互帮助、共同进步的活动 共分 4 队（取名 A、B、C、D 队），每队 7~8 人，每队里设 1~2 负责同学（或队长、副队长） 小结内容：（课后填写）

第2次课　　时间：＿＿＿＿＿＿＿＿

课的任务：1. 复习纠正基本技术（传、垫、扣、发）；2. 教学比赛；3. 素质练习：多级蛙跳

教学内容	时间	组织教法
课前检查：场地及器材		发现场地及器材有问题及时找后勤人员解决
一、准备部分 1. 集合，师生相互问候 2. 检查考勤 3. 小结上次课教学情况，介绍本次课教学内容、安排及其他要求 4. 准备活动： （1）行进间体操： 要求动作副度大、有力、协调，充分拉开肌肉群和主要关节 （2）热身跑：学习各种跑发，有利于排球移动素质的提高	8分	一、准备部分 1. 集合地点：排球场，四列横队整队 2. 3. 同上 4. 准备活动：绕排球场外圈一字队行进 （1）行进间体操：正压腿步走、走两步加一腰绕环、走一步加俯背、下蹲走；教师口令、带示范操和指导学生动作 （2）热身跑：各种跑—小步跑、踢腿跑、交叉步跑、侧身跑、单腿跳、加速跑（每一跑法10米＊2组，每组间穿插松慢跑10米，放松慢跑时教师示范下一跑法）
二、基本部分 （一）复习及纠正基本技术 纠正重点： 传球、垫球：手型不正确、判断与移动不及时、击球动作不连贯、控制出球效果差 扣球：（1）手法不正确，手掌包不好球，摆臂后扣球臂肘关节过低，挥臂未向前上方，击球点太低，挥臂僵硬，不能形成鞭甩 （2）助跑起跳时机不对，不能在最高点接球，落地冲网 （3）与二传配合不好 发球：不了解不同性能发球技巧，击球手型不固定，击球面积小，自我控制能力不强 挥臂击球速度不够	40分	二、基本部分 （一）复习及纠正基本技术（传、垫、扣、发）： 1. 自传、垫球100次/人 2. 教师讲解传球、垫球易犯的错误动作及纠正方法各队队内2人一组传球、垫球练习 3. 教师示范讲解打防要领，学生同上2人组进行打防，同时复习扣球手法 3. 纠正发球、扣球技术 （1）教师讲解发球易犯的错误动作及纠正方法 （2）教师做不同性能发球示范及讲解 （3）隔网发球：累计发球成功40次/人，教师逐一进行纠正指导 （4）教师讲解扣球易犯错误及纠正方法，示范 （5）各队进行2、3、4号位的扣球，攻手与二传之间商定扣球类别（如高球、半高球等），二传学生体会不同位置、不同扣球类别的传球技巧
（二）教学比赛： 各队第一次参加比赛，要求：相互之间多联络、多说话、多鼓励，队长、二传手负责组织和安排，以达到相互了解，为以后互帮互助、场上位置与分工提供参考	30分	（二）教学比赛： 1. 教师安排对阵，提出要求 A－B，D－C分别于两块场地进行 不设裁判员，各队根据比赛情况可暂停和换人 2. 各队队长安排阵容，指挥比赛过程
（三）素质练习：多级蛙跳 要求全力完成，动作快、连续，加强摆臂，空中强调挺身和收腹的技术动作，提高身体肌肉力量和爆发力	7分	（三）素质练习：多级蛙跳 排球场9米宽之间进行，多级蛙跳9米/组ｘ4组/人（返回放松走回出发点）
三、结束部分 1. 小结本次课教学事项 2. 对下次课教学前注意事项 3. 收还器材	5分	三、结束部分 队列队形 小结内容：（课后填写）

第3次课　　时间：＿＿＿＿＿＿＿

课的任务：理论课：进攻与防守战术、球队场上位置职责及分工

课前准备：多媒体教师、录像带/VCD/DVD 排球教学声像资料

教学内容：

1. 播放教学声像资料：各种进攻与防守战术片断集锦：15分钟

2. 讲解进攻与防守战术：30分钟，休息5分钟

A：进攻战术：

(1) 交叉与假交叉：两名队员用交叉跑动路线换位进攻的形式，目的在于扰乱对方盯人拦网的布置。如后跑进攻队员跑动中又折回原位进行攻击，则形成假交叉，真假结合，使对方难于辨认进攻点，难于组成有效拦网和防守布阵。

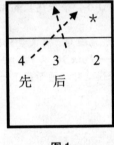  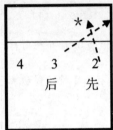 

　　图1　　　　　　　图2　　　　　　　图3　　　　　　　图4

图1例：4号先跑扣快球，3号后跑动扣半高球，跑动路线交叉，形成3-4号位前交叉；

图2例：3号先跑扣快球，2号后跑动扣半高球，跑动路线交叉，形成2-3号位前交叉；

图3例：2号先跑到二传身后扣背快球，3号也跑动到二传身后扣半高球，形成2-3背交叉；

图4例：2-3进行前交叉进攻，2号跑动过程中又折回2号位扣球，形成2-3假交叉。

(2) 双快：两名队员同时进行快球进攻，形成双快（图5），3号、2号分别进行前快、背快扣球

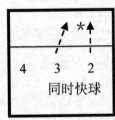  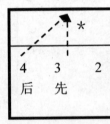 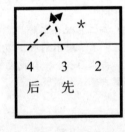

　　图5　　　　　　　图6　　　　　　　图7　　　　　　　图8

(3) 梯次：错位进攻，紧紧相扣，对方来不及拦网或抓不到拦网点（图6）

(4) 重叠：两名队员几乎在同一点上进行不同时间的进攻成重叠之势，使拦网人难以判断真假形成重叠战术，见图7例：3号扣快球，4号在3号头顶上进行半高球进攻。

(5) 加塞：短平快为掩护，另一进攻队员跑动"夹"在传球手与快攻手之间的进攻，形成夹塞战术。图8例：3号扣快球，4号在3号和二传手之间进行半高球进攻

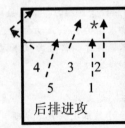

图9

(6) 前后排立体进攻：前排进行各种战术进攻，后排队员又配合前排进行后排进攻，形成前后立体进攻体系，前后排均能达到相互掩护之效果，进攻点多，攻击力强劲，扩大了进攻的纵深范围，现已成为世界排球进攻战术的流行趋势，图9例：前排2、3号快球进攻、4号强攻，后排5号或1号分别从后前排进攻。

B：防守战术及配合：

（1）拦网：强调盯人、盯位拦网，首先盯位拦对方相应进攻点，再与其他队员配合拦网，这是拦网基本战术。比赛中，根据不同情况，分别组成单人拦网、双人拦网、三人拦网或放弃拦网（对方推攻或无攻时）

（2）地面防守：不拦网队员按防守分工区域退下进行防守，分别组成边跟进、心跟进、双卡等防守阵型；固定防守区域，如后排主攻专职防守大斜线，即便于专门防守斜线区域，发挥专门训练成果，又便于反攻时于3、4号位之间进行后排进攻

（3）拦防配合：前排拦网尽可能组成2人以上拦网，1人死拦直线，拦住直线重扣，另一人拦住一般斜线，两人之间不留过球宽度缝隙，后排根据前排拦网覆盖区域情况进行布阵，找缝隙、判断对方攻手进攻意图，随时调整取位

3. 场上位置职责与分工，答疑：25分钟

序号	位置及分工	基本任务				职责
		接发球	拦网	防守	进攻	
1	二传手	不接发球	前排参加拦网	1. 后排防守直线或对角小斜线 2. 前排不拦网时退防	组织，二次攻	1. 球队组织、指挥 2. 战术安排
2	接应二传	接发球	前排参加拦网	1. 后排防守直线或对角小斜线 2. 前排不拦网时退防	进攻与接应二传球	进攻为主、接应二传为辅
3	主攻手	接发球或战术需要不接发球	前排参加拦网	1. 后排防守直线或对角小斜线 2. 前排不拦网时退防	进攻与调整球	球队的进攻核心、强力进攻点
4	快攻手	接发球或战术需要不接发球	前排参加拦网	1. 后排防守直线或底线 2. 前排不拦网时退防	进攻与调整球	球队进攻战术第一快速攻击点、牵制点
5	自由人	接发球	不拦网	根据需要满场防守	调整球，进攻不得击高于球网的球	球队接发球、防守质量的保证者，超强的接球、防守能力

4. 裁判员手势展示：教师展示裁判员、司线员手势，讲解手势含义和性质10分钟

5. 确定最终选课名单；下次课前布置与安排，课整理教学器材5分钟

6. 本次课后教学小结：（课后填写）

第 4 次课   时间：＿＿＿＿＿＿

课的任务：1. 提高二传手专项能力（不同球的传球）；2. 学习 3 号位扣快球技术；3. 改进 2、4 号位扣高球技术、双人拦网技术；4. 教学比赛；5. 素质练习：10 分钟长跑

教学内容	时间	组织教法
课前检查：场地及器材		发现场地及器材有问题及时找后勤人员解决
一、准备部分 1. 集合，师生相互问候 2. 检查考勤 3. 小结上次课教学情况，介绍本次课教学内容、安排及其他要求 4. 准备活动： （1）徒手体操：要求动作副度大、有力、协调，充分拉开肌肉群和主要关节 （2）热身跑：要求速度适中 （3）有球练习：复习技术兼热身效果	20 分	一、准备部分 1. 集合地点：排球场，四列横队整队 2. 3. 同上 4. 准备活动： （1）徒手体操：正和侧压腿、下蹲、腰绕环、腹背以及手指、手腕、膝、踝等关节；教师带操 （2）热身跑步：为短跑作好准备，绕排球场外圈跑 2 分钟 （3）有球练习：队内 2 人 1 组进行传垫球和打防练习 10 分钟
二、基本部分 （一）提高二传手专项能力（不同球的传球）： 要领：不同球的传球基本要求，传高球时充分蹬伸用力，传平拉开则加快传球速度，降低飞行幅度；传近体快球时提高传球点、手指轻发力、出球高度控制在网口上方 40 厘米内；传短平快时高点传球，出球平行网口飞行；传背传时需翻腕向后蹬伸用力		二、基本部分：教师画出起跳参考点/线 （一）提高二传手专项能力（不同球的传球）： 1. 利用热身有球练习，教师对各队二传手进行二传球技术要领讲解，教师分 4 人一组轮流按教师要求（不同球，重点传 3 号位快球）进行网前传球练习，其余 4 人在落点拣球 给教师 2. 结合（二）（三）内容教学，练习二传技术，提高二传专项能力，练习中教师随时针对不同二传学生进行提示或指导
（二）改进 2、4 号位扣高球技术、双人拦网技术 要点：扣球强调击球效果，注意起跳有力、连贯，保持高点；双人拦网强调配合，拦网线路组成面不漏球、阻击面大、手型正确以及两人起跳时机	20 分	（二）改进 2、4 号位扣高球技术、双人拦网技术 1. 教师画图讲解要点和练习安排、方法 2. 按 2 队各 2、4 号位组成两人拦网，另 2 队分别于 2、4 号位扣球，队内二传球，扣球学生拣球给教师，教师分别抛球给两个二传（先后进行），10 分钟后交换扣拦角色
（三）学习 3 号位扣快球技术 要领：1. 近体快球靠近二传起跳，短平快球距离二传 1 米左右起跳，起跳点距网 50CM 左右 2. 起跳时机：近体快球于二传手接球缓冲触球时或稍提前，短平快球则在二传出球霎那起跳 3. 二传尽量将球送到扣球手体前	15 分	（三）学习 3 号位扣快球技术 1. 降低球网为女网 2. 教师讲解要领，教师传快球，请技术较好的 3 名学生进行扣快球示范，过程中分析讲解。 3. 分队扣快球练习，各队二传球，教师分别对各队指导，队长安排抛球学生及换人抛球计划
（四）教学比赛： 以 4－2 配备接发球进攻阵型来组织进攻和防守，两名二传手保持两人之间的联系和默契配合，尽可能不出现让球导致失误现象	20 分	（四）教学比赛： 对阵：A－C，B－D，不安排裁判，各队采用 4－2 配备接发球进攻阵型进行组织，网前采用双人拦网。教师随时对快球进攻、二传技术进行指导和纠正
（五）素质练习：10 分钟长跑 扣球起跳量大，通过长跑放松身体，并提高有氧耐力	10 分	（五）素质练习：10 分钟长跑，绕排球场外圈进行，教师计时、鼓励
三、结束部分：1. 小结本次课教学事项；2. 对下次课教学前注意事项；3. 收还器材	5 分	三、结束部分 队列队形 小结内容：（课后填写）

第5次课　　时间：＿＿＿＿＿＿＿＿＿＿

课的任务：1. 提高单人防守/二传手专项能力；2. 学习进攻战术：交叉（2－3和3－4号位）；3. 教学比赛；4. 素质练习：三米往返移动

教学内容	时间	组织教法
课前检查：场地及器材		发现场地及器材有问题及时找后勤人员解决
一、准备部分 1. 集合，师生相互问候 2. 检查考勤 3. 小结上次课教学情况，介绍本次课教学内容、安排及其他要求 4. 准备活动： （1）徒手体操：要求动作副度大、有力、协调，充分拉开肌肉群和主要关节 （2）热身跑：要求速度适中	8分	一、准备部分 1. 集合地点：排球场，四列横队整队 2.3. 同上 4. 准备活动：集体练习 （1）徒手体操：正和侧压腿、下蹲、腰绕环、俯背以及手指、手腕、膝、踝等关节的活动，教师口令、示范并带操 （2）热身跑步：绕排球场外圈跑2分钟
二、基本部分 （一）提高单人防守/二传手专项能力 要领：根据位置分配，按位置分工进行单人防守能力的提高，这是最基础的防守保障，强调区域任务清楚、前后左右防守面大、移动快速积极、防守交叉区域明确配合，技术使用上以挡、传、垫为主，前排队员重点守吊球和轻打，后排人重点防长线或取巧防守，建立坚强的信念，积累防守经验。二传能力的提高将为整体提高打下坚实基础，通过反复练习和实战体验，逐步达到能指挥进攻、掌握不同性能传球技术、比赛各流程任务清楚、谋划各轮次和攻防中的战术战略	25分	二、基本部分 （一）提高单人防守/二传手专项能力 1. 队内2人1组传垫球、打防练习5分钟（二传学生指定于网前进行练习） 2. 每队半场：后排专位防守练习 （1）教师画图讲解练习方法和要领，安排一个队进行示范5分钟 （2）队内最好的学生进行扣球、吊球等，每组练习时，扣球学生均按2、3、4号三个位置进行扣吊球等 （3）队内二传轮流负责起球后的接应传球 （4）分主攻组、副攻组、二传/接应二传组分别进行5、6、1号位的专位防守 教师逐队进行指导并适时换下扣球学生，示范并组织练习
（二）学习交叉进攻（2－3和3－4号位） 要领： 1. 牢记跑动路线、时机和先后，以免撞车或耽误战机 2. 掌握快球或半高球扣球技术，个人进攻能力达到要求 3. 二传与攻手信息联络或交流总结	25分	（二）学习进攻战术：交叉（2－3和3－4号位）1. 降低网高至女网，教师画图、讲解要领，请2人示范，教师做二传传球 2. 教师后场抛球、各队二传传球（10次轮流）按位置分工分别组成2、3、4号位进攻小组，按先后顺序进行战术（交叉，先2－3后3－4配合），进攻后的学生拣球给教师，教师在练习中适时停下练习，指导或纠正练习
（三）教学比赛： 要求：通过前几次课后，各队对自己人员情况和技术条件有了一定了解，队内进行位置调整，优化配置，合理布阵，便于各位置专项能力的提高。比赛中，积极主动，减少本方失误，加强得分机会	20分	（三）教学比赛：不排裁判，对阵：A－B，C－D，二传尝试组织交叉进攻战术
（四）素质练习：3米往返移动 提高快速移动能力，打好技术战必备基础，要求起动快、移动快、转身快，降低重心	7分	（四）素质练习：3米往返移动 1. 一块排球场两个3米线区同时进行，以手或脚触及中线/3米线为标志转身返回 2. 每队一组进行，教师计时，加油鼓励，提示技术要领，每组结束后，表扬最快完成的队 3. 每队3组，每组8次往返
三、结束部分 1. 小结本次课教学事项；2. 对下次课教学前注意事项；3. 收还器材	5分	三、结束部分（省略）： 小结内容：（课后填写）

第6次课　时间：＿＿＿＿＿＿＿＿＿

课的任务：1. 提高双人拦网配合能力；2. 学习进攻战术：梯次（3-4号位）、夹塞；3. 教学比赛；4. 素质练习：多级蛙跳

教学内容	时间	组织教法
课前检查：场地及器材		发现场地及器材有问题及时找后勤人员解决
一、准备部分 1. 集合，师生相互问候 2. 检查考勤 3. 小结上次课教学情况，介绍本次课教学内容、安排及其他要求 4. 准备活动： （1）行进间体操： 要求动作副度大、有力、协调，充分拉开肌肉群和主要关节 （2）热身跑：要求步法灵活，提高力量和速度素质	10分	一、准备部分 1. 集合地点：排球场；四列横队整队 2. 3. 同上 4. 准备活动：绕排球场外圈一字队行进 （1）行进间体操：正压腿步走、走两步加一腰绕环、走一步加俯背、下蹲走；教师口令、带示范操和指导学生动作 （2）热身跑：各种跑—小步跑、踢腿跑、交叉步跑、侧身跑、单腿跳、加速跑（每一跑法10米x2组，每组间变放松慢跑10米，慢跑时教师示范下一跑法）
二、基本部分 （一）提高双人拦网配合能力： 要领： 1.1人主拦直线，另1人移动配合拦住斜线 2. 拦网时注意避免身体在空中冲撞，形成的拦网面不能留有大于球的缝隙 3. 分析和预判对方攻击点，在盯人、盯位基础上及时进行调整，被骗后，应积极补拦或二次跳拦 4. 拦直线取位要准确，尽量不露直线，以便后排防守布阵	25分	二、基本部分 （一）提高双人拦网配合能力： 1. 队内2人传垫球、打防；二传手网前顺网传球 2. 教师讲解双人拦网配合要领、练习方法 3. 降低网高至女网，扣球与双人拦网练习 3. 队学生按位置分工分别进行2、3、4号位扣球，另1队3人1组进行双人拦网，扣球学生自己拣球，教师中场抛球，各队二传传球（组织和指挥交叉或个人进攻），5分钟交换扣球和拦网角色
（二）学习战术：梯次（3-4号位）、夹塞： 要领：1. 牢记跑动路线、时机和先后，以免撞车或耽误战机 2. 掌握快球或半高球扣球技术，个人进攻能力达到要求 3. 二传与攻手信息联络或交流总结	25分	（二）学习战术：梯次（3-4号位）、夹塞： 1. 降低网高至女网，教师画图、讲解要领，请2人示范，教师传球 2. 教师后场抛球、各队二传传球（10次轮流）按位置分工分别组成2、3、4号位进攻小组，按顺序进行战术（3-4号位梯次；3-4/3-2号位加塞）练习，进攻后学生拣球给教师，教师在练习中适时停下练习，指导或纠正练习
（三）教学比赛 要求：通过几次课中比赛，各队应基本完成优化配置，各位置人员初步分工，为以后提高个人作战能力和整体提高打下基础。比赛中，队长、二传积极主动组织和指挥全队行动，减少失误，相互鼓励和支持	20分	（三）教学比赛：不排裁判，对阵：A-D，C-B，二传尝试组织交叉、梯次或加塞等进攻，防守按专位区域防守，网前盯人、盯位拦网，尽可能组成双人拦，二传积极跑动接应传球，指挥排兵布阵
（四）素质练习：多级蛙跳 要求：全力完成，动作快、连续，加强摆臂，空中强调挺身和收腹的技术动作，提高身体肌肉力量和爆发力	5分	（四）素质练习：多级蛙跳 排球场9米宽之间进行，多级蛙跳9米/组x4组/人（返回放松走出回出发点）
三、结束部分：1. 小结本次课教学事项；2. 对下次课教学前注意事项；3. 收还器材	5分	三、结束部分 队列队形 小结内容：（课后填写）

第7次课　时间：＿＿＿＿＿＿＿＿＿

课的任务：1. 改进接发球、扣球（不同位置扣球）、二传；2. 学习5-1配备接发球进攻、防守反攻阵型及配合；3. 素质练习：短跑与俯卧撑

教学内容	时间	组织教法
课前检查：场地及器材		发现场地及器材有问题及时找后勤人员解决
一、准备部分 1. 集合，师生相互问候 2. 检查考勤 3. 小结上次课教学情况，介绍本次课教学内容、安排及其他要求 4. 准备活动： （1）徒手体操： 要求动作副度大、有力、协调，充分拉开肌肉群和主要关节 （2）短跑素质：提高快速移动能力和爆发力 （3）有球热身：复习技术，熟练球性	15分	一、准备部分 1. 集合地点：排球场 四列横队整队 2. 3. 同上 4. 准备活动：集体练习 （1）徒手体操动作：正和侧压腿、下蹲、腰绕环、俯背以及手指、手腕、膝、踝等关节的体操活动。 教师口令、示范并带操 （2）短跑素质：40米加速跑，4组/人，排球场外圈进行，3人1组，到终点时自行放松走回起点 （3）队内2人传垫、打防练习8分钟
二、基本部分 （一）改进接发球、扣球（不同位置扣球）、二传： 改进要点： 1. 发球：固定发球姿势和击球手型，学会发轻重、不同线路的球 2. 扣球：不同扣球和战术的跑动路线、时机，击球时的手型 3. 二传：预判能力（起球落点）、移动和传球技巧	30分	二、基本部分 （一）改进接发球、扣球（不同位置扣球）、二传： 1. 上热身有球练习时，二传网前集中练习：教师后场抛球（不同落点、幅度和速度的抛球），二传学生4人1组轮流传球，另4人分别于落点位置或场中拣球给教师，5分钟交换 2. 各队安排扣球练习，教师循环指导，提示改进要点，纠正不足之处20分钟 3. 队内3人1组（分别站位1、5、6）接发球，其余学生发球，每5分钟换人，每接5次3人交换接发球位置
（二）学习5-1配备接发球进攻、防守反攻阵型及配合： 要领： 1. 接发球按5人"W"型接发球站位，二传手在后排时进行插上（不接发球），接应二传主要责任是进攻，只有当二传手来不及传球或防守击球时，接应二传手方担任二传组织任务 2. 防守阵型中：二传手前排时进行拦网、防守和组织反击，后排时进行防守和插上前排组织反击 3. 不同位置队员在前、后排时需根据战术需要、拦网需要、防守专位防守需要及时换位，但前提是必须先完成最初的任务（如接发球）	35分	（二）学习5-1配备接发球进攻、防守反攻阵型及配合： 1. 教师画图、讲解要领，请2队上场进行示范，教师适时中断示范，进行分解或细节讲解 2. 2队1组进行练习： （1）教师中场抛球，根据需要，教师在死球时利用抛球连贯进攻与防反；教师对各队情况进行指导 （2）另两队进行观摩或拣球给教师，15分钟上场交换
（三）素质练习：俯卧撑 认真、自觉完成，提高身体上肢力量	5分	（三）素质练习：俯卧撑 俯卧撑：男生15个/组，共5组/人 女生10个/组，共5组/人
三、结束部分 1. 小结本次课教学事项 2. 对下次课教学前注意事项 3. 收还器材	5分	三、结束部分 队列队形 小结内容：（课后填写）

第 8 次课　　时间：＿＿＿＿＿＿＿

课的任务：1. 复习基本技术；2. 提高攻防能力：4 打 4（其中一名二传）远网攻防教学比赛；3. 素质练习：10 分钟长跑

教 学 内 容	时间	组 织 教 法
课前检查：场地及器材		发现场地及器材有问题及时找后勤人员解决
一、准备部分 1. 集合，师生相互问候 2. 检查考勤 3. 小结上次课教学情况，介绍本次课教学内容、安排及其他要求 4. 准备活动： （1）徒手体操： 要求动作副度大、有力、协调，充分拉开肌肉群和主要关节 （2）热身跑：练习步法，活动身体	10 分	一、准备部分 1. 集合地点：排球场四列横队整队 2. 3. 同上 4. 准备活动：集体练习 （1）徒手体操：正和侧压腿、下蹲、腰绕环、俯背以及手指、手腕、膝、踝等关节的活动 （2）热身跑：慢跑 10 米交换步法跑 10 米（小步快跑、高抬腿跑、后踢腿跑、滑步跑、交叉步跑、单腿跳行进） 教师口令、示范并带操
二、基本部分 （一）复习基本技术 要求：认真完成，队内开展互帮互助活动，扣球强调控制球速、方向；接发球加强判断；传垫球尽量保证正面双手击球和较好的击球点；拦网要求起跳时机好和手型正确；发球则要求固定性能发球或掌握轻重调节；二传需掌握转方向传球，能控制传球速度、高度和落点	35 分	二、基本部分 （一）复习基本技术 1. 对挡网或墙自抛自扣，练习扣球手法 2. 队内 2 人 1 组对传垫球、打防、发接球练习，15 分钟 3. 两队一场地，1 队扣球（2、3、4 号位），另 1 队分三个位置进行单人拦网练习，10 分钟交换 4. 发球练习：发球累计成功 40 次
（二）提高攻防能力：4 打 4（其中一名二传）远网攻防教学比赛 重点强调：基本技术的正确运用，随时注意接应或防守，防守面积的增大要求防守移动快、起球控制效果要好，对抗比赛以稳定性为主，减少不必要失误，相互鼓励或提醒	27 分	（二）提高攻防能力：4 打 4（其中一名二传）远网攻防教学比赛 1. 教师讲解练习方法，提示要点 2. 对阵 A－B，D－C，分两场地同时进行，两队累计 10 分进行队内换人，练习方法：4 对 4 远网攻防比赛，每队 1 名二传于网前传球、单人拦网或防轻吊，其他 3 人于后排进行防守反击。远网进攻均为三米线后进攻，来回对抗进行 3. 教师对不同组比赛进行观察，发现不足可场外指导
（三）素质练习：10 分钟长跑 要求速度适中，根据个人情况调整速度，坚持完成，保持在有氧耐力练习中提高身体机能，逐步提高有氧耐力，树立克服身体困难的毅力	13 分	（三）素质练习：10 分钟长跑 绕排球场外圈进行，教师充分讲解有氧跑的好处和良好的身体体验，作好动员工作，跑中教师：计时、提示注意调节呼吸、加强摆臂
三、结束部分 1. 小结本次课教学事项 2. 对下次课教学前注意事项 3. 收还器材	5 分	三、结束部分 队列队形 小结内容（课后填写）

第9次课　　时间：＿＿＿＿＿＿＿＿＿

课的任务：1. 巩固和提高扣球、接发球和发球技术；2. 复习和改进进攻与防守阵型（双人拦网）；3. 素质练习：15分钟长跑

教学内容	时间	组织教法
课前检查：场地及器材		发现场地及器材有问题及时找后勤人员解决
一、准备部分 1. 集合，师生相互问候 2. 检查考勤 3. 小结上次课教学情况，介绍本次课教学内容、安排及其他要求 4. 准备活动： （1）徒手体操： 要求动作副度大、有力、协调，充分拉开肌肉群和主要关节 （2）热身跑：练习步法，活动身体	10分	一、准备部分 1. 集合地点：排球场四列横队整队 2. 3. 同上 4. 准备活动： （1）徒手体操：正和侧压腿、下蹲、腰绕环、俯背以及手指、手腕、膝、踝等关节的活动 （2）热身跑：慢跑10米交换步法跑10米（小步快跑、高抬腿跑、后踢腿跑、滑步跑、交叉步跑、单腿跳行进）。教师口令、示范并带操。
二、基本部分 （一）巩固和提高扣球、接发球和发球技术：讲解要领： 接发球强调：了解和找到不同性能、落点和线路规律，树立自信心，加大接发球练习量来提高接发球技术 发球强调：不同性能发球的击球方式，选择自己习惯或理想的发球方式，加强练习、体会和总结 扣球：强调不同的位置分工具有不同的扣球方式和技巧，改进和掌握不同扣球的配合时机、跑动路线和击球技巧	35分	二、基本部分 （一）巩固和提高扣球、接发球和发球技术： 1. 队内2人1组传垫球、打防：5分钟 2. 同上分组，发球与接发球（8～10米）：5分钟 二传网前进行不同传球练习：教师分别对各队二传学生进行指导，教师后场抛球，二传学生根据教师要求（如传半高球、近体块球、2号高球等）进行传球，另1名二传学生在落点上接球给教师 3. 队内隔网3人接发球、其他人轮流发球和拣球15分钟 4. 三个位置的扣球，按队内不同位置分工进行，教师轮流指导15分钟
（二）复习和改进进攻与防守阵型（双人拦网）： 重点强调：进攻前正确站位，注意接发球、战术配合，二传提前的进攻安排和接好一传是保证进攻得前提，需认真准备和完成 双人拦网下的防守阵型以尽可能保证双人拦网（中间队员是关键）、后排固定专位进行防守 进攻和防守中不同分工需要及时换位 交叉运用阵型的原则：不同队伍的需要、不同轮次特点的需要、反击中不同情况下的需要	23分	（二）复习和改进进攻与防守阵型（双人拦网）： 1. 教师讲解要点和练习方法，注意事项 2. 2队对抗比赛：进攻与防守阵型 （1）2队自由选择5－1或4－2配备，也可在比赛中交叉运用，由接教师抛球开始，进行攻、防循环演练，明确二传或接应二传的分工；另外2队按复习与改进要求进行教学比赛；10分钟后交换 （2）教师中线外抛球进行，队长做好换人练习安排，未上场学生负责拣球给教师 教师观察和指导，提出针对不同队伍改进的建议，学生进行改进提高
（三）素质练习：15分钟长跑 要求速度适中，根据个人情况调整速度，坚持完成，保持在有氧耐力练习中提高身体机能，逐步提高有氧耐力，树立克服身体困难的毅力	17分	（三）素质练习：15分钟长跑 绕排球场外圈进行，教师充分讲解有氧跑的好处和良好的身体体验，作好动员工作，跑中教师：计时、提示注意调节呼吸、加强摆臂
三、结束部分：1. 小结本次课教学事项；2. 对下次课教学前注意事项；3. 收还器材	5分	三、结束部分 队列队形 小结内容（课后填写）

第 10 次课　　时间：＿＿＿＿＿＿＿＿＿

课的任务：理论课：1. 讲解精彩比赛集锦，俱乐部研讨；2. 国内外高水平比赛观摩课前准备：多媒体教室及设备

教学内容：

1. 结合精彩比赛集锦录像，讲解比赛，答疑：50 分钟 休息 5 分钟

播放精彩比赛 20 分钟

讲解内容：

（1）配合的组成：录像中攻手、二传间的手势联络，决定因素：不同轮次情况、针对对方的战术需要、一传到位情况等，既固定又相对灵活应用，平时的大量训练、比赛经验积累是成功关键

（2）一环接一环：播放环节中出现的失误片断，讲解环节之间的相扣要求

（3）不同位置人员的基本要求：分别播放不同位置人员在前后排时的站位、换位、进攻、保护、拦网、地面防守、调整接应、反攻等

（4）接发球阵型变化：录像片断—2、3、4、5 人接发球，不同人数接发球均出于进攻战术的需要、球队特色，在尽可能保证接发球质量的基础上，减少接发球人数，增加进攻人员数量、攻击点和准备时间。同时，接发球阵型变化，接发球人员之间的配合、区域分工、职责更加清楚明了

（5）二传组织技巧：录像片断—战术的组织、指挥、联络，关键比赛分时进攻点的选择，产生失误时的问题所在

（6）暂停、换人：利用间歇，改变比赛节奏，改善薄弱环节，如对方连续得分或发球破攻，采取暂停或换人形式，打乱对方比赛节奏，获取调整时间

（7）发球战术：录像片断—发球战术变化，分析场景中发球变化的战术意图，如关键比赛时的冲发球、保发球等等，均于现场比赛情况、教练员指示、运动员心理愿望等所决定

（7）答疑：对学生的提问进行解答

2. 俱乐部/协会研讨：30 分钟（课前邀请协会骨干人员参加）

（1）组织形式：现学校学生排球协会基本组织、核心骨干、指导教师、会员人数与特色介绍，章程介绍

（2）活动介绍：招新活动、日常训练活动、裁判活动（裁判员学习班、学校排球联赛裁判任务）、校际交流与比赛介绍、代表学校参加各级竞赛活动及获得成绩介绍（电子图片展示）

（3）学校支持：指导教师安排，场地器材支持，年度经费支持，外出参赛和交流经费、交通、就餐及奖金支持等

（4）参加协会基本要求：入会并遵守章程，积极参加协会活动，交流交友，相互帮助，取得休闲健身、学习排球双丰收

（5）研讨：师生、协会骨干自由发言，探讨协会发展和建设，提出参考意见

3. 下次课前布置与安排，课整理教学器材 5 分钟

4. 本次课后教学小结：（课后填写）

5. 国内外高水平比赛观摩（课外联系与安排）：

教师积极联系赛事组织者或票务，获取赠票或优惠价票，组织学生课外进行现场观摩、欣赏比赛（如国际比赛邀请赛、对抗赛等、国内职业排球联赛、CUVA 联赛主客场等）。

观摩要点：

（1）学习和借鉴高水平运动员技术、战术。

（2）对照自己进行分析、学习，提出自我改进设想（如技术改进、位置特征与赛中发挥）。

（3）默契战术配合的组成要素，为自己队提出建议。

（4）欣赏比赛的精彩性，认识明星和知名人士。

第11次课　　时间：_____

课的任务：1. 复习进攻战术（交叉、夹塞、梯次），提高双人拦网配合能力；2. 教学比赛

教学内容	时间	组织教法
课前检查：场地及器材		发现场地及器材有问题及时找后勤人员解决
一、准备部分 1. 集合，师生相互问候 2. 检查考勤 3. 小结上次课教学情况，介绍本次课教学内容、安排及其他要求 4. 准备活动： （1）徒手体操：要求动作副度大、有力、协调，充分拉开肌肉群和主要关节 （2）俯卧撑：提高上肢和腰腹力量	10分	一、准备部分 1. 集合地点：排球场；四列横队 2. 3. 同上 4. 准备活动：集体练习，徒手体操动作有正和侧压腿、下蹲、腰绕环、俯背以及手指、手腕、膝、踝等关节的活动，教师口令、示范并带操和指导学生动作；俯卧撑：男女各分别累计完成60、40个，每次完成数量不做要求
二、基本部分 （一）结合进攻战术（交叉、夹塞、梯次）复习，提高双人拦网配合能力 要求： 1. 战术配合：不同位置进攻人员清楚配合方式，跑动路线和跑动时机 2. 二传与攻手之间手势或语言联络和沟通 3. 双人拦网： （1）对方进攻点的预判，拦网前进行拦网分配和沟通，清楚各人拦网分工与职责 （2）不拦网必须后撤进行防守 （3）强调首先做到盯人、盯位拦网 （4）三号位中间拦网人任务重，既要拦球，又要快速移动到两端进行配合拦网，当误跳后，还需进行补拦或二次跳拦网，正确判断、快速移动是保障 （5）认真观察、总结对方进攻战术的运用、球队特色、不同轮次惯用战术以及二传手的组织特点，同时，对方进攻发起前的跑动也可作为拦网判断的参考因素	50分	二、基本部分 （一）结合进攻战术（交叉、夹塞、梯次）复习，提高双人拦网配合能力 1. 2人1组：原地扣球，练习扣球手法和挥臂 2. 3人1组，进行打防、二传中间调整 3. 3人1组，2人相距8～9米，进行发球与接发球、二传接应传球练习 4. 教师安排进攻战术复习与双人拦网练习方法，讲解练习要求 5. 进攻战术复习与双人拦网练习： （1）1队进行3个位置的拦网，其他3队按攻手位置分别组成2、3、4号位进攻点，10分钟后交换拦网队 （2）教师中间抛球并指导，各组二传手轮流传球 （3）扣球结束队员拣球给教师 练习方法见下图： 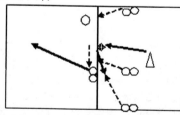
（二）教学比赛：换位为重点 要求：减少发球失误，比赛中集中注意力，各位置学生根据比赛流线，正确、及时换位，注意相互提醒和鼓励	20分	（二）教学比赛 1. 4个队在两块场地中同时进行，不安排裁判 2. 队长安排换人和暂停，要求全部学生均上场 3. 教师场边指导
（三）素质练习：多级蛙跳 全力完成，提高全身爆发力量，为排球比赛所需快速移动、防守、拦网和扣球提供保障	5分	（三）素质练习：多级蛙跳 1. 排球场9米宽之间，连续蛙跳4组/人 2. 教师提示加强摆臂、落地快起
三、结束部分 1. 小结本次课教学情况 2. 对下次课进行安排 3. 收还器材	5分	三、结束部分 队列队形 小结内容：（课后填写）

第12次课　时间：＿＿＿＿＿＿＿＿

课的任务：1. 通过接发球与防反串联练习，提高一攻与防反转换能力；2. 教学比赛；3. 素质练习：三米往返移动

教学内容	时间	组织教法
课前检查：场地及器材，2支口哨、记分牌		发现场地及器材有问题及时找后勤人员解决
一、准备部分 1. 集合，师生相互问候 2. 检查考勤 3. 小结上次课教学情况，介绍本次课教学内容、安排及其他要求 4. 准备活动： （1）徒手体操 要求动作副度大、有力、协调，充分拉开肌肉群和主要关节 （2）热身跑：尽量跑热、跑出汗，要求速度适中	8分	一、准备部分 1. 集合地点：排球场，四列横队整队 2. 3. 同上 4. 准备活动：集体练习 （1）徒手体操动作有正和侧压腿、下蹲、腰绕环、俯背以及手指、手腕、膝、踝等关节的体操活动。教师口令、示范并带操 （2）热身跑步：绕排球场外圈，跑4圈
二、基本部分 （一）通过接发球与防反串联练习，提高一攻与防反转换能力 讲解要点： 非常接近实战的攻守转换练习，重点强调掌握各环节的比赛规律和技术运用时机、技术发挥的稳定性和效果性，使学生们建立起一环接一环、环环相扣的意识，牢记各环节每个队员需要做到或完成的即时任务，并逐步增强团队意识，加强团队配合、联系、保护等，充分发挥个人与团队的协作力量	50分	二、基本部分 （一）通过接发球与防反串联练习，提高一攻与防反转换能力 1. 复习技术： （1）队内2人间传垫球、打防练习，二传网前不同性能传球和打防练习 （2）分各队进行2.4号位扣球练习（各队二传） 3. 接发球与防反串联练习： （1）教师讲解练习方法与要领 （2）未上场学生端线外发球，2队对抗：1队接发球后（各队自己选择5-1配备或4-2配备）组织进攻，另1队进行拦防并组织反攻，连续进行。教师场外在死球时抛球给死球方继续对抗，增加连续性和攻防转换次数，教师随时提示组织、拦防、反击、跑动、接应等，每5分钟交换接发球方，累计得5分轮转1次，期间，队内适时安排换人（换发球人）。其他队一部分人负责拣球给教师，为一部分场边观摩，15分钟后交换场上
（二）教学比赛： 要求：各队自己选择5-1或4-2配备，比赛中强调减少发球失误，提高注意力和自信，二传手插上快，进攻击球保证稳定，相互提醒和鼓励，为循环比赛作好准备	20分	（二）教学比赛 1. 两块场地同时进行：对阵及裁判 A-D裁判C、B队各1人，C-B裁判A、D各1人 2. 队长于每10分钟时进行队内换人，力争全部学生均上场，并根据需要请求暂停 3. 教师场边指导
（三）素质练习：三米往返移动 提高快速移动能力，保障技战术完成必备基础，要求起动快、移动快、转身快，降低重心	7分	（三）素质练习：3米往返移动 1. 排球场两边3米线区同时进行，以手或脚触及中线/3米线为标志转身返回 2. 每队3组，每组8次往返
三、结束部分 1. 小结本次课教学情况 2. 对下次课教学前注意事项 3. 收还器材	5分	三、结束部分 队列队形 小结内容：（课后填写）

第13次课   时间：_____

课的任务：1. 循环比赛（含裁判）：第一轮；2. 素质考试：男生 2000 米、女生 1800 米跑

教学内容	时间	组织教法
课前检查：场地及器材（增加器材：口哨、位置表、比分牌、笔）		发现场地及器材有问题及时找后勤人员解决
一、准备部分 1. 集合，师生相互问候 2. 检查考勤 3. 小结上次课教学情况，介绍本次课教学内容、安排及其他要求 4. 准备活动：无球活动与有球活动，充分活动身体，为比赛作好准备，提高各队组织能力与团结协作	10分	一、准备部分 1. 集合地点：排球场 四列横队整队 2. 3. 同上 4. 准备活动：分队练习，各队队长负责组织 内容：（1）无球热身：体操和跑步 （2）有球热身：打防、发球与接发球、二传专项传球等
二、基本部分 （一）循环比赛：第1轮 要求：各队认真分工，队长和二传学生勤动勤说，组织好场上、场下学生，分配任务，积极准备，是否取用自由人各队自定 1. 比赛采取3局2胜制，第三局为15分制 2. 循环比赛共3轮，分三次课进行完毕 3. 比赛中，教师将对各个学生进行比赛能力评分，最终不同名次也将与比赛能力得分挂钩（第1名3分、第2名2分，第3、4名1分） 4. 比赛按正式比赛流线和裁判组织进行	50分	二、基本部分 （一）循环比赛：第1轮 1. 教师课前比赛安排计划： 第1轮对阵：A－D；B－C （后两次课第2轮A－C，B－D；第3轮A－B，C－D） 裁判员：A－D比赛：B、C队各1名裁判员 B－C：比赛A、D队各1名裁判员 只安排第1和第2裁判员，其中第2裁判员，兼翻分、比赛结果（局/分）记录（赛后交给教师） 2. 教师讲解比赛流程、裁判员组织方法 3. 裁判员开始赛前准备工作，在教师指导下：组织挑边，上网热身（5分钟：2、3、4号位扣球练习、发球练习） 4. 裁判员组织入场仪式、检查位置、比赛开始 5. 第一、二裁判员组织比赛开始程序 6. 执行赛中、赛后程序，队长赛中实时安排换人和暂停 7. 收还器材，教师带队至田径场
（二）素质考试：男生2000米、女生1800米跑 要求：严格考试纪律，教师考前做好考试要求等的说明和动员，并将标准再次告知学生，鼓励学生	25分	（二）素质考试：长跑 1. 2队一组考试，另2队休息 2. 教师按名次计时，到达终点时教师告知学生的名次，间隔1组考试时间后，按名次对照学生姓名登记成绩。跑中，教师随时向学生报时、报圈、鼓励或技巧提示 3. 跑后：教师提示学生继续慢跑、行走等放松休息
三、结束部分 1. 小结本次课素质考试与比赛情况 2. 对下次课进行安排 3. 课后：教师安排时间与各队队长、二传手或全队进行比赛小结，帮助各队分析不足之处、解决办法，队内进行交流，以增强信心，为打好下场比赛作好准备	5分	三、结束部分 队列队形 小结内容：（课后填写）

第 14 次课　　时间：＿＿＿＿＿＿＿＿

课的任务：1. 比赛热身：考试技术复习；2. 循环比赛（含裁判）：第二轮；3. 素质考试：俯卧撑或蛙跳

教 学 内 容	时间	组 织 教 法
课前检查：场地及器材（准备皮尺）		发现场地及器材有问题及时找后勤人员解决 考试地点准备： 1. 场外无障碍区，清理干净俯卧撑考试地面，立定跳远区画出起跳限制线、直线距离标尺（重点标出 60、80 分、90、100 分标志） 2. 画出发球、接发球考试有效区、得分区域标线
一、课的准备部分 1. 集合，师生相互问候 2. 检查考勤 3. 小结上次课教学情况，介绍本次课教学内容、安排及其他要求 4. 准备活动与复习考试技术：无球活动与有球活动，充分活动身体，为比赛作好准备，提高各队组织能力与团结协作，结合赛前热身，对考试技术进行复习、巩固，为技术考试做好准备	2.0 分	一、课的准备部分 1. 集合地点：排球场，四列横队整队 2.3. 同上 4. 准备活动与复习考试技术：分队练习 内容：（1）无球热身：体操和跑步 （2）有球热身：复习技术考试，各队安排打防、发球与接发球、二传专项传球、不同位置的扣球等，教师练习前讲解技术考试要求、方法和标准
二、基本部分 （一）循环比赛：第 2 轮 讲解比赛要领： 1. 充分发挥骨干学生作用，团结协作，相互提醒 2. 相互鼓励、喝彩，保持热烈气氛和高昂斗志，场上场下一盘棋 3. 二传合理分配进攻点，关键比分要有信心，发挥核心队员在关键比分时的作用 4. 每个队员分工、配合、线路均需要清楚，做到自动化、意识化 5. 减少自身失误，不能攻的球，宁可安全处理过去，别勉强发力进攻	50 分	二、基本部分 （一）循环比赛：第 2 轮 1. 教师课前比赛安排计划： 第 2 轮对阵：A－C；B－D 裁判员：A－C 比赛：D、B 队各 1 名裁判 B－D 比赛 C、A 队各 1 名裁判 只安排第 1 和第 2 裁判员，其中第 2 裁判员，兼翻分、比赛结果（局/分）记录（赛后交给教师） 2. 教师讲解比赛流程、裁判员组织方法 3. 裁判员开始赛前准备工作，在教师指导下：组织挑边，上网热身（5 分钟：2、3、4 号位扣球练习、发球练习） 4. 裁判员组织入场仪式、检查位置、比赛开始 5. 第一、二裁判员组织比赛开始程序 6. 执行赛中、赛后程序，队长赛中实时安排换人和暂停
（二）素质考试： 学生任意选取俯卧撑或立定跳远一项进行考试，成绩标准见教学计划成绩对照表	15 分	（二）素质考试：俯卧撑或立定跳远 1. 按队轮流进行考试，1 队考试，其他队对比赛进行总结与交流，寻找不足，调整位置和分工，也可进行场上布阵演练 2. 严格考试纪律和要求
三、结束部分 1. 小结本次课考试、比赛情况，分析比赛中各队存在的共性问题与不足 2. 对下次课进行安排 3. 收还器材	5 分	三、结束部分 队列队形 小结内容：（课后填写）

第 15 次课　　时间：＿＿＿＿＿＿＿

课的任务：1. 比赛前热身：考试技术复习；2. 循环比赛（含裁判）：第三轮

教学内容	时间	组织教法
课前检查：场地及器材		发现场地及器材有问题及时找后勤人员解决 课前画出发球、接发球考试有效区、得分区域标线
一、课的准备部分 1. 集合，师生相互问候。 2. 检查考勤。 3. 小结上次课教学情况，介绍本次课教学内容、安排及其他要求。 4. 准备活动与复习考试技术：无球活动与有球活动，充分活动身体，为比赛作好准备，提高各队组织能力与团结协作，结合赛前热身，对考试技术进行复习、巩固，提高技术熟练性和稳定性，为技术考试做好准备	3.5分	一、准备部分 1. 集合地点：排球场 四列横队整队 2.3. 同上 4. 准备活动与复习考试技术：分队练习 内容：（1）无球热身：体操和跑步 （2）有球热身：结合技术考试复习，各队安排打防、发球与接发球、二传专项传球、不同位置的扣球等，教师练习前讲解考试技术要领、易犯错误动作、考试技巧和心理准备
二、基本部分 （一）循环比赛：第3轮 讲解比赛要点： 1. 各队总结前2场比赛情况，进行有针对性地调整，提高整体作战能力 2. 突出强调：首先做好接发球或防守一传，勿只想进攻 3. 不同位置的队员需有信息交流和提示，各个环节和流线清楚，及时换位，布阵及时合理 4. 不同位置队员清楚自己攻防区域、跑动路线 5. 寻找到适合本队的战术，熟练掌握1~2项进攻战术，成为本队特点和专长 6. 针对本队各轮次人员情况、战术需要，制定不同轮次的进攻与防守战术 7. 相对固定职责和分工，便于专门提高和发挥个人优势	50分	二、基本部分 （一）循环比赛：第3轮 1. 教师课前比赛安排计划： 第3轮对阵A–B；C–D 裁判员：A–B比赛：D、C队各1名裁判员 C–D比赛B、A队各1名裁判员 只安排第1和第2裁判员，其中第2裁判员，兼翻分、比赛结果（局/分）记录（赛后交给教师） 2. 教师讲解比赛流程、裁判员组织方法 3. 裁判员开始赛前准备工作，在教师指导下：组织挑边，上网热身（5分钟：2、3、4号位扣球练习、发球练习） 4. 裁判员组织入场仪式、检查位置、比赛开始 5. 第一、二裁判员组织比赛开始程序 6. 执行赛中、赛后程序，队长赛中实时安排换人和暂停
三、结束部分 1. 小结考试技术复习情况，公布循环比赛结果和学生们整体比赛能力评价考试情况，表扬学生们比赛能力的提高和进步，鼓励大家继续参加排球活动，取得健心健身双丰收 2. 对下次课技术考试进行动员和安排 3. 收还器材	5分	三、结束部分 队列队形 小结内容：（课后填写）

第 16 次课　　时间：＿＿＿＿＿＿＿

课的任务：1. 技术考试：扣球（2 或 4 号位高球、3 号位快球或半高球）/二传、打防；2. 复习考试技术：发球、接发球

教学内容	时间	组织教法
课前检查：场地及器材		发现场地及器材有问题及时找后勤人员解决 课前画出发球、接发球考试区、得分区域标线
一、课的准备部分 1. 集合，师生相互问候 2. 检查考勤 3. 小结上次课教学情况，介绍本次课教学内容、安排及其他要求 4. 准备活动： （1）徒手体操： 要求动作副度大、有力、协调，充分拉开肌肉群和主要关节。 （2）热身跑步： 天气较冷，尽量跑热、跑出汗，要求速度适中	10 分	一、准备部分 1. 集合地点：排球场，四列横队整队 2. 3. 同上 4. 准备活动： （1）徒手体操：正和侧压腿、下蹲、腰绕环、俯背以及手指、手腕、膝、踝等关节活动。 教师口令、示范并带操和指导学生动作 （2）热身跑步：绕排球场外圈，跑 4 圈
二、基本部分 （一）复习考试技术：打防、扣球 打防：扣球包钩球，挥臂与出球方向一致，防守顽强拼搏；扣球：与二传联络交流，相互适应，控制力量，使球落于界内 （二）打防、扣球/二传技术考试 打防：控制力量，积极防守，保证打防效果和连续性。考试为技术评价：10 分技评参考内容与比例：手法 3 分、防守 3 分、连续性与效果 4 分 扣球：攻手自由选择扣球位置和性能（如 3 号位快球或半高球、2、4 号位高球或半高球等均可），二传手按扣球学生要求传球，考试学生扣球 10 个，扣中 6 次（界内）为数量得分，占扣球得分 60%；教师根据学生扣球技术情况进行技评，技评得分占传球得分 40%（40% 技评参考内容与比例：助跑起跳时机 10%、手法 15%、出球效果 15%）。如二传学生选择二传技术考试，则与扣球考试同时进行二传技术考试—技术评价 10 分，参考内容与比例：移动 2 分、技术运用 4 分、二传球效果 4 分	15 分 50 分	二、基本部分 （一）复习考试技术：打防、扣球 1. 教师讲解考试标准和要求、方法、技巧 2. 学生练习：2 人 1 组传垫球、打防练习 3. 各队进行 2、3、4 号位不同性能扣球，本队二传学生传球 5 分钟 （二）打防、扣球/二传技术考试：一块场地 1. 打防考试：按 A、B、C、D 四队顺序进行，1 个队考后换下一个队，尚未考试的学生自行安排打防或扣球练习 打防考试区域：场内三米线与端线之间 每 2 人考试时间：控制在 2 分钟内 2. 扣球/二传技术考试，同打防分队顺序进行 （1）学生分组：根据学生扣球位置进行分组（2、3、4 号位各分 1 组），分别进行各小组扣球考试 （2）同队二传学生进行传球，教师负责抛球给二传学生进行传球，不同位置扣球考试期间，教师适时安排交换二传学生，分别对二传学生进行技评 （3）各小组考试前进行 30 秒练习后正式计数和评价，超过 3 人的小组，分 3 人一次进行考试 （4）教师可以适当进行指导帮助
（三）复习考试项目：发球与接发球 要求：强调稳定性，眼睛盯住球，保持良好心理，为下次课考试做好准备	10 分	（三）复习考试项目：另一块场地发接练习，考试结束的学生按发球、接发球考试区域进行发球、接发球混合练习
三、结束部分 1. 小结本次课考试情况 2. 对下次课考试进行说明、动员和安排； 3. 收还器材	5 分	三、结束部分 队列队形 小结内容：（课后填写）

第 17 次课　　时间：＿＿＿＿＿＿＿＿＿＿

课的任务：1. 技术考试：发球、接发球；2. 发放理论考试；3. 教学比赛

教学内容	时间	组织教法
课前检查：场地及器材		发现场地及器材有问题及时找后勤人员解决 考试地点准备：画出发球考试有效区标线，接发球考试不同得分区域标线
一、准备部分 1. 集合，师生相互问候 2. 检查考勤 3. 小结上次课教学情况，介绍本次课教学内容、安排及其他要求 4. 准备活动： （1）徒手体操： 要求动作副度大、有力、协调，充分拉开肌肉群和主要关节 （2）热身跑：2 分钟 天气较冷，尽量跑热，为考试做好准备，由慢到快	10 分	一、准备部分 1. 集合地点：排球场四列横队整队 2. 3. 同上 4. 准备活动：集体练习 （1）徒手体操：正和侧压腿、下蹲、腰绕环、俯背以及手指、手腕、膝、踝等关节体操，教师口令、示范并带操和指导学生动作 （2）热身跑：2 分钟 教师指挥学生围绕排球场进行各种跑（慢跑、小步跑、跨步跑和加速跑）
二、基本部分 （一）复习考试项目：发球、接发球 发球：考试抓住要点 - 抛球稳定（高度和位置合适）、击球准（球的中下部位和手掌部位准确）、大胆用力、固定发球站位（适合个人特点）、自信心强 接发球：早判断、早移动，主动迎球，尽量正面接球，控制起球力量，清楚二传手最佳接应位置	15 分	二、基本部分 （一）复习考试项目：发球与接发球 1. 教师讲解考试要求，提示发好球的基本技巧 2. 学生发球练习：10 分钟 按各队发球、接发球进行练习 教师对每个学生进行检查和指导，对个别较差的学生进行重点辅导
（二）发球、接发球考试： 发球考试方法：每人发球 10 次，一个站位分别连续个 5 次发入两个有效区（不限发球方式），累计发入有效区球数，对照教学计划查询得分，发球占考试中成绩的 10% 接发球：教师发球，学生接球，累计不同区域得分，最高限 10 分	55 分	（二）发球考试： 1. 考试按 A、B、C、D 队顺序进行，未轮到考试队继续进行发球与接发球练习 2. 发球考试： （1）第一个发球为试发球，从第二个发球开始计算成绩 （2）发球考试方法要求：两个有效区各连续发球 5 次，中间不能调换发球位置，有效区详见教学计划考试方法与说明 3. 接发球考试：2 人 1 组站 6 号位轮流接发球，累计起球得分数，不同区域得分详见教学计划考试方法与说明
（三）教学比赛和有考试不及格的学生复习补考内容 要求：按正式比赛的流程进行，争取做到将比赛进行连续和精彩，这要求学生们合理布阵、跑位正确、加强联系与协同配合		（三）教学比赛、补考学生复习补考技术： 1. 考试结束的学生（无补考任务）自由组合进行教学比赛 2. 补考技术复习：教师逐一进行指导，帮助学生找到问题所在和纠正指导
三、结束部分 1. 小结本次课考试情况 2. 对下次课补考进行安排 3. 发放理论考试卷子，下周完交回 4. 收还器材	10 分	三、结束部分 队列队形 小结内容：（课后填写）

第18次课　时间：＿＿＿＿＿＿＿＿

课的任务：1. 补考；2. 教学比赛；3. 收理论考试卷；4. 总结本学期教学情况

教学内容	时间	组织教法
课前检查：场地及器材		发现场地及器材有问题及时找后勤人员解决 考试地点准备： 1. 场外无障碍区，清理干净俯卧撑考试地面，立定跳远区画出起跳限制线、直线距离标尺（重点标出60、80分、90、100分标志） 2. 画出接发球、发球考试有效区、得分区标线
一、课的准备部分 1. 集合，师生相互问候 2. 检查考勤 3. 小结上次课教学情况，介绍本次课教学内容、安排及其他要求 4. 准备活动： （1）徒手体操： 要求动作副度大、有力、协调，充分拉开肌肉群和主要关节。 （2）热身跑： 要求速度适中，天气较冷，尽量跑热，提高身体抗击寒冷的能力	10分	一、准备部分 1. 集合地点：排球场 四列横队整队 2. 3. 同上 4. 准备活动： （1）徒手体操： 安排动作：正和侧压腿、下蹲、腰绕环、俯背以及手指、手腕、膝、踝等关节的体操活动。 教师口令、示范并带操和指导学生动作 （2）热身跑步：2分钟跑 绕排球场外圈进行，教师与学生一同跑，并鼓励同学坚持完成
二、基本部分 （一）复习补考项目、准备和教学比赛练习： 技术补考的学生进行复习，抓住技术要领：打防控制扣球力量、手法（张开手掌），防守加强判断、移动，防守降低重心、击球控制力量，调整球时出球高一些；发球作到抛球稳定、抛球不宜太高、击准球的中下部位、大胆用力；接发球需加强判断、早移动、主动迎球和控制出球效果、落点；扣球则做到上步准确、起跳时机准确，击球手掌包满球和放松挥臂；二传做到清楚不同扣球所需的二传球特点，保证在充分准备姿势中完成（及时移动、站好传球位置）	20分	二、基本部分 （一）复习补考项目、准备和教学比赛练习： 1. 两人对传垫球、打防调练习 2. 上网扣球、二传练习 4. 发球及接发球练习，不同任务的学生分别进行发球或接发球 教师重点对有补考任务的学生进行辅导。同时安排好参加比赛学生的练习方式。
（二）补考： 1. 技术考试：严格按照考试标准和要求进行，对努力练习上进的学生可以适当放宽尺度 2. 素质补考：充分作好准备活动，要有坚强的信心，不要气馁	45分	（二）补考顺序： 1. 打防 2. 扣球/二传 3. 发球 4. 接发球 5. 立定跳远或俯卧撑 6. 男生2000米或女生1800米

续表

教 学 内 容	时间	组 织 教 法
（三）教学比赛： 无补考任务的学生进行比赛，按正式进程和模式进行比赛，加强要求：比赛的连续性、精彩性，体会排球运动给学生带来的快乐感受，体会对健身、对健康带来的好处 教学比赛前的练习：按照正式比赛前的准备活动进行练习，作好比赛前的充分准备 三、结束部分 1. 小结补考和比赛情况，对学生们一学期来的努力学习和刻苦练习表示认同，对学生对体育课的积极态度和配合表示感谢 2. 作好继续体育健身以提高体质健康水平的动员工作，积极参加俱乐部/协会活动 3. 回收理论考试卷 4. 小结本学期学习情况、效果和心得 5. 收还器材 理论考试题： 1. 简述3种进攻战术。 2. 简述接发球、拦网、扣球（列举一种扣球方式）或二传技术。 3. 根据在队中的位置，简述比赛中不同位置队员的职责与换位。 4. 叙述规则中关于发球、击球和位置的规定。 5. 对学校学生排球俱乐部/协会活动、建设与发展提出建议。	15分	（三）教学比赛：块场地 1. 安排学生裁判员：一、二裁判员 2. 正式比赛，自由组队，一局后换队 3. 发挥骨干学生的力量，把比赛组织好和维持好 三、小结部分： 队列队形 小结内容：（课后填写）

第三节　普通高校沙滩排球选项课教案

普通高校沙滩排球选项课教案：

第1周

<table>
<tr>
<td rowspan="2">课的
任务</td>
<td colspan="4">1. 教师自我介绍。
2. 沙排的起源和发展，介绍沙滩排球课。
3. 复习基本技术，恢复体力。</td>
</tr>
<tr>
</tr>
<tr>
<td>课的
部分</td>
<td>时间</td>
<td colspan="2">课的内容</td>
<td>组织及教法</td>
</tr>
<tr>
<td>开始及准备部分</td>
<td>40分钟</td>
<td colspan="2">1. 集合整队，师生相互问好。教师做自我介绍。
2. 讲解沙滩课的特点、要求及如何上好沙排课。沙滩课的课程安排，教学任务、内容及考核评定。
3. 沙排的起源和发展，介绍沙滩排球课。
（1）沙排的起源和发展（见附录1）
（2）沙滩场的情况：清华沙滩场目前在高校中场地的片数是最多，质量是最好的。大家要珍惜这么好的上课条件。不要往沙排场里扔东西，在场地里发现有异物时要及时捡出来，以防扎脚
（3）沙滩课的时间安排：前3周在排球场上课，为准备阶段；一是体力恢复，二是要提高排球的基本技术水平，三是要组好队（3人一队）。第4周在沙排场上课，第4~11周为沙排技战术及有关规则的学习阶段；第12~14周进行单循环比赛并作为考试项目之一，占30%；第15周进行引体向上及专项技评；第16周补测
（4）考核
①出勤—10%（迟到扣1分，病假扣分，事假扣5分，旷课扣10分）
②专项—60%（比赛30%，打垫调技评20%，发球技评10%）
③引体向上—30%</td>
<td>组织：
×××××××××
×××××××××
△
要求：快、静、齐。

　　要求同学要认真听讲，目的是使学生有步骤地指导自己的学习。</td>
</tr>
</table>

续表

课的部分	时间	课的内容	组织及教法
		4. 准备活动 7分 （1）围四块排球场慢跑3圈 （2）原地徒手体操	（1）活动各关节后两路纵队慢跑3圈 （2）听老师口令做操 要求：动作幅度舒展用力，使身体充分活动开。 （1） （2) （3)
基本部分	45分钟	1. 复习基本技术 28分 （1）两人一组：对传、对垫 （2）两人一组：打垫 （3）四号位扣球练习 （4）发球 2. 素质练习 10分 （1）恢复体力：400×3 （2）放松并做拉伸练习	复习排球的基本技术，讲解在传垫球练习时要提高质量。在发球的环节上要控制好落点，因为沙排教学比赛是三人制，沙地上移动较困难。因此，发球的落点非常重要。 组织：田径场两路纵队跑3圈 教法：老师讲解让同学知道充足的体力在沙排运动中的重要性，并强调要坚持完成任务。 要求：坚强拼搏尽全力完成任务
结束部分	5分钟	1. 集合整队 2. 讲评全课，要求学生不仅要在课上认真练习，而且在课外也要有计划的进行练习。 3. 布置课外作业 （1）传垫球练习 （2）耐力练习 4. 宣布下课	组织： ××××××××××× ××××××××××× △ 要求：认真听讲
场地器材		沙滩排球15个，排球场	
课后小节			

第 2 周

课的任务		1. 讲解排球与沙排的主要区别（1）； 2. 巩固传、垫球技术，提高对抗水平； 3. 提高上肢和踝关节力量。	
课的部分	时间	课 的 内 容	组 织 及 教 法
开始部分	3分钟	1. 集合整队，师生相互问好。宣布本课内容、任务和要求（同学练习积极努力）。 2. 安排见习生	组织： ××××××××× ××××××××× △ 要求：快、静、齐。
准备部分	1.2分钟	1. 绕沙排场跑3圈 2. 原地体操 上肢运动 8×4 振臂运动 8×4 体转运动 8×4 俯背运动 8×4 压腿运动（前、后） 8×4 跳跃运动 8×2 助跑起跳： 16米×2	组织：①两路纵队慢跑3圈，②两列横队成体操队形散开 教法：教师领做并用口令指挥同学做操。 要求：①动作有力舒展大方，充分活动各关节；②助跑起跳时要控制住身体，屈腿落地，不要前冲。
基本部分	70分钟	1. 排球与沙排的主要区别（1） （见附录2） 2. 巩固提高基本技术 25分 （1）3人一组：三角传球 （2）3人一组：三角垫球 （3）扣球 （4）发球	1. 如开始部分队形，教师讲解并示范 要求：认真听讲，仔细看老师示范 2. 教法：巡回指导，不断提示同学的错误动作，并帮其改正。 要求：三角传垫时要对准来球，如球离身体较远，用侧垫或侧传，侧垫时外侧手高，蹬腿转髋，将球垫出。扣球时手包满球打线，保持人球之间的关系。发球时注意找落点。

续表

课的部分	时间	课的内容	组织及教法
		3. 战术学习 35 分 （1）讲解沙排一攻几种站位形式： 根据本队的具体情况合理安排每个人的位置及本队适合那种战位。 （2）教学比赛 4. 素质练习 10 分 （1）俯卧撑：20 次 ×2 （2）提踵：50 次 ×2 （3）放松练习	组织：队列队形讲解，学生协助演示 教法：示范、讲解沙排的一次攻站位形式（3人制） ［三个站位图示］ 要求：认真听讲，仔细讨论本队特点确定站位 组织：3 人一组，两组一个场地比赛 教法：3 人一组，抛球至对方，练习开始。在练习中用传垫球进行比赛，目的是提高传垫球稳定性。每局 15 分，三局两胜制 要求：在练习的过程中要注意来回球，相互弥补。在练习中根据场上的情况及时调整站位，各队队长要有本队打法的主导思想，每局间歇时各组总结上一局的情况。 组织：两列横队成体操队形散开 教法：简述素质练习的重要性，监督指导学生练习 要求：动作标准
结束部分	5分钟	1. 集合整队 2. 讲评全课学生练习积极性和学习效果。 3. 布置课外作业 4. 宣布下课	组织： ×××××××××× ×××××××××× △ 要求：充分放松
场地器材		沙滩排球 15 个，排球场	
课后小节			

第3周

课的任务		1. 使学生了解排球与沙排的主要的区别（2）； 2. 巩固提高垫球技术； 3. 学习沙排的吊球技术及讲解吊球的规则。	
课的部分	时间	课的内容	组织及教法
开始部分	3分钟	1. 集合整队，师生相互问好。点名检查人数，宣布本课内容，任务和有关要求。 2. 要求学生在练习的过程中要相互沟通，要有拼搏意识。	组织： × △ 要求：快、静、齐。
准备部分	12分钟	1. 绕沙排场跑3圈 2. 双人体操 推手　　　　8×4 压肩　　　　8×4 体侧　　　　8×4 体转　　　　8×4 下蹲　　　　8×4 压腿　　　　8×4 活动各关节 折返跑　　8米×4	组织：①两路纵队慢跑3圈，②两列横队成体操队形散开 教法：①讲述动作方法如图： ②口令指挥 要求：①动作有力舒展大方，充分活动各关节；做操时双人配合好②练习的过程中要相互沟通，要有拼搏意识。
基本部分	70分钟	1. 沙排与硬排的区别（2）　　　5分 （见附录2） 2. 巩固提高传垫球的技术　　　10分 （1）三人一组：三角垫球 （2）三人一组：背垫练习 3. 讲解沙排吊球技术及规则　　15分 （1）吊球技术要领：吊球时手指不能张开，可握拳或屈指用关节吊球。 （2）规则：用手指吊球为犯规。 （3）分组练习：吊球、扣球	组织：如开始部分 教法：讲解 要求：学生认真听讲 组织：（1）如左图，（2）如右图 　× → × → × 组织：如开始部分 教法：示范、讲解 要求：认真听讲，练习一定要注意手型，切忌犯规

课的 部分	时间	课的内容	组织及教法
		4. 教学比赛： 25分 （1）讲解沙排比赛的技巧：比赛中要根据场上的情况随机应变，如，可一次或两次将球击过网；另外，在进攻或处理球时要往后场区的两个角和前场区的两个角处理。 （2）教学比赛的特出规定：防起对方扣球并组织起攻成功可得2分；有意识吊球成功可得2分。	组织：每队3人，要尽快固定各队的人员。每两块场地为一组。每局15分，输的队换到第二、四块场地；胜的队在第一、三块场地。本节课共打四局比赛。 教法：上场3对3，要求进攻用一般扣球，15分一局，三局两胜制。特殊的规则是鼓励学生把所学的技术运用到比赛中。 要求：进攻减少失误，防守积极，鼓励学生把所学的技术运用到比赛中。
		5. 素质练习： 15分 （1）蛙跳：8米×5 （2）推小车：16米×3 （3）放松跑：沙排场2圈	组织：6人一组由沙排场地的底线开始连续跳至网前，端线至网前往返推小车。 教法：讲述素质练习的重要性，鼓励学生积极参与素质训练 要求：尽全力跳，推小车练习时推车人要注意不要推的太快
结束部分	5分钟	1. 集合整队 2. 讲评全课，本周的教学比赛同学们能认真对待，并能按照老师的要求去做。在比赛中打出了很多的好球。 3. 布置课外作业 4. 宣布下课	组织： ×××××××××××× ×××××××××××× △ 要求：认真听讲
场地器材		沙滩排球15个，排球场	
课后小节			

第4周

课的任务		1. 发球练习； 2. 进一步练习一次攻，提高组成率； 3. 通过教学比赛，培养比赛意识。	
课的部分	时间	课的内容	组织及教法
开始部分	3分钟	1. 集合整队，师生相互问好。点名检查人数，宣布本课内容，任务和有关要求。 2. 要求学生在练习的过程中要相互沟通，要有拼搏意识。	组织： ××××××××× ××××××××× △ 要求：快、静、齐。
准备部分	12分钟	1. 绕沙排场跑3圈 2. 原地体操 上肢运动　　　　　8×4 臂运动　　　　　　8×4 体转运动　　　　　8×4 俯背运动　　　　　8×4 压腿运动（前、后）　8×4 跳跃运动　　　　　8×2 移动拦网（单人）　8米×4	组织：①两路纵队慢跑3圈，②两列横队成体操队形散开 教法：口令指挥 要求：①动作有力舒展大方，充分活动各关节；做操时双人配合好②拦网时要手指紧张，张开，身体要控制好平衡，落地时要屈腿。③练习的过程中要相互沟通，要有拼搏意识。
基本部分	70分钟	1. 发球练习：　　　　　　　　　15分 （1）学习跳发球技术讲解：抛球、击球、落地。 （2）发球练习：10次×3组	组织： ××××××××× ××××××××× △ 教法：讲解发球在比赛中的作用、动作方法及要领。 练习时两端线外发球练习 要求：认真听讲，仔细观察老师动作，认真练习，注意人与球关系，击准球，挥臂鞭打动作充分
		2. 一次攻练习：　　　　　　　　15分 （1）每队接10个球 （2）每队练习3组 要有目的地发球，球的落点很重要，黑点处为较好的落点	组织：如图（分两个场地进行）一组接发球，另一组发球。 教法：巡回指导 要求：发球人减少失误，接发球人积极移动垫球到位，二传要积极组织进攻

续表

课的部分	时间	课 的 内 容	组织及教法
			发球人
		3. "三三" 对抗 40分 (1) 方法：进退式，各队队长负责 (2) 讲解沙排比赛的技巧：比赛中要根据场上的情况随机应变，如，可一次或两次将球击过网；另外，在进攻或处理球时要往后场区的两个角和前场区的两个角处理。	组织：四块场地同时使用，6人一个场地每两块场地为一组。本周的比赛为进退式。西面的第一块场地为1号场，以下为2号场，3号场和4号场。每队3人，要尽快固定各队的人员。 教法：讲述比赛规则：每局15分，输的队换到第二、四块场地；胜的队在第一、三块场地。本节课共打四局比赛。防起对方扣球并组织起攻成功可得2分；有意识吊球成功可得2分。 要求：场上积极主动，积极组织进攻
		4. 素质练习 15分 (1) 蛙跳：8米×5 (2) 推小车：16米×3 (3) 放松跑：沙排场2圈 2. 放松练习	组织：6人一组由沙排场地的底线开始连续跳至网前，端线至网前往返推小车。 教法：讲述素质练习的重要性，鼓励学生积极参与素质训练 要求：尽全力跳，推小车练习时推车人要注意不要推的太快。
结束部分	5分钟	1. 集合整队，讲评全课。 2. 布置课外作业 3. 宣布下课	组织： ×××××××××× ×××××××××× △ 要求：认真听讲
场地器材		沙滩排球15个，沙滩排球场	
课后小节			

第　周

课的任务	1. 巩固并提高沙滩排球的基本技术； 2. 讲解处理球（传球）过网的规则； 3. 通过教学比赛，培养球场意识。		

课的部分	时间	课 的 内 容	组 织 及 教 法
开始部分	3分钟	1. 集合整队，师生相互问好。点名检查人数，宣布本课内容，任务和有关要求。 2. 要求学生在练习的过程中要相互沟通，要有拼搏意识。下周要进行单循环比赛，因此要充分准备。	组织： ×××××××××× ×××××××××× △ 要求：快、静、齐。
准备部分	12分钟	1. 绕沙排场跑3圈 2. 原地体操 上肢运动　　　　　8×4 振臂运动　　　　　8×4 体转运动　　　　　8×4 俯背运动　　　　　8×4 压腿运动（前、后）8×4 跳跃运动　　　　　8×2 接力赛　　　　16米×2	组织：①两路纵队慢跑3圈，②两列横队成体操队形散开，接力赛分成四个队进行接力赛，共做2组 教法：口令指挥，双人体操 要求：①动作有力舒展大方，充分活动各关节；做操时双人配合好②练习的过程中要相互沟通，要有拼搏意识。
基本部分	12分钟	1. 巩固提高传垫球的技术　　　　20分 （1）三人一组：三角垫球　　　　5分 （2）三人一组：背垫球练习　　　5分 （3）三人一组：打垫调　　　　10分 2. 讲解处理球（传球）过网的规则：传球过网时，球的落点要与传球队员的两肩连线要垂直（正面）。　　　　　　　　3分	组织：如图 （1）　　　　（2） （3） 教法：巡回指导，提示学生动作要领 要求：同学要提高传垫球的质量，移动要快，击球是要稳。打垫调练习，积极移动找球，重视调整环节。 组织：如开始部分 教法：讲解沙滩排球传球规则 要求：认真听讲

续表

课的部分	时间	课 的 内 容	组织及教法
		3. 扣球练习：扣调整球　　　　10分	组织：如图 　　　　　教法：二传传球，教师指导学生扣球　　　　　要求：保持好人球之间的位置关系，腰腹积极发力，减少带腕动作
		4. 发球练习　　　　　　　　　7分	组织：在2个场地的发球区发球　　　　教法：巡回指导　　　　要求：发球找点，且具有攻击性
		5. 教学比赛　　　　　　　　　30分　　　教师讲解规则，队长抽签　　　然后比赛	组织：每队3人，要尽快固定各队的人员，每两块场地为一组。每局15分，每队打五局比赛。　　　　教法：上场3对3，要求大胆使用调整扣球技术组织进攻，15分一局，三局两胜制。鼓励学生把所学的技术运用到比赛中。教师讲解规则，对几种犯规的情况进行纠正，队长抽签。　　　　要求：认真听讲，大胆组织进攻，进攻减少失误，防守积极。
结束部分	5分钟	1. 集合整队　　2. 讲评全课　　（1）本周教学比赛、进攻意识、防守起球率等方面的表现，比赛的精彩程度。　　（2）教学比赛中存在的问题：如比赛积极性、对来求的判断、击球的目的性、二传调整球等　　3. 布置课外作业　　4. 宣布下课	组织：　　××××××××××　　××××××××××　　　　△　　要求：认真听讲
场地器材		沙滩排球15个，沙滩排球场	
课后小节			

第6周

<table>
<tr><td rowspan="2">课的任务</td><td colspan="3">1. 巩固并提高沙排的基本技术；
2. 讲解处理球（传球）过网的规则；
3. 继续学习沙滩排球比赛。</td></tr>
</table>

课的部分	时间	课的内容	组织及教法
开始部分	3分钟	1. 集合整队，师生相互问好。点名检查人数，宣布本课内容，任务和有关要求。 2. 要求学生在练习的过程中要相互沟通，要有拼搏意识。下周要进行单循环比赛，因此要充分准备。	组织： ×××××××××× ×××××××××× △ 要求：快、静、齐。
准备部分	12分钟	1. 绕沙排场跑3圈 2. 原地体操 上肢运动　　　　8×4 振臂运动　　　　8×4 体转运动　　　　8×4 俯背运动　　　　8×4 压腿运动（前、后）8×4 跳跃运动　　　　8×2 接力赛　　　　16米×2	组织：①两路纵队慢跑3圈，②两列横队成体操队形散开，接力赛分成四个队进行接力赛，共做2组 教法：口令指挥 要求：①动作有力舒展大方，充分活动各关节；做操时双人配合好②拦网时要手指紧张，张开，身体要控制好平衡，落地时要屈腿。③练习的过程中要相互沟通，要有拼搏意识。
准备部分	12分钟	1. 巩固提高传垫球的技术　　　15分 (1) 3人一组：三角垫球　　　5分 (2) 3人一组：背垫球练习　　5分 (3) 3人一组：打垫调　　　　5分 2. 讲解处理球（传球）规则：10分钟传球过网时，球的落点要与传球队员的两肩连线要垂直（正面）。	组织：如图 (1)　　　　(2) (3) 教法：巡回指导，提示学生动作要领 要求：同学要提高传垫球的质量，移动要快，击球是要稳。打垫调练习，积极移动找球，重视调整环节。 组织：如开始部分 教法：讲解沙滩排球传球规则 要求：认真听讲

续表

课的部分	时间	课的内容	组织及教法
基本部分	45分钟	3. 扣调整球　　　　　　　　　10分	教法：一传不到位时，要扣调整球，学生轮流担任二传；在扣调整球时要根据传出球的高矮，进行助跑。 要求：传球力争到位，加强传球与扣球的配合，相互弥补。
		4. 发球练习　　　　　　　　　5分	组织：在2个场地的发球区发球 教法：教师巡回指导 要求：发球找点，且具有攻击性
		5. 教学比赛　　　　　　　　　30分 　　本周的教学比赛中，各队的队长将本队的接发球站位形式安排好，并在教学比赛中积累比赛的经验，观察对手的弱点，并有的放矢的对待下周的单循环的每一场比赛。	组织：每队三人，要尽快固定各队的人员，每两块场地为一组。每局15分，每队打五局比赛。 教法：上场3对3，要求大胆使用调整扣球技术组织进攻，15分一局，三局两胜制。鼓励学生把所学的技术运用到比赛中。教师讲解规则，对几种犯规的情况进行纠正，队长抽签。 要求：认真听讲，大胆组织进攻，进攻减少失误，防守积极。
结束部分	5分钟	1. 集合整队 2. 讲评全课 3. 布置课外作业 4. 宣布下课	组织：如开始部分 教法：教师讲评上课情况 要求：学生认真听讲
场地器材		沙滩排球15个，沙滩排球场	
课后小节			

第 7 周

课的任务	1. 巩固并提高基本技术； 2. 讲解沙滩排球比赛中的技巧； 3. 继续学习沙滩排球比赛，提高技术运用能力。

课的部分	时间	课的内容	组织及教法
开始部分	5分钟	1. 集合整队，师生相互问好。点名检查人数，宣布本课内容，任务和有关要求。 2. 要求学生在练习的过程中要相互沟通，要有拼搏意识。下周要进行单循环比赛，因此要充分准备。	组织： ×××××××××× ×××××××××× △ 要求：快、静、齐。
准备部分	15分钟	1. 绕沙排场跑3圈　　　　　　3分 2. 原地体操　　　　　　　　7分 　上肢运动　　　8×4 　振臂运动　　　8×4 　体转运动　　　8×4 　俯背运动　　　8×4 　压腿运动（前、后）8×4 　跳跃运动　　　8×2 　拦网练习　　　5分	组织：①两路纵队慢跑3圈，②两列横队成体操队形散开，接力赛分成四个队进行接力赛，共做2组 教法：口令指挥 要求：①动作有力舒展大方，充分活动各关节；做操时双人配合好②拦网时要手指紧张，张开，身体要控制好平衡，落地时要屈腿。③练习的过程中要相互沟通，要有拼搏意识。
基本部分	65分钟	1. 巩固提高垫球的技术　　　15分 (1) 3人一组：三角垫球　　　5分 (2) 3人一组：背垫练习　　　5分 (3) 3人一组：打垫调　　　　5分	组织：如图 (1)　　　　(2) (3) 教法：巡回指导，提示学生动作要领 要求：同学要提高传垫球的质量，移动要快，击球是要稳。打垫调练习，积极移动找球，重视调整环节。

课的部分	时间	课的内容	组织及教法
		2. 讲解沙排比赛中的相关技巧　　　5分 （1）发球：根据天气的情况，调整发球战术。如前去球、后区球、高吊球等。 （2）接发球：根据对方的情况，可采取一次将球垫过网，直接垫到空当后得分。 （3）进攻：打吊结合 （4）无论是在一攻还是防反中，要多观察对方，采取灵活的应对手段。	组织：如开始部分 教法：讲解沙滩排球相关技巧 要求：认真听讲
		3. 教学比赛　　　　　　　　　　40分	组织：每队3人，要尽快固定各队的人员，每两块场地为一组。每局21分，每队打3局比赛。 教法：组织比赛，上场3对3，要求组织进攻大胆使用调整扣球技术，21分一局，共打三局。 要求：教学比赛时鼓励学生运用比赛的技巧，积极主动处理好每一个球，比赛中要斗智斗勇。一传不到位时，要观察对方后采取有效的进攻手段
		4. 各组分别总结比赛　　　　　　　5分	组织：分组讨论 要求：总结教学比赛，并在具体的环节提出要求，对比赛中不该出现的失误，要重点提出来，加深印象。
结束部分	5分钟	1. 集合整队 2. 讲评全课 3. 布置课外作业 4. 宣布下课	组织：如开始部分 教法：教师讲评上课情况 要求：学生认真听讲
场地器材		沙滩排球15个，沙滩排球场	
课后小节			

第8周

课的任务	1. 巩固提高基本技术； 2. 防守及防反练习； 3. 教学比赛。		
课的部分	时间	课 的 内 容	组织及教法
开始部分	3分钟	1. 集合整队，师生相互问好。点名检查人数，宣布本课内容，任务和有关要求。 2. 要求学生在练习的过程中相互沟通，要有拼搏意识。	组织： ××××××××××× ××××××××××× △ 要求：快、静、齐。
准备部分	12分钟	1. 绕沙排场跑3圈 2. 双人体操 压肩　　　　8×4 体侧　　　　8×4 体转　　　　8×4 下蹲　　　　8×4 压腿　　　　8×4 活动各关节 折返跑　　8米×4	组织：①两路纵队慢跑3圈，②两列横队成体操队形散开 教法：①讲述动作方法如图： ②口令指挥 要求：①动作有力舒展大方，充分活动各关节；双人配合好②练习的过程中要相互沟通，要有拼搏意识。
基本部分	70分钟	1. 巩固提高垫球的技术　　30分 (1) 三人一组：三角垫球　　5分 (2) 三人一组：背垫练习　　5分 (3) 人一组：打垫调　　　　5分 (4) 扣球练习　　　　　　10分 (5) 发球练习　　　　　　　5分	组织：如图 (1)　　　　(2) (3)　　　　(4) 发球时两边发球区练习。 教法：巡回指导，提示学生动作要领 要求：同学要提高传垫球的质量，移动要快，击球是要稳。打垫调练习，积极移动找球，重视调整环节。扣球时注意保持好人球之间的位置关系，打出主要的线路。发球找点。

续表

课的部分	时间	课 的 内 容	组 织 及 教 法
		2. 防守练习及防反练习　　10分	组织：如图（四块场地同时进行） 打* ↓ 防* *防 教法：示范：教师扣、吊结合训练两名防守技术较好的学生，并进行必要的讲解 要求：扣球的难度要根据同学防守的能力，使防守的同学起球后随即进攻。教师控制时间进行交换。
		3. 教学比赛　　25分 （1）每局11分 （2）本周的教学比赛每队打3局 （3）在教学比赛中鼓励学生运用比赛的技巧，比赛中要动脑筋。 （4）各队认真总结比赛，教师对普遍的重点问题给予讲解，加深印象。	组织：每队三人，要尽快固定各队的人员，每两块场地为一组。每局11分，3局两胜制比赛。 教法：上场3对3，使用调整扣球组成进攻，或在防守时起球并反击时得分，可得2分给予鼓励。 要求：教学比赛中要鼓励学生运用比赛的技巧，比赛中要斗智斗勇。一传不到位时，要观察对方后采取有效的进攻手段，比赛时发现问题，队长可以暂停，及时解决问题，提高本队的水平。
结束部分	5分钟	1. 集合整队 2. 讲评全课 3. 布置课外作业，要加强素质练习 4. 宣布下课	组织： ××××××××××× ××××××××××× △ 教法：教师讲评上课情况 要求：学生认真听讲
场地器材		沙滩排球15个，沙滩排球场	
课后小节			

第 9 周

课的任务		1. 通过发球练习，提高学生的发球攻击能力； 2. 组织学生练习一攻提高学生的一攻能力； 3. 通过教学比赛提高学生团结拼搏精神。	
课的部分	时间	课 的 内 容	组 织 及 教 法
开始部分	3 分钟	1. 集合整队，师生相互问好。点名检查人数，宣布本课内容，任务和有关要求。 2. 要求学生在练习的过程中要相互沟通，要有拼搏意识。	组织： ×××××××××× ×××××××××× △ 要求：快、静、齐。
准备部分	12 分钟	1. 绕沙排场跑3圈 2. 双人体操 互推 8×4 压肩 8×4 体侧 8×4 体转 8×4 下蹲 8×4 侧压腿 8×4 活动各关节 助跑起跳 8米×4	组织：①两路纵队慢跑3圈，②两列横队成体操队形散开 教法：①讲述动作方法如图： ②口令指挥 要求：①动作有力舒展大方，充分活动各关节；做操时双人配合好②练习的过程中要相互沟通，要有拼搏意识。
基本部分	70 分钟	1. 发球练习：　　　　　　　　　15分 2. 一攻练习：　　　　　　　　　15分	组织：两边端线外发球区发球 教法：巡回指导 要求：有意识的发前场区和后场区。前场区发10个、后场区发10个。此练习也是发球技评的项目。 组织：分组练习，3人一组，一组发球一组接发球并组织进攻 教法：教师指导接发球队员，并控制各队的交换时间。 要求：发球队员一般发球，接发球组要组织进攻接发球要减少失误，提高进攻的成功率。

续表

课的部分	时间	课的内容	组织及教法
		3. 教学比赛 30分 （1）每局15分 （2）本周的教学比赛每队打3局 （3）在教学比赛中要鼓励学生运用比赛的技巧，比赛中要动脑筋。	组织：每队3人，要尽快固定各队的人员，每两块场地为一组。每局15分，3局两胜制比赛。 教法：组织比赛，上场3对3，要求组织进攻大胆使用调整扣球技术。各队在一攻得成功率上要有要求。比赛中各队如有问题，可停下来说明，及时解决问题。 要求：教学比赛中要鼓励学生运用比赛的技巧，比赛中要斗智斗勇。一传不到位时，要观察对方后采取有效的进攻手段。
		4. 引体向上练习 10分 （1）最大力量两组 （2）放松练习	组织：分成四组到操场边单杠旁练习 教法：讲解引体向上的要求，并指导练习 要求：认真完成练习，防止受伤
结束部分	5分钟	1. 集合整队 2. 讲评全课：比赛中发球失误较多，攻击性不强。 3. 布置课外作业，要加强素质练习。 4. 宣布下课	组织： ×××××××××× ×××××××××× △ 教法：教师讲评上课情况 要求：积极放松，认真听讲
场地器材		沙滩排球15个，沙滩排球场	
课后小节			

第 10 周

课的 任务	1. 测验：引体向上； 2. 讲解规则使学生进一步了解沙滩排球规则 3. 通过教学比赛提高学生团结拼搏精神。

课的 部分	时 间	课 的 内 容	组 织 及 教 法
开 始 部 分	5分 钟	1. 集合整队，师生相互问好。点名检查人数，宣布本课内容，任务和有关要求。 2. 要求学生在练习的过程中要相互沟通，要有拼搏意识。下周要进行单循环比赛，因此要充分准备。	组织： ×××××××××× ×××××××××× △ 要求：快、静、齐。
准 备 部 分	15分 钟	1. 绕沙排场跑3圈　　　　　　　3分 2. 原地体操　　　　　　　　　7分 上肢运动　　　　8×4 振臂运动　　　　8×4 体转运动　　　　8×4 俯背运动　　　　8×4 压腿运动（前、后）　8×4 跳跃运动　　　　8×2 拦网练习　　　　　　　　　　5分	组织：①两路纵队慢跑3圈，②两列横队成体操队形散开，接力赛分成四个队进行接力赛，共做2组 教法：口令指挥 要求：①动作有力舒展大方，充分活动各关节；做操时双人配合好②拦网时要手指紧张，张开，身体要控制好平衡，落地时要屈腿。③练习的过程中要相互沟通，要有拼搏意识。
基 本 部 分	65分 钟	1. 测验：引体向上　　　　　25分 考核标准 3.0分 — 17个 2.8分 — 16个 2.6分 — 15个 2.4分 — 14个 2.2分 — 13个 2.0分 — 12个 18分 — 11个 16分 — 10个 14分 — 9个 12分 — 8个 10分 — 7个	组织：学生充分活动后，依据点名册顺序进行测验。 教法：根据考评标准进行记分。 要求：双手正握，下颚出杠计一个。按点名册顺序进行测验，登记成绩。

课的部分	时间	课 的 内 容	组织及教法
		2. 讲解规则（进攻性击球） 10分 （1）定义：除发球和拦网外，所有直接向对方的击球都是进攻性击球。 （2）进攻性击球犯规 1）队员在对方场地空间击球． 2）队员击球出界。 3）队员用张开的手指吊球完成进攻性击球。 4）队员对对方发过来的球当球的整体高于球网上沿时完成进攻性击球。 5）队员用上手传球且传球轨迹不垂直于双肩连线完成进攻性击球。传给同伴除外。 3. 教学比赛 30分	组织： ××××××××××× ××××××××××× △ 教法：讲解规则（见教学内容） 要求：认真听讲，积极响应老师。 在练习过程中要按照规则的要求做。 组织：共分两个大组，进行单循环比赛。1、3、5、7、9为第一组，在1号和2号场地；2、4、6、8、10为第二组，在3号和4号场地。各队的队长负责比赛的有关的事情。 教法：每个场地临场指挥一局 要求：全身心投入比赛，多得少失，认真对待每一个球
结束部分	5分钟	1. 集合整队 2. 讲评全课：总结引体向上的测验情况和教学比赛情况。 3. 布置课外作业 4. 宣布下课	组织： ××××××××××× ××××××××××× △ 教法：教师讲评上课情况 要求：积极放松，认真听讲
场地器材		沙滩排球15个，沙滩排球场	
课后小节			

第 11 周

课的任务	1. 巩固提高基本技术使学生能在比赛中熟练应用； 2. 进一步讲解比赛规则； 3. 教学比赛。

课的部分	时间	课的内容	组织及教法
开始部分	5分钟	1. 集合整队，师生相互问好。点名检查人数，宣布本课内容，任务和有关要求。 2. 要求学生在练习的过程中要相互沟通，要有拼搏意识。下周要进行单循环比赛，因此要充分准备。	组织： ×××××××××× ×××××××××× △ 要求：快、静、齐。
准备部分	15分钟	1. 绕沙排场跑3圈　　　　　　3分 2. 原地体操　　　　　　　　7分 　上肢运动　　　　8×4 　振臂运动　　　　8×4 　体转运动　　　　8×4 　俯背运动　　　　8×4 　压腿运动（前、后）　8×4 　跳跃运动　　　　8×2 　拦网练习　　　　　　　　5分	组织：①两路纵队慢跑3圈，②两列横队成体操队形散开，接力赛分成四个队进行接力赛，共做2组 教法：口令指挥 要求：①动作有力舒展大方，充分活动各关节；做操时双人配合好②拦网时要手指紧张，张开，身体要控制好平衡，落地时要屈腿。③练习的过程中要相互沟通，要有拼搏意识。
基本部分	65分钟	1. 巩固提高垫球的技术　　　10分 (1) 三人一组：三角垫球　　5分 (2) 三人一组：打垫调　　　5分 2. 讲解沙排比赛中的规则　　10分 （比赛的延误） (1) 从上一个球到裁判员鸣哨示意发球，时间不得超过12秒，否则判比赛延误。	组织：如图 （1）　　　　　（2） 教法：巡回指导，提示学生动作要领 要求：同学要提高传垫球的质量，移动要快，击球是要稳。打垫调练习，积极移动找球，重视调整环。 组织：如开始部分 教法：讲解沙滩排球传球规则 要求：认真听讲

课的部分	时间	课 的 内 容	组 织 及 教 法
		（2）对延误的判罚：在同一局中，对一个队的第一次延误给与延误警告。 在同一局中，同一队的任何类型的第二次及其后的延误均构成犯规，给以延误判罚，失去一球。 3. 教学比赛　　　　　　　　　43分 1. 每局21分 2. 本周的教学比赛每队打3局 3. 在教学比赛中要鼓励学生运用比赛的技巧，比赛中要有激情。 4. 各队总结比赛　　　　　　　2分	组织：每队3人，要尽快固定各队的人员，每两块场地为一组。每局21分，每队打3局比赛。 教法：组织比赛，上场3对3，各队自由选择比赛对手。21分一局，共打三局。 要求：教学比赛时鼓励学生运用比赛的技巧，积极主动处理好每一个球，比赛中要斗智斗勇。一传不到位时，要观察对方后采取有效的进攻手段，比赛中要有激情 组织：分组讨论 要求：总结教学比赛，并在具体的环节提出要求，对在比赛中不该出现的失误，要重点提出来，加深印象
结束部分	5分钟	1. 集合整队 2. 讲评全课 （1）本周比赛主要进步之处。 （2）教学比赛中存在的问题：如配合不够默契、防守的起球率不高等。 3. 布置课外作业 4. 宣布下课	组织： ×××××××××× ×××××××××× △ 教法：教师讲评上课情况 要求：学生认真听讲
场地器材		沙滩排球15个，沙滩排球场	
课后小节			

第 12 周

课的任务	1. 单循环比赛第一至第三轮（考试项目之一）； 2. 讲解比赛的要求； 3. 在比赛中培养学生的拼搏精神。	

课的部分	时间	课的内容	组织及教法
开始部分	5分钟	1. 集合整队，师生相互问好。点名检查人数，宣布本课内容，任务和有关要求。 2. 比赛中要积极努力，发挥各队最佳的水平。	组织： ×××××××××× ×××××××××× △ 教法：老师讲解
准备部分	15分钟	1. 绕沙排场跑3圈　　　　　　5分 2. 原地体操　　　　　　　　10分 上肢运动　　　　8×4 振臂运动　　　　8×4 体转运动　　　　8×4 俯背运动　　　　8×4 压腿运动（前、后）　8×4 跳跃运动　　　　8×2 两人压肩　　　　8×2 两人互背 活动关节	要求：同学要认真听课，目的是使学生有步骤的指导自己的学习。
基本部分	65分钟	1. 分组教学比赛　　　　　　65分 （1）教师向学生宣布第一至三轮比赛安排。 （2）教师向队长布置比赛的具体要求。 （3）赛前练习内容由队长同对手协商练习进行，15分钟。 （4）比赛规则：一局决胜负，每局21分，11分交换场地，如打到20平时，要超过2分。 （5）开局前由双方队长猜硬币，挑选场地、发球或者接发球。	组织： ×××××××××× ×××××××××× △ 教法：老师讲解（见教学内容），宣布本周比赛轮次： 第一轮：　　1—10（一号场） 　　　　　　2—9（二号场） 　　　　　　3—8（三号场） 　　　　　　4—7（四号场） 　　　　　　5—6（轮空） 第二轮：　　1—9（一号场） 　　　　　　10—8（二号场） 　　　　　　2—7（三号场） 　　　　　　3—6（四号场） 　　　　　　4—5（轮空）

课的部分	时间	课的内容	组织及教法
		（6）如有轮空的队时分别在各场地做裁判，若没有轮空的队，则由双方的队长兼承担记分和界内外的裁判的工作。 （7）赛后到教师处登记比赛结果。	第三轮： 1—8（一号场） 9—7（二号场） 10—6（三号场） 2—5（四号场） 3—4（轮空） 学生正在比赛的场面
结束部分	5分钟	1. 集合整队 2. 讲评全课 （1）讲评本周比赛各队准备情况；队长的责任心和能力；队员的认真程度；进攻意识和防守的起球率等。 （2）分析比赛中存在的问题：如心理状态；击球的目的性；二传调整传球能力；发球失误问题等。 3. 布置开外作业 4. 宣布下课	组织： ××××××××××× ××××××××××× △ 教法：教师讲评上课情况 要求：学生认真听讲，目的是使学生有步骤的指导自己的学习。
场地器材		沙滩排球15个，沙滩排球场	
课后小节			

第13周

课的任务		1. 单循环比赛第四至第七轮（考试项目之一）； 2. 讲解比赛的要求； 3. 在比赛中培养学生的集体意识。	
课的部分	时间	课的内容	组织及教法
开始部分	5分钟	1. 集合整队，师生相互问好。宣布本课内容，任务和有关 2. 提出比赛要求：比赛中要积极努力，发挥各队最佳的水平，发扬上周的长处，吸取上周的教训。	组织： ×××××××××× ×××××××××× △ 教法：老师讲解
准备部分	15分钟	1. 绕沙排场跑3圈 2. 原地体操 上肢运动　　　　　8×4 振臂运动　　　　　8×4 体转运动　　　　　8×4 俯背运动　　　　　8×4 压腿运动（前、后）8×4 跳跃运动　　　　　8×2 助跑起跳：　　　16米×2 活动关节	1. 活动踝关节后慢跑。 2. 做操时要用力，听教师的口令。 要求：同学要认真听课，目的是使学生有步骤的指导自己的学习。
基本部分	65分钟	继续上周的教学比赛 1. 教师向学生宣布第四至七轮比赛安排。 2. 队长布置比赛的具体要求。 3. 赛前练习内容由队长同对手协商练习进行，15分钟。 4. 每局决胜负，每局21分，11分交换场地，如打到20平时，要超过2分。 5. 开局前由双方队长猜硬币，挑选场地、发球或者接发球。 6. 赛前双方要站在发球线上，同时跑到网前，双方握手后比赛开始。	组织： ×××××××××× ×××××××××× △ 教法：老师宣布本周比赛轮次，并讲解比赛的要求。 本周比赛轮次： 第四轮：　　1-7（一号场） 　　　　　　8-6（二号场） 　　　　　　9-5（三号场） 　　　　　10-4（四号场） 　　　　　　2-3（轮空） 第五轮：　　1-6（一号场） 　　　　　　7-5（二号场） 　　　　　　8-4（三号场） 　　　　　　9-3（四号场） 　　　　　10-2（轮空）

课的部分	时间	课的内容	组织及教法
		7. 有轮空的队，则分别在各场地做裁判，若没有轮空的队，则由双方的队长承担记分和界内外的裁判工作。 8. 赛后到教师处登记比赛结果。 学生比赛场面	第六轮： 1—5（一号场） 6—4（二号场） 7—3（三号场） 8—2（四号场） 9—10（轮空） 第七轮： 1—4（一号场） 5—3（二号场） 6—2（三号场） 7—10（四号场） 8—9（轮空）
结束部分	5分钟	1. 集合整队 2. 讲评全课：在进攻的意识方面有很大进步，沙排的技术技巧有很大提高，场上意识加强了。一传的到位率不高，因此进攻就受到影响。 3. 宣布下课	组织： ××××××××××× ××××××××××× △ 要求：同学要认真听课，目的是使学生有步骤的指导自己的学习。
场地器材		沙滩排球15个，沙滩排球场	
课后小节			

第14周

<table>
<tr>
<td colspan="2">课的
任务</td>
<td colspan="2">1. 循环比赛第八至第九轮（考试项目之一）；
2. 讲解比赛的要求；
3. 在比赛中培养学生的集体意识和勇于面对失败的心理品质。</td>
</tr>
<tr>
<td>课的
部分</td>
<td>时
间</td>
<td>课 的 内 容</td>
<td>组 织 及 教 法</td>
</tr>
<tr>
<td>开
始
部
分</td>
<td>5
分
钟</td>
<td>1. 集合整队，师生相互问好。点名检查人数，宣布本课内容，任务和有关要求。
2. 提出比赛要求：要求学生在练习过程中要相互沟通，顽强拼搏，积极思考，运用技巧。</td>
<td>组织：
××××××××××
××××××××××
△
教法：老师讲解</td>
</tr>
<tr>
<td>准
备
部
分</td>
<td>15
分
钟</td>
<td>1. 绕沙排场跑3圈
2. 双人体操
压肩   8×4
体侧   8×4
体转   8×4
下蹲   8×4
角力   8×4
活动各关节
折返跑   8米×4</td>
<td>1. 活动踝关节后慢跑3圈。
2. 做操时要用力，听教师的口令。

要求：同学要认真听课，目的是使学生有步骤的指导自己的学习。</td>
</tr>
<tr>
<td>基
本
部
分</td>
<td>65
分
钟</td>
<td>1. 赛前各队练习   20分
2. 比赛   45分
(1) 教师向学生宣布第八至第九轮比赛安排。
(2) 队长布置比赛的具体要求。
(3) 赛前练习内容由双方队长协商选择，练习15分钟。
(4) 一局决胜负，每局21分，11分交换场地，如打到20平时，要超过2分。
(5) 每局前由双方队长猜硬币，挑选场地、发球或者接发球。
(6) 赛前双方要站在发球线上，同时跑到网前，双方握手后比赛开始。</td>
<td>组织：
××××××××××
××××××××××
△
教法：老师讲解本周比赛轮次及比赛注意事项。
本周的比赛安排：
第八轮：   1—3（一号场）
             4—2（二号场）
             5—10（三号场）
             6—9（四号场）
             7—8（轮空）
第九轮：   1—2（一号场）
             3—10（二号场）
              4—9（三号场）
              5—8（四号场）
              6—7（轮空）</td>
</tr>
</table>

课的部分	时间	课的内容	组织及教法
		（7）有轮空的队时分别在各场地做裁判，若没有轮空的队，则由双方队长承担记分和界内外的裁判工作。 （8）赛后到教师处登记比赛结果。 （9）在每轮比赛后要及时总结。 本学期学生比赛的场面	沙排场上的阳光 – 比赛中有相拥 比赛中有振奋 比赛中有鼓舞 体育运动不仅仅带来胜负、荣耀，更重要的体育好似心灵和精神的阳光。超越迷雾、带来友谊，激烈和温暖。 本学期学生比赛的场面
结束部分	5分钟	1. 集合整队 2. 讲评全课 本周比赛圆满结束， 3. 布置下周技评测验。 4. 宣布下课	组织： ×××××××××× ×××××××××× △ 要求：同学要认真听课，目的是使学生有步骤的指导自己的学习。
场地器材		沙滩排球 15 个，沙滩排球场	
课后小节			

第 15 周

课的任务		1. 技评：打垫调技术； 2. 技评：发球技术； 3. 教学比赛。	
课的部分	时间	课 的 内 容	组 织 及 教 法
开始部分	5分钟	1. 集合整队，师生相互问好。点名检查人数，宣布本课内容，任务和有关要求。 2. 讲解考试的组织安排，要求学生在讲评测验的过程中要相互沟通，相互鼓励。	组织： ×××××××××× ×××××××××× △ 教法：老师讲解
准备部分	15分钟	1. 绕排球场跑 3 圈 2. 行进间体操 上肢运动　　　　　8×4 振臂运动　　　　　8×4 体转运动　　　　　8×4 俯背运动　　　　　8×4 压腿运动（前、后）8×4 跳跃运动　　　　　8×2 活动各关节	要求：同学要认真听课，目的是使学生有步骤的指导自己的学习。
基本部分	65分钟	1. 技评测验：打垫调　　　　　20分 评分比例 — 20% 打—7 分 垫—7 分 调—6 分 2. 技评测验：发球　　　　　　20分 评分比例—10%	组织：3 人一组，轮流考试，其他学生加油鼓励。 教法：老师做技术评定，按照各组的顺序进行讲评，并登录成绩。每一位同学要进行三项技术的测评。 打 → 垫 　↘ ↙ 　调 组织：按顺序轮流考试，其他学生捡球、加油。 教法：每位同学共发 6 个球，三个前场区，三个后场区（如下图） 教师评定技术成绩。

课的部分	时间	课的内容	组织及教法
			 发球人
		3. 教学比赛　　　　　　　25分 学生比赛场面	组织：分两块场地进行比赛 教法：老师临场指导。各队自由找对手进行比赛，每局21分，结束后重新选择对手。 要求：认真比赛，进一步提高水平。 学生比赛场面
结束部分	5分钟	1. 集合整队 2. 讲评全课 教学比赛情况及技术考试情况。 3. 宣布下课	组织： ××××××××× ××××××××× △ 教法：老师讲解 要求：认真听讲
场地器材		沙滩排球15个，沙滩排球场	
课后小节			

第16周

<table>
<tr><td colspan="2">课的
任务</td><td colspan="2">1. 补测；
2. 教学比赛；
3. 小结本学期的学习情况。</td></tr>
<tr><td>课的
部分</td><td>时
间</td><td>课 的 内 容</td><td>组 织 及 教 法</td></tr>
<tr><td>开
始
和
准
备
部
分</td><td>15
分
钟</td><td>1. 集合整队，师生相互问好。点名检查人数，
宣布本课内容，任务和有关要求。
2. 要求学生在补测的过程中要认真努力。
3. 绕排球场跑3圈
4. 原地体操
活动各关节</td><td>组织：

××××××××××

××××××××××

△

教法：老师讲解</td></tr>
<tr><td>基
本
部
分</td><td>60
分
钟</td><td>1. 补测   25分
（1）引体向上
（2）技术测验

2. 教学比赛：   35分</td><td>要求：同学要认真听课，目的是使学生有步
骤的指导自己的学习。

组织：补测的学生在一块场地，已考试的学
生在其他场地。
教法：
1. 因病、因伤的同学进行补测，教师评定技
术和素质成绩。
2. 比赛组学生自由安排</td></tr>
<tr><td>结
束
部
分</td><td>15
分
钟</td><td>1. 集合整队
2. 小结本学期的学习情况
同学们认真努力，沙排技术有了很大的提高；
教学比赛中各队队长非常负责，同学们积极
主动，比赛秩序井井有条；素质测验及技评
测验努力，成绩理想。
望同学们进一步加强体育锻炼的意识和自我
锻炼的能力，提高身体素质的水平。
感谢同学对老师工作的支持。祝大家期末考
试顺利，假期愉快。
3. 宣布下课</td><td>组织：

××××××××××

××××××××××

△

教法：教师小结，征求学生意见。</td></tr>
<tr><td colspan="2">场地
器材</td><td colspan="2">沙滩排球15个，沙滩排球场</td></tr>
<tr><td colspan="2">课后
小节</td><td colspan="2"></td></tr>
</table>

附录1：

沙滩排球的发展历史

　　起源时间：20 世纪 20 年代。

　　起源地点：美国加利福尼亚。

　　起源初衷：当时，人们为了躲避夏季的炎热来到海边，只是把它作为在海滩上消闲的一种娱乐活动。进入 30 年代，沙滩排球的普及已形成一定的规模，开始了 3 人、4 人和 6 人的比赛，规则不尽一致。

　　1947 年，在美国加里福尼亚第一次出现 2 人制的正式沙滩排球比赛。

　　1976 年，第一届世界沙滩排球锦标赛在美国举行，比赛设 5000 美元的奖金。这也是职业化沙滩排球的开始。

　　1987 年，国际排联首次承认在巴西里约热内卢举行的国际沙滩排球比赛为"世界男子沙滩排球锦标赛"。

　　1989 年至 1990 年，国际排联首次举办"国际排联世界沙滩排球巡回赛"。

　　1992 年，作为表演项目的沙滩排球第一次在西班牙巴塞罗那举行的奥运会上出现，当时有来自五大洲的 100 名男、女运动员参赛。当年，首届世界女子沙滩排球锦标赛也在西班牙举行。

　　2002 年，世界女子沙排巡回赛茂名站，美国选手包揽冠亚军；亚太沙滩排球赛第 4 站印尼男子第一组合阿古斯·萨利姆/科科·卡库科罗获得男子组冠军；世界沙滩排球大满贯巡回赛奥地利站女子组比赛中，美国选手克里·沃尔什/米斯蒂·梅夺得冠军；巴西选手里卡多·科斯塔·桑托斯/何塞·赫拉尔多·洛伊奥拉在奥地利举行的世界沙滩排球巡回赛男子组决赛中，直落两盘战胜欧洲冠军、瑞士的萨沙·海尔/马尔库斯·埃格尔，夺得冠军。

　　2004 年，世界女子沙滩排球巡回赛暨奥运会资格赛巴西站中，头号种子美国选手沃尔什/梅夺得本站公开赛的冠军。

　　2005 年，在柏林世界沙滩排球锦标赛上美国的卫冕冠军和奥运会冠军凯·沃尔什/米斯蒂·麦夺得冠军；在世界沙滩排球巡回赛瑞士站的比赛中，巴西的奥运冠军里卡多/埃曼纽尔击败队友本杰明－因斯法兰/哈里/马奎斯，夺得男子组冠军。

　　2006 年，世界沙滩排球巡回赛金山公开赛中，巴西队米贾哈伊斯/阿劳胡分获男子组冠军。

　　沙滩排球在中国的发展：

　　1994 年，我国将沙滩排球列为全国正式比赛项目，同年开始设全国巡回赛。

　　1997 年，第 8 届全运会上，沙滩排球第一次进入全运会。

　　1998 年，第 13 届亚运会，我国选手李桦/谷宏宇获男子冠军。从 1998 年开始，我国先后在大连市和广东省茂名市连续五年承办国际排联的世界女子沙滩排球巡回赛，较好地向世界宣传了我们国家改革开放以来的新面貌。

　　2000 年，设立全国锦标赛和全国冠军赛，有 10 多个省市举办过国际性和全国性沙滩排球比赛。迟蓉/熊姿、张静坤/田佳两对选手通过参加资格赛取得进入奥运会决赛阶段资格，并分别获得了第 9 名、第 19 名的成绩。在我国广东举行的第一届亚洲沙滩排球锦标赛，我国选手获女子冠、亚军。

　　2001 年，在世界沙滩排球锦标赛上，我国选手迟蓉/熊姿和田佳/王菲分别获得第 5 名和第 17 名，这是我国沙滩排球在世界单项最高级别的比赛中取得的最好成绩；在友好运动会的沙滩排球比赛中，迟蓉/熊姿代表中国队参赛，获第6名，这是我国沙滩排球在世界综合性运动会上取得的最好成绩。

2002年，田佳/王菲获亚洲沙滩女排邀请赛冠军；在世界女子沙排巡回赛茂名站，中国选手田佳/王菲最终获得并列第5名；在亚运会上田佳/王菲获得冠军。

2003年，在世界女子沙排巡回赛巴厘岛站和意大利站中，中国选手田佳/王菲都夺得冠军，这也是中国选手首次在世界大赛中夺冠。

2004年，在世界女子沙滩排球巡回赛暨奥运会资格赛巴西站的比赛中，中国两对选手田佳/王菲、王露/尤文慧分别取得第4名和第9名的好成绩；在雅典奥运会上，中国沙排头号组合田佳/王菲获得了第9名；在"红河杯"亚洲沙滩排球锦标赛中，中国组合徐强/徐林胤（男子组）和孙晶/韩波（女子组）分别战胜各自对手夺得冠军。

2005年，在世界沙滩排球巡回赛挪威站中，田佳/王菲夺得铜牌；在瑞士沙滩排球格施塔德公开赛田佳/王菲负于世界头号组合摘银；在柏林世界沙滩排球锦标赛上，中国姑娘王菲/田佳摘得一枚铜牌，创造了中国选手在该项世锦赛历史上的最好成绩。

2006年，在世界沙滩排球巡回赛金山公开赛中，中国队薛晨/张希获得女子组冠军。

附录2：

排球和沙滩排球的主要区别

区别 内　容	室内排球	沙滩排球
比赛场区	18米×9米	16米×8米
比赛人数	6人	2人
场地表面	木制的合成物质的	沙子
进攻线	有	无
边线、端线宽	5公分	5~8厘米
中线	有	无
比赛用球	柔软皮革或合成革外壳	柔软和不吸水的外壳
比赛用球周长	65~67厘米	66~68厘米
比赛用球气压	0.30~0.325公斤/平方厘米	0.175~0.225公斤/平方厘米
记分方法（场）	五局三胜	三局两胜
记分方法（局）	先得不到25分并超过2分	先得不到21分超过2分
换人的规定	每一局可换6人次	没有换人
请求暂停	每局可请求2次，为30秒	每局可请求1次，为30秒
技术暂停	领先队8分、16分，60秒	两队比分和为21分，30秒
交换场区（1）	无	双方共积7分（第1、2局）
交换场区（2）	决胜局8分	决胜局双方积5分
拦网后触球	3次	2次
进攻性击球	允许用张开的手指吊球	不允许用张开的手指吊球

本篇思考题：

1. 教学课教案与训练课教案有何区别？

2. 在列举的教学文件中，哪些方面可以直接借鉴？哪些方面需要举一反三使用？哪些方面不可直接采用？

3. 撰写教案与上课是怎样的关系？